MIRA®

Die geheimnisvolle Mitgift

Cassandra Verrere, seit dem Tod ihrer Eltern stets in finanziellen Nöten, glaubt fest daran, dass die Legende von der geheimnisvollen Mitgift wahr ist: Vor zweihundert Jahren verschwand ihre Vorfahrin Margaret Verrere kurz vor ihrer Hochzeit mit ihrem Geliebten Edric. Ihre gesamte Mitgift soll sie mitgenommen und versteckt haben. Seitdem herrscht zwischen den Familien Verrere und Neville eine Fehde. Dennoch dringt Cassandra darauf, dass Sir Philip Neville ihr beim Suchen des Schatzes, den sie nahe dem Stammsitz der Nevilles vermutet, hilft. Nach anfänglichem Misstrauen erklärt der weltgewandte Philip sich dazu bereit. Allerdings liegt ihm weniger an der Mitgift: Er will seinen wahren Schatz – Cassandra – erobern.

Candace Camp

Die geheimnisvolle Mitgift

Roman

MIRA® TASCHENBUCH
Band 25011
1. Auflage: Juni 2002

MIRA® TASCHENBÜCHER
erscheinen in der Cora Verlag GmbH & Co. KG,
Axel-Springer-Platz 1, 20350 Hamburg
Deutsche Taschenbucherstausgabe

Titel der nordamerikanischen Originalausgabe:
Impetuous

erschienen bei: Mira Books, Toronto
Published by arrangement with
Harlequin Enterprises II B.V., Amsterdam

Übersetzung: Ute-Christine Geiler
Konzeption/Reihengestaltung: fredeboldpartner.network, Köln
Umschlaggestaltung: pecher und soiron, Köln
Titelabbildung: Getty Images, München
Autorenfoto: © by Harlequin Enterprise S.A., Schweiz
Satz: Berger Grafikpartner GmbH, Köln
Druck und Bindearbeiten: Elsnerdruck, Berlin
Printed in Germany
ISBN 3-89941-011-4

PROLOG

Die Tür zu ihrem Zimmer öffnete sich langsam, und ein Mann schlüpfte hinein. Das Licht der Kerze in seiner Hand durchdrang kaum die Dunkelheit, aber er konnte dennoch das Bett ausmachen und ging darauf zu.

Die Frau in dem Bett lag mit dem Rücken zu ihm, ihre weiblichen Kurven von Decken verhüllt. Er blieb leicht verunsichert stehen. Er hatte erwartet, dass sie wach wäre, ihn mit der leidenschaftlichen Bereitwilligkeit empfangen würde, die sie früher am Abend im Wintergarten gezeigt hatte. Er hielt die Kerze höher. Licht fiel auf ihr blassgoldenes Haar, das sich über Decken und Kissen breitete. Es war dieses goldblonde Haar gewesen, das heute Nachmittag seine Aufmerksamkeit erregt hatte, weit mehr als die Vollkommenheit ihrer Gesichtszüge.

Er stellte die Kerze ab und blies sie aus, schlüpfte aus seinen Schuhen und kroch über das Bett zu der Frau. Sie sagte nichts, und er fragte sich, ob sie tatsächlich schlief oder nur so tat. Es wäre sehr seltsam, wenn sie einfach eingeschlafen wäre, wo sie sich doch mit ihm für Mitternacht verabredet hatte. Vielleicht gab sie auch bloß zu schlafen vor, um irgendwie die Illusion von Unschuld aufrechtzuerhalten – oder sie dachte, er fände es erregend. Er musste zugeben, dass neben ihrem warmen, weichen Körper zu liegen, zu wissen, dass sie sich ihm so vollkommen auslieferte, etwas überaus Verführerisches hatte.

Er schmiegte sein Gesicht an die seidige Fülle ihres süß duftenden Haares, während er sie sanft in seine Arme zog. Verlangen erfasste ihn, plötzlich und heftig. Schwacher Rosenduft stieg ihm in die Nase. Er fand ihn wesentlich erregender als das schwerere Parfüm, das sie am Nachmittag getragen hatte. Er hob ihr Haar und drückte seine Lippen zart auf ihren Nacken.

Sie stieß ein kleines zitterndes Seufzen aus, und er lächelte. Er zog eine Spur aus Küssen über ihren Hals zu ihrem Kinn, fand ihr Ohr und begann zärtlich daran zu knabbern, die zarten Kurven mit seiner Zungenspitze nachzufahren, das Ohrläppchen zwischen seine Lippen zu nehmen. Seine Hand glitt zu den Decken und zog sie fort, enthüllte dabei ihre in ein einfaches weißes Baumwollnachthemd gekleidete Figur. Das züchtige Gewand überraschte ihn zunächst, aber mit einem Mal schien es ihm wesentlich verführerischer, als jedes gewagtere es gewesen wäre. Fast hätte er gelacht. Er hätte nicht gedacht, dass die Kleine über so viel Einfühlungsvermögen oder Erfahrung verfügen würde. Nun war er froh, dass er seine Meinung geändert und Joannas Einladung schließlich doch noch angenommen hatte.

Seine Hände wanderten liebkosend über ihren Körper, während seine Lippen mit ihrem Ohr spielten. Er streichelte ihren Busen und ihre weiblich gerundeten Hüften durch den Stoff ihres Nachthemdes. Seine Finger strichen über ihre Schenkel, ihren Bauch. Ihm rauschte das Blut in den Adern, als er kleine Küsse von ihrem Ohr hinab über die weiche Haut ihres Halses hauchte, bis er von dem Stoff ihres Nachthemdes aufgehalten wurde. Ungeduldig öffnete er die obersten Bänder, so dass er es ihr über die Schulter ziehen konnte und dabei ein Stück verlockende Haut entblößte. Er betrachtete einen Augenblick lang die cremige Haut, die sich unter der Baumwolle verborgen hatte, und fühlte sein Begehren wachsen. Mit einem bebenden Finger strich er über das weiche Fleisch. Es war, als berührte man Rosenblätter, und das Gefühl sandte glühendes Verlangen direkt in seine Lenden. Er beugte sich vor und küsste ihre zarte Schulter.

Sein Atem beschleunigte sich, während er ihr Schlüsselbein und ihren Hals mit Küssen bedeckte. Er drängte sich an sie, so dass ihre Körper sich auf voller Länge berührten. Seine Hand glitt über ihren

Bauch und schob sich dann zwischen ihre Schenkel. Ein leises Stöhnen entschlüpfte ihr, dann bewegten sich ihre Beine unruhig, öffneten sich für ihn. Ihm stockte der Atem, aufgewühlt von diesem Laut, aus Leidenschaft geboren. Er war sich jetzt sicher, dass sie wach war, auch wenn ihr leises Stöhnen der einzige Hinweis darauf war. Es lag etwas unendlich Erregendes in ihrer schweigsamen Bereitwilligkeit, in der Art und Weise, wie ihr Atem schnell und stoßweise ging, gerade so, als ob die Bedürfnisse ihres Körpers sie verrieten, es ihr unmöglich machten, Ruhe zu bewahren. Er streichelte sie rhythmisch zwischen den Beinen und wurde mit einem weiteren erstickten Stöhnen belohnt.

Mit geschlossenen Augen, in der blütenblattgleichen Weichheit ihrer Haut schwelgend, küsste er sie auf die Wange. Sie murmelte etwas Unverständliches, wandte sich ihm unwillkürlich zu, und ihre Lippen trafen sich. Ihr Mund war weich und warm, nachgiebig unter seinem, und öffnete sich seiner fragenden Zunge. Ihre Arme hoben sich und legten sich um seinen Nacken, als er den Kuss vertiefte. Sein Körper erbebte unter aufwallendem Verlangen.

Er zupfte an ihrem Nachthemd, schob es hoch, bis seine Finger auf das weiche Fleisch ihrer Schenkel trafen. Er liebkoste die zarte Haut und ließ dabei seine Hände immer höher gleiten, bis sie auf den feuchten Beweis ihrer Lust stießen, was seine eigene nur noch mehr steigerte. Seine Finger erreichten ihre empfindsamste Stelle. Sie zuckte zusammen, als er sie dort berührte, aber dann begann sie sich fordernd unter seinen Berührungen zu bewegen, und er streichelte sie weiter.

Verlangen überwältigte ihn. Er wollte sie schmecken, berühren – überall. Er wollte ihre Beine spreizen und dazwischen gleiten, tief in sie eindringen und sie beide zur Erfüllung bringen. Aber noch lieber wollte er diesen Augenblick in die Länge ziehen, ihren Körper erforschen, kosten und so viel Lust wie nur möglich aus dieser Vereinigung ziehen. Er hatte nichts von all dem erwartet, als er ihre Einladung angenommen hatte. Er hatte sie für eine leichtlebige Person gehalten und zunächst gar nicht vorgehabt, überhaupt in ihr Schlafzimmer zu gehen. Nur seine Schlaflosigkeit hatte ihn schließlich doch den Flur hinab zu Joannas Zimmer getrieben. Aber jetzt...

Jetzt, wo er sie berührte, ihren Duft einatmete, ihren Mund mit seinem nahm – da verspürte er nichts von der eher beiläufigen, wohlbekannten Leidenschaft, mit der er gerechnet hatte. Ihr Körper war wie Feuer unter seinem. Ihre Küsse und die Art und Weise, wie sie auf seine Berührung ansprach, die ungekünstelten Seufzer und das leise Stöhnen, all das ergab diese verführerische Mischung aus Leidenschaft und Unschuld, die ihn viel mehr fesselte, als es erfahrenere Zärtlichkeiten vermocht hätten. Er konnte sich nicht erinnern, wann er das letzte Mal in den Armen einer Frau so rasch so erregt gewesen war, sich so durch und durch lebendig gefühlt hatte.

Sie wand sich unter ihm, während seine Finger ihren Zauber ausübten. Er fühlte sich, als müsste er jeden Augenblick explodieren. Sein Mund verließ den ihren und glitt über ihren Hals zu ihrer bloßen Brust. Seine Lippen strichen über ihren bebenden Busen. Sanft küsste er sie, und ihr Körper bog sich ihm ein Stück entgegen, so als ob sie um seinen Kuss bat. Gehorsam nahm er ihre Brustspitze in seinen heißen, feuchten Mund und begann behutsam daran zu saugen.

Sie stöhnte, und ihre Hüften bewegten sich unter seiner Hand. Plötzlich zuckte sie zusammen, schrie leise auf und schlug die Augen auf, und er erkannte zu seiner großen Befriedigung, dass er sie zum Höhepunkt gebracht hatte. Er hob den Kopf und lächelte sie an. Er sah die Verwirrung in ihren weit aufgerissenen Augen, aus denen sie ihn verständnislos anstarrte. Er sah, wie das Entsetzen in ihnen wuchs. Und er sah mit dem Gefühl, als ob er über eine Klippe ins Nichts träte, dass das Mädchen, das unter ihm lag, nicht Joanna Moulton war.

1. KAPITEL

Nie zuvor in ihrem Leben hatte Cassandra derart überwältigendes Wohlbefinden empfunden, weder im Traum noch im Wachen. Gleich nach dem Einschlafen heute Nacht waren diese schweren, sinnlichen und farbenfrohen Träume gekommen. Irgendwie war ihr bewusst gewesen, dass sie träumte, und doch war es ihr unmöglich, aufzuwachen. Sie war durch ihr Haus gewandert – das alte Herrenhaus von Chesilworth, nicht das modernere, aber wesentlich ungemütlichere Haus ihrer Tante – und ihr war angenehm warm und froh zu Mute gewesen. Ihr Vater war noch am Leben und unten in seiner Bibliothek beschäftigt. Die Wände waren in einem warmen Buttergelb getüncht, und die Strahlen der Sonne malten darauf zarte Muster. Durch die offen stehende Tür konnte sie in eines der Schlafzimmer sehen, in dem auf dem Bett eine rubinrote Samtdecke lag. Kerzen verströmten sanftes Licht, lockten sie. Sie betrat das Zimmer, doch dann war sie auf einmal draußen in einer kühlen, leuchtend grünen Laube. Die Blätter der Hecken waren dunkel und wächsern, glatt unter ihren Fingern. Eine Brise strich über sie, hob ihre Haare und kitzelte sie zärtlich in ihrem Nacken. Sie erbebte vor Wonne. Die Sonne schien warm auf ihre Schultern, der sanfte Luftzug streichelte sie. Sie schloss die Augen und genoss das Gefühl.

Ein Windhauch strich liebkosend über Wangen und Hals. Mit einem Mal bemerkte sie, dass sie keine Kleider mehr trug, aber seltsamerweise schien sie das gar nicht zu stören. Sie liebte es, Sonne und Wind auf ihrer nackten Haut zu spüren. Dann war ein Mann bei ihr. Aber auch das störte sie nicht. Sie kannte ihn, auch wenn sie weder sein Gesicht sehen konnte, noch seinen Namen wusste. Er fasste sie an, und sie schien dahinzuschmelzen. Sie fühlte sich schwach und zittrig, während er sie mit Küssen übersäte. Seine Lippen pressten sich auf ihren Mund, öffneten ihn seiner suchenden Zunge, und sie zuckte unter einer erschütternden, unerwarteten Welle der Lust zusammen. Warme Feuchtigkeit bildete sich zwischen ihren Beinen, und sie presste sie aneinander, in dem Versuch, das schmerzhafte Sehnen zu befriedigen, das dort entstanden war.

Seine Küsse beglückten sie, so wie sie sie verzehrten. Sie klammerte sich in dem Sog der Leidenschaft an ihn. Seine Hände wanderten über ihren Körper nach unten, verschwanden zwischen ihren Beinen, wobei sie immer neue Lustwellen durch sie sandten. Sie stöhnte und bewegte ihre Hüften rastlos gegen seine Hand, suchend, obwohl sie nicht genau wusste, wonach. Dann auf einmal wurde sie von einem so heftigen Wohlgefühl erfasst, wie sie es noch nie erfahren hatte.

Cassandra erbebte und schlug die Augen auf. Sie war wach. Und ein Mann, den sie noch nie gesehen hatte, beugte sich über sie, starrte ihr ins Gesicht.

Einen Augenblick lang sah sie ihn einfach an, sprachlos vor Verblüffung, ebenso fassungslos wie er. Als ihr benebelter Verstand wieder zu arbeiten begann, überkam sie eisige Furcht. Sie holte Luft, um zu schreien. Er erkannte ihre Absicht und legte ihr hastig seine Hand über den Mund, was sie in noch größere Furcht versetzte. Sie umklammerte sein Handgelenk, versuchte, seine Hand fortzuziehen, und kämpfte gleichzeitig darum, sich aufzusetzen. Er drückte sie kraftvoll in die Kissen zurück, doch sie holte mit ihrer Hand aus und versetzte ihm eine schallende Ohrfeige. Er verzog das Gesicht vor Schmerz und bemühte sich, ihre Arme mit seiner freien Hand festzuhalten, aber sie schlug ihn mit ihrer anderen Hand, trat nach ihm, während sie sich unter ihm hervorzuwinden versuchte. Er warf sein ganzes Gewicht auf sie, so dass sie sich nicht mehr rühren konnte, und spürte jede feste Linie seines Körpers auf sich.

Er war viel kräftiger als sie, Cassandra gab jedoch nicht so leicht auf, und außerdem war sie im Vorteil, weil er ihr mit einer Hand den Mund zuhalten musste, damit sie nicht schrie. Sie ließ einen Hagel von Schlägen über ihn ergehen, traf ihn auf Kopf, Rücken, Hals und Schultern, strampelte mit den Beinen, in dem Versuch, mit einem ihrer Tritte Schaden anzurichten. Es kostete ihn einige Mühe, ihre Beine unter seinen einzuklemmen, während er ihre Handgelenke umklammerte und über ihrem Kopf in die Kissen drückte. Er bedeckte ihren Körper vollkommen mit dem seinen, presste sie mit seinem ganzen Gewicht in die Matratze. Cassandra konnte nicht umhin, seine Stärke, seine Männlichkeit, wahrzunehmen. Diese Stellung jagte ihr Angst ein, aber gleichzeitig war sie sich zu ihrer Verwirrung einer seltsamen erregenden Hitze bewusst, die durch ihre Adern rann und sich in ihrem Unterleib sammelte.

Sie wünschte sich, sie könnte klarer denken. Warum war ihr Kopf nur so bleiern? Und warum hatte ein Mann mit dem Einfluss und dem Reichtum von Sir Philip Neville es nötig, eine Frau bei einer Gesellschaft auf dem Land in ihrem Schlafzimmer zu überfallen?

Er atmete schwer, und Cassandra sah, wie sich Schweißtropfen an seinem Halsansatz bildeten, genau über dem geöffneten Knopf seines Hemdes. Sie zwang sich, wegzusehen und nicht mehr daran zu denken, wie die Ader unter der gebräunten Haut sichtbar bei jedem Schlag seines Herzens pulsierte.

„Schreien Sie nicht!" flüsterte er dicht vor ihrem Gesicht. „Ich versichere Ihnen, ich will Ihnen nichts tun. Ich lasse Sie los, wenn Sie versprechen, nicht zu schreien."

Sie sah ihn aus weit aufgerissenen Augen an und nickte. Er betrachtete sie noch eine Weile zweifelnd, dann zog er vorsichtig seine Hand fort, stückchenweise, immer gewärtig, sie wieder auf ihren

Mund zu pressen, sollte sie Anstalten machen, zu schreien. Cassandra sagte nichts, blickte ihn nur unverwandt an.

Er entspannte sich ein wenig. „Ich schwöre, dass ich Ihnen nichts zu Leide tun will. Ich werde dieses Zimmer verlassen. Ich werde Ihnen nichts antun. Verstehen Sie?"

„Natürlich verstehe ich das!" zischte Cassandra halblaut zurück. „Ich bin schließlich kein Schwachkopf."

Mit einem Stöhnen wälzte er sich zur Seite und setzte sich auf. „Verflucht! Was für ein Durcheinander." Er schaute sie stirnrunzelnd an. „Sie sind die Falsche."

„Das will ich aber auch stark hoffen", erwiderte Cassandra schneidend, während sie sich aufsetzte. „Oh, mein Kopf! Es fühlt sich an, als ob tausend Hämmer darin pochen." Warum war sie nur so erschlagen? Und warum war ihr innerlich so heiß und so seltsam kribbelig?

Sie schaute zu dem Mann, der mit überkreuzten Beinen neben ihr auf dem Bett saß. Sie vermutete, sie sollte verängstigt sein, aber als erst einmal der erste Schrecken vergangen war, als sie den Fremden als Sir Philip Neville erkannt hatte, war ihre Angst Verblüffung und Verwirrung gewichen.

Die in ihr nachhallenden Gefühle aus ihrem Traum beunruhigten sie, und so suchte sie Zuflucht im Sarkasmus. „In das Zimmer welcher jungen Dame planten Sie denn einzubrechen, wenn ich fragen darf?"

„Ich bin nicht eingebrochen", gab er leicht gekränkt zurück. „Ich bin einer Einladung gefolgt."

„Gewiss. Das hätte ich mir denken können", bemerkte Cassandra trocken und hob eine Augenbraue. „Ich bin davon überzeugt, dass Sir Philip Neville eine nicht unerhebliche Anzahl von Einladungen in die Schlafzimmer von Damen erhält."

Neville blickte sie einen Moment lang ausdruckslos an. „Sie sind eine höchst ungewöhnliche Frau."

„Das hat man mir schon oft gesagt." Cassandra beging nicht den Fehler, seine Worte als Kompliment aufzufassen.

„Ich könnte mir vorstellen, dass in einer Situation wie dieser jede andere junge Dame mehr... außer sich wäre, als Sie es sind."

„Wäre es Ihnen lieber, wenn ich das wäre?" entgegnete Cassandra. „Ich vermag nicht zu erkennen, welchen Nutzen Sie davon hätten, wenn ich einen hysterischen Anfall bekäme."

„Ich habe nicht gesagt, dass es von Nutzen wäre. Es schiene mir nur... natürlicher."

„Dann werde ich wohl eine unnatürliche Frau sein. Wenigstens deckt sich das mit dem, was meine Tante und meine Cousine mir ständig sagen. Sie behaupten, das wäre der Grund, warum ich keinen Ehemann gefunden habe. Aber ich neige eher dazu, unsere traurige finanzielle Lage für diesen Umstand verantwortlich zu machen, denn schließlich habe ich wesentlich seltsamere Frauen als mich heiraten sehen, solange sie nur einen reichen Vater hatten. Meinen Sie nicht auch?"

„Ich wage zu sagen, dass Sie damit nicht falsch liegen." In Sir Philips Miene mischte sich Benommenheit mit Faszination. Er hatte noch nie zuvor eine Frau getroffen, die so freimütig und offen sprach. Tatsächlich war es schon eigenartig genug, mit einer Frau zu reden, ohne dass diese augenblicklich mit ihm zu flirten begann. Er hatte entdecken müssen, dass ein Einkommen von hunderttausend Pfund im Jahr ein wirksames Aphrodisiakum war.

„Um zu unseren augenblicklichen Schwierigkeiten zurückzukehren", fuhr Cassandra streng fort, „warum sind Sie eigentlich in meinem Zimmer und nicht in dem der Dame, die Sie eingeladen hat?"

Neville verzog sein Gesicht zu einer Grimasse. „Ich muss mich verlaufen haben.“ Er drehte sich um, und zündete die Kerze an, die er vorhin auf der Nachtkonsole abgestellt hatte. Dann holte er einen Zettel aus seiner Tasche, entfaltete ihn und las ihn nochmals. „Obwohl ich nicht ganz verstehe, wie. Es steht hier ganz deutlich – die fünfte Tür auf der rechten Seiten von der Treppe aus gesehen. Ist das hier nicht die fünfte Tür?“

Cassandra dachte einen Moment lang nach. „Doch.“ Neugierig kniete sie sich hinter ihn und spähte ihm über die Schulter auf die Nachricht. Sie keuchte auf, als sie die unleserliche, kritzelige Handschrift und die verschlungenen Initialen unten auf dem Blatt erkannte. „Meine Güte, das ist ja Joannas Schrift.“

Neville wandte sich um und starrte sie an, während er geistesabwesend den Zettel zerknüllte. „Verzeihung, Madam. Das ist vertrauliche Korrespondenz.“

„Hm. Ich halte es für weniger vertraulich, wenn man bedenkt, dass Sie sie in meinem Bett sitzend lesen.“

„Es würde den Ruf der Dame rettungslos ruinieren, wenn das hier bekannt würde“, erwiderte er grimmig.

„Im Moment sollten wir uns vielleicht mehr um meinen Ruf sorgen, wo Sie doch in meinem Schlafzimmer sind.“

„Ich gehe davon aus, Madam, dass Sie über ausreichend Verstand verfügen, nicht überall zu verbreiten, dass in Ihrem Zimmer ein Mann war, und da ich nicht die Absicht habe, diese Tatsache zu enthüllen, denke ich, wird Ihr Ruf wohl sicher sein.“

„Selbstverständlich bin ich vernünftig genug, darüber Stillschweigen zu bewahren“, erklärte Cassandra, die sich an seiner, wie sie fand, ziemlich übertriebenen Sorge um Joannas Ruf störte. „Diejenige, wegen der Sie sich Gedanken machen müssen, ist Joanna, da sie doch augenscheinlich so strohdumm ist, dass sie Sie zu dem falschen Zimmer schickt.“

Sie beugte sich vor und nahm ihm den zu einem Ball zerknüllten

Zettel aus der Hand, strich ihn glatt und hielt ihn ans Licht, um besser lesen zu können. „Ah, ja. Ich sehe schon. Sie schreibt gar nicht ‚fünfte Tür', sondern ‚vierte'. Sehen Sie? Es liegt nur an ihrer schrecklichen Handschrift, und sie hat vier mit ‚f' und nicht mit ‚v' geschrieben. Ich fürchte, Sie war noch nie eine Leuchte in Rechtschreibung. Ich kann verstehen, wie Ihnen der Fehler unterlaufen konnte – besonders, wenn man bedenkt, dass Ihr Verstand zweifellos von Ihrer... äh Ungeduld getrübt war. Und schließlich verfüge ich über ein wenig mehr Erfahrung im Entziffern ihrer Briefe."

„Dann ist es wirklich schade, dass ich mich nicht zuerst mit Ihnen besprochen habe", erklärte Neville in ätzendem Ton, „aber, wissen Sie, zu dem Zeitpunkt war mir nicht klar, dass ich einen Übersetzer brauchen würde."

„Das ist doch kein Grund, empfindlich zu sein", stellte Cassandra fest. „Und Sie müssen sich keine Sorgen um Ihren, äh, den Ruf der Dame machen. Ich werde gewiss meiner Familie keine Schande machen und herumerzählen, dass Joanna sich mit Männern in ihrem Schlafzimmer verabredet. Sie ist meine Cousine, müssen Sie wissen."

„Ihre Cousine?" Neville musterte ihr Gesicht im Kerzenlicht. „Das ist aber seltsam. Ich kann mich nicht entsinnen, Sie mit ihr gesehen zu haben."

„Das geschieht häufiger." Cassandra sagte das beiläufig. Sie war daran gewöhnt, von ihrer schönen, koketten Cousine in den Schatten gestellt zu werden. Joanna zog mit ihrem goldblonden Haar und ihren großen blauen Augen gewöhnlich alle Männerblicke auf sich.

Cassandra dagegen, im reifen Alter von siebenundzwanzig, wusste gut, dass sie eine alte Jungfer war, die noch nie von Männern umschwärmt worden war. Sie hatte während ihrer Saison keinen einzigen Verehrer zu fesseln vermocht, und ihr Vater hatte sich keine zweite Saison für sie leisten können. Sie war ohnehin davon überzeugt, dass auch beliebig viele Saisons ihr keinen Ehekandidaten bescheren würden. Zum einen verstand sie nichts von der feinen Kunst des Flirtens und verspürte auch nicht das geringste Interesse, daran etwas zu ändern. Zum anderen war sie zwar nicht ausgesprochen hässlich, ihren Zügen jedoch fehlte die gleichmäßige Vollkommenheit wahrer Schönheit. Ihre Wangenknochen waren zu hoch, ihr Kinn war zu fest, ihr Mund viel zu breit, um dem gängigen Ideal einer Rosenknospe auch nur nahe zu kommen. Sogar ihre Augen, die sie für ihren vorteilhaftesten Zug hielt, waren von einem ruhigen Grau anstatt eines seelenvollen Brauns oder leuchtenden Blaus, und sie setzte sie auch nicht geschickt ein, sondern sah alle Welt geradeheraus an, was auf Männer nicht unbedingt anziehend wirkte.

So hatte sie sich also von der vornehmen Welt nach einem Jahr zurückgezogen, nicht allzu enttäuscht über ihren Misserfolg. Sie hatte die Saison aus Pflichtbewusstsein ihrer Familie gegenüber mitgemacht, denn sie brauchten, wie immer, verzweifelt Geld. Sie war bereit gewesen, die Zähne zusammenzubeißen und Ja zu sagen, wenn ein passender Mann um ihre Hand angehalten hätte. Aber sie hatte während ihres Debüts keinen Mann getroffen, den sie etwas anderes als langweilig hätte nennen können, so dass sie, ehrlich gesagt, mehr als froh war, unverlobt und ohne Aussicht, es jemals zu sein, an den Busen ihrer Familie nach Chesilworth zurückzukehren. Erleichtert hatte sie ihre alten Kleider angelegt, ihr Haar zu dem gewohnten Knoten aufgesteckt und sich wieder der Führung des väterlichen Haushaltes angenommen, der sich nach ihrer Abwesenheit in einem bedauerlichen Zustand befand. Es erfüllte sie mit Zufriedenheit, ihre jüngeren Geschwister aufzuziehen oder mit ihrem Vater anregende Gespräche zu führen, und sollte etwas in ihrem Leben fehlen – außer Geld – so vermisste sie es nicht oder untersagte es sich. Bei Gesellschaften setzte sie sich lieber zu den Matronen, die den Possen der Jugend mit wachsamem Auge zusahen, als zu den kichernden jungen Mädchen, deren Gespräche sie belanglos fand. In den letzten Jahren war sie sogar dazu übergegangen, ein Häubchen zu tragen, als Ausdruck ihres Status als alte Jungfer. Es passte ihr recht gut, dass Männerblicke gleichgültig über sie hinwegglitten. Schließlich war es wesentlich zermürbender, inhaltslose Konversation zu machen.

Dennoch... sie konnte das Gefühl von Verletztheit nicht ganz unterdrücken, das sie bei dem Gedanken verspürte, dass Sir Philip sie noch nicht einmal bemerkt hatte, als er keinen Meter von ihr entfernt gestanden und sich mit Tante Ardis und Joanna unterhalten hatte.

„Sie waren anderweitig beschäftigt", erwiderte sie leicht gekränkt.

„Vermutlich." Er wandte sich um und musterte sie. Es war ihm ein Rätsel, wie er dieses Geschöpf mit den riesigen Augen und dem wallenden, glänzenden Haar und... äh, anderen hervorstechenden Eigenschaften hatte übersehen können. Sein Blick fiel auf ihren Oberkörper, wo ihr immer noch offenes Nachthemd über ihre Schulter und den Arm hinabgeglitten war und dabei eine hoch angesetzte, feste weiße Brust mit einer zartrosa Spitze enthüllt hatte. Selbst wenn sie angezogen und ihr Haar ordentlich aufgesteckt gewesen war, wie hatte er sie nur übersehen können?

Cassandra folgte der Richtung seines Blickes, sah an sich hinab und bemerkte entsetzt, dass ihre Brust entblößt war. Sie wurde über und über rot, zog sich ihr Nachthemd wieder über die Schulter und begann es zuzubinden, wobei sie es vermied, ihn anzusehen. Das hier war das Schlimmste, was ihr jemals zugestoßen war! Wie konnte sie ihm je wieder in die Augen schauen? Außer dem, was der Ausschnitt eines Abendkleides unbedeckt ließ, hatte noch kein Mann ihren Körper gesehen – und jetzt hatte dieser Mann, dieser Fremde betrachtet, was nur für ihren Ehemann bestimmt gewesen war. Viel schlimmer – warum war ihr Nachthemd überhaupt halb aufgeknöpft? Sie musste an die wilden, wirbelnden Gefühle aus ihrem Traum denken, die seltsame Hitze in ihrem Bauch. Was war geschehen? War es gar nicht ihr Traumliebhaber gewesen, sondern ein echter Mann, der sie wirklich berührte? War dieser Mann da für das ungezügelte Lustgefühl verantwortlich, das sie letztendlich geweckt hatte?

Sie sah zu ihm hoch, immer noch rot. Es war ihr peinlich, aber Cassandra Verrere war niemand, der vor der Wahrheit zurückschreckte. „Was ist geschehen? Hier, heute Nacht, meine ich. Ich... ich fühle mich so merkwürdig. Ich habe geträumt, nun, seltsame Dinge, dass ich... War das wirklich? Was haben Sie getan – und was habe ich getan?"

Sir Philip zögerte, dann beugte er sich vor und nahm sanft ihre Hand. „Sie haben nichts getan, das versichere ich Ihnen. Ich bin in Ihr Zimmer gekommen, in dem Glauben, Sie wären eine andere. Sie befanden sich in einem aufregenden Traum. Ich... Sie haben sich umher geworfen. Davon ausgehend, dass Sie Joanna wären, ging ich zu Ihnen und umfasste ihre Arme. Ich versuchte, Sie aufzuwecken, aber Sie schliefen zu fest. Ich... habe Sie geküsst. Und dann sind Sie aufgewacht. Da habe ich gemerkt, dass Sie nicht Miss Moulton sind."

„Und das ist alles?"

Seine Augenbrauen hoben sich. „Ja, selbstverständlich. Was sonst könnte da noch gewesen sein?"

Cassandra seufzte erleichtert auf. „Nichts. Es war nur sonderbar. Es fühlte sich an, als ob ich halb wach war, aber nicht richtig aufwachen konnte."

„Zweifellos war es für Sie ein anstrengender Tag."

„Hm." Cassandra wusste nur zu gut, dass er keineswegs körperlich anstrengend gewesen war. Aber die Geselligkeit, die eine so große Anzahl von Gästen mit sich brachte, war reichlich ermüdend. Trotzdem... „Ich denke, es wäre besser, wenn Sie jetzt gingen."

„Ja. Sie haben Recht." Er erhob sich und ging zur Tür. Cassandra folgte ihm. Er blieb stehen und drehte sich zu ihr um. „Danke."

„Bitte sehr", erwiderte sie unwillkürlich, dann fügte sie hinzu: „Wofür eigentlich?"

„Dafür, dass Sie eine so besonnene, vernünftige junge Frau sind. Es gibt gewiss nicht viele, die so wie Sie reagiert hätten."

„Oh." Sie nickte und sagte sachlich: „Ich fürchte, ich bin nicht sonderlich empfindsam."

Er griff nach der Türklinke, aber Cassandra hielt ihn zurück. „Nein. Sie sollten mich zuerst überprüfen lassen, ob jemand auf dem Flur ist."

„Natürlich." Er nickte und trat zurück.

Cassandra öffnete die Tür einen Spalt und spähte hinaus. Sie keuchte auf und fuhr zurück, schloss hastig die Tür. Aus weit aufgerissenen Augen sah sie Sir Philip an.

„Was ist denn?" Er machte Anstalten, zur Tür zu gehen, aber sie hob abwehrend die Hand.

„Nicht", warnte sie. „Psst. Meine Tante!"

Ohne nachzudenken griff sie hinter sich und drehte den Schlüssel im Schloss um. Das Letzte, was sie wollte, war, dass Tante Ardis in ihr Zimmer platzte.

„Was tut sie hier?" flüsterte er.

„Keine Ahnung. Könnte sie Sie dabei beobachtet haben, wie Sie in mein Zimmer gegangen sind? Wenn sie klopft, werden Sie sich verstecken müssen." Sie blickte nachdenklich zum Fenster. „Ich frage mich, ob Sie nicht aus dem Fenster klettern könnten."

„Wir befinden uns im zweiten Stock", erinnerte er sie.

„Es könnte doch ein Spalier da sein oder ein Baum."

Er hob spöttisch eine Augenbraue. „Sie scheinen mir mit einer Notlage wie dieser verdächtig vertraut."

„Jetzt machen Sie sich aber nicht lächerlich."

Ihre Diskussion wurde in genau dem Moment von einem lauten Klopfen unterbrochen, indes nicht an Cassandras Tür, sondern an der daneben liegenden. Dennoch fuhr Cassandra erschreckt zusammen, entspannte sich jedoch gleich darauf wieder. „Gott sei Dank. Sie will in Joannas Zimmer."

„Joanna!" rief Tante Ardis mit durchdringender Stimme. „Öffne die Tür. Hier ist deine Mutter! Öffne die Tür augenblicklich, hörst du!"

„Hat Ihre Tante es sich zur Gewohnheit gemacht, andere Leute zu nächtlicher Stunde auf diese Art und Weise aufzuwecken?"

Cassandra schüttelte verwirrt den Kopf. „Nein. Ich verstehe auch nicht, was über sie gekommen ist. Sie geht gewöhnlich gegen zehn Uhr zu Bett."

„Joanna!"

Cassandra drehte entschlossen den Schlüssel um und öffnete ihre Tür einen Spalt, um zu ihrer Tante hinauszuspähen. Tante Ardis war eine große Frau mit einem gewaltigen Busen, der sich wie der Bug eines Schiffes vor ihr wölbte, wenn sie ein Korsett trug. Das tat er auch jetzt, trotz der Tatsache, dass sie mit einem roten Morgenrock bekleidet war und ihre Füße in Hausschuhen steckten. Sie bemerkte auch, dass das Haar ihrer Tante immer noch aufgesteckt war, anstatt offen über ihrem Rücken zu hängen. Cassandra runzelte die Stirn und fragte sich, was geschehen sein konnte, dass ihre Tante in dieser Aufmachung hier erschien.

„Joanna! Mach auf, sage ich. Wer ist da bei dir? Ich habe Stimmen gehört."

„Stimmen!" wiederholte Cassandra flüsternd und blickte hinter sich zu Sir Philip. „Oh, Himmel, glauben Sie, sie könnte uns gehört haben?“

Neville schüttelte den Kopf. Cassandra musste zugeben, dass das unwahrscheinlich war, bedachte man, dass das Zimmer ihrer Tante auf der anderen Seite neben Joannas lag.

In dem Augenblick wurde Joannas Tür aufgerissen. „Psst! Es ist zu früh! Er ist doch noch gar nicht hier!“ hörte man Cassandras Cousine zischen.

Tante Ardis stand mit offenem Mund da und starrte ihre Tochter entsetzt an. Den ganzen Flur entlang wurden Türen geöffnet und Köpfe herausgestreckt, die Gesichter der so gestörten Hausgäste wiesen die ganze Palette von verschlafen über erstaunt bis neugierig auf.

„Was geht hier vor?“ erkundigte sich Colonel Rivingston mit lauter Stimme, der in dem Raum gegenüber von Joannas untergebracht war. „Was soll die ganze Aufregung?“

„Äh.“ Tante Ardis klappte ihren Mund auf und zu, wie ein Fisch, der auf dem Trockenen gelandet war.

„Es tut mir so Leid“, schaltete sich Joanna mit einem reizenden Lächeln ein. „Bitte verzeihen Sie meiner Mutter. Sie hat sich bloß, äh... bloß um mich...“

„Gesorgt!“ Tante Ardis hatte die Sprache wieder gefunden. „So war es. Ich habe mich um sie gesorgt. Ich hörte Joanna im Schlaf rufen. Sie muss schlecht geträumt haben.“

„Ja, genau“, stimmte Joanna hastig zu. „Ein Albtraum. Ich hatte einen Albtraum.“

Cassandra schloss ihre Tür behutsam und wandte sich verwirrt zu Sir Philip um. „Wie seltsam. Warum haben sie...“ Sie brach ab, als sie seine angewiderte Miene bemerkte. „Was ist denn?“

„Ich begreife jetzt.“ Seine Worte klangen hart, sein Mund war zu einer verächtlichen Linie zusammengepresst. „Es hat mich erstaunt, als sich Miss Moulton mir heute Nachmittag praktisch an den Hals geworfen hat. Vorher hatte sie sich wie die übliche, geziert flirtende Jungfrau benommen, und dann verwandelte sie sich mit einem Mal in eine tollkühne Frau von Welt." Er entsann sich wieder seiner Verwunderung, als sie ihn an diesem Nachmittag im Wintergarten dreimal „versehentlich" gestreift, ihm verführerische Blicke zugeworfen hatte und des langen, viel versprechenden Kusses hinter der Palme, während sie ihm das Briefchen zusteckte.

„Ich verstehe nicht. Wovon sprechen Sie?"

„Von dem Plan Ihrer Cousine und Ihrer Tante. Sie schrieb mir, dass ich heute Nacht um Mitternacht in ihr Zimmer kommen sollte. Sie erweckte bewusst in mir den Eindruck, dass auch vollkommen unehrenhafte Aufmerksamkeiten überaus willkommen wären. Und ihre Mutter hatte die Anweisung, nachdem ich das Zimmer betreten hatte, mit ihrem Geschrei die anderen Gäste zu wecken."

Cassandra starrte ihn an. „Sie meinen, sie hat Sie in ihr Zimmer gelockt, damit ihre Mutter Sie beide in einer kompromittierenden Situation erwischt? Aber warum? Warum sollte sie ihren Ruf ruinieren wollen?"

Ein kleines Lächeln umspielte Nevilles Lippen. Ihr Unvermögen, den Plan zu durchschauen, den ihre Verwandten ersonnen hatten, sprach Bände von der ihr eigenen Ehrenhaftigkeit. „Mein liebes Mädchen, ich denke, ihr zerstörter Ruf war ihr egal, solange sie dadurch nur Reichtum und einen alten Namen gewönne. Ihr Ruf wäre ohnehin nicht in Gefahr gewesen, da unverzüglich ihre Verlobung mit mir bekannt gegeben worden wäre."

Cassandra schnappte nach Luft. „Sie wollen sagen... sie wollten Sie dazu zwingen, Joanna zu heiraten? Das kann ich nicht glauben!" Aber sie konnte es doch; es bedurfte nur einiger kurzer Überlegungen, sie zu überzeugen. Warum sonst hätte ihre Tante so laut an Joannas Tür geklopft, außer um interessierte Zeugen herbeizulocken?

Warum sonst sollte ihre Tante, die sonst früh zu Bett ging, um Mitternacht noch auf sein – und immer noch ihr Korsett angehabt und die Haare aufgesteckt haben? Sie wusste, dass man sie sehen würde, und hatte es nicht über sich gebracht, sich wirklich für die Nacht zurecht zu machen.

„Darum war ich auch so benommen...“ , überlegte Cassandra laut. „Tante Ardis muss heute Abend Laudanum in meine Milch getan haben. Ich hätte es mir denken können, dass sie etwas im Schilde führte, als sie mit dem Glas warmer Milch hier auftauchte. Sie weiß, wie leicht mein Schlaf ist und wie schwer es mir oft fällt, einzuschlafen. Sie wollte sichergehen, dass ich wirklich tief schlief, so dass ich nicht die Ursache verdächtiger Geräusche erforschen konnte – zum Beispiel das leise Schließen einer Tür.“

„Da haben Sie zweifellos Recht. Es ist nur mein Glück, dass Miss Moultons Handschrift so unleserlich ist, oder Sie hätten mich als Verwandten aufgenötigt bekommen.“

„Oh.“ Cassandra legte beide Hände an ihre brennenden Wangen. Sie wusste nicht genau, ob Scham oder Wut in ihr überwogen. Wie hatten ihre Tante und Cousine sich nur so schändlich aufführen können? Irgendwie erweckte die Vorstellung, wie Joanna versuchte, diesen Mann hier zur Ehe zu zwingen, in Cassandra den Wunsch, ihre Cousine zu ohrfeigen. „Ich schäme mich so. Sir Philip, ich entschuldige mich hiermit für meine Familie. Ich begreife nicht, wie sie auf so eine Idee verfallen konnten.“

„Ich habe entdeckt, dass die Aussicht auf Reichtum die meisten Menschen zu dem verrücktesten Handeln veranlasst.“

„Das ist keine Entschuldigung für... für einen solchen Mangel an Prinzipien. Es tut mir Leid, schrecklich Leid.“ Ihre Augen glänzten vor Tränen der Wut und Scham. „Sie müssen uns für abscheulich halten.“

Er lächelte sie an, nahm ihre Hand, beugte sich galant darüber und hauchte einen Kuss auf ihren Handrücken. „Meine liebe Dame, ich halte Sie keineswegs für abscheulich. Tatsächlich geben Sie mir beinahe den Glauben an die Menschheit wieder."

Die Berührung seiner Lippen auf ihrer Haut sandte einen ungewohnten Schauer über Cassandras Rücken, erinnerte sie erneut an das Herzklopfen, die Erregung, mit der sie erwacht war. Dieses merkwürdig schmelzende Gefühl in ihrem Bauch war immer noch nicht ganz vergangen. Sie schluckte und wandte sich ab.

„Ich... äh, ich werde mal nachsehen, ob alle wieder in ihren Zimmern sind." Sie öffnete die Tür ein Stück und spähte hinaus. Als sie niemanden sah, streckte sie ihren Kopf hinaus und sah den Flur hinab.

Sie drehte sich zu Sir Philip um. „Da ist niemand mehr."

Er nickte. „Dann sollte ich besser gehen." Er lächelte und verbeugte sich noch einmal. „Danke für den überaus interessanten Abend, Miss Moulton."

„Oh, ich bin..." Cassandra brach ab. Jetzt war nicht der richtige Zeitpunkt, ihn darüber aufzuklären, dass Ihr Name nicht Moulton war. „Es tut mir Leid, was meine Tante und meine Cousine getan haben."

„Und ich entschuldige mich für mein... äußerst unritterliches Benehmen."

Cassandra fühlte, wie ihr wieder die Röte in die Wangen stieg. Sie wandte sich ab und sah noch einmal in den Flur, trat dann beiseite, um Sir Philip vorbeizulassen. Sie schloss die Tür hinter ihm und wartete ein paar angespannte Augenblicke auf den Klang von Stimmen, ein Zeichen dafür, dass man ihn gesehen hatte. Nichts. Sie riskierte noch einmal einen Blick auf den Flur und stellte fest, dass er leer war. Sir Philip war fort.

Sie drückte die Tür ins Schloss und ließ sich seufzend dagegen sinken. Oh Gott! Warum hatte das nur geschehen müssen? Ausgerechnet heute Nacht und ausgerechnet mit Sir Philip Neville.

Cassandra ging zu ihrem Bett und setzte sich. Sie hatte so sorgfältig ihren Plan geschmiedet, ihre Tante mit List und Tücke dazu gebracht, sie zu der Hausgesellschaft mitzunehmen, nachdem sie erfahren hatte, dass Sir Philip Neville unter den Gästen sein würde. Es hatte nur mehrerer sorgsam platzierter Hinweise auf die Unbequemlichkeit, die die Beaufsichtigung eines so lebhaften jungen Mädchens wie Joanna bei den verschiedenen anstrengenden, bei Hausgesellschaften üblichen Unternehmungen mit sich brächte, bedurft, bis die Trägheit ihrer Tante Oberhand gewonnen und zu dem gewünschten Ergebnis geführt hatte. Dann hatte sich Cassandra nur noch überreden lassen müssen, Tante und Cousine zu begleiten, um für Joanna die Anstandsdame zu spielen, wann immer diese Pflicht ihrer Tante zu viel würde.

Es war eine ausgezeichnete Vorstellung von mir, dachte sie nicht ohne einen gewissen Stolz. Besonders, wenn man berücksichtigte, wie sehr es ihrer offenen Wesensart zuwiderlief, sich zu verstellen. Und jetzt waren all ihre Mühen vermutlich vergebens gewesen. Wie konnte sie Sir Philip jemals wieder gegenübertreten, wo sie wusste, was Joanna versucht hatte, ihm anzutun? Und sich selber nur zu gut daran erinnerte, in was für einer intimen Situation Sir Philip und sie selbst sich getroffen hatten.

Hitze breitete sich in ihr bei dem bloßen Gedanken an die Sachen, die sie geträumt hatte, aus – die tiefen, leidenschaftlichen Küsse, die sinnlichen Liebkosungen. War all das wirklich geschehen? War es ihrem betäubten Verstand nur wie ein Traum erschienen? Sie schüttelte verzweifelt den Kopf, bedeckte ihr Gesicht mit den Händen. Sie würde es nicht überleben, wenn sie sich in Sir Philips Armen wirklich so wie in ihrem Traum gewunden und gestöhnt hatte.

Er hatte ihr versichert, dass nichts geschehen war, aber vielleicht war er nur ritterlich gewesen.

Sie ließ sich rücklings auf ihr Bett fallen, während sie sich unwillkürlich über ihren Körper strich, als sie sich an die pulsierende Hitze erinnerte, die sie in ihrem Traum überwältigt hatte... die heftige Explosion von Lust, die sie schließlich aus ihrem Schlaf gerissen hatte. Was war das gewesen? Dieser Gefühlsaufruhr, der sie schwach und mit einem sanften Pochen zwischen den Beinen zurückgelassen hatte? Nichts, was sie in ihrem bisherigen Leben empfunden hatte, kam diesem Gefühl auch nur nahe.

War sie eine wollüstige Frau? Die Vorstellung erschien ihr lächerlich. Sie hatte nicht oft mit Männern zu tun. Sie wusste nicht, wie sie mit ihnen reden sollte. Die Geradlinigkeit, mit der sie immer zu ihrem Vater gesprochen hatte, schien junge Männer hastig das Weite suchen zu lassen. Tante Ardis hatte ihr erklart, dass junge Mädchen sich nicht über solche langweiligen Themen wie Geschichte oder Politik unterhielten und noch viel weniger ihre – noch dazu allzu oft äußerst radikalen – Ansichten dazu zum Besten gaben. Von jungen Damen, so hatte Tante Ardis ihr auseinander gesetzt, erwartete man, dass sie kicherten oder flirteten, ihr Gesicht hinter ihrem Fächer verbargen und ihre Augen sprechen ließen. Cassandra war das äußerst idiotisch vorgekommen, und es fiel ihr schwer, sich vorzustellen, wie ein Mann wissen konnte, ob er eine Frau liebte oder es sogar aushalten würde, mit ihr verheiratet zu sein, wenn er nur ihr Gekicher kannte und nie mehr als Belanglosigkeiten mit ihr ausgetauscht hatte.

Natürlich hatte sie keinen Verehrer gehabt, wohingegen die flirtende Joanna, die noch nie in ihrem Leben ein vernünftiges Wort von sich gegeben hatte, bei jedem gesellschaftlichen Anlass von ihnen umschwärmt wurde. Das bewies vermutlich die Richtigkeit von Tante Ardis' Rat. Cassandra hatte entdeckt, dass sie weder romantisch genug veranlagt war, noch genug Interesse an Männern hatte, den Dummkopf zu spielen, nur um sich einen zu angeln. Wenn Tante Ardis Recht hat, dachte Cassandra, dann sind die meisten Männer zu große Narren, als dass ich mit einem von ihnen mein Leben teilen möchte. Angesichts eines so unromantischen, praktischen Wesens fiel es ihr schwer, sich vorzustellen, dass sie auch nur einen Hauch Wollüstigkeit besaß. Sollte es dennoch so sein, dann war der Traum von vorhin das erste Anzeichen dafür, das sie an sich hatte entdecken können.

Alles Unsinn, sagte sie sich und setzte sich auf. Sir Philip hatte nicht versucht, sie zu beschützen, als er ihr versichert hatte, nichts wäre geschehen. Er hatte lediglich die Wahrheit gesagt. Vollkommen verrückt, etwas anderes zu denken. Gewiss hatte er nichts anderes getan, als in ihr Bett zu kommen, davon ausgehend, dass sie Joanna war. Dann hatte er ihr Gesicht gesehen und bemerkt, dass sie es nicht war. Er würde sie nicht minutenlang geküsst und liebkost haben, bevor ihm auffiel, dass er sie gar nicht kannte.

Cassandra seufzte erleichtert auf. Ihre Phantasie war mit ihr durchgegangen. Die seltsamen Empfindungen gehörten zweifelsohne zu dem seltsamen Traum, den sie dem Laudanum ihrer Tante zuschrieb. Daher alleine rührten diese Gefühle – sie waren nicht wirklich gewesen, sondern hatten nur in ihrem Kopf existiert.

Sir Philip würde nicht annehmen, dass sie wollüstig war. Ganz im Gegenteil, er hatte gesagt, dass er ihre Aufrichtigkeit schätzte. Sie hatte keinen Grund, seine Gesellschaft zu meiden. Und es gab nichts daran zu rütteln, dass sie ihn sprechen musste. Die Zukunft ihrer ganzen Familie hing davon ab, dass er ihrem Plan zustimmte. Das Benehmen ihrer Cousine war höchst ärgerlich und peinlich, gewiss, aber Cassandra sagte sich, dass sie darüber hinwegsehen müsse. Sie hatte an ihre Brüder und deren Zukunft zu denken. Es war unabdingbar, an das Erbe ihrer Familie zu kommen, und nur Sir Philip konnte ihr dabei behilflich sein. Sie durfte sich nicht von ein paar Gewissensbissen von ihrem Plan abbringen lassen. Sie musste morgen mit Sir Philip reden.

Cassandra nickte entschieden, bekräftigend, als ob sie mit jemand anderem eine Auseinandersetzung darüber geführt hätte. Dann glitt sie unter ihre Decken, blies die Kerze aus. Sie fühlte sich wieder mehr wie sie selbst. Und morgen würde sie ihren Plan weiterverfolgen.

2. KAPITEL

Sir Philip Neville schlenderte durch den von der Morgensonne beschienenen Rosengarten, ohne dem süßen Duft oder den schweren, farbenprächtigen Blüten weiter Beachtung zu schenken. Seine Gedanken kreisten um die junge Frau, die er letzte Nacht auf so außergewöhnliche Art und Weise kennen gelernt hatte. Er hatte heute früh viel an sie denken müssen – in der Tat auch den größeren Teil der vergangenen Nacht, nachdem er sich in sein Zimmer zurückgestohlen hatte. Kaum zu glauben, dass sie mit den intriganten Moultons verwandt war!

Er fiel ihm schwer, irgendwelche Ähnlichkeiten in den Zügen der Cousinen zu erkennen. Andere würden wahrscheinlich sagen, dass Joanna die Hübschere wäre; ehrlicherweise musste er einräumen, dass er ihnen vor letzter Nacht vermutlich zugestimmt hätte. Joannas leuchtend blaue Augen und ihr rosiger Schmollmund entsprachen viel eher dem gängigen Schönheitsideal als die ausdrucksvollen grauen Augen und der großzügig geschnittene Mund ihrer Cousine. Aber wenn er an den sahnigen Teint und die energische Linie ihrer Wangen und ihres Kinns dachte, dann verschwammen Joannas lieblichere Züge vor seinem geistigen Auge. Und diese glänzende Masse blassgoldener Haare – wie hatte er diese Haare nur übersehen können?

Diese Frage hatte ihn stundenlang beschäftigt. Er weigerte sich zu glauben, von Joannas Schönheit so geblendet gewesen zu sein, dass er für alles andere taub und blind gewesen wäre. Joanna war ein hübscher kleiner Wildfang, sicher, und ihre unverschämten Blicke und ihr verheißungsvolles Lächeln hatten seine Lust geweckt, aber sie hatte ihm nicht den Kopf verdreht. Trotz ihrer unverblümten Einladung hatte er ursprünglich nicht vorgehabt, sie aufzusuchen. Er fand ihr Geschwätz langweilig, genau wie das der allermeisten Frauen, besonders das der jungen Damen der Gesellschaft, die ihm in der Hoffnung auf eine Ehe nachstellten. Und er war nicht davon überzeugt gewesen, dass die kurze Lust, die ihm ihr Körper schenken würde, die Mühe wert gewesen wäre, ihr die süßen Versprechungen zu machen, die sie erwartete, und noch viel weniger, sich ihr endloses Geplapper anhören zu müssen über ihre Frisur oder Kleider oder was für Belanglosigkeiten ihr sonst noch in den Sinn kamen.

Gott sei Dank war er dennoch gegangen, andernfalls hätte er nicht die Bekanntschaft der anderen Miss Moulton gemacht. Ihre Cousine fand er weitaus interessanter als die reizende Joanna. Er rief sich noch einmal den Moment ins Gedächtnis zurück, als ihre Gastgeberin ihn Mrs. Moulton und ihrer Tochter vorgestellt hatte. Er entsann sich vage einer anderen Frau, etwas abseits von Joanna und ihrer Mutter stehend. Ihm war der flüchtige Eindruck einer Frau mittleren Alters geblieben, die leicht von ihm abgewandt aus dem Fenster geschaut hatte. Das konnte doch nicht Joannas Cousine gewesen sein!

Er versuchte sich zu erinnern, warum er den Eindruck gehabt hatte, dass sie keine junge Frau war. Ihre Kleider waren schlicht und dunkel gewesen, und er meinte sich zu entsinnen, dass sie so ein scheußliches Häubchen auf dem Kopf gehabt hatte. Ja, genau! Ihre hoch gewachsene, schlanke Figur war in dunkle Kleider gehüllt gewesen, die durch nichts auffielen als ihren Mangel an modischem Schick, und ihre wundervollen Haare mussten von der altjüngferlichen Haube verdeckt gewesen sein. Er fragte sich, warum sie ihren größten Vorzug so versteckt hatte. Seine Schwester, das wusste er, würde alles darum geben, so dichtes blassblondes Haar ihr Eigen zu nennen.

Sir Philip konnte beinahe die seidige Weichheit ihres Haares spüren, wie es durch seine Finger glitt, und unterdrückte ein Stöhnen. Er erinnerte sich an den Geschmack ihres Mundes, an ihre zarte Haut unter seinen streichelnden Händen, an die Lust, die er ihr bereitet hatte. Philip lächelte. Das war eine Frau, die wahrhaft und ohne Verstellung Lust aus seinen Händen erfahren hatte, da war er sich sicher.

Gewiss, andere Frauen hatten gelächelt und gestöhnt und sich unter seinen Küssen und Zärtlichkeiten gewunden, scheinbar in Leidenschaft entbrannt. Aber bei seinen Mätressen war er nie ganz davon überzeugt gewesen, dass ihr Verlangen und ihre Erfüllung echt waren und nicht nur vorgetäuscht, um ihm zu schmeicheln, damit er sie weiter aushielt.

Sir Philip war in jungen Jahren in den Besitz von viel Geld gekommen, als er von seinem Großvater mütterlicherseits ein beachtliches Vermögen geerbt hatte. Der Tod seines Vaters ein paar Jahre später hatte seinen Reichtum noch vermehrt. Wenn sein Titel auch nur der eines Baronets war, konnten die Nevilles doch auf einen der ältesten und blaublütigsten Stammbäume mit unzähligen Verbindungen zu Dukes, Earls und Viscounts verweisen. Die Kombination von großem Reichtum und einem angesehenen Namen hatten ihn schon früh zu einem begehrten Junggesellen gemacht – von adeligen Mamas, die auf der Suche nach einem Ehemann für ihre Töchter waren, über gewöhnliche Damen der Nacht bis zu eleganten Schauspielerinnen oder Balletttänzerinnen, die bereit waren, ohne Aussicht auf eine Ehe in sein Bett zu kommen, waren alle hinter ihm her gewesen. Er hatte gelernt, seine Anziehungskraft auf sie zynisch zu betrachten, noch bevor er zwanzig geworden war.

Im Allgemeinen zog Sir Philip die ehrlicheren Geschäftsvereinbarungen mit einer ausgehaltenen Mätresse dem gezierten Flirten der wohlerzogenen jungen Mädchen vor, die alle miteinander genauso mit ihren Wimpern geklimpert und ihm zugelächelt und an seinen Lippen gehangen haben würden, wenn er ein schielender, stotternder Narr gewesen wäre, solange ihnen nur der Name Neville und das dazugehörige Vermögen als Preis gewinkt hätte.

Doch sogar bei seinen eleganten Mätressen war ihm stets bewusst gewesen, dass sie sich ihren Lebensunterhalt verdienten, indem sie ihm zu Gefallen waren, weshalb er ihren Liebeserklärungen keinen Glauben hatte schenken können.

Aber letzte Nacht war nichts vorgetäuscht oder gekünstelt gewesen. Die junge Frau hatte unbewusst auf seine Zärtlichkeit reagiert, unwillkürlich und ohne Verstellung. Eine so aufrichtig empfundene Leidenschaft schien ihm überaus anziehend. In der Tat erregte ihn auch jetzt der bloße Gedanke daran.

Er blieb stehen und sah sich zum Haus um, in der Hoffnung, dort irgendwo Miss Moulton zu entdecken. Wie er schon den ganzen Morgen lang Ausschau nach ihr gehalten hatte. Er wollte wieder mit ihr reden, ihre warme, angenehme Stimme hören, frei von jenem affektierten Gehabe, für das die meisten jungen Mädchen seiner Bekanntschaft so anfällig waren. Er wollte sie im hellen Tageslicht betrachten, sich vergewissern, dass ihre Haut wirklich so cremig und ihre Augen so leuchtend waren, wie sie ihm letzte Nacht erschienen waren. Bisher allerdings hatte sich die junge Dame zu seiner Enttäuschung nicht blicken lassen.

Er fragte sich, ob sie einfach eine Langschläferin war oder ob er sie nicht besser im Haus suchen gehen sollte. Es wäre immerhin möglich, dass sie eines jener zarten Geschöpfe war, die sich niemals an die frische Luft wagten.

Während er noch dastand und die Terrasse mit den Augen absuchte, hörte er auf dem kiesbestreuten Weg hinter sich Schritte und eine Frauenstimme, die sagte: „Ah! Sir Philip. So treffen wir uns wieder."

Es war ihre Stimme. Er drehte sich rasch zu ihr um. Sie war hoch gewachsen und hielt sich aufrecht, ohne sich der Tatsache bewusst zu sein oder darum zu kümmern, dass sie die meisten Männer überragte. Sie besaß eine schlanke Gestalt mit hoch angesetzten, verlockend vollen Brüste, doch leider war sie in ein Kleid aus braunem Bombassin gehüllt, das man eher an einer Gouvernante als an Ardis Moultons Nichte erwartet hätte. Ihr Haar war unter einem Strohhut verborgen, dessen breite Krempe ihr Gesicht in Schatten hüllte.

Er machte einen Schritt nach vorne, seine Lippen zu einem erfreuten Lächeln verzogen. Er sah sie an, bemerkte den großzügig geschwungenen Mund, die ausdrucksvollen, klugen grauen Augen unter zart gebogenen dunklen Brauen. Ihre Gesichtszüge waren zu ausgeprägt, um sie als echte Schönheit gelten zu lassen, aber ihm schien sie unwahrscheinlich anziehend. Ein Gesicht wie das ihre vergaß man nicht so leicht, und er erkannte schuldbewusst, dass er sie gestern tatsächlich nicht wirklich angeschaut hatte, denn dieses Gesicht hätte er nicht vergessen. Er wünschte, dass sie nicht diesen Hut aufhätte, so dass er ihr Haar im Sonnenlicht sehen könnte. Es juckte ihn in den Fingern, ihn ihr abzunehmen.

„Miss Moulton, was für eine freudige Überraschung. Ich fürchte, mein Morgenspaziergang ist gewöhnlich eine langweilige Angelegenheit, aber Sie werden ihn sicher durch Ihre Anwesenheit beleben. Wollen Sie ein Stück mit mir gehen...?" Er bot ihr den Arm.

Cassandra nahm ihn mit einem Lächeln. Sie hoffte bloß, dass ihre geröteten Wangen sie nicht verrieten. Sie hatte Sir Philip erst vor ein paar Minuten im Garten erspäht, wo sie hin und her gegangen war, um all ihren Mut zusammenzunehmen und ihn anzusprechen. Als sie sich ihm dann schließlich genähert und er sich zu ihr umgedreht und sie angelächelt hatte, da hatte ihr Herz einen höchst ungewohnten Satz gemacht, und ihr war plötzlich die Luft weggeblieben. Sie hatte noch nie zuvor so etwas in Gegenwart eines Mannes empfunden, genauso wenig wie sie je das dümmliche Bedürfnis verspürt hatte, einen Mann grundlos anzugrinsen, was sie, wie sie fürchtete, gerade tat. Es lag gewiss daran, dass sie so lange gezögert hatte, ihn anzusprechen.

Sie bemühte sich, nicht weiter zu beachten, wie heftig ihr Herz in ihrer Brust pochte, während sie unter einem weinberankten Bogen hindurch aus dem Rosengarten in den Park gingen. „Mein Name ist nicht Moulton“, begann sie.

„Ich bitte um Verzeihung. Ich hatte gedacht, da der Name ihrer Tante Moulton ist...“

„Selbstverständlich. Nur ist sie die Frau des Bruders meiner Mutter.“

„Verstehe. Dann sind Sie mir gegenüber im Vorteil, fürchte ich. Wie lautet Ihr Name?“

Ihr Mut ließ sie im letzten Moment im Stich und so antwortete sie bloß: „Cassandra.“

„Cassandra!“ Seine Augen funkelten belustigt, und sie bemerkte, dass sie im Sonnenlicht eher golden als braun aussahen. „Ein ziemlich unheilschwangerer Name für ein Kind, nicht wahr?“

„Ich weiß nicht. Vielleicht dachten Mama und Papa, dass er mir seherische Fähigkeiten bescheren würde. Papa steckte damals in seiner griechischen Periode, so dass ich vermutlich froh sein sollte, dass sie mich nicht Persephone oder Elektra genannt haben.“

„Hm. Das stimmt.“ Er schien von der Vorstellung fasziniert.

„Meine Geschwister rufen mich einfach Cassie. Das ist nicht so übel."

„Keines von beiden ist übel. Das habe ich auch gar nicht damit sagen wollen. Cassandra ist ein hübscher Name. Es ist bloß..."

„Ich weiß. Die Art Name, mit dem die meisten Leute nicht unbedingt ein unschuldiges Kind belasten würden."

Er lächelte leise. „Das hätte ich vielleicht anders ausgedrückt."

„Bloß weil Sie höflich sind."

„Und war Ihr Vater auch noch in seiner griechischen Periode, als Ihre Geschwister geboren wurden?" erkundigte er sich.

Cassandra konnte nicht anders, sie musste lachen, ein Lachen, das Sir Philip augenblicklich verzauberte. „Sie meinen, haben sie Namen wie Ajax, Agamemnon und Demeter?"

„Genau." Er zwinkerte ihr zu.

„Meine Schwester heißt Olivia. Ist zwar noch nahe dran, aber der Name stammt aus dem Lateinischen, denke ich. Als die Zwillinge geboren wurden, hatte er diese Phase hinter sich gelassen, denn sie heißen Crispin und Hartley, was – wenn auch nicht gerade Ned oder Tom – doch immerhin nicht klassische Namen sind."

„Nein, beides richtig britische Namen."

Sie näherten sich dem Irrgarten, und Cassandra deutete darauf. „Wollen wir in den Irrgarten gehen? Ich habe ihn gestern erforscht und den richtigen Weg entdeckt. In der Mitte gibt es einen reizenden Springbrunnen."

Sir Philip stellte sich vor, wie es wäre, mit Cassandra allein über die von hohen Hecken umschlossenen Wege zu schlendern, und Hitze schoss in seine Lenden. „Ja", antwortete er ein wenig heiser. Er räusperte sich. „Das hört sich wunderbar an."

„Es ist nett – auch wenn das Labyrinth nicht sonderlich kompliziert ist. Unser alter Irrgarten zu Hause war schrecklich verzwickt. Sogar wir selbst haben uns immer wieder darin verlaufen. Einmal, als Hartley und Crispin noch kleiner waren, gingen sie hinein, und wir brauchten Stunden, um herauszufinden, wo sie waren. Papa drohte, das Labyrinth ganz zu schließen, aber wir konnten ihn dazu überreden, bloß den Eingang zu versperren, bis die Jungs älter waren."

Sie ließ unerwähnt, dass der einst gepflegte Irrgarten inzwischen viele Jahre lang vernachlässigt worden war; die sorgfältig gestutzten Hecken waren an vielen Stellen zusammengewachsen, und auf den Wegen wucherte Unkraut. Sie hatten einfach nicht mehr genug Geld für einen Gärtner gehabt.

„Wo liegt Ihr Zuhause?"

„In den Cotswolds, in der Nähe von Fairbourne. Genau genommen leben wir seit Vaters Tod bei Tante Ardis. Sie wohnt nicht weit von unserem alten Haus, aber wir vermissen es trotzdem." Sie lächelte und schob ihr Kinn entschlossen vor. „Aber unsere Lebensumstände werden sich demnächst ändern, und dann werden wir wieder nach Hause können."

Sie betraten den Irrgarten und folgten dem gewundenen Weg. Hier bewegte sich kein Lüftchen, und es war still, nur ab und zu zwitscherte ein Vogel. Umschlossen von den hohen, sattgrün belaubten Wänden schien es fast, als hätten sie sich in eine andere Welt begeben. Sie gingen schweigend, beide unwillig, die Stille zu stören.

Als sie schon tief im Labyrinth waren, holte Cassandra hörbar Luft und sah Sir Philip mit ernster Miene an. „Ich habe Ihnen noch nicht meinen Nachnamen gesagt."

„Nein, das haben Sie nicht." Ihm war es aufgefallen, und er hatte sich gewundert. Jetzt wuchs seine Neugier noch weiter.

„Nun, wie schon gesagt, bin ich keine Moulton. Das war der Mädchenname meiner Mutter. Mein Name ist Verrere."

Er blieb jäh stehen und sah sie überrascht an. In seinen Augen erschien ein wachsamer Ausdruck, und er bemerkte leise: „Ah, eine treulose Verrere."

Cassandra stemmte die Hände in die Hüften und starrte zurück. „Ein gewissenloser Neville", entgegnete sie.

Einige Augenblicke lang standen sie einfach da und blickten einander an. Schließlich ging Sir Philip wieder weiter und sagte bloß: „Und was könnte eine Verrere von einem Neville wollen?"

Cassandra suchte nach den richtigen Worten. Sie hatte monatelang auf diesen Moment gewartet. Es war vermutlich die einzige Chance, die sie bekommen würde, und deshalb war es unabdingbar, dass sie es richtig machte.

„Ich weiß, dass unsere Familien jetzt schon seit vielen Jahren, nun..."

„Verfeindet sind?" schlug er vor.

„Verfeindet scheint mir ein ziemlich starkes Wort, um das Verhältnis der beiden Familien zu beschreiben", wandte Cassandra ein. „Es ist inzwischen mehr als hundert Jahre her, seit ein Neville und ein Verrere das letzte Mal versucht haben, einander umzubringen."

„Hm. Zweifellos eine erhebliche Verbesserung."

Es hatte eine Zeit gegeben, da beide Familien stets bereit gewesen waren, die Degen zu ziehen. Jede Bemerkung eines Neville über einen Verrere war als tödliche Beleidigung aufgefasst worden und umgekehrt. Über die Jahre war die tiefe Feindschaft dann verblasst – beide Familien hatten sich darauf beschränkt zu versuchen, die anderen bei jeder Gelegenheit auszustechen, egal ob es um Bälle, Kutschen oder Rennpferde ging. Irgendwann war dann auch dieser Groll verebbt, so dass Gastgeberinnen wieder Nevilles und Verreres zu demselben Anlass einladen konnten, ohne fürchten zu müssen, dass keiner von beiden jemals wieder ein Wort mit ihr wechseln würde.

Cassandra hatte den Verdacht, dass die heftige Rivalität vor allem deshalb eingeschlafen war, weil den Verreres langsam das Geld ausging, während der Reichtum der Nevilles sich wie gewohnt mehrte. Den Verreres war es schlicht und einfach unmöglich geworden, weiter mitzuhalten. Da sie die Nevilles nicht mehr länger in puncto Besitztümer oder Bälle übertreffen konnten, blieb ihnen lediglich ihr Titel und der höhere Rang von Chesilworth, um auf die Nevilles herabzublicken. Eigentlich hatten sich die Verreres zu Lebzeiten ihres Vater gänzlich vom gesellschaftlichen Leben zurückgezogen. Ihr Großvater hatte schon lange zuvor das Londoner Stadthaus verkaufen müssen, um Schulden zu bezahlen, und die Ausgaben für angemessene Kleidung und die Miete eines Hauses für die Saison lag jenseits ihrer finanziellen Möglichkeiten. Ihr Vater war ohnehin ein Gelehrter gewesen, der nur zu gerne auf die jährliche Londoner Saison verzichtete. Er hatte stets lieber das wenige Geld, das er besaß, für Bücher und Kunst ausgegeben.

„Ich vertraue darauf, dass Sie nicht so engstirnig sind, mir meinen Namen zum Vorwurf zu machen", fuhr Cassandra fort und warf Sir Philip einen herausfordernden Blick zu.

Seine Lippen verzogen sich zu einem zynischen Lächeln. „Als Kind wurde mir immer damit gedroht, dass, wenn ich nicht brav wäre, die Verreres mich holen kommen würden. Wie auch immer, ich gehe davon aus, dass ich in der Lage sein werde, gegen diese eine besondere Verrere zu bestehen."

„Ich bin hier, um Sie um Hilfe zu bitten, und nicht, um Sie zum Kampf zu fordern."

Seine Brauen hoben sich. „Meine Hilfe? Eine Verrere, die einen Neville um Hilfe bittet?"

Cassandra runzelte die Stirn. „Planen Sie, weiter so schwierig zu sein? Das ist lächerlich. Ich bin ausdrücklich Ihretwegen zu dieser Gesellschaft gekommen, um mit Ihnen zu reden, aber ich sehe schon, dass das reine Zeitverschwendung war, wenn Sie nicht bereit sind, Ihre kleinlichen Vorurteile lange genug fallen zu lassen, um mich anzuhören."

Er konnte nicht anders, er musste einfach bei ihrer scharfen Zurechtweisung grinsen. „Verzeihen Sie, Miss Verrere." Er setzte wieder eine ernste Miene auf. „Da meine Leichtfertigkeit Ihnen so missfällt, werde mich bemühen, von nun an den angemessenen Ernst zu zeigen. Dennoch muss ich Ihnen mitteilen, dass ich es von einer Verrere etwas gewagt finde, auch nur daran zu denken, mich um Hilfe zu bitten, ganz davon zu schweigen, anzunehmen, dass ich bereit wäre, diese Hilfe zu gewähren."

„Na ja, über Ihre Hilfsbereitschaft kann ich selbstverständlich nichts wissen. Aber ich baue darauf, dass Sie genügend Vernunft besitzen, um zu erkennen, wie vorteilhaft die Sache für beide Seiten wäre."

„Ich fürchte, ich kann Ihnen bereits jetzt schon nicht mehr folgen. Was wäre vorteilhaft?"

„Das will ich Ihnen doch gerade erläutern. Ah, hier sind wir in der Mitte angekommen. Ist das nicht ein friedvoller Ort? Warum setzen wir uns nicht dort auf die Bank, während ich Ihnen alles erkläre?"

„Unbedingt."

Neville wischte in einer ritterlichen Geste mit seinem Taschentuch die Bank ab, und sie ließen sich nieder. Eine Weile lang musterten sie einander prüfend, dann begann Cassandra. „Ich suche nach der Spanischen Mitgift."

Neville starrte sie verständnislos an. „Der was?"

Cassandra zog die Brauen zusammen. „Sie müssen doch davon gehört haben. Das ist schließlich der Grund für die Zwietracht zwischen unseren Familien."

Gegen Ende des sechzehnten Jahrhunderts hatten die Nevilles und Verreres beschlossen, ihre Familien durch eine Heirat zu verbinden. Ein Ehevertrag zwischen Sir Edric Neville und der Tochter von Richard Verrere, Lord Chesilworth, wurde ausgehandelt. Die Tochter hieß Margaret, und sie hatte es vorgezogen, statt Sir Edric zu heiraten, sich am Abend vor ihrer Eheschließung aus dem Haus der Nevilles zu stehlen und mit dem Mann, dem ihr Herz gehörte, davonzulaufen. Es hatte einen gewaltigen Skandal gegeben, der durch die Tatsache gekrönt wurde, dass die stattliche Mitgift der Braut ebenfalls verschwunden war. Der Vorfall hatte die Familien für die folgenden zweihundert Jahre entzweit.

„Sie meinen Black Maggies Mitgift?“ entfuhr es Sir Philip.

Sie schaute ihn missbilligend an. „Wenn Sie Margaret Verrere meinen, dann ja, es ist ihre Mitgift, von der ich spreche. Eine Sammlung von spanischen Kleinodien, die Colin Verrere im späten sechzehnten Jahrhundert zusammengetragen hatte.“

Philip schnaubte. „Zusammengeklaut, wollen Sie sagen. Colin Verrere war mit Leib und Seele Pirat.“

„Er besaß einen Freibeuterbrief, der ihm von Königin Elizabeth persönlich ausgestellt worden war“, entgegnete Cassandra hitzig. „Er war ein Patriot, und ein so ausgezeichneter Seemann wie Krieger.“

„Legalisierte Piraterie. Ich wage zu bezweifeln, dass die spanischen Seeleute, die er tötete, den Unterschied zu schätzen wussten.“

„Es war Krieg“, erinnerte ihn Cassandra kühl. „Spanien war zu jener Zeit unser Feind, und jeder Schaden, der dem spanischen Handel zugefügt wurde, war ein Sieg für England und die Königin.“

„Ja, und wie passend war es, dass sich durch seine ‚Vaterlandsliebe‘ Lord Chesilworths Taschen so reich füllten.“

Cassandra sah ihn verärgert an. „Es bereitet mir Schwierigkeiten, nachzuvollziehen, wie ein Engländer Sympathie für ein Land entwickeln kann, das versucht hat, sein eigenes zu erobern.“

Philip zuckte die Schultern. „Ich habe keine besondere Vorliebe für Spanien, Miss Verrere. Wie auch immer, ich glaube daran, das Kind beim Namen zu nennen, anstatt ganz gewöhnliche Habgier mit Vaterlandsliebe zu bemänteln.“

Sie sah ihn einen Augenblick lang prüfend an. „Ehrlich gesagt, denke ich, genießen Sie es lediglich, schwierig zu sein.“

Ihre Worte entlockten ihm ein leises Lachen. „Vielleicht haben Sie Recht.“ Er machte eine Pause, dann fügte er hinzu: „Das ist aber sowieso egal. Es gibt keine Mitgift. Das ist nur eine Legende.“

„Eine Legende! Selbstverständlich ist es keine Legende. Die Spanische Mitgift gibt es wirklich. Warum sonst sollte Ihr Neville-Vorfahr die Angelegenheit so hartnäckig sowohl vor Gericht als auch außerhalb verfolgt haben? Warum beharrte er wohl sonst darauf, dass die Mitgift rechtmäßig ihm zustand, wenn es in Wirklichkeit gar keine gab?“

„Oh, ich gebe gern zu, dass Chesilworth ein paar Juwelen und andere Kostbarkeiten besaß, die sein Vater von spanischen Schiffen geraubt hatte, aber deren Größe und Wert sind im Laufe der Jahre weit über die tatsächlichen Ausmaße hinaus übertrieben worden. Wer kann schon sagen, ob die Mitgift wirklich so wertvoll war, und wer kann schon sagen, ob Chesilworth die Mitgift wirklich seiner Tochter mitgegeben hat? Es könnte ein ausgefeilter Plan gewesen sein, Sir Edric zu übervorteilen.“

„Ach was! Papperlapapp!“ sagte Cassandra unverblümt, und Farbe schoss ihr in die Wangen. „Ich habe in den Verrere-Rechnungsbüchern die Liste gelesen, die aufgezeichnet wurde, als die Truhe auf Margarets Wagenzug verladen wurde. Ungefasste Smaragde und Rubine aus Südamerika, Goldmünzen, Goldschmuck, Smaragdohrringe – und das schönste und kostbarste Stück des Schatzes – ein massiv goldener Leopard von exquisiter Arbeit, mit Smaragdaugen und einem Halsband aus Rubinen.“

Cassandras Augen glänzten, als sie an die unbezahlbare Statue dachte. „Es war ebenso ein Kunstwerk, wie es unvorstellbar wertvoll war. Es war das Kronjuwel in Colin Verreres Sammlung spanischer Schätze."

„Falls der Schatz tatsächlich verladen und mit Margaret Verrere nach Haverly House geschickt wurde", erklärte Sir Philip entschieden, „dann hat die Schwarze Maggie die Mitgift mitgenommen, als sie fortlief. Sir Edric hatte sie ganz offensichtlich jedenfalls nicht, denn sonst hätte er nicht Chesilworth deswegen verfolgt, und Chesilworth behauptete steif und fest, dass er sie nicht mehr hätte. Also log entweder Chesilworth, oder die Schwarze Maggie hat sie mitgenommen, damit es ihr und ihrem Liebsten leichter wäre, ein neues Leben in den Kolonien zu beginnen."

„Würden Sie bitte aufhören, sie so zu nennen? Margaret Verrere war keine Diebin, und sie hat die Spanische Mitgift nicht genommen. Sie hat sie auf dem Neville-Besitz zurückgelassen, als sie durchbrannte."

Sir Philip blickte sie befremdet an. „Sie sprechen, als kannten Sie die Frau. Sie ist seit mindestens hundertfünfzig Jahren tot."

„Einhundertfünfundfünfzig, um genau zu sein", verbesserte Cassandra ihn. „Aber ich habe das Gefühl, als würde ich sie kennen. Wissen Sie, ich habe ihre Tagebücher gelesen."

Einen Augenblick lang herrschte verblüfftes Schweigen. Sir Philip starrte sie an.

„Diese Geschichte wird ja immer phantastischer", sagte er dann. „Miss Verrere, wenn das tatsächlich Ihr Name sein sollte, in mir beginnt sich der Verdacht zu regen, dass irgendjemand sich mit mir einen Scherz erlauben will."

„Ehrlich, Sir Philip." Cassandra warf ihm einen verärgerten Blick zu – so wie sie ihre Brüder anzublicken pflegte, wenn sie sich schlecht benommen hatten, was stets zur Folge hatte, dass sie sich sehr unbehaglich fühlten. Bedauerlicherweise hatte der Blick nur sehr wenig Wirkung auf Sir Philip. „Sie sind der misstrauischste Mensch, den ich jemals das Pech hatte zu treffen. Erst bezweifeln Sie, dass die Mitgift, die in den Büchern verzeichnet ist und die einer Ihrer Vorfahren sein Leben lang versucht hat, in seine Hände zu bekommen, überhaupt existiert. Dann ziehen Sie in Zweifel, ob sie wirklich zu den Nevilles geschickt worden ist. Und jetzt erklären Sie, mir nicht zu glauben, dass ich die bin, die ich behaupte zu sein. Das verstehe ich nicht. Sind Sie von Natur aus so misstrauisch, oder haben Sie bloß so viele Lügner und Betrüger getroffen, dass Sie gänzlich desillusioniert sind?"

Neville verzog das Gesicht. „Ich bezweifle nur deswegen Ihre Geschichte, meine liebe Dame, weil sie überaus unglaubwürdig ist. Und was diese sogenannte Spanische Mitgift angeht, sage ich bloß, dass das alles sich vor so langer Zeit zugetragen hat und sich so viele Geschichten darum ranken, dass wir unmöglich die Wahrheit herausfinden können."

„Aber das können wir. Das versuche ich Ihnen doch schon die ganze Zeit zu sagen, wenn Sie mir nur zuhören würden. Ich bin im Besitz von Margaret Verreres Tagebüchern."

„Und wo haben Sie die her?" Neville faltete die Hände locker in seinem Schoß und setzte die Miene eines Menschen auf, der erwartet, eine lange und unterhaltsame Geschichte zu hören zu bekommen.

„Von Mr. Simons. Perryman Simons – er ist ein Buchhändler in London. Er verkaufte die Tagebücher an meinen Vater. Vermutlich wissen Sie es nicht, aber mein Vater, der verstorbene Lord Chesilworth, war sein Leben lang von der Spanischen Mitgift fasziniert."

„Ich habe gehört, dass es eine... eine sehr beständige Leidenschaft von ihm war."

„Aus Ihrer bemüht ausdruckslosen Miene schließe ich, dass Sie gehört haben, dass er besessen davon war. Verrückt ist die übliche

Bezeichnung, glaube ich." Sie zuckte die Schultern. „Bitte belasten Sie sich nicht damit, meine Gefühle zu schonen. Ich bin keine sonderlich empfindsame Frau. Außerdem habe ich das alles schon zuvor gehört, und vermutlich Schlimmeres. Aber was auch immer die Leute über meinen Vater gesagt haben mögen, er war auf jeden Fall ein kluger Mann, ein Gelehrter. Seine Schlussfolgerungen basierten auf erwiesenen Tatsachen und nicht auf Wunschdenken. Natürlich hatte er auch Zugang zu den Familienaufzeichnungen und den Erzählungen, die von Generation zu Generation weitergereicht wurden. Er wusste, dass Margaret Verrere nicht die Sorte Frau war, einfach die Mitgift an sich zu nehmen. Die Verreres waren immer schon stolz auf ihre Ehrenhaftigkeit, müssen Sie wissen."

„Etwas, das Margaret vollkommen vergessen zu haben schien, als sie den Ehevertrag mit Sir Edric brach und ihn vor dem Altar sitzen ließ."

„Sie liebte einen anderen!" erwiderte Cassandra scharf. „Sie hatte jedes Recht, den Mann zu heiraten, den sie liebte, anstatt sich in eine liebeleere Ehe zwingen zu lassen, die allein aus politischen Gründen zwischen den Familien beschlossen worden war. Sir Edric mag wohlhabend und mächtig gewesen sein, aber es ist schließlich kein Geheimnis, wie die Nevilles zu Macht und Reichtum gekommen sind – sie sind für ihr rücksichtsloses, berechnendes, räuberisches Vorgehen bekannt, und zweifellos unterschied sich Sir Edric kein bisschen von den anderen Nevilles."

„Ja, genau. Das ist schließlich etwas ganz anderes, als spanische Schiffe aufzubringen wie der erste Lord Chesilworth", entgegnete Sir Philip sarkastisch.

„Colin Verrere war ein Mann der Tat, zugegeben." Cassandra setzte sich aufrechter hin und fixierte den Mann, der neben ihr auf der Bank saß. „Aber er war auch ein Mann der Königin, der die Feinde der Krone bekämpfte. Er war loyal und folgte einem Ehrenkodex. Die Verreres waren wenigstens nie bereit, aus Machthunger alles zu tun, was nötig war, um Land und Geld zu erwerben, rücksichtslos gegen alle anderen. Sie haben kein Vermögen an Ländereien angehäuft, indem sie während des Mittelalters jeden mit Krieg überzogen haben, dessen Land sie begehrten. Sie sind nicht am Hof geblieben, um um den König herumzuscharwenzeln."

„Wollen Sie andeuten, dass die Nevilles das getan haben?" Sir Philip sprang auf, seine Augen glühten. „Dass sie ihr Geld mit dem Leid anderer erworben haben, ihr Wohlstand aus unehrenhaften Auseinandersetzungen stammt? Nur den Geschenken des Königs zu verdanken ist? Die Nevilles waren schon immer seltsam. Aber sie haben nie unehrenhaft gehandelt, und es geschah viel häufiger, dass der König sie um Geld bat, als andersherum. Sie waren ausgezeichnete Krieger, das stimmt, und ich bin stolz darauf. Doch sie haben nie einen Kampf angezettelt. Sie haben ihr Geld investiert, und zwar dort, wo es Gewinn brachte, anstatt es auf zweifelhafte Kunstwerke oder rauschende Feste oder architektonische Spielereien zu verschwenden." Er warf Cassandra einen bezeichnenden Blick zu. „Die Verreres sind Träumer – unfähig und im Allgemeinen nicht dazu in der Lage, vernünftige Geschäftsentscheidungen zu treffen."

„Als ob das alles wäre, was im Leben zählt!" erwiderte Cassandra mit blitzenden Augen. „Ja, die Verreres waren Träumer. Sind es immer noch. Es ist nichts Schlimmes daran, zu träumen. Schließlich sind es die Träumer, die Visionen haben und Kunstwerke schaffen. Die Verreres sind Gelehrte, und sie interessieren sich mehr für schöne Dinge als für den Preis von Tee oder Tabak."

„Ach, aber die Preise von Tee oder Tabak zu kennen, kann durchaus nützlich sein, wenn man weiter Geld für schöne Dinge ausgeben können will."

Cassandras Wangen röteten sich. Offenbar wusste er über die angespannte finanzielle Lage ihrer Familie Bescheid. Zweifelsohne waren ihres Vaters bedauerliche Investitionen in verschiedene phantastische Erfindungen und Geschäfte Stadtgespräch gewesen. „Da haben Sie gewiss Recht", sagte sie mit gepresster Stimme. „Aber Gelehrsamkeit und Geschäftstüchtigkeit scheinen nicht Hand in Hand zu gehen."

Nevilles Zorn verrauchte. Seine Verärgerung über Cassandra hatte ihn einiges unverblümter sagen lassen, als es höflich gewesen wäre. Natürlich wusste er von den verrückten Geschäftsplänen des armen alten Chesilworth und ihrem Fehlschlagen, doch normalerweise wäre er nie so flegelhaft gewesen, dieses Wissen der Tochter jenes Mannes unter die Nase zu reiben.

„Entschuldigen Sie", sagte er rasch. „Ich meinte nicht..."

Cassandra seufzte. „Natürlich meinten Sie." Sie sah ihm ins Gesicht. „Ich weiß selber, dass mein Vater nicht mit Geld umgehen konnte. Genausowenig wie mein Großvater. Es ist offensichtlich, nach dem, wie es den Verreres im Laufe der Jahre ergangen ist. Sie haben Recht. Schönheitsliebe und Gelehrsamkeit bringen kein Geld. Dennoch...", sie straffte stolz ihre Schultern, „... würde ich mir meinen Vater nie anders gewünscht haben. Er war ein guter Mann, und ich habe ihn sehr geliebt."

„Er war vom Glück begünstigt, eine Tochter wie Sie zu haben."

Cassandra lächelte schwach. „Ich hoffe, er dachte auch so."

„Davon bin ich überzeugt. Jeder wusste, wie viel Chesilworth an seiner Familie lag."

„Ja. Er hat uns geliebt." Cassandra schluckte und blinzelte die plötzlichen Tränen fort, die ihr bei dem Gedanken an ihren Vater in die Augen stiegen. „Es tut mir Leid. Ich fürchte, ich vermisse ihn immer noch sehr."

Sir Philip begann unbehaglich auf und ab zu gehen. „Verzeihung. Ich..."

Cassandra schüttelte den Kopf, ein Lächeln auf den Lippen.

„Nein. Ich muss mich entschuldigen, vom Thema abgekommen zu sein. Wir sprachen von den Tagebüchern."

„Ach ja, die Tagebücher." Der leicht ironische Ausdruck legte sich erneut über Sir Philips Züge, aber er nahm wieder neben ihr auf der Bank Platz. „Gewiss."

„Es handelt sich um die Tagebücher, die Margaret Verrere ihr Leben lang geführt hat, seit sie nach Amerika gekommen war. Insgesamt gibt es sieben, und Mr. Simons verkaufte sie meinem Vater kurz vor... vor seinem Tod." Cassandra hielt es nicht für nötig, hinzuzufügen, dass ihr Vater mehr, als sie sich hatten leisten können, für den Erwerb der Bücher ausgegeben hatte und sie dadurch bei seinem Tod in noch viel beengteren finanziellen Verhältnissen zurückgelassen hatte. Sie konnte seine Beweggründe nur zu gut nachvollziehen. „Bedauerlicherweise kam Vater nicht dazu, sie gründlich zu lesen, bevor er krank wurde. Nachdem – nun, nachher habe ich die Tagebücher gelesen." Sie reckte entschlossen die Schultern und beugte sich eifrig vor. „In ihnen schreibt Margaret, dass sie die Mitgift auf dem Besitz der Nevilles zurückgelassen hat. Und nicht nur das, sie hat sogar aufgeschrieben, wie man sie finden kann. Wenn wir uns zusammentun, können Sie und ich die Spanische Mitgift aufspüren."

3. KAPITEL

Mit einem triumphierenden kleinen Lächeln lehnte sich Cassandra zurück und blickte ihn erwartungsvoll an.

Sir Philip sah ihre glänzenden Augen und sagte nach einer Weile behutsam: „Miss Verrere, kommt es Ihnen nicht auch ein wenig zu... sagen wir mal, passend vor, dass diese lebenslang geführten Tagebücher einer Frau, die in den Kolonien gelebt hat, auf einmal ausgerechnet hier und jetzt in England auftauchen?"

Cassandra seufzte. „Ich habe fast befürchtet, dass die Zusammenarbeit mit einem Neville so aussehen würde. Haben Sie denn gar keinen Abenteurergeist? Kein Interesse an einem seit Generationen verschwundenen Schatz?"

„Ich habe kein Interesse an Märchen", erwiderte er. „Wirklich, Miss Verrere... Sie erkennen doch gewiss selber, dass das Ganze ein Schwindel ist. Nicht nur, dass die Tagebücher – nach all den Jahren – mit einem Mal hier auftauchen, nein, sie fallen auch noch Mr. Simons in die Hände, der zufälligerweise der Buchhändler Ihres Vaters ist. Es tut mir Leid, aber das strapaziert meine Gutgläubigkeit zu sehr."

Cassandra beherrschte sich mit Mühe, indem sie sich daran erinnerte, dass sie gewusst hatte, wie schwer es sein würde, einen Neville für ihren Plan zu gewinnen. Sie hatte allerdings gehofft, dass Sir Philip sich als weniger harter Brocken herausstellen würde als sein Vater, Sir Thomas, den Cassandras Vater einmal als „langweiligen Hund" und „kalten Fisch" bezeichnet hatte. Natürlich war Sir Philips Besuch in ihrem Zimmer gestern Nacht alles andere als langweilig gewesen, weswegen sie sich zu der Hoffnung hatte hinreißen lassen, dass er abenteuerlustiger wäre, aber inzwischen hatte sie eingesehen, dass er wie ein typischer Neville dachte.

Geduldig erklärte sie: „Ich finde das gar nicht so seltsam. Mr. Simons sagte, dass der Amerikaner, der es ihm verkaufte, ein Nachfahre von Margaret Verrere ist. Der Mann, dessen Familie die Tagebücher all die Zeit aufgehoben hat, ist ein Kaufmann, der ab und zu geschäftlich in England zu tun hat. Er dachte sich, dass die Bücher hier in England, da Margaret von hier stammte, einen höheren Preis erzielen würden. Amerikaner haben wohl keinen Sinn für alte Dinge."

„Hm. Zweifellos verfügen sie jedenfalls ebenso wenig über die für eine Schatzsuche nötige Abenteuerlust."

Cassandra unterdrückte ein Stirnrunzeln und fuhr unbeirrt fort. „Mr. Simons war nicht der einzige Buchhändler, dem er die Bücher angeboten hat, aber Mr. Simons war als Einziger an ihnen interessiert, einfach weil er Papas Buchhändler war. Er wusste, dass Papa die Bücher auf jeden Fall würde haben wollen. Nur deshalb war Mr. Simons bereit, die Tagebücher anzukaufen."

„Miss Verrere, ich denke, es ist wesentlich wahrscheinlicher, dass dieser Kerl – Simons? – oder einer seiner Kumpane die Tagebücher selbst angefertigt hat, in dem Wissen, in Ihrem Vater einen willigen Käufer zu finden."

„Sir Philip!" Cassandra sah schockiert aus. „Perryman Simons ist ein angesehener Londoner Buchhändler. Mein Vater hat in der Vergangenheit viele Geschäfte mit ihm gemacht. Mr. Simons hätte niemals versucht, ihm eine Fälschung anzudrehen! Und selbst wenn, warum hätte er dann all dies Zeug über die Mitgift schreiben sollen? Dadurch gewinnt er doch nichts."

„Ach nein? Geschichten über einen verborgenen Schatz machen zweifellos die Bücher leichter verkäuflich. Ich wette, dass er von Ihrem Vater einen deftigen Preis gefordert hat."

„Die Summe war ziemlich hoch", räumte Cassandra unwillig ein. „Aber es handelt sich schließlich um historische Dokumente von großer Bedeutung für meine Familie. Papa hätte die Bücher auch dann gekauft, wenn sie keinen Hinweis auf die Mitgift enthalten hätten."

„Der Händler konnte sich dessen aber nicht sicher sein. Miss Verrere, ich befürchte, Ihr Vater und Sie sind einem skrupellosen Betrüger aufgesessen."

Cassandra verzog gereizt den Mund. „Ich stelle es mir nicht gerne vor, was Ihnen in Ihrem Leben alles zugestoßen sein muss, dass Sie so ein Zyniker geworden sind."

„Denken Sie bloß an letzte Nacht, dann wissen Sie es."

Cassandra dachte daran, was ihre Tante und Cousine ausgeheckt hatten. „Oh."

„Ich habe einfach mehr von der Welt gesehen als Sie, Miss Verrere. Ich fürchte, Sie sind zu vertrauensselig, und vermutlich war Ihr Vater das auch. Gelehrte sind das oft, besonders wenn es um ihr Fachgebiet geht."

„Ganz bestimmt besaß mein Vater kein so ausgeprägtes Misstrauen seinen Mitmenschen gegenüber wie Sie", gab Cassandra zu. „Aber er kannte Mr. Simons. Er hatte schon jahrelang mit ihm Geschäfte gemacht."

„Bitte, ich will mich nicht auf die Theorie versteifen, dass Simons die Bücher gefälscht hat. Er kann auch unwissentlich Opfer geworden sein. Vielleicht ist auch der Mann, der sie ihm verkauft hat, der wahre Schuldige."

„Das würde bedeuten, dass die Fälschung ausgezeichnet gewesen sein muss, um meinen Vater, einen Liebhaber antiquarischer Bücher, und Mr. Simons, einen der erfahrensten Buchhändler des Landes, zu täuschen. Keiner von beiden äußerte jemals den Verdacht, dass die Tagebücher nicht echt wären – das Papier, die Tinte, der Einband, alles ist wirklich alt. Es sei denn, Sie wollen andeuten, dass die Bücher schon vor einhundertfünfzig Jahren oder mehr gefälscht wurden, so dass die Nachfahren des Fälschers sie irgendwann in ferner Zukunft meinem Vater würden verkaufen können?"

„Nein, natürlich nicht."

„Mein Vater kannte sich mit Büchern aus. Vielleicht war er ein wenig naiv, aber er war nicht dumm. Er hätte es gemerkt, wenn die Tagebücher in den letzten Monaten geschrieben worden wären. Es wäre ihm aufgefallen, dass das Papier nicht alt war oder die Tinte nicht verblasst. Wer immer sie hätte fälschen wollen, hätte sich große Mühe geben müssen, dass sie wirklich alt aussehen, um Papa zum Narren zu halten. Ich kann mir nicht vorstellen, dass es das alles wert gewesen wäre, berücksichtigt man den Preis, den Papa gezahlt hat – einmal abgesehen von der Arbeit, sich all die Sachen auszudenken, die in den Büchern stehen. So eine Fälschung wäre viel zu aufwendig. Viel wahrscheinlicher ist, dass es tatsächlich Margaret Verreres Tagebücher sind."

„Mir fällt es schwer, zu glauben, dass eine Frau in ihrem Tagebuch Anweisungen aufschreiben würde, wie man einen Schatz finden kann. Ein Tagebuch ist etwas, das man für sich schreibt, und sie wusste ja schon, wo der Schatz versteckt war."

„Sie hat keine Anweisungen aufgeschrieben, wie Sie sagen. Ihre Bemerkungen über die Mitgift tauchen über das ganze Buch verstreut auf, und es handelt sich teilweise nur um Randbemerkungen oder indirekte Verweise. Sehen Sie, in dem ersten Buch, das sie kurz nach ihrer Ankunft in Amerika begonnen hat, erwähnte sie von Zeit zu Zeit, wie sehr sie sich darüber sorgte, dass sie nichts von ihrem Vater gehört hatte. Sie hatte ihm einen Brief geschickt, aber nichts von ihm gehört, was zeigen würde, dass er den Brief auch wirklich erhalten hätte. Einmal deutet sie an, dass der Brief den Schlüssel zu dem Versteck der Mitgift enthielt. Darum hatte sie ihn ihm geschickt."

„Dann ist doch ganz offensichtlich, was geschehen ist. Chesilworth hat den Brief erhalten, ist ihren Anweisungen gefolgt und hat die Mitgift gefunden. Er hat sich nur nie die Mühe gemacht, ihr zu schreiben, um ihr mitzuteilen, dass er sie hat. Vermutlich war er immer noch ein bisschen verstimmt, weil sie dafür gesorgt hatte, dass sein Name mit Betrug gleichgesetzt wurde."

„Sir Philip, ich fürchte, dass es sich als ausgesprochen schwierig herausstellen wird, wenn Sie auf Ihrer – verfälschten, wie ich betonen möchte – Sicht der Dinge beharren wollen. Man sollte meinen, dass ein moderner Mann in der Lage wäre, zuzugeben, dass eine Frau das Recht hat, zu heiraten, wen sie will."

„Dagegen habe ich nichts einzuwenden, nur gegen die Art und Weise, wie das geschah. Sich erst zu verloben und sich dann in der

Nacht vor der Hochzeit davonzustehlen, ist nicht gerade das, was ich unter korrektem Verhalten verstehe."

„Ja", stimmte Cassandra trocken zu, „das ist viel schlimmer, als nächtens in die Schlafzimmer junger Damen einzudringen und sich über sie herzumachen."

„Ich habe mich nicht über Sie hergemacht!" Neville sah ehrlich gekränkt aus. „Und Sie wissen, dass es ein Versehen war."

„Dann erwarten Sie von Margaret Verrere auch nicht Unfehlbarkeit. Sie wissen nicht, was alles ihre Entscheidung beeinflusste, wie sehr sie ihren Vater und Sir Edric fürchtete. Ich weiß es. Ich habe die Reste dieser Furcht noch Monate später zwischen den Zeilen lesen können. Sie war immer noch zutiefst besorgt darüber, dass ihr Vater ihr bis in die Kolonien folgen würde, um sie zur Rückkehr zu zwingen. Vielleicht war es nicht die sauberste oder höflichste Lösung, aber Margaret Verrere war schließlich und endlich nur eine verängstigte Siebzehnjährige, die das Einzige tat, was ihr einfiel."

Neville betrachtete Cassandras lebhafte Züge, auf denen sich ihr Mitgefühl mit dem lange verstorbenen Mädchen so deutlich abzeichnete, und er musste lächeln. Streitbar und starrsinnig mochte sie sein, aber wenn ihr Gesicht vor Begeisterung für eine Sache aufleuchtete und ihre grauen Augen strahlten, dann war sie beinahe schön. Nein, mehr als schön, dachte er. Sie war unwiderstehlich... und außergewöhnlich. Er musste an den Geschmack ihres Mundes letzte Nacht denken, und Leidenschaft erfasste ihn. Er wollte sie noch einmal schmecken, aber diesmal an einem ungestörten Ort, wo er sie so lange küssen konnte, wie er wollte. Es fiel ihm auf, dass sie sich an dem perfekten Ort dafür aufhielten, zum perfekten Zeitpunkt – bis auf die Tatsache, dass die fragliche Dame dazu entschlossen schien, mit ihm einen verlorenen Schatz zu erörtern.

„Na gut", räumte er ein, während er sein aufkeimendes Verlangen erstickte. „Ich will Ihnen zugestehen, dass die Schw... Margaret

Verrere keine schlechte Person war, sondern bloß ein verwirrtes, verzweifeltes junges Mädchen. Und ich will für den Moment auch einmal annehmen, dass die Tagebücher echt sind. Wie sollen wir die Mitgift finden?"

„Nun, von dem, was ich mir aus ihren Aufzeichnungen habe zusammenreimen können, hat sie die Mitgift irgendwo auf nevilleschem Grund und Boden verborgen. Dann versteckte sie Hinweise, wo sie zu finden wäre, im Haus dort und sandte ihrem Vater ebenfalls Anweisungen. Da sie nichts von ihrem Vater hörte, schickte sie ihm einen zweiten Brief mit denselben Angaben und schließlich, viel später in ihrem Leben, noch einen dritten. Sie erhielt keine Antwort von ihm. Sie fürchtete, da er ein so starrsinniger Mann war, dass er ihre Briefe gar nicht geöffnet hatte und deshalb den Schatz nicht hatte finden können."

„Vielleicht hat ihn mein Neville-Vorfahr entdeckt", schlug Sir Philip vor. „Sir Edric oder einer seiner Nachfahren. Sie sagten doch, dass sie ebenso Anweisungen in Haverly House gelassen hatte."

„Wüssten Sie das denn dann nicht?" widersprach Cassandra. „Ich würde in diesem Fall doch davon ausgehen, dass es Teil der Familiengeschichte geworden wäre."

„Vermutlich." Er zuckte die Schultern. „Aber ich habe keine Ahnung, was für ein Mann er war. Er könnte ein Heimlichtuer gewesen sein, der niemals zugegeben hätte, dass er den Schatz aufgespürt hatte – aus Angst, ihn den Verreres zurückerstatten zu müssen, wissen Sie. Er könnte die Juwelen im Geheimen verkauft haben und so weiter, und das Geld eingesteckt haben."

„Zweifellos kennen Sie Ihre Verwandten besser als ich", entgegnete Cassandra trocken. „Wie auch immer, ich bezweifle, dass er das hat tun können. Was auch immer Margaret an Hinweisen in Haverly House zurückgelassen hat, es war offensichtlich nicht genug, um einen zu dem Schatz zu führen."

„Aber ich dachte, Sie hätten gesagt…"

„Ja, ich weiß. Sie hat im Haus Ihres Vorfahren Anweisungen hinterlassen, und sie hat sie ihrem Vater geschickt, aber sie hat in ihren Tagebüchern ganz deutlich gemacht, dass keiner der beiden in der Lage sein würde, die Mitgift allein zu finden. Das bezweckte sie nämlich, wissen Sie, indem sie den Schatz versteckte. Sie wollte, dass beide Familien zusammenarbeiten, um den Schatz aufzuspüren. Sie hatte ein sehr schlechtes Gewissen wegen des Risses zwischen den Familien, den ihre Flucht verursachen würde. Sie wollte es wieder gutmachen und sie dazu zwingen, zusammenzuarbeiten. Die andere Sache, die ihr Sorgen bereitete, war, dass ihr Vater, falls er ihren Brief öffnete, nicht willens wäre, sich mit Sir Edric zusammenzutun und so niemals die Mitgift finden würde."

„Sie brauchen also beides, die Hinweise auf das Versteck, die sie in Haverly House ließ, und die, die sie ihrem Vater schickte?" Neville konnte sich eines Aufflackerns von Interesse an dem Rätsel nicht erwehren, auch wenn er wusste, dass die ganze Geschichte aller Wahrscheinlichkeit nach erlogen war.

„Ja. Ich könnte mir vorstellen, dass es zwei Hälften eines Lageplans sind oder so etwas. Ich bin mir nicht sicher. Aber sie schien davon überzeugt, dass keiner die Truhe mit der Mitgift ohne den anderen entdecken könnte."

„Faszinierend." Neville rieb sich mit dem Zeigefinger nachdenklich über die Lippen. Cassandra beobachtete ihn und verbarg ihr triumphierendes Lächeln. Er wandte sich zu ihr. „Wo in Haverly House sind sie zu finden?"

„Ich bin mir nicht sicher."

Seine Brauen hoben sich. „Ich dachte, Sie hätten gesagt, das stünde in den Tagebüchern."

„Nur ganz vage. Anscheinend sind die Anweisungen in einem Buch verborgen."

„In einem Buch!“ stöhnte er. „Ist das nicht ein bisschen ungenau? Es muss Tausende von Büchern in der Bibliothek geben. Was, wenn es schon vor Jahren weggeworfen wurde?“

Cassandra runzelte die Stirn. Der Gedanke war ihr auch schon gekommen. „Ich denke, sie wird es in ein kostbares Buch getan haben, eines, das niemand wegwerfen würde.“

„In über zweihundert Jahren?“ erkundigte er sich ungläubig.

„Nun, sie hat gewiss nicht erwartet, dass es so lange dauern würde.“

„Und das ist alles, was Sie wissen? Dass es in irgendeinem Buch versteckt ist?“

„Sie hat keinen Titel genannt“, antwortete Cassandra vorsichtig. Ihre Vorfahrin hatte das betreffende Buch schon näher bezeichnet, aber sie war sich noch nicht sicher, ob sie Sir Philip erzählen sollte, was genau Margaret geschrieben hatte. Er war schließlich ein Neville, und sie war noch nicht überzeugt, dass sie ihm vollkommen vertrauen durfte, dass er sich nicht allein auf die Suche machen würde.

„Aha.“ Neville hatte offensichtlich das Aufflackern von Misstrauen in ihren Augen bemerkt, denn er warf ihr einen ironischen Blick zu und verschränkte seine Arme. „Sie wissen also mehr, als Sie zugeben wollen.“

„Sie können wohl schwerlich von mir erwarten, Ihnen alles zu sagen, wenn Sie noch nicht zugestimmt haben, mir zu helfen“, verteidigte sich Cassandra vernünftig. „Sie haben ja noch nicht einmal zugegeben, dass die Tagebücher echt sind. Ich versichere, dass ich ganz offen und ehrlich sein werde, wenn wir uns erst einmal einig geworden sind. Fallstricke sind nicht nach meinem Geschmack.“

Sir Philip fügte nicht hinzu anders als Ihre Tante und Cousine, aber beide dachten es.

„Sie schlagen also vor, dass, vorausgesetzt ich stimme zu, wir nach Haverly House fahren und das Haus nach diesem Buch durchsuchen, von dem Sie aber weder genau wissen, wie es heißt, noch wo es sich befindet. Und wenn wir das dank eines Wunders tatsächlich schaffen, dann soll ich Ihnen helfen, den Schatz auf meinem Land zu finden und Ihnen zu übergeben?"

„Die eine Hälfte", verbesserte Cassandra ihn. „Ich hielte es für gerecht, ihn aufzuteilen."

„Meine liebe Miss Verrere, mir scheint, dass die gesamte Mitgift mir zustehen sollte", sagte er mit belustigt funkelnden Augen. „Es ist schließlich mein Land und mein Haus, wo Sie Hinweise und Schatz zu finden hoffen – der, wie ich betonen möchte, ohnehin den Nevilles gehörte."

„Unsinn!" Entrüstet sprang Cassandra auf und stemmte die Hände in Hüften. „Sir Edric hat niemals das Recht auf die Mitgift erworben, und das wissen Sie auch. Es hat keine Hochzeit stattgefunden. Der Schatz steht von Rechts wegen den Verreres zu." Dann erst sah sie das Lachen in seinen Augen und merkte, dass Sir Philip sie nur aufzog. Sie fuhr unbekümmert fort: „Außerdem, wie ich schon erwähnte, die Anweisungen oder Karte oder um was auch immer es sich handelt, in Haverly House allein reichen nicht aus. Und ich bin diejenige, die im Besitz der anderen Hälfte ist."

Er erstarrte und sah sie verwundert an. „Meinen Sie das ernst? Sie haben einen der Briefe entdeckt, die ihre Vorfahrin geschrieben hat?"

„Nun, äh... noch nicht."

Die Verwunderung schwand aus seinem Gesicht. „Ich verstehe."

„Aber das werde ich", beharrte Cassandra. „Ich hätte lieber gewartet, bevor ich mich an Sie wende, bis ich den Brief gefunden habe, aber die Gelegenheit, Sie hier zu treffen, fiel mir sozusagen in den Schoß, und ich musste sie nutzen. Ich wusste nicht, ob ich jemals wieder eine so gute Chance erhalten würde, mit Ihnen zu sprechen. Verstehen Sie, ich bewege mich kaum in Gesellschaft. Aber ich bin schon seit einigen Wochen damit beschäftigt, den Dachboden von Chesilworth zu durchsuchen. Dort stehen unzählige alte Truhen voller Kleider und Papiere und, ach, lauter anderer Sachen. Inzwischen sind wir schon zu Zeiten des Prinzregenten vorgedrungen, und es ist noch eine Menge Dachboden übrig. Ich bin mir sicher, dass wir erfolgreich sein werden."

„Tatsächlich? Und wer sind ‚wir'? Ist etwa noch eine dritte Partei in diesen haarsträubenden Plan verwickelt?"

„Meine Geschwister und ich. Sie helfen mir bei der Suche. Vor allem ihretwegen möchte ich die Mitgift finden. Sogar die Hälfte davon müsste heute noch viel wert sein – denken Sie nur an die großen ungefassten Edelsteine und die alten Münzen, den goldenen Leoparden! Ich bin davon überzeugt, dass das Geld dafür reichen würde, Chesilworth wieder instand zu setzen, und dann müssten wir nicht mehr von der Barmherzigkeit meiner Tante leben. Crispin würde ein Haus erben, das wenigstens etwas wert wäre. Vielleicht wäre sogar noch genug übrig, um Hartley dabei zu helfen, eine Karriere aufzubauen, wenn er erwachsen ist, und Olivia angemessen in die Gesellschaft einzuführen."

„Sie haben große Pläne mit diesem Vermögen, das Sie noch gar nicht gefunden haben."

Cassandra warf ihm einen trotzigen Blick zu. „Was Sie missbilligen, zweifelsohne. Wieder einmal typische Verrere-Träumereien."

„Sie machen sich von mir ein seltsames Bild, Miss Verrere, eines, das ich meiner Ansicht nach nicht verdient habe. Ich habe nichts gegen Träume. Es bereitet mir lediglich Sorge, dass Sie böse enttäuscht werden könnten, wenn Ihre nicht wahr werden."

„Sollte das eintreten, werde ich mit meiner Enttäuschung selber fertig werden müssen. Aber, sehen Sie, ich glaube nicht, dass ich enttäuscht werde. Ich bin ganz sicher, den Brief zu finden."

Neville seufzte und sah ihr ins Gesicht. Er musste feststellen, dass er ihr wirklich gerne geholfen hätte – aber die ganze Idee war einfach zu verrückt. „Miss Verrere, kommt Ihnen diese ganze Angelegenheit nicht auch ein bisschen melodramatisch vor? Ich meine, vom Schicksal verfolgte Liebende, verfehdete Familien, vergrabene Schätze, lang verschollene Karten..."

„Ja, gewiss." Cassandra schien diese Tatsache allerdings nicht sonderlich zu stören. Ihre Augen glänzten, während sie sich an ihn wandte: „Ist das nicht wundervoll?"

Er hielt verlegen inne. „Was ich meinte, war, es scheint zu dramatisch, um wahr zu sein, zu sehr wie eine Sage. Es hört sich an, als hätte sich jemand das alles ausgedacht."

„Aber wir wissen doch, dass das meiste davon stimmt", wandte Cassandra ein. „Margaret ist am Vorabend ihrer Hochzeit mit einem anderen Mann durchgebrannt. Sie hatte eine sagenhafte Mitgift, die zur gleichen Zeit verschwand und seitdem unauffindbar war. Die beiden Familien sind seitdem hoffnungslos zerstritten. Die einzig neuen Entwicklungen sind das Auftauchen der Tagebücher und die daraus folgende Möglichkeit, den Schatz wieder zu finden."

„Das ist es doch gerade, was die Glaubwürdigkeit der ganzen Geschichte untergräbt. Miss Verrere, ich weiß, Sie halten mich für schrecklich phantasielos, aber ich habe entdeckt, dass die einfachsten Antworten gewöhnlich auch die richtigen sind. Margaret Verrere hat die Mitgift nicht versteckt und Hinweise auf den Ort hinterlassen. Sie hat auch keine Tagebücher geführt, die zufällig zweihundert Jahre später den Verreres in die Hände fallen. Die Antwort ist ganz einfach, dass sie die Mitgift mitgenommen und für einen neuen Anfang in den Kolonien verwendet hat. All diese jüngsten Vorkommnisse beruhen auf dem Versuch, ein paar Bücher zu einem überhöhten Preis an einen Mann zu verkaufen, von dem allgemein bekannt war, dass er von der Sache besessen war." Zu spät wurde ihm klar, dass er sich hatte hinreißen lassen, die Tatsachen zu unverblümt zusammenzufassen.

„Sie verweigern mir also Ihre Hilfe." Cassandras Miene verriet ihre Enttäuschung, als sie zurücktrat. Sie hatte all ihre Hoffnungen an diesem Mann festgemacht, und nun hatte er sie abgewiesen. „Es tut mir Leid, Ihre Zeit verschwendet zu haben", bemerkte sie steif und wollte gehen.

Doch Sir Philip ergriff ihren Arm und hielt sie zurück. „Nein, warten Sie. Gehen Sie noch nicht."

Cassandra, die mit den Tränen kämpfte, drehte sich zu ihm um. Auf keinen Fall wollte sie Sir Philip wissen lassen, wie sehr seine Absage sie getroffen hatte. Sie hob in stummer Frage die Brauen, in dem Bemühen, kühl und gelassen zu erscheinen.

„Miss Verrere, ich stelle einzig die Echtheit der Tagebücher in Frage. Dass sie rein zufällig bei Ihnen landen sollten, nach so vielen Jahren, das vermag ich nicht zu glauben."

„Ich habe Ihnen das doch schon erklärt. Es ist kein Zufall – sondern die logische Folge." Sie fühlte wieder einen winzigen Hoffnungsfunken aufglimmen. „Sehen Sie das denn nicht?"

„Nein", erwiderte er leise. „Ich sehe eine reizende junge Frau, die ein Schurke übervorteilt hat. Eine Frau, die immer noch den Tod ihres Vaters betrauert und hofft, dass sein Traum wahr werden möge."

„Oh!" Cassandras graue Augen schleuderten Blitze. „Ich bin kein leichtgläubiges kleines Dummchen, das zwischen Lüge und Wahrheit nicht unterscheiden kann. Und mein Vater war auch kein Narr! Diese Tagebücher sind echt, aber Sie sind einfach zu phantasielos, das zu erkennen." Sie versuchte vergeblich, sich von ihm loszureißen. „Ich hätte wissen müssen, dass ein Neville die ganze Sache zu überspannt finden würde. Zu romantisch."

„Miss Verrere, ich versichere Ihnen, dass ich Sie niemals für dumm halten würde. Ehrlich gesagt, denke ich, dass Sie eine ebenso kluge wie schöne junge Frau sind. Ich bewundere Sie sehr.“ Er machte eine Pause und lächelte leise. „Genauso wenig bin ich unromantisch.“ Er beugte sich weiter vor, um ihr eindringlich in die Augen zu sehen. „Tatsächlich habe ich just in diesem Augenblick äußerst romantische Gedanken.“

Cassandra schluckte, da es ihr unmöglich war, seinem durchdringenden Blick auszuweichen. Ihre Kehle war trocken, und es fiel ihr plötzlich schwer, zu atmen. Sie versuchte zu sprechen, musste aber entdecken, dass sie es nicht konnte.

Sir Philips Hand glitt über ihren Arm auf ihren Rücken, und er zog sie an sich. „Ihre Geschichte ist das Einzige, was ich an Ihnen nicht anziehend finde.“

„S-Sir Philip...“ , gelang es Cassandra zu stammeln, die von ungewohnter Schwäche erfasst wurde.

Er neigte den Kopf und strich mit seinen Lippen über ihre, erst leicht, dann stärker. Cassandra konnte mit einem Mal spüren, wie ihr Puls sich beschleunigte, ihr der Atem stockte. Erinnerungen an ihren sinnlichen Traum der vergangenen Nacht stürmten auf sie ein und ließen ihre Knie weich werden. Sie sank gegen ihn. Seine Arme umfassten sie fester, pressten sie an seinen Körper, und sein Mund bemächtigte sich des ihren.

Einen langen Moment gab sie sich der Lust hin, ohne an ihre Enttäuschung, ihre Pläne oder überhaupt irgendetwas zu denken, spürte nur das flüssige Feuer, das durch ihre Adern rann.

„Cassandra...“ , raunte er, während er ihren Mund freigab, um der Linie ihres Kinnes mit kleinen Küssen zu folgen.

Irgendwie riss der Klang seiner Stimme sie aus ihrer Verzauberung in die Wirklichkeit zurück. Sich aus dem Nebel des sinnlichen Genusses befreiend, rief sie sich ins Gedächtnis, wo sie sich befanden und wie ungehörig ihr Verhalten war – von der Tatsache, dass er soeben ihre Suche nach der Spanischen Mitgift als Schwindel abgetan und sie als naive Frau hingestellt hatte, die nach Strohhalmen griff, um die Trauer über den Verlust ihres Vaters zu verwinden, gar nicht zu reden.

Cassandra wich zurück und versetzte ihm eine Ohrfeige. Neville biss die Zähne zusammen, und in seinen Augen blitzte kurz Zorn auf, doch dann legte sich wieder die gewohnt höflich-kühle Maske über seine Züge und verdeckte beides, den Zorn und die Leidenschaft.

„Ich bitte um Verzeihung“, begann er steif.

Aber Cassandra, die nicht in der Stimmung für höfliche Entschuldigungen war, schnitt ihm das Wort ab. „Ich hätte es wissen müssen! Es ist so typisch, dass es fast schon lächerlich ist. Sie interessieren sich nicht im Mindesten für irgendetwas von dem, was ich gesagt habe. Alles, worum es Ihnen geht, ist, mir in der Abgeschiedenheit des Irrgartens einen Kuss zu stehlen. Kein Wunder, dass Sie so bereitwillig waren, mich anzuhören. Sie wussten, dass es Ihnen die Gelegenheit dafür bieten würde, mit mir allein zu sein, um zu versuchen, mich zu verführen. Ich hätte wissen müssen, dass ein Mann, der seine Nächte damit verbringt, sich in die Schlafzimmer junger Damen zu schleichen, bloß eines im Sinn haben würde. Vermutlich bin ich doch so leichtgläubig, wie Sie meinen – nicht weil ich Margaret Verreres Tagebücher für echt halte, sondern weil ich nicht darauf gekommen bin, dass Sie nur an einem interessiert sind: Wollust! Ich wusste zwar, dass ein Neville schwer zu überzeugen sein würde, aber ich hätte mir nie ausgemalt, dass mein eigentliches Problem darin bestehen würde, mir einen Lüstling vom Leib zu halten!“

„Ich habe nicht versucht, Sie hierher zu locken“, widersprach Neville, die Brauen drohend zusammengezogen. Ihm kam der Gedanke, dass Cassandra Verrere ebenso schwierig sein konnte, wie sie anziehend war. „Sie haben mich doch um eine Unterredung gebeten, wenn Sie sich erinnern wollen, und Sie waren es auch, die vorschlug, in den Irrgarten hier zu gehen, wo wir ungestört wären."

„Oh! Jetzt werfen Sie mir das also auch noch vor! Ich wollte lediglich ungestört mit Ihnen reden. Es war in keiner Weise als Einladung gedacht, mich zu küssen!"

„Nein", erwiderte er beißend, „dafür haben Ihre Lippen gesorgt."

Cassandra keuchte auf. „Sie werden beleidigend."

„Nur ehrlich. Wenn Sie noch einmal darüber nachdenken, werden Sie zugeben müssen, dass Sie meine Küsse bereitwillig erwidert haben – wenigstens so lange, bis Sie sich daran erinnerten, dass von Ihnen erwartet würde, mit jungfräulicher Entrüstung zu reagieren." Neville fand es äußerst beunruhigend, dass, während er sich über Cassandra ärgerte, seine Lenden immer noch vor Verlangen nach ihr pochten. Verdammt! Sie hatte eine seltsame Wirkung auf ihn.

Cassandra biss die Zähne zusammen. „Verflixt und zugenäht!" fuhr sie ihn an, den Lieblingsfluch ihres sanftmütigen Vaters benutzend und sich dabei verzweifelt wünschend, einen schlimmeren zu kennen. „Wie närrisch von mir zu glauben, dass ein Neville mir helfen würde. Ich wünschte, ich hätte nie mit Ihnen gesprochen. Ich wünschte, ich hätte Sie nie gesehen!"

Mit diesen erbitterten Worten drehte sie sich um und lief weg.

„Nein, warten Sie doch! Miss Verrere..."

Neville folgte ihr, aber Cassandra hatte einen Vorsprung und war mit der Anlage des Irrgartens bestens vertraut, so dass sie mühelos vor ihm am Ausgang ankam. Ein- oder zweimal hörte sie ihn ihren Namen rufen, achtete jedoch nicht darauf. Als sie auf den Rasen hinauseilte, fiel ihr Blick auf ihre Tante und Cousine, die gerade den Pfad entlang schlenderten, der sich aus den Gärten über die weite Rasenfläche wand, und sie verhielt jäh ihren Schritt. Sie sahen sie erstaunt an, ihre Tante mit missbilligend gewölbten Augenbrauen. Cassandra strich ihre Röcke glatt und ging gewohnt forsch zu ihnen, in der Hoffnung, dass ihre Miene ihren inneren Aufruhr nicht verriete.

„Wirklich, Cassandra, musst du immer so rennen?" empfing Tante Ardis sie, als sie zu ihnen trat. „Du bist stets in Eile – das ist so vulgär."

„Das tut mir Leid, Tante", erwiderte Cassandra. „Guten Morgen, erst einmal."

Sie wollte an ihnen vorüber zum Haus gehen, aber da kam Sir Philip aus dem Irrgarten gelaufen, ein „Verflucht, Miss Verrere!" auf den Lippen.

Tante Ardis und Joanna drehten sich zu ihm um, ihre unelegante Verwandte völlig vergessend. Tante Ardis' Gesicht nahm schlagartig einen Ausdruck wohlmeinender Güte an, und Joanna schenkte dem Neuankömmling ein Lächeln, das von einem Paar reizender Grübchen begleitet wurde, während sie gleichzeitig geziert ihren Fächer in Bewegung setzte.

„Nein, Sir Philip!" rief Tante Ardis übertrieben freundlich. „Was für eine freudige Überraschung!"

„Was aber kein besonders überraschendes Ereignis sein dürfte", entgegnete Sir Philip trocken, „da wir beide als Gäste hier weilen."

Joanna begann zu kichern, als hätte er etwas unglaublich Witziges gesagt. Sir Philip wandte sich an sie. „Miss Moulton." Er warf ihr einen zynischen Blick zu und fuhr fort: „Ich gehe davon aus, dass Sie sich heute Morgen nach Ihrem Albtraum vergangene Nacht besser fühlen."

Joanna blieb der Mund offen stehen. Sie schaute unsicher von ihm zu ihrer Mutter und wieder zurück, doch Tante Ardis war ebenso erstaunt und ihr deswegen keine Hilfe. Sir Philip sah zu Cassandra, die seinen Blick fest erwiderte, während sie die Arme vor sich verschränkte. Sir Philip setzte an, etwas zu sagen, überlegte es sich aber anders. Stattdessen nickte er ihnen zu.

„Einen schönen Tag noch, meine Damen." Er wandte sich ab und ging schnellen Schrittes fort.

Einen Moment lang starrten Tante Ardis und Joanna sprachlos seiner entschwindenden Gestalt nach. Schließlich rief Joanna: „Er weiß es! Mama, er weiß es!"

„Unsinn. Und jetzt sei still." Ihre Mutter runzelte die Stirn und warf einen bezeichnenden Blick in Cassandras Richtung.

„Oh."

„Bitte, belastet euch nicht damit, meinetwegen etwas zu verheimlichen", erklärte Cassandra rundheraus. „Ich bin sehr wohl über euren Plan, Sir Philip einzufangen, im Bilde." Sie machte eine Pause, bevor sie hinzufügte: „Er ganz offensichtlich auch."

„Du hast es ihm gesagt!" schrie Joanna empört.

„Joanna!" unterbrach Tante Ardis sie scharf.

„Himmel, sie weiß es doch ohnehin", schmollte Joanna. „Sie hat vermutlich am Schlüsselloch gelauscht."

„Das war wohl kaum nötig", entgegnete Cassandra kühl. „Jeder, der euch beide letzte Nacht gehört hat, kann sich leicht ausrechnen, was ihr vorhattet. Und berücksichtigt man, wie du dich gestern Nachmittag Sir Philip an den Hals geworfen hast, fällt es nicht schwer zu erraten, wer das auserkorene Opfer war."

Mrs. Moulton entfuhr ein gequältes Stöhnen, doch Joanna ging wütend auf ihre Cousine los. „Du eifersüchtige Ziege!"

Tante Ardis war geistesgegenwärtig genug, Joanna am Handgelenk festzuhalten. „Joanna! Hör sofort auf! Ich werde nicht zulassen, dass du auf Lady Arrabecks Hausgesellschaft eine Szene machst. Unsere Lage ist ohne das schon prekär genug." Sie sah sich besorgt um, wie um sich zu vergewissern, dass die anderen Hausgäste noch nicht begonnen hätten, über sie zu tuscheln. „Glaubst du wirklich, dass alle wissen, was wir... was Joanna..."

Die Verlegenheit ihrer Tante weckte in Cassandra beinahe so etwas wie Mitgefühl. Wie auch immer, sie war nicht in der Stimmung, hier zu bleiben, und sie wusste genau, dass ihre Tante, würde sie nicht die Verachtung der anderen Gäste fürchten müssen, so lange wie möglich auf dem Landsitz verweilen würde, um für Joanna nach anderer Beute Ausschau zu halten oder sich selbst einzureden, dass Sir Philip dennoch an ihrer Tochter interessiert wäre. Joanna war, wie sie selber zugeben musste, eine außergewöhnlich hübsche junge Frau, und Tante Ardis war der Meinung, dass jeder Mann Joannas Schönheit verfiel. Ihr kam nie der Gedanke, dass jemand von Joannas oberflächlichem Wesen oder ihrer geistlosen Konversation abgestoßen sein könnte. Es würde nicht lange dauern, bis Tante Ardis sich eingeredet hätte, dass Sir Philip, würde er nur oft genug mit Joanna zusammenkommen, sich wieder in sie verlieben würde – trotz ihrer üblen Machenschaften.

Deshalb sagte Cassandra: „Ich bin mir sicher, dass es ihnen ebenso seltsam erschien wie mir, als Sie vorige Nacht vor Joannas Tür so einen Lärm gemacht haben. Und es war gewiss nicht hilfreich, dass Joanna sagte, ‚er' wäre noch nicht da."

„Siehst du?" rief Tante Ardis, sich zu ihrer Tochter herumdrehend. „Ich habe dir doch gesagt, dass es ein Fehler war, das zu sagen. Jeder hätte dich hören können. Warum hast du daran nicht gedacht?"

„Ich vermute, dass Sir Philip sie auch gehört hat", fügte Cassandra hartherzig hinzu, den Mitleid erregenden Anblick ihrer Tante ignorierend. „Er muss gerade auf dem Flur gewesen sein, als Sie Ihr Drama auf Joannas Türschwelle inszenierten. Zweifellos hat er alles mit angehört, und da er wusste, dass er der ‚er' war, den Joanna in ihr

Zimmer eingeladen hatte, muss er augenblicklich euren Plan durchschaut haben."

„Ich habe ihn nicht eingeladen", widersprach Joanna, allerdings nicht sonderlich überzeugend.

Cassandra beschränkte sich auf einen ungläubigen Blick, worauf sich Joannas Züge vor Wut verzerrten.

„Du brauchst dir gar nicht einzubilden, er wäre an dir interessiert", zischte sie, „bloß weil es dir gelungen ist, dich mit ihm in den Irrgarten zu stehlen. Ein Bücherwurm vermag ihn schwerlich zu reizen."

„Da hast du zweifellos Recht", erwiderte Cassandra ruhig. „Es war sowieso reiner Zufall, dass wir uns dort getroffen haben. Er hatte Schwierigkeiten, den Weg nach draußen zu finden, und ich habe ihm gesagt, wo er langgehen muss."

„Wie wenig du von Männern verstehst", bemerkte Joanna selbstzufrieden. „Sie mögen es überhaupt nicht, wenn man ihnen sagt, wo es langgeht."

„Was für ein Pech für sie, wo sie es doch so bitter nötig hätten."

„Bitte, Mädchen!" unterbrach Tante Ardis sie. „Das hier hilft uns nicht weiter. Wir müssen uns überlegen, was zu tun ist. Ich kann es nicht ertragen, länger hier zu bleiben, wo jeder uns anstarrt und insgeheim denkt, dass wir... dass du..."

„Dass Joanna sich mit Sir Philip Neville in einer verfänglichen Situation erwischen lassen wollte?" schlug Cassandra beißend vor.

„Ehrlich, Cassandra, du bist von einer so wenig vornehmen Unverblümtheit. Das ist abscheulich."

„Verzeihung, Tante Ardis", sagte Cassandra mit auffälligem Mangel an Bedauern. „Ich bin mir sicher, dass es zermürbend für Sie sein muss. Vielleicht sollten wir abreisen."

Ihre Tante sah ein wenig überrascht aus, aber nach einem Augenblick des Nachdenkens, nickte sie. „Ja, das ist es. Wir werden nach Dunsleigh zurückkehren, und schon bald wird das hier vergessen sein." Sie runzelte die Stirn. „Aber was soll ich Lady Arrabeck sagen? Ich darf sie nicht kränken."

„Schieben Sie es ruhig auf mich", bot Cassandra großmütig an, in dem Wissen, dass dies ihrer Tante am ehesten gefallen würde. „Sagen Sie, dass ich krank geworden wäre. Ich werde direkt auf mein Zimmer gehen und verlauten lassen, dass es mir nicht gut geht. Heute Nachmittag können Sie sich dann bei Lady Arrabeck darüber beklagen, wie nichtswürdig es von mir wäre, darauf zu bestehen, heimzufahren. Erklären Sie ihr, wie sehr Sie sich um mich sorgen oder wie zart meine Gesundheit ist."

„Du bist doch gesund wie ein Pferd", wandte Joanna verächtlich ein.

„Das weiß Lady Arrabeck nicht."

„Du siehst auch überhaupt nicht kränklich aus. Im Gegenteil, du machst einen ausgesprochen gesunden Eindruck."

„Ich werde mein Bestes geben, schwächlich zu wirken. Es sei denn, du möchtest lieber die Kranke spielen."

Joanna stellte sich das Bild vor, das sie bieten würde, blass und zerbrechlich, sich auf ihre Cousine stützend, während sie sich zur Kutsche schleppte. Oder sie würde getragen werden müssen – vielleicht von diesem gut aussehenden Lakaien, den sie gestern in der Halle entdeckt hatte. Sie lächelte zufrieden. „Ja, ich denke, das wäre das Beste. Es wäre auch viel einsichtiger, dass Mama wegen ihrer Tochter besorgt wäre. Komm, Cassandra, gib mir deinen Arm."

Sich bei ihr unterhakend, ließ sie sich schwer gegen die Cousine sinken, die sich ein verärgertes Seufzen verkniff. Sie sagte sich, dass sie alles dafür tun würde, diesen Ort mitsamt dieses grässlichen Nevilles so schnell wie möglich zu verlassen. Also ging sie gemäßigten Schrittes auf das Haus zu, während sie es sich verbot, weiter darüber nachzusinnen, wie Sir Neville ihren schönen Plan ruiniert hatte.

Noch war nicht alles verloren. Sie würde nach Hause gehen und unbeirrt nach einem der Briefe suchen, und dann... dann würde sie es irgendwie schaffen, die Spanische Mitgift allein zu finden.

4. KAPITEL

Joanna stürzte sich voller Begeisterung auf ihre Aufgabe, puderte sich ihr Gesicht, so dass ihr Teint eine kränkliche Blässe annahm, und legte sich in ihrem abgedunkelten Zimmer zur Ruhe, ab und zu mitleiderregend stöhnend, so dass Cassandra sich nur mit übermenschlicher Beherrschung zurückhalten konnte, ihr keine Ohrfeige zu geben. Wegen Joannas geschwächtem Zustand blieb es selbstverständlich Cassandra überlassen zu packen. Sie fragte sich düster, ob ihre durchtriebene Cousine diesen Umstand bereits berücksichtigt hatte, als sie sich anbot, die Rolle der Kranken zu übernehmen. Es wurde Nachmittag, bevor alles verstaut war und Joanna von einem kräftigen, bereits ergrauten Lakaien zur Kutsche getragen wurde. Lady Arrabecks Tochter war erschienen, um sie zu verabschieden, und dann endlich rollte ihre Kutsche die Auffahrt hinab und durch die schmiedeeisernen Tore des Landsitzes.

Joanna saß, in eine warme Decke gehüllt, auf ihrem Sitz, das hübsche Gesicht missmutig verzogen. „Himmel, ist mir heiß", begann sie und zerrte an der Decke. „Nehmt das hier weg. Ich schwitze entsetzlich!"

Cassandra bemerkte den dünnen Schweißfilm, der sich auf der Stirn ihrer Cousine zu bilden begann und langsam ihr Gesicht hinabrann, dabei eine deutliche Spur in dem weißen Puder hinterlassend. Trotzdem sagte sie friedfertig: „Du warst sehr überzeugend, Cousine."

Joanna zog die Brauen zusammen. „Warum musste mich eigentlich dieser grässliche Lakai heruntertragen? Und niemand war da, mich zu sehen."

„Lady Patricia“, erinnerte ihre Mutter sie. „Es war eine nette Geste von ihr, denke ich.“

Joanna schnaubte abfällig. „Sie ist doch nur die alte Jungfer der Familie.“

„Und das wirst du auch werden, wenn dir weiter solche Fehler wie gestern unterlaufen!“ erwiderte Tante Ardis scharf.

„Mir! Mir ist ein Fehler unterlaufen?“ Joanna fuhr zu ihrer Mutter herum. „Du bist doch viel zu früh an meine Tür gekommen. Du konntest nicht abwarten und hast ihn dadurch verjagt.“

„Oh, nein. Ich war genau zum ausgemachten Zeitpunkt da. Du bist schuld.“

Cassandra wandte sich seufzend ab, um aus dem Fenster zu blicken. Statt dem Gezänk zwischen ihrer Tante und Joanna Beachtung zu schenken, versuchte sie zu überlegen, wie sie am besten weiter vorginge. Trotz ihrer tapferen Haltung zuvor war sie doch dank Sir Philips Ablehnung ihres Vorschlages der Verzweiflung nahe. Sie hatte alle Hoffnung auf ihn gesetzt, all ihre Pläne an seine Zustimmung geknüpft. Sie war darauf gefasst gewesen, dass er schwer zu handhaben wäre – schließlich war er ein Neville – dennoch hatte sie auf den allen Nevilles eigenen Sinn, Reichtümer zu erwerben, gebaut, um ihm die Einwilligung abzuringen, mit ihr die Mitgift zu suchen. Nie wäre ihr der Gedanke gekommen, dass er es rundweg ablehnen könnte, die Geschichte zu glauben, und sie, Cassandra, als leichtgläubig abzutun. Und niemals in ihren wildesten Träumen hätte sie geahnt, dass er mehr daran interessiert wäre, sie zu küssen, als den Schatz zu finden!

Ihre Wangen wurden heiß, als sie sich erinnerte, wie sich sein Mund auf ihrem angefühlt hatte. Nie hätte sie gedacht, dass Küsse so sein könnten – geschweige denn, dass sich ihr Innerstes in heißes Wachs verwandeln würde, weil ein Mann solch unerhörte Sachen mit ihr anstellte.

Entschlossen zwang sie sich, an etwas anderes zu denken. Sie musste einen Weg finden, die Spanische Mitgift ohne seine Hilfe aufzuspüren, anstatt ihre Zeit damit zu vertrödeln, ihm nachzutrauern. Cassandra verspürte den ungewohnten Drang, in Tränen auszubrechen. Normalerweise besaß sie ein ausgeglichenes Wesen; sie hielt sich für ruhig, entscheidungsfreudig und stark. Aber die Befürchtung, nie in der Lage zu sein, den Schatz zurückzuerhalten, den die Verreres vor so langer Zeit verloren hatten, war fast zu viel für sie. Von dem Augenblick an, als sie begonnen hatte, die Tagebücher von Margaret Verrere zu lesen, war ihr klar geworden, dass ihre Familie mit Hilfe der Mitgift alle Geldsorgen los wäre. Sie hatte fest damit gerechnet, es durch sie ihren Geschwistern und sich selber zu ermöglichen, das Haus ihrer Tante zu verlassen.

Sie hatte in Sir Philips Augen gelesen, dass er von dem Dahinschwinden des Verrere-Vermögens gewusst hatte, aber sie bezweifelte, dass er über das volle Ausmaß ihrer finanziellen Schwierigkeiten im Bilde war. Ihr Vater war nahezu mittellos gestorben. Sie hatte einen großen Teil der Einrichtung ihres Hauses veräußern müssen, um seine Schulden zu zahlen. Sie hatte sich sogar, obwohl es ihr fast das Herz brach, von vielen seiner Bücher trennen müssen. Und doch hatten sie und ihre Geschwister, was beinahe am schlimmsten war, Chesilworth aufgeben und zu ihrer Tante ziehen müssen. Das Haus ihrer Familie war ein eleganter Bau, aber der Zahn der Zeit hatte an ihm genagt. Reparaturen waren aus Geldmangel verschoben worden, nicht nur von ihrem Vater, sondern auch schon von ihrem Großvater und Urgroßvater. Der Westflügel war, so lange sie sich erinnern konnte, geschlossen gewesen, da für die dringend nötige, umfassende Instandsetzung keine Mittel vorhanden gewesen waren. Sogar im Hauptbau und im Ostflügel gab es Stellen, an denen das Dach leckte, Fenster waren undicht, Dielenbretter lose oder verbogen, und nahezu alle Vorhänge waren mottenzerfressen. Bloß jemand, der das Haus so liebte wie sie und ihre Familie, wäre dort wohnen geblieben.

Aber nach dem Tod ihres Vaters war noch nicht einmal genug Geld übrig geblieben, die absolut unverzichtbaren Diener zu halten. Ihre Familie hatte zu Onkel und Tante ziehen müssen, deren Wohnsitz nur ein paar Meilen von dem Dorf Dunsleigh entfernt lag. Der Schmerz, ihr geliebtes Zuhause zu verlassen, war schlimm genug gewesen, aber von der Barmherzigkeit ihrer Tante abhängig zu sein, war ein beständiger Dorn in Cassandras Fleisch. Onkel Barlow, der Bruder ihrer Mutter, war ein freundlicher Mann, den sie alle mochten, doch er war nur selten zu Hause, da er so viel Zeit wie irgend möglich im Dorf oder in London oder bei der Jagd verbrachte. Cassandra war sicher, dass seine giftige Ehefrau der Grund für seine häufige Abwesenheit war.

Tante Ardis war eine geizige Frau, die der Tatsache, dass die Nichten und Neffen ihres Mannes bei ihnen lebten, ablehnend gegenüberstand, auch wenn sie sich immer wieder vor ihnen mit ihrer Großzügigkeit brüstete. Sie hatte die Schwester ihres Mannes nie gemocht, eine lebhafte, wunderschöne Frau, die sie selbst hoffnungslos in den Schatten stellte. So vergällte sie jetzt ihrer Nichte das Leben durch unablässige Klagen über die zusätzlichen Kosten und die Mehrarbeit, die die Anwesenheit ihrer Familie für sie bedeutete, was sie aber andererseits nicht davon abhielt, sich ungefragt in ihre Angelegenheiten zu mischen. Sie bezeichnete Cassandra als unscheinbaren Blaustrumpf, Olivia als viel zu wild und ihre Brüder als ungezogene Störenfriede. So sorgte sie dafür, dass jedermann erfuhr, was für ein großes Opfer sie brachte, indem sie ihre jungen Verwandten bei sich aufgenommen hatte.

Joanna sah Cassandras weniger auffälliges Äußeres als passenden Rahmen für ihre eigene Schönheit an, weshalb sie gegen ihre Gegenwart nichts einzuwenden hatte, solange ihr eigenes Wohlbefinden nicht beeinträchtigt wurde. Crispin und Hartley, Cassandras zwölfjährige Brüder, waren eine ganz andere Sache. Sie waren ebenso laut wie schmutzig und lästig, sie ärgerten und störten sie. Am wenigsten jedoch konnte Joanna Olivia leiden, die mit vierzehn schon erahnen ließ, dass sie einmal eine atemberaubende Schönheit werden würde – und damit eine Bedrohung für ihre Stellung.

Mehr als alles andere wünschte sich Cassandra, mit ihrer Familie nach Chesilworth zurückzukehren. Ihr Onkel war Olivias und der Jungen Vormund, und sie war davon überzeugt, dass es ihr gelingen würde, ihn dazu überreden zu können, sie alleine leben zu lassen, vorausgesetzt, sie besäßen ein ordentliches Haus und genug Geld für Essen und Kleidung. Die Spanische Mitgift könnte ihnen zu diesem Geld verhelfen. Die Mitgift bedeutete Freiheit für sie alle – und jetzt hatte Sir Philip ihre Hoffnungen rücksichtslos zunichte gemacht.

„... sowieso kein großer Fang." Cassandra kehrte bei dem Klang der Stimme ihrer Tante, die eine Bemerkung über Sir Philip machte, zurück in die Gegenwart. Sie sah ihre Tante überrascht an.

„Was meinen Sie? Ich dachte, Sie hätten gesagt, er wäre einer der begehrtesten Junggesellen ganz Englands", erinnerte sie ihre Tante unschuldig.

Tante Ardis runzelte die Stirn und dachte ärgerlich, dass die Nichte ein viel zu gutes Gedächtnis hatte. „Oh, er wäre schon eine Trophäe für jedes Mädchen", räumte sie ein. „Aber er besitzt keinen Titel, musst du wissen. In dem Punkt ist ihm sogar Lord Benbroke überlegen."

„Lord Benbroke ist über sechzig und leidet an Gicht."

„Ja, Mama", warf Joanna ein. „Nicht Lord Benbroke. Den könnte ich einfach nicht heiraten."

„Ich wollte doch nicht sagen, dass du ihn heiraten sollst, nur, dass er einen Titel hat und Neville nicht. Und ich bin sicher, dass es reichere Männer gibt."

„Ich habe gehört, dass Richard Crettigan der reichste Mann des Landes sein soll", bemerkte Cassandra hilfreich.

Tante Ardis sah entsetzt aus. „Richard Crettigan ist ein... ein Händler!"

„Ja, und auch noch aus Yorkshire. Kannst du dir vorstellen, dein ganzes Leben lang diesen grässlichen Akzent hören zu müssen?" Joanna schüttelte angewidert den Kopf.

„Aber für euch muss das Wissen doch tröstlich sein, dass Joanna noch andere Möglichkeiten offen stehen." Cassandra erwiderte den misstrauischen Blick von Tante und Cousine ausdruckslos.

„Ich habe gehört", erklärte Tante Ardis hochmütig, Cassandras Einwurf nicht weiter beachtend, „dass Sir Philip ein Lebemann sei."

Cassandras Magen zog sich zusammen. „Ein Lebemann? Wer behauptet das?"

„Ich habe es von Daphne Wentworth, die mir sagte, das sei in London allgemein bekannt. Natürlich weiß jeder, dass ihre milchgesichtige Teresa hinter ihm her war und Daphne keine Konkurrenz wollte. Doch Mrs. Carruthers saß genau daneben und bestätigte, er habe einen gewissen Ruf."

„Einen Ruf als was?" hakte Cassandra nach. Sie verstand nicht ganz, warum die Bemerkung ihrer Tante sie so störte, doch sie verspürte den Wunsch, ihr aufs Heftigste zu widersprechen.

Tante Ardis senkte verschwörerisch die Stimme und sagte: „Als Verführer."

„Ach Tante Ardis, woher wollen die das denn wissen?" Aber trotz ihrer Worte konnte Cassandra nicht verhindern, dass sie an Sir Philips Küsse und die Art und Weise, wie sie ihr Innerstes in flüssiges Feuer verwandelt hatten, denken musste. Er schien genau gewusst zu haben, was er tat. Er hatte einen Annäherungsversuch bei ihr gemacht. Cassandra war sich der Tatsache bewusst, dass sie keineswegs eine Schönheit war. Demnach musste Sir Philip darauf aus sein, jede Frau zu küssen, die ihm gerade über den Weg lief. Eine Vorstellung, die ihr ausgesprochen unangenehm war.

Solche Grübeleien waren fruchtlos. Die Wahrheit war schlicht und ergreifend, dass er genau so war, wie die Gerüchte ihn hinstellten. Es war idiotisch, dass sie für den Mann eintreten sollte, der all ihre Hoffnungen zunichte gemacht hatte.

Müde wandte sie sich ab und lehnte die Stirn an die kühle Fensterscheibe. Den Rest der Fahrt setzten sie schweigend fort.

Als die Kutsche eine Kurve nahm und ihr Kopf zur Seite fiel, fuhr Cassandra auf. Sie musste eingeschlafen sein. Mit einem Blick überzeugte sie sich davon, dass ihre Tante und Cousine weiterschliefen. Vor dem Fenster war es dunkel geworden, aber sie konnte im schwachen Mondlicht erkennen, dass sie auf die schmale Straße eingebogen waren, die zum Haus ihrer Tante führte. Sie waren beinahe zu Hause. Ihre Geister hoben sich in Vorfreude auf das Wiedersehen mit ihren Geschwistern.

Einen Augenblick später, Tante und Cousine waren inzwischen ebenfalls aufgewacht, kam die Kutsche vor einem georgianischen Herrenhaus zum Stehen. Die Eingangstür wurde geöffnet, ein Lakai kam heraus und eilte die Stufen herab, um den Kutschenschlag aufzumachen.

„Mrs. Moulton.“ Er machte eine Verbeugung, bevor er ihr die Hand reichte, um ihr beim Aussteigen behilflich zu sein.

Die Tante gönnte ihm ein knappes Nicken und rauschte an ihm vorbei zur Eingangstür, Joanna ihr dicht auf den Fersen. Cassandra stieg als Letzte aus der Kutsche, nahm die angebotene Hand und lächelte den Diener freundlich an. „Guten Abend, John.“

Ein Lächeln breitete sich auf den sonst ausdruckslosen Zügen des Lakaien aus, und er erwiderte herzlich: „Guten Abend, Miss. Schön, dass Sie wieder zu Hause sind.“

„Danke. Wie geht es Ihrer Schwester? Hat sie inzwischen ihr Kleines?“

„Nein, Miss. Wir sitzen alle wie auf Kohlen.“ Wie die meisten anderen Diener in Moulton House war John Sommers der Ansicht, dass der Haushalt durch die Ankunft der Verreres gewonnen hatte. Anders als seine Herrin und ihre Tochter kannten die Verrere-Geschwister die Namen aller im und um das Haus beschäftigten Diener. Sie ließen es nie an Freundlichkeit oder einem Dankeswort fehlen. Es war deshalb auch kein Wunder, wenn so manche zerbrochene Vase einfach wortlos aufgefegt wurde, oder ein Tablett mit Essen in das Kinderzimmer hinaufgeschmuggelt wurde, wenn Olivia oder die Zwillinge wegen irgendeiner Missetat in Ungnade gefallen waren.

„Cassie!“ Zwei flachsköpfige Jungen kamen Seite an Seite aus der Tür und die Treppe hinabgestürmt; in gemäßigterem Tempo folgte ihnen ein Mädchen mit blonden Zöpfen.

Cassandra breitete ihre Arme aus und umarmte all ihre Geschwister auf einmal. „Crispin! Hartley – was ist mit deiner Hand geschehen? Olivia – ich denke, du bist fast noch hübscher geworden, während ich fort war.“

Olivia, deren Zöpfe und kurze Röcke nicht über ihren rasch reifenden Körper und das Gesicht einer jungen Frau hinwegtäuschen konnten, quittierte die Worte ihrer Schwester mit einem Kichern. „Pah – du bist doch nicht mehr als drei Tage fort gewesen. Was ist geschehen? Warum bist du schon so früh zurück?“

„Ja!“ fügte Crispin hinzu. „Du hättest Onkel Barlows Gesicht sehen sollen, als John die Ankunft eurer Kutsche meldete. Er sah wie ein Hase aus, der die Hunde gehört hat.“

Hartley kicherte. „Er sah sich um, als suche er ein Loch, in dem er sich verkriechen könnte."

„Er war die ganze Zeit daheim, von dem Moment an, als Tante Ardis das Haus verlassen hat. Und ganz nett war er. Er hat uns erlaubt, mit ihm zu Abend zu essen, und wir durften über alles Mögliche mit ihm reden. Es war zwar nicht so gut, wie mit Papa zusammen zu sein, aber es erinnerte mich an zu Hause, wenigstens ein bisschen..." Olivias Stimme verlor sich wehmütig.

Cassandra spürte, wie ihr Tränen in die Augen traten. „Ich weiß, Olivia. Ich vermisse ihn auch."

„Es war phänomenal!" Hartley, der das angeregte Gespräch über Jagdhunde weit mehr genossen hatte als die weitschweifigen Ausführungen seines gelehrten Vaters, fügte hinzu: „Er sagte, er würde uns das nächste Mal mit nach Buckinghamshire auf die Jagd nehmen, wenn Tante Ardis es erlaubt."

„Ha! Uns den Spaß gönnen? Nicht sehr wahrscheinlich!"

„Pst, Crispin. Tante Ardis könnte es durchaus gefallen, euch beide eine Weile aus dem Haus zu haben. Ich werde mich bemühen, dass ihr die Vorzüge eurer Abwesenheit in Bezug auf Schmutz und Lärm nicht entgehen."

„Das würdest du tun?" Die Gesichter der Zwillinge leuchteten auf. Ihrer Erfahrung nach konnte Cassandra einfach alles, was sie sich vornahm. Sie war es gewesen, die von dem schmalen Budget immer noch einen Ausflug, ein Pony zum Reiten oder einen neuen Cricketschläger, um den zerbrochenen zu ersetzen, hatte abzwacken können.

„Natürlich werde ich es versuchen – auch wenn ich nichts versprechen kann..."

„Ich weiß." Crispin war schon vernünftig genug, um zu erkennen, dass es dem Einfallsreichtum und der Klugheit seiner Schwester nicht immer gelang, ihre Tante zu überlisten.

„Vergesst doch jetzt diese dumme Jagd!“ rief Olivia ungeduldig. „Erzähl schon, was auf der Hausgesellschaft passiert ist, Cassandra.“

„Hast du Sir Philip getroffen?“ warf Hartley ein. „Wird er uns helfen?“

„Einen Augenblick bitte. Erst will ich Onkel Barlow begrüßen.“

Ihr Onkel stand ein wenig wie ein begossener Pudel vor seiner Frau, während sie ihn abkanzelte, welche Verschwendung es wäre, so viele Kerzen im ganzen Haus anzuzünden.

„Himmel, ich konnte sogar von der Kutsche aus erkennen, dass das Kinderzimmer hell erleuchtet war“, sagte sie gerade, als die Verreres eintraten. „Dazu gibt es keine Veranlassung. Die Kinder sollten sowieso schon längst im Bett liegen.“

„Mir kam es gar nicht so hell vor“, versuchte Onkel Barlow sich zu verteidigen. „Und Olivia war dabei, im Licht nur einer Kerze zu lesen, und weißt du, sie sollte wirklich nicht ihre hübschen Augen überanstrengen.“ Er lächelte seiner Nichte wohlwollend zu, ohne zu bemerken, auch nach Jahren des Zusammenlebens mit Ardis nicht, dass er gerade genau das Falsche gesagt hatte. „Diese Augen werden einmal ein Segen für sie sein.“

„Was für ein Unsinn! Olivia sollte ohnehin nicht all diese heidnischen Bücher lesen“, schnaubte Tante Ardis und blickte stirnrunzelnd zu ihrer jüngeren Nichte. „Olivia, streich deine Röcke glatt, du siehst ja wie ein Wildfang aus. Und erst dein Haar!“

„Ja, Tante Ardis“, antwortete Olivia ausdruckslos. Ihr Übermut hatte sie mehr als einmal in Schwierigkeiten gebracht, aber seit ihr klar geworden war, dass Cassandra unter ihren Streitereien mit der Tante litt, hatte sie gelernt, ihre Zunge zu hüten.

Cassandra umarmte rasch ihren Onkel und gab ihm einen Begrüßungskuss auf die Wange, dann nahm sie ihre Geschwister und scheuchte sie die Treppe hinauf in das Zimmer, das die beiden

Schwestern sich teilten. Die Jungs streckten sich auf dem Teppich aus, während Olivia sich im Schneidersitz auf das Bett setzte.

„Gut", sagte sie zu ihrer Schwester. „Und jetzt erzähl uns alles. Warum seid ihr so früh zurück?"

„Wen interessiert das denn?" erwiderte Crispin entrüstet. „Ich möchte alles über Sir Philip und den Schatz hören."

„Tante Ardis und Joanna haben einen Rückschlag erlitten", teilte Cassandra ihrer Schwester augenzwinkernd mit. Mit einem bezeichnenden Blick zu ihren Brüdern fügte sie hinzu: „Ich werde dir nachher mehr darüber berichten." Unerwähnt ließ sie, dass ihre Schwester eine sorgfältig zensierte Version der Ereignisse erhalten würde.

Olivia riss die Augen weit auf, murrte aber nicht, als Cassandra mit der Geschichte begann, die ihre Brüder hören wollten. „Ich fürchte, es sind keine guten Neuigkeiten. Sir Philip weigert sich, uns zu helfen."

Crispin stöhnte, und Hartley höhnte: „Ich wusste, wir hätten nicht auf einen Neville zählen dürfen. Papa hat das auch immer gesagt. Du hättest ihn nicht fragen sollen."

„Ich weiß nicht, wie wir den Schatz sonst finden sollen", erinnerte Crispin ihn. „Die Nevilles haben die andere Hälfte der Karte oder was auch immer es ist."

„Die brauchen wir nicht", beharrte Hartley. „Stimmts nicht, Cassie? Wir können die Mitgift auch alleine finden."

„Natürlich." Cassandra setzte eine zuversichtliche Miene auf. „Es wird nur länger dauern. Ich habe nicht vor, aufzugeben."

„Aber wie sollen wir das schaffen?" fragte Olivia. Obwohl sie genauso viel Vertrauen in die Fähigkeiten ihrer älteren Schwester hatte wie ihre Brüder, besaß sie doch eine praktischere Denkweise.

„Zuerst müssen wir die alten Briefe finden. Ich werde so oft wie möglich nach Chesilworth gehen, um den Boden abzusuchen. Wenn ich den Brief dann wirklich in Händen halte, kann ich Sir Philip beweisen, dass der Schatz tatsächlich versteckt wurde und deshalb gefunden werden kann. Dann wird er sicher seine Meinung ändern und uns helfen." Das war der beste Plan, den Cassandra sich hatte ausdenken können, auch wenn er in ihren Ohren wenig überzeugend klang, hoffte sie doch, dass er ihre Geschwister zufrieden stellen würde.

„Du meinst, er hat gar nicht an den Schatz geglaubt?" Hartley war entsetzt angesichts einer solchen Ketzerei.

„Nein. Er dachte, die Tagebücher wären gefälscht. Er ist ein sehr engstirniger Mann. Aber wenn er erst einmal den Beweis vor Augen hat, wird er mir glauben müssen."

„Wir werden dir helfen", erklärte Crispin ernst. Obwohl er so übermütig wie jeder andere Junge seines Alters war, wusste er doch, dass er nun, als der erstgeborene Zwilling, Lord Chesilworth war, und er nahm seine Verpflichtungen nicht auf die leichte Schulter. Während Hartley die Suche nach der Mitgift als wundervolles Abenteuer ansah, hatte Crispin erkannt, dass Chesilworths Zukunft von ihrem Erfolg abhing.

„Selbstverständlich", stimmte Olivia zu. „Wann immer der alte Drachen nicht hinschaut, werden wir uns fortschleichen."

„Olivia... benimm dich", ermahnte Cassandra sie geistesabwesend. Dann sagte sie zu ihren Geschwistern: „Ich wusste, dass ich mich auf euch verlassen kann."

Während sie einander umarmten, schwor sich Cassandra, dass sie diese Briefe finden und Sir Philip dazu bringen würde, ihr zu glauben.

Tante Ardis billigte es keineswegs, dass Cassandra und ihre Geschwister ihr altes Zuhause aufsuchten. In der Zeit, die ihre Nichte inzwischen bei ihr lebte, hatte sie sich daran gewöhnt, dass Cassandra ihr einige der ermüdenden Pflichten, die die Führung eines großen Haushaltes mit sich brachte, abgenommen hatte. Die gewonnene Zeit verbrachte Tante Ardis mit ihrer Toilette oder nutzte sie zum Austausch der neuesten Gerüchte mit einer der zwei oder drei Damen, die sie ihrer Bekanntschaft für würdig befand.

Deshalb sah sie es nicht gerne, wenn Cassandra ihre übernommenen Pflichten im Haushalt vernachlässigte, um den ganzen Tag in Chesilworth zu verbringen. „Ich weiß gar nicht, was du da zu tun haben kannst“, teilte sie ihrer Nichte verdrießlich mit. „Das Haus ist doch nur noch eine Ruine.“

Cassandra hatte ihrer Tante verheimlicht, was sie wirklich nach Chesilworth führte. Sie war sich nicht sicher, was ihre Tante von der Schatzsuche der Verreres halten würde, doch sie war davon überzeugt, dass sie es nicht begrüßen würde, vielleicht sogar so weit ginge, es ihnen einfach rundheraus zu verbieten, nach Chesilworth zu gehen. Deshalb erwiderte sie bloß: „Ich möchte es vor dem Ruin bewahren. Ich mache ein wenig sauber und überprüfe, ob es auf dem Speicher hereinregnet und so weiter.“

„Ich könnte mir vorstellen, dass du deine Zeit hier weit nützlicher verbringen könntest. Schließlich ist hier dein neues Zuhause.“

Mit zu Fäusten geballten Händen und mühsam beherrschter Stimme erwiderte sie: „Gewiss, Tante Ardis. Aber Chesilworth ist Crispins Erbe, und ich muss dafür sorgen, dass noch etwas von seiner Erbschaft übrig ist, wenn er alt genug ist, sie anzutreten. Ich kann es Ihnen und Onkel Barlow nicht zumuten, uns auch noch weiter unterstützen zu müssen, wenn die Jungen erwachsen sind.“

Diese schreckliche Vorstellung schien Tante Ardis zu beeindrucken. „Ich... äh, ja. Ich meine, wenn du es so siehst, dann denke ich, musst du wohl gehen. Aber jeden Tag...“

„Selbstverständlich nur, wenn Sie mich nicht hier brauchen, Tante Ardis.“

Wie sich herausstellte, konnte Tante Ardis drei oder vier Tage die Woche nicht auf Cassandra verzichten, an den anderen Tagen aber durften die Geschwister zu ihrem alten Zuhause gehen, um die Treppen zu dem staubigen Dachboden zu erklimmen und sich an eine methodische Durchsuchung der dort verstauten Schätze zu machen.

Cassandra erledigte dabei die meiste Arbeit, da die Jungen trotz ihrer Begeisterung immer wieder von ihrer eigentlichen Aufgabe – sei es durch einen seltsamen Fund oder einen ausbrechenden Streit – abgelenkt wurden, und auch Olivias Eifer erlahmte leicht, immer wieder musste sie etwas trinken oder sich draußen ausruhen. Dennoch machten sie langsam Fortschritte, und während sie suchten, bemerkten sie erfreut, dass sie auf immer ältere Möbel und Kleidung stießen, was Cassandra neue Hoffnung gab. Während Olivia die hohen Perücken und die weiten Reifröcke des 18. Jahrhunderts begeisterte Ahs und Ohs entlockten, fuhr Cassandra verbissen fort, Kisten und Truhen zu durchstöbern, beflügelt von dem Wissen, ihrem Ziel langsam näher zu kommen.

Eines Vormittags, als sie sich gerade bei Tante Ardis entschuldigen wollte, um nach Chesilworth zu gehen, kam der Butler in den Salon und verkündete, dass ein Besucher eingetroffen sei.

„Mr. David Miller, Ma'am", teilte er seiner Herrin in einem frostigen Tonfall mit, den er immer dann benutzte, wenn er seiner Missbilligung über einen Besucher Ausdruck verleihen wollte, und reichte ihr ein schmales Silbertablett mit einer Karte darauf.

„Wer?" Tante Ardis blickte verständnislos auf.

„Ein Amerikaner, glaube ich, Ma'am. Er behauptet..." , sein Tonfall drückte seine Ungläubigkeit aus, „... er sei mit Lord Chesilworth verwandt."

„Lord Ch... Sie meinen Crispin?"

„Ja, Ma'am."

Tante Ardis und Joanna sahen fragend zu Cassandra, die genauso ratlos wie sie schien. „Ich habe nie von ihm gehört, Tante Ardis."

„Nun, hm... ich denke, wir werden ihn empfangen, Soames."

Sobald Soames die Tür hinter sich geschlossen hatte, wandte Tante Ardis sich zu Cassandra um. „Ein Hochstapler?" schlug sie vor. „Ein Amerikaner, der sich als Verwandter von euch ausgibt?"

„Es ist möglich, dass irgendeiner der Verreres ausgewandert ist", dachte Cassandra laut.

„Zweifellos geht er davon aus, dass Chesilworth, nur weil er einen Titel trägt, ein reicher Mann ist. Er hofft gewiss, von euch Geld zu bekommen, denk an meine Worte."

„Dann steht ihm eine herbe Enttäuschung bevor", erklärte Cassandra unbeschwert.

Kurz darauf betrat Soames erneut das Zimmer. „Mr. David Miller."

Ein junger Mann folgte ihm, blieb auf der Schwelle stehen und lächelte die drei Frauen zögernd an. Er war in den Zwanzigern, hatte himmelblaue Augen, dichtes blondes Haar und einen verwegenen Schnurrbart, den er sich hatte wachsen lassen, so vermutete Cassandra, um seinen Zügen die Jungenhaftigkeit zu nehmen. Er war modisch gekleidet, aber nicht übertrieben, und Cassandra fand ihn ziemlich gut aussehend. Sie fühlte sich in ihrer Einschätzung bestätigt, als sie Interesse in Joannas Augen aufblitzen sah.

Mr. Miller machte eine Verbeugung. „Bitte vergeben Sie meine Aufdringlichkeit. Ich weiß, ich hätte erst schreiben müssen, um mich vorzustellen, aber als ich in London war und gerade Zeit hatte, überwältigte mich das Verlangen, meine britischen Verwandten kennen zu lernen. Ich hoffe, Sie halten mich nicht für anmaßend."

„Bitte setzen Sie sich. Ich bin Miss Cassandra Verrere", stellte Cassandra sich vor. „Mein Bruder Crispin ist Lord Chesilworth.

Dies sind meine Tante, Mrs. Moulton, und ihre Tochter, Miss Joanna Moulton."

Der junge Mann beugte sich höflich über jede der ihm entgegengestreckten Hände, bevor er Platz nahm. „Es sind die Verreres, mit denen ich verwandt bin – natürlich nur sehr entfernt", erklärte er eilfertig. „Eine meiner Urahninnen war eine Verrere. Sie und ihr Ehemann ließen sich in Boston nieder – vor mehr als zweihundert Jahren."

„Wie bitte?" Cassandra starrte ihn an. „Aber was... wie hieß ihre Urahnin?"

„Margaret Verrere. Der Familiensage nach war es eine hochromantische Angelegenheit – sie brannte mit einem Mann von niederer Herkunft durch. Sie flohen vor ihrer Familie in die Kolonien."

„Das glaube ich nicht."

„Oh, es stimmt", versicherte ihr David Miller.

„Nein, das meinte ich nicht. Was ich sagen wollte – nun, es ist bloß so erstaunlich. Sie müssen wissen, ich habe ihre Tagebücher gelesen."

Er grinste. „Wundervoll! Ich hoffe, es hat Ihnen Spaß gemacht. Ich bin nämlich derjenige, der sie Mr. Simons verkauft hat. Ich bin Kaufmann in Boston, und ab und zu komme ich nach London, um Einkäufe zu tätigen, die letzten Neuheiten zu sehen und dergleichen. Letztes Jahr beschloss ich, Margaret Stones Tagebücher – das war ihr Name als verheiratete Frau – nach London mitzunehmen und sie zu veräußern. Ich habe sie einem Buchhändler namens Simons verkauft. Als ich ihn dieses Jahr erneut aufsuchte, um mich zu erkundigen, ob er sie hatte weiterverkaufen können, war ich erfreut zu hören, dass Lord Chesilworth, selbst ein Verrere, sie erworben hatte. Natürlich war mir auch gleich klar, dass wir entfernt verwandt sein müssten, und als ich etwas Zeit erübrigen konnte, fühlte ich mich verpflichtet, Ihre Bekanntschaft zu machen."

„Ich bin so froh darüber."

Joanna, deren Interesse an dem jungen Mann in dem Moment erloschen war, als sie erfuhr, dass er bloß ein Kaufmann aus Boston war, ödete dieses Gespräch über Bücher und Vorfahren an. Ehrlich gesagt hätte dieser junge Mann, was auch immer die Gründe seines Auftauchens in Dunsleigh gewesen sein mochten, so von ihrer Schönheit geblendet sein müssen, dass er mit ihr hätte reden wollen. Sie begann unruhig auf ihrem Sitz hin und her zu rutschen.

„Wunderbar." Mr. Miller strahlte. „Dann ist es ja gut."

„Ich freue mich besonders, da mich Margarets Geschichte ebenso wie meinen Vater fesselt. Er war es auch, der die Tagebücher gekauft hat. Leider ist er vor einiger Zeit verstorben. Er hätte Sie sicher gerne kennen gelernt, um Ihnen Fragen zu den Tagebüchern zu stellen."

„Müssen wir eigentlich nur über diese Bücher reden, Cassandra?" beschwerte sich Joanna.

„Es tut mir Leid, Miss Moulton." Mr. Miller schenkte ihr ein Lächeln. „Es ist stets langweilig, Leuten zuzuhören, die über ihre Verwandten sprechen. Gehe ich recht in der Annahme, dass Sie nicht zu Margarets Familie gehören?"

„Ich habe nicht die leiseste Ahnung, wer diese Margaret ist", antwortete Joanna mit einem kleinen Kichern, das, wie ihr von verschiedenen Anbetern versichert worden war, anbetungswürdig war.

„Meine Tante und meine Cousine sind keine Verreres", erläuterte Cassandra. „Sie sind Verwandte mütterlicherseits."

„Ich verstehe."

„Aber sagen Sie doch, Mr. Miller, wie kamen Sie an die Tagebücher, und warum haben Sie beschlossen, sie zu verkaufen?" Cassandra wünschte sich sehnlichst, dass Sir Philip hier wäre. Er war sich so sicher gewesen, dass der arme Mr. Simons mit ihnen ein falsches

Spiel getrieben hatte – vielleicht würde es Mr. Miller gelingen, ihn von der Echtheit der Tagebücher zu überzeugen.

„Meine Mutter ist vor beinahe zwei Jahren gestorben. Sie stammte von Margaret Stone ab. Die Bücher waren in ihrer Familie weitervererbt worden und gelangten schließlich in meine Hände. Ich hatte kein besonderes Interesse an ihnen, weshalb ich beschloss, sie hierher zu bringen, in der Hoffnung, dass sie hier ihren Weg zu der anderen Seite der Familie zurückfänden."

Joanna nutzte die Gelegenheit, als Mr. Miller Luft holte, und warf ein: „Vielleicht könntest du Mr. Miller den Garten zeigen, Cassandra. Amerikaner interessieren sich doch immer für englische Gärten, nicht wahr?"

„Es tut mir Leid, Miss Moulton, wenn ich Sie langweile. Es ist nur, dass ich so entzückt bin, nun... eine Art Cousine, denke ich, zu treffen."

„Du hast Recht, Cousine Joanna." Zum ersten Mal decken sich meine eigenen und Joannas Wünsche, dachte Cassandra. Es war immer schwierig, eine ernsthafte Unterhaltung zu führen, wenn Joanna in der Nähe war. „Es würde mir große Freude machen, Mr. Miller den Garten zu zeigen. Hätten Sie Lust, dabei unsere Unterhaltung fortzusetzen, Sir?"

Er stimmte ihr bereitwillig zu, und Cassandra führte ihn in den Garten hinter dem Haus. Er bewunderte höflich die verschiedenen Rosen, Rittersporne und Margeriten, bevor er und Cassandra sich auf einer weinumrankten Bank niederließen.

„Erzählen Sie mir doch den Rest", drängte Cassandra. „Haben Sie Margarets Tagebücher gelesen? Warum haben Sie sich davon getrennt?"

Augenzwinkernd erwiderte Mr. Miller: „Zweifellos halten Sie mich für einen nüchternen Amerikaner, Miss Verrere, aber die Wahrheit ist, ich habe wenig Interesse an Büchern oder daran, jeden

Zweig des Familienstammbaums zu erforschen. Mich hat es mehr interessiert, zu erfahren, dass es noch Verreres in England gibt, mit denen ich entfernt verwandt bin, aber was das Studieren der Familiengeschichte angeht, nun, ich fürchte, da fehlt es mir an Zeit und Neigung.“ Er lächelte entschuldigend.

„Dafür habe ich volles Verständnis. Ich erwarte nicht, dass jeder meine Interessen teilt. Haben Sie die Bücher denn gelesen?“

Er schüttelte den Kopf. „Nicht wirklich. Ich habe sie überflogen. Ich wusste erst gar nicht, was ich mit ihnen anfange sollte. Wegwerfen wollte ich sie keinesfalls. Sie waren so alt und schon so lange in der Familie aufgehoben worden. Dann riet mir ein Freund, sie doch einfach nach England mitzunehmen und hier zu verkaufen, da die Engländer bekanntermaßen an Geschichte mehr Interesse haben als wir Amerikaner. Ich habe seinen Rat befolgt – und den Rest kennen Sie ja.“ Er lächelte und fügte hinzu: „Genau genommen habe ich mein Glück bei mehreren Buchhändlern versucht, aber Mr. Simons war der Einzige, der sie haben wollte.“

„Ich jedenfalls bin froh, dass Sie es getan haben“, teilte ihm Cassandra herzlich mit. Sie mochte Mr. Miller. Er war geradeheraus und hatte eine offene Art, die nur wenige andere Leute besaßen. Sie war sich nicht sicher, ob es daran lag, dass er Amerikaner war, oder ob es eine Eigenheit dieses Mannes war. Was auch immer es war, sie musste sein Lächeln einfach erwidern. Außerdem sah er wirklich gut aus, besser sogar als Sir Philip Neville.

„Mein Vater war überglücklich, Margaret Verreres Tagebücher lesen zu können“, fuhr sie fort. „Ihre Geschichte – ihre Flucht – interessierte ihn besonders.“

Sie unterhielten sich noch eine Weile. Er fragte nach Margaret Verreres Familie, seinen Verwandten, und was geschehen war, seit Margaret fortgelaufen war. Als Cassandra ihm erzählte, dass das Haus, in dem Margaret gelebt hatte, immer noch stand und tatsächlich sogar bis zum Tod ihres Vaters ihr eigenes Zuhause gewesen war, erkundigte er sich ehrfürchtig, ob er sich dort wohl einmal umsehen dürfe.

Cassandra war nur zu gerne bereit, ihm Chesilworth zu zeigen. Sie brachen noch am selben Nachmittag dorthin auf, begleitet von den Zwillingen und Olivia, die jede Entschuldigung begrüßte, dem Haus ihrer Tante zu entkommen. Die Zwillinge überschütteten Mr. Miller mit Fragen über die Vereinigten Staaten und das Schiff, auf dem er nach England gereist war, doch er beantwortete sie alle mit großer Geduld.

„Werden Sie mit uns nach dem Schatz suchen?" erkundigte sich Hartley aufgeregt, als sie auf Chesilworth ankamen.

„Nach was?" Er sah erstaunt von dem Jungen zu Cassandra.

„Die Mitgift", fuhr Hartley ungeduldig fort. „Sie wissen schon, Margarets Mitgift!"

„Er spricht von etwas aus den Tagebüchern", erläuterte Cassandra und sagte zu ihrem Bruder: „Mr. Miller hat die Tagebücher nicht gelesen."

„Dort wird ein Schatz erwähnt?" Der Amerikaner schien fasziniert.

„Es steht drin, wie man ihn finden kann", berichtete Crispin, und dann begannen die Jungen eifrig das Vorhandensein der beiden Karten zu erklären. „Die eine ist in einem Brief. Danach suchen wir im Haus. Die andere gehört Sir Philip, aber er weigert sich, uns zu helfen, so dass wir jetzt alles alleine herausfinden müssen."

„Eine Schatzsuche!" rief David Miller. „Wie wundervoll! Wie schade, dass ich nicht länger bleiben kann, um mitzumachen."

„Ja, das wäre eine Wucht", stimmte ihm Hartley zu, der genau wie Crispin ihren neuen amerikanischen Verwandten vom ersten Moment an gemocht hatte.

„Warum bleiben Sie nicht noch?" schlug Crispin vor. „Könnte er nicht bleiben, Cassie?"

„Vielleicht hat er gar keine Zeit, Jungs. Plagt Mr. Miller nicht länger." Sie wandte sich lächelnd zu ihm um. „Wenn es Ihnen allerdings möglich wäre, noch ein wenig zu bleiben, würden wir uns sehr freuen."

„Sie führen mich in Versuchung." Er seufzte. „Aber auf mich warten Geschäfte in London. Und mein Schiff geht nächste Woche." Man merkte ihm an, wie er schwankte, dann zuckte er die Schultern und sagte: „Gut, vielleicht könnte ich meinen Aufenthalt hier noch einen Tag ausdehnen."

Mr. Miller zeigte sich von Chesilworth gebührend beeindruckt. Sie führten ihn durch das Haus, zeigten ihm auch den feuchten, heruntergekommenen Westflügel, bevor sie sich alle auf den Dachboden begaben. Am folgenden Nachmittag erschien Mr. Miller wieder, um ihnen beim Durchstöbern zu helfen. Schließlich wurden aus den zwei Tagen drei, und auch dann verließ er sie nur sichtlich widerstrebend.

Nach seiner Abreise verliefen die Tage in Moulton House wieder in der gewohnten Routine. Cassandra beaufsichtigte den Haushalt ihrer Tante und ging, wann immer es ihre Zeit zuließ, nach Chesilworth.

Eines Nachmittags, ungefähr eine Woche nachdem Mr. Miller sich verabschiedet hatte, befanden sich alle vier Verreres auf dem Dachboden von Chesilworth, auch wenn Cassandra als Einzige noch die Truhen durchsuchte. Die Hitze des Tages, zusammen mit der Langeweile, hatte die Zwillinge zu einem Fechtkampf mit zwei Spazierstöcken verleitet, die ihnen in die Hände gefallen waren. Olivia stand an einem geöffneten Fenster, um den schwachen Luftzug zu genießen.

Cassandra war gerade damit fertig, alles wieder in der Truhe vor sich zu verstauen, und schloss den Deckel, wodurch sich eine Staubwolke hob, die sie einhüllte. Sie hustete und hockte sich auf ihre Fersen, fuhr sich mit dem Handrücken über die Stirn und seufzte. Ihr Rücken schmerzte, und sie sehnte sich verzweifelt nach einem Schluck Wasser. Sie musste noch einmal husten und überlegte, ob es nicht besser wäre, die Suche für den heutigen Tag abzublasen.

Zu ihrer großen Überraschung war plötzlich unten in der Diele vor der Bodentreppe ein Geräusch zu hören. Dann ertönte die Stimme ihrer Cousine: „Cassandra! Cassandra!"

Joanna? Was war denn in Joanna gefahren, den weiten Weg nach Chesilworth zu kommen? Dann erklangen Schritte auf den Stufen, und Kopf und Schultern eines Mannes erschienen in der Treppenöffnung. Jetzt verstand Cassandra, warum ihre Cousine die Anstrengung auf sich genommen hatte. Sie stand auf und beobachtete schweigend, wie der ganze Mann sichtbar wurde.

„Guten Tag, Miss Verrere", sagte Sir Philip Neville fröhlich.

5. KAPITEL

„Sir Philip!" Cassandra starrte ihn entgeistert an.

„Miss Verrere. Es ist mir eine große Freude, Sie wieder zu sehen." Ein belustigtes Funkeln tanzte in Nevilles braunen Augen.

Verlegen wurde Cassandra bewusst, welches Bild sie abgeben musste – gänzlich undamenhaft verschwitzt, staubbedeckt, mit einem ihrer ältesten Kleider angetan und ihre Haare zweifellos vollkommen durcheinander. Sie sah an Sir Philip vorbei zu der Treppe, wo jetzt Joanna stand, ein selbstgefälliges Lächeln auf den Lippen. Cassandra wäre ihr am liebsten an die Kehle gegangen. Kein Wunder, dass Joanna ihn selbst hierher begleitet hatte. Sie hatte genau gewusst, wie sie, Cassandra, aussehen musste.

Sie trat zu Sir Philip, während sie noch versuchte, sich die Hände an ihrem Rock abzuwischen. „Ich – das ist in der Tat eine Überraschung, Sir Philip. Ich hatte kaum damit gerechnet, Sie noch einmal wieder zu sehen, und ganz bestimmt nicht hier."

„Mein Besuch bei Lady Arrabeck war vorbei, und auf der Heimreise kam mir der Gedanke, in Dunsleigh eine Rast einzulegen."

„Was für ein glücklicher Umstand, dass wir auf Ihrem Heimweg liegen", erwiderte Cassandra, die genau wusste, dass niemand, der richtig im Kopf war, jemals auf die Idee käme, wenn er von Arrabeck Hall nach Haverly reiste, über Dunsleigh zu fahren.

„Ja, nicht wahr?" entgegnete Neville zuckersüß.

Er muss wegen des Schatzes hier sein. Cassandra war davon überzeugt, dass seine Geschichte nur ein Vorwand war, seine Anwesenheit zu erklären, auch wenn Joanna zu schwach in Geographie war, um das selbst zu merken. Sie war dankbar, dass er ihrer Tante und Joanna nicht den wahren Grund für seinen Besuch verraten hatte.

Er kam zu ihr und beugte sich elegant über ihre peinlich schmutzige Hand.

„Bitte verzeihen Sie meine Aufmachung", murmelte Cassandra. „Die Arbeit hier oben ist sehr staubig."

„Das sehe ich." Belustigung spiegelte sich in seinen Zügen. „Aber es gibt keinen Grund für Sie, sich zu entschuldigen. Sie sehen aus wie immer – bezaubernd."

Cassandra spürte, wie ihr verräterische Röte in die Wangen stieg, und blickte rasch fort. „Äh... ich... erlauben Sie mir, Ihnen meine Geschwister vorzustellen."

Die Zwillinge hatten ihr Fechtspiel längst vergessen und waren neugierig näher getreten.

„Mein Bruder Crispin, Lord Chesilworth, und sein Zwillingsbruder Hartley. Und hier ist meine Schwester Olivia Verrere. Kinder, der Herr hier ist Sir Philip Neville."

Neville begrüßte die drei höflich und fügte hinzu, während er sich über Olivias Hand beugte: „Oh, eine weitere Familienschönheit."

Olivia schaute ihn mit großen Augen an, und Cassandra wusste, dass er ihre Schwester für sich gewonnen hatte. Irgendwo hinter ihm stand immer noch Joanna, die gelangweilt aufseufzte.

„Hier ist es grässlich heiß", beschwerte sie sich. „Cassandra, ich verstehe nicht, wie du das nur aushältst. Ich schwöre, ich würde ohnmächtig werden."

„Ach, du weißt doch, dass ich nicht zu Schwächeanfällen neige", erwiderte Cassandra sachlich. „Aber vielleicht solltest du wieder nach unten gehen, wo es weniger stickig ist."

„Ja, natürlich." Joanna lächelte sie an wie eine Katze, die den Sahnetopf entdeckt hat, und flötete: „Wir müssen nach Hause zurückkehren, Sir Philip. Cassandra und die Kinder können ja nachkommen, wenn sie hier fertig sind."

„Danke für Ihre Hilfsbereitschaft, Miss Moulton." Sir Philip bedachte sie mit einem gleichgültigen Blick. „Zweifellos sollten Sie heimkehren, wenn Ihnen nicht gut ist. Ich allerdings bleibe hier. Miss Verrere sieht aus, als könnte sie Hilfe gebrauchen."

Joanna starrte ihn an. „Sie wollen ihnen helfen, den Dachboden aufzuräumen?"

„Wenn es das ist, was sie hier tun, dann ja." Er wandte sich wieder zu Cassandra um.

„Aber ich... ich kann doch nicht alleine nach Hause gehen", widersprach Joanna.

„Ihr Stallbursche ist ja mit uns gekommen."

„Ja, schon, aber das ist nicht das Gleiche. Ich meine, er ist kein Gentleman."

„Sie trauen Ihren Bediensteten zu, sich Ihnen gegenüber

schlecht zu benehmen?“ erkundigte sich Sir Philip mit überrascht gehobenen Augenbrauen.

„Natürlich nicht... ich wollte damit nicht sagen... das heißt...“

„Wenn du davor Angst hast, mit Jessup heimzureiten“, schlug Olivia mit Unschuldsmiene vor, „dann solltest du vielleicht am besten unten warten. Ich denke doch, dass wir in ein paar Stunden fertig sein werden. Nicht wahr, Cassie?“

Cassandra presste ihre Lippen zusammen, um ein Lächeln zu unterdrücken. „Ja. Joanna, das hört sich nach einer guten Idee an.“

Joanna blickte wütend von einem zum anderen, dann stolzierte sie zu der nächsten Truhe und begann umständlich den Deckel abzustauben, bevor sie sich mit wirbelnden Röcken darauf niederließ. Sie hätte sich das genauso gut sparen können, denn Sir Philip hatte nur Augen für Cassandra.

„Wo soll ich anfangen, Miss Verrere?“

„Äh... ich bin gerade mit dieser Kiste hier fertig und wollte mit der daneben weitermachen. Vielleicht wollen Sie mit der da drüben anfangen?“ Sie deutete auf eine messingbeschlagene Truhe unweit der Stelle, wo sie standen.

„Selbstverständlich.“ Er ging zu besagter Truhe und hob den staubigen Deckel.

Cassandra kniete sich vor die Reisekiste neben ihm und öffnete sie. Verstohlen sah sie zu Sir Philip, immer noch fiel es ihr schwer zu glauben, dass er tatsächlich hier war. Ihre anfängliche Verlegenheit wegen ihrer Aufmachung schwand langsam. Es war wirklich nicht wichtig, wie sie aussah; wichtig war bloß, dass er gekommen war.

Leise erkundigte sie sich: „Sie haben sich doch noch entschieden, mir zu glauben?“

„Ich habe Ihnen immer geglaubt, Miss Verrere. Ich war lediglich der Ansicht, dass man Sie hereingelegt hatte.“

„Das ist natürlich entschieden besser! Sie haben mich nur für eine Närrin gehalten?“

Er warf ihr einen belustigten Blick zu. „Niemals, meine Teure.“

„Warum haben Sie Ihre Meinung geändert?“

Er zuckte die Schultern. „Ich will nicht zu glauben behaupten, dass es einen verborgenen Schatz gibt, der darauf wartet, entdeckt zu werden, oder dass die Karten uns zu ihm führen werden. Ich würde eher sagen, dass ich mich im Moment noch mit einer Meinung zurückhalte.“

Eigentlich – auch wenn es ihm nicht im Traum eingefallen wäre, das vor Miss Verrere zuzugeben – schien ihm die ganze Geschichte immer noch reichlich unglaubwürdig und eher eines Schauerromans würdig. Es war nur so gewesen, dass er sich nach Cassandras Abreise auf Lady Arrabecks Gesellschaft zunehmend gelangweilt hatte. Immer wieder hatte er an sie denken müssen – und an ihren Vorschlag, den er mittlerweile reichlich verlockend fand. Und noch verlockender fand er Cassandra selbst. Er entsann sich ihrer erfrischenden Art und ihres Sinnes für Humor. Er entsann sich ihrer ausdrucksvollen grauen Augen, ihrer lebendigen Züge und ihrer weiblich gerundeten Figur. Er hatte immer noch nicht ihr blassgoldenes Haar richtig im Sonnenlicht sehen können. Das wollte er unbedingt. Und nach der angeregten Unterhaltung mit ihr war ihm jedes andere Gespräch fade erschienen. Aber am verheerendsten war, dass er einfach nicht vergessen konnte, wie sie sich in seinen Armen angefühlt hatte und wie ihre Lippen geschmeckt hatten.

Er war, wenigstens sagte er sich das, zu alt für eine Schatzsuche, und er glaubte natürlich nicht eine Minute lang, dass sie tatsächlich einen der Briefe mit den Hinweisen finden würde. Dennoch hatte er sich immer wieder bei der Überlegung ertappt, was es schaden würde, wenn er sie aufsuchte und sich selbst einmal diese kostspieligen Tagebücher ansah. Es wäre schlimmstenfalls reine Zeitverschwendung, und – ehrlich gesagt – besaß die Vorstellung, ein wenig Zeit in Cassandra Verreres Gesellschaft zu verschwenden, etwas reichlich Anziehendes für ihn. Sogar die Gewissheit, dafür mit ihrer Tante und Cousine Höflichkeiten austauschen zu müssen, konnte ihn nicht schrecken.

„Ich bin sicher, dass Sie bald eines Besseren belehrt werden", versicherte ihm Cassandra mit leuchtenden Augen. „Wenn Sie erst einmal Margarets Tagebücher gelesen haben, dann werden Sie selbst erkennen, dass sie echt sind. Wir sind schon weit gekommen mit unserer Suche hier oben. Wir sind nur noch fünfzig Jahre von Margarets Zeit entfernt, und vor uns liegt noch alles, was auf dieser Seite bis zur Wand steht." Sie machte eine Handbewegung zum Ende des Dachbodens. „Ich bin überzeugt, dass wir auf Sachen stoßen werden, die ihrem Vater gehörten."

„Wenn er die Briefe überhaupt aufgehoben hat."

Cassandra runzelte die Stirn. An die Möglichkeit, dass Margarets zorniger Vater die Briefe seiner missratenen Tochter einfach weggeworfen hatte, wollte sie am liebsten gar nicht denken. Sie schüttelte den Kopf. „Wir werden sie finden. Wir müssen."

Sie fuhren fort, Truhen auszupacken und die darin verstauten Gegenstände nach einem Bündel Briefe durchzusehen. Schachteln wurden geöffnet und Kleider ausgebreitet, um sicherzugehen, dass nichts in ihren Falten verborgen war. Sir Philip wurde rasch von einer kunstvoll verzierten Schnupftabakdose abgelenkt, die so klein war, dass sie genau in seine Handfläche passte, und kurz darauf von einem alten Buch mit Anstandsregeln, das ihn beim Überfliegen mehrmals auflachen und ausgewählte Textpassagen laut vortragen ließ.

„Was tut ihr da eigentlich?" erkundigte sich Joanna schnippisch. Sie verstand Sir Philip nicht. Als der Lakai ihn gemeldet hatte, war sie sich sicher gewesen, dass er seine Verärgerung über den kleinen

Streich, den sie ihm hatte spielen wollen, überwunden hatte, und sein Wunsch, sie wieder zu sehen, ihn zu dem Besuch in Dunsleigh veranlasst hatte.

Aber dann hatte er immer wieder nach Cassandra gefragt und schließlich sogar darauf bestanden, zu ihr nach Chesilworth zu reiten. Zwar hatte er Joanna versichert, dass sie ihn nicht zu begleiten brauchte, doch sie war nicht willens gewesen, sich eine so günstige Gelegenheit entgehen zu lassen, mit ihm allein zu sein. Warum er aber darauf bestand, hier zu bleiben, entzog sich ihrem Verständnis. Mit zusammengekniffenen Augen musterte sie Cassandra, die Neville so herzlich anlächelte, dass ihre Augen förmlich leuchteten. Sie sieht beinahe hübsch aus, dachte Joanna erstaunt, sogar mit ihrem unter einer Staubschicht verborgenen Haar und einem Schmutzfleck mitten im Gesicht. Joanna fand diese Entdeckung reichlich ärgerlich.

„Was tust du da eigentlich, Cassandra?“ wiederholte sie, als ihre Cousine sie weiter nicht beachtete. „Warum siehst du all diese alten Truhen durch? Sir Philip beschmutzt dabei seine Kleidung.“

„Das macht nichts, Miss Moulton“, kam Sir Philip Cassandra zuvor. „Ich amüsiere mich bestens.“

Zu seiner eigenen Verwunderung stellte er fest, dass das tatsächlich stimmte. Es war zwar heiß und staubig hier, aber er tat etwas, das er noch nie zuvor getan hatte, und es machte ihm Spaß, all die alten Sachen mit Cassandra anzusehen. Er kannte keine andere Frau, der es so wenig ausmachen würde, dass er sie in alten, schlecht sitzenden Kleidern angetroffen hatte, Gesicht und Hände voller Staub, die Haare unordentlich. Innerhalb von Minuten hatte sie begonnen, unbefangen mit ihm zu reden und über die Auszüge, die er ihr aus dem Buch vorlas, zu lachen.

Er sah zu Joanna, deren perfekte Aufmachung unter der Hitze zu leiden begann. Sie war wie eine Dame gekleidet und benahm sich ebenso. Mehr noch, jede andere Frau hätte sie um ihr Aussehen beneidet, und trotzdem erschien sie ihm nach zehn Minuten in Cassandras Gesellschaft so schal wie abgestandenes Wasser.

Joanna betrachtete ihn verärgert. Der Mann war ein Rüpel – jeder andere Gentleman hätte den Wink längst verstanden und sie zurück nach Hause begleitet. Es war offensichtlich, dass schwerere Geschütze aufgefahren werden mussten.

Sie erhob sich. „Ich fürchte, ich vertrage die Hitze nicht. Ich muss nach unten gehen."

„Natürlich, Joanna", erwiderte Cassandra freundlich. „Ganz wie du meinst."

„Auf Wiedersehen, Miss Moulton", sagte Sir Philip geistesabwesend, abgelenkt von einem Stapel Briefe, vergilbt und mit einer rosa Schleife zusammengebunden, der in der hintersten Ecke der Kiste lag.

Er fischte sie heraus und besah sie von allen Seiten, während er eine aufsteigende Erregung nicht ganz verbergen konnte. Er sah noch nicht einmal auf, um den mörderischen Blick zu bemerken, mit dem Joanna ihn bedachte, bevor sie mit klappernden Absätzen erbost die Treppe hinabeilte.

„Cassandra...", sagte er leise, ohne dass ihm bewusst wurde, dass er soeben ihren Vornamen benutzt hatte – eine unziemliche Vertraulichkeit.

Cassandra drehte sich zu ihm um, genauso unbeeindruckt von seinem Fauxpas. Ihr Herzschlag beschleunigte sich, als sie den Stapel Briefe sah, auch als sie sich daran erinnerte, wie viele solcher Briefe sie schon entdeckt hatte, die alle nicht die gesuchten waren.

Sie griff nach dem Bündel und sagte dabei: „Ich bin sicher, die hier sind nicht alt genug", auch wenn ihre Finger vor Erregung zitterten, als sie die Briefe nahm.

Nachdem sie einen kurzen Blick auf die spinnenartige Handschrift geworfen hatte, seufzte sie und sagte: „Oh, nein! Das ist Edna Verreres Schrift. Ich dachte, ich hätte inzwischen alles gefunden, was sie geschrieben hat. Sie war eine überaus pflichtbewusste Tochter, die ihrer Mutter nach ihrer Heirat regelmäßig Briefe schickte, und ihre Mutter hob diese genauso pflichtschuldig auf."

Sie zog den obersten Brief heraus und überflog ihn, um ganz sicher zu gehen, dass er wirklich von Edna war. „Ja, sie schreibt wieder über ihren Sohn Reginald – er muss ein unangenehmer Geselle gewesen sein."

„Ach, der!"

Sir Philip und Cassandra blickten gleichzeitig bei dem Klang der Stimme eines der Zwillinge auf. Beide Jungen waren zu ihnen herüber gekommen, als sie das Bündel Briefe in ihren Händen gesehen hatten, aber jetzt ließ sich Hartley angewidert auf eine Truhe fallen.

„Ein fürchterlicher Langweiler", fiel Crispin ein. „Wir dachten, ihr hättet vielleicht wirklich etwas entdeckt."

„Nein, wir sind wohl immer noch nicht weit genug zurück in der Zeit", sagte Cassandra.

„Warum überspringen Sie nicht einfach die Kisten hier und suchen gleich weiter hinten?" schlug Neville vor.

„Hm. Das haben wir auch schon ausprobiert, doch unglücklicherweise sind nicht alle in der richtigen zeitlichen Reihenfolge aufgestellt. Manchmal findet man eine Truhe mit viel älterem Inhalt inmitten von Kisten jüngeren Datums – oder ab und zu sogar unterschiedlich alte Dinge in ein und derselben Truhe."

„Außerdem", warf Olivia, die ebenfalls näher gekommen war, mit belustigt funkelnden Augen ein, „würde es Cassandras Ordnungssinn zuwider laufen."

Cassandra hob ihr Kinn und bedachte sie mit einem hochmütigen Blick. „Ich versuche bloß, ein wenig Ordnung in das Durcheinander hier zu bringen. Wenn es nach dir ginge, wäre innerhalb von zwei Tagen der Inhalt aller Kisten über den ganzen Dachboden verteilt."

„Ja, aber wir hätten die Briefe gefunden."

„Wenn du sie nicht in all der Unordnung übersehen hättest."

Crispin, der die Wortgefechte seiner Schwestern über ihre unterschiedlichen Auffassungen von Ordnung zur Genüge kannte, wandte sich an Sir Philip: „Sir, haben Sie nun vor, uns bei der Suche nach der Spanischen Mitgift zu helfen?"

Philip sah die erwartungsvoll leuchtenden Augen des Jungen und musste feststellen, dass er sich nicht dazu überwinden konnte, dessen Hoffnungen zu zerstören. „Ja, wenn es uns gelingt, die Briefe zu finden."

„Großartig", strahlte Crispin. „Ich habe immer noch gehofft, dass es sich herausstellen würde, dass Sie richtig sind, Sir, auch als Cassandra sagte, Sie wären es nicht."

Philip schaute zu Cassandra, ein zynisches Lächeln auf den Lippen. „Hat sie das über mich gesagt?"

„Crispin!" ermahnte ihn Olivia finster. „Natürlich hat sie das nicht."

„Sie sagte, Ihnen würde es an Phantasie und Abenteurergeist fehlen", verriet Hartley, der mit einem grässlich guten Gedächtnis gesegnet war. „Aber dafür könnten Sie nichts, weil Sie eben bloß ein Neville wären."

„Miss Verrere, ich bin getroffen." Man konnte das Lachen in Philips Stimme hören.

Cassandra verdrehte die Augen. „Seien Sie nicht lächerlich. Ich habe Ihnen das ins Gesicht gesagt, wenn Sie sich erinnern wollen." Sie warf ihren Brüdern einen strengen Blick zu. „Ich glaube, wir haben jetzt genug von euch beiden dazu gehört."

Damit legte sie das Bündel Briefe auf den Stapel neben der Truhe. „Ich schlage vor, ihr drei macht euch wieder an die Arbeit – es sei denn, natürlich, ihr möchtet lieber nach unten gehen und Joanna Gesellschaft leisten.“

Hartley machte ein ersticktes Geräusch, und die drei Kinder begaben sich wieder auf die ihnen zugeteilte Fläche. Cassandra und Philip folgten ihrem Beispiel, und während der nächsten beiden Stunden arbeiteten sie sich weiter vor. Zweimal wurden sie von Joannas Reitknecht unterbrochen, der erschien, um sie von Miss Moultons dringendem Wunsch aufzubrechen zu unterrichten, aber sie hörten nicht eher auf, als bis das Licht, das durch die schmalen Fenster fiel, so schwach geworden war, dass sie ohnehin kaum noch etwas erkennen konnten.

Als sie die Treppe hinabstiegen, wurden sie von einer wutschnaubenden Joanna empfangen. „Da seid ihr ja endlich!“ fuhr sie ihre Cousine an. „Ehrlich, Cassandra, du denkst doch wirklich immer nur an dich selbst.“

„Ich habe dich doch nicht hier festgehalten“, stellte Cassandra richtig. „Du hättest jederzeit nach Hause reiten können.“

Joannas Augen funkelten vor Zorn, und Cassandra fürchtete, dass sie gleich einen ihrer berüchtigten Wutanfälle bekommen würde, aber Joanna fiel gerade noch rechtzeitig ein, wie unattraktiv sie dann aussah, und es gelang ihr mit einiger Mühe, ihre Züge zu glätten und sich ein schwaches Lächeln abzuringen. „Es wäre unhöflich gewesen, unseren Gast hier zurückzulassen.“ Sie bedachte Sir Philip mit einem mitleidigen Blick. „Es tut mir Leid, dass Sie einen solchen Nachmittag erdulden mussten, Sir Philip.“

„Keine Ursache. Es war äußerst... unterhaltsam.“

„Sie sind zu freundlich, Sir Philip.“ Sie ging zu ihm, um sich bei ihm einzuhängen, überlegte es sich aber anders, als sie seinen schmutzigen Ärmel bemerkte.

Draußen eilte ihnen der Reitknecht entgegen, Joannas und Sir Philips Pferde an den Zügeln führend. Joanna stieg mit seiner Hilfe auf, aber Sir Philip erklärte unbefangen, dass er lieber gehen wollte, da die Verreres auch zu Fuß seien. Zähneknirschend beobachtete Joanna, wie Neville in ein angeregtes Gespräch mit Cassandra und ihrer Schwester vertieft den Weg entlangging, während sein roter Wallach ihm gehorsam folgte.

Kaum waren sie in Moulton House angekommen, trat Tante Ardis gerade „zufällig" aus der Tür. Sie kam auf sie zu, ein breites Lächeln auf den Lippen, die Hände Sir Philip entgegengestreckt, blieb aber in einigem Abstand von ihm stehen, als sie seine schmutzbedeckte Kleidung bemerkte.

„Gütiger Himmel! Nun, äh... möchten Sie nicht hereinkommen?" fuhr sie gefasst fort und bemühte sich tapfer, die Vorstellung, dass Sir Philip sich auf einem ihrer seidenbezogenen Stühle im Empfangssalon niederlassen könnte, zu verdrängen.

„Nein, danke", erwiderte Sir Philip rasch. „Ich muss zu meinem Gasthof zurückkehren und meine Kleidung wechseln. Ich bin im Augenblick nicht gesellschaftsfähig, fürchte ich."

„Dann wohnen Sie nicht bei uns?" Tante Ardis machte ein langes Gesicht. „Ich hatte gehofft, Sie würden uns mit einem Besuch beehren. Sagen Sie jetzt nicht, dass Sie den ganzen weiten Weg geritten sind für nur einen Tag."

„Nein, ich bin ganz zufrieden mit meiner Unterbringung im Gasthof von Dunsleigh, Madam, aber ich kann nicht einfach unangekündigt hier auftauchen und Ihnen Umstände machen."

„Aber das sind doch keine Umstände", versicherte ihm Tante Ardis. „Wir hier in Moulton House sind immer auf ein oder zwei Gäste eingerichtet."

Es folgte eine höfliche Auseinandersetzung, aus der Sir Philip als Sieger hervorging. Cassandra wusste, genauso wie Sir Philip, dass Tante Ardis nichts lieber gewesen wäre, als einen der begehrtesten Junggesellen ganz Englands für ein paar Tage in ihrem Haus in der

Falle sitzen zu haben, und sie musste sich ein Lächeln verkneifen, als ihre Tante schließlich ungnädig nachgab. Auch die Einladung zum Abendessen schlug Sir Philip höflich, doch bestimmt aus, versprach aber, am nächsten Tag wieder zu kommen.

Als er auf seinem Pferd die Auffahrt hinabgeritten war, wandte sich Tante Ardis zu Joanna um, die Hände entzückt vor ihrem beeindruckenden Busen zusammengeschlagen.

„Kannst du das glauben?“ rief sie aus. „Sir Philip Neville hier in Dunsleigh – und aus keinem anderen Grund, als uns zu besuchen! Oh, Lilah Davenport wird einen Anfall bekommen, wenn sie davon hört.“ Sie schloss verzückt die Augen. „Joanna, das ist so ein Erfolg. Er kann sich einfach nicht von dir fern halten.“

Olivia schnaubte undamenhaft. „Ich habe auch gemerkt, wie schwer es ihm fiel, sich heute Nachmittag von ihr fern zu halten.“

Joanna fuhr zu ihr herum. „Er war bloß zu höflich, nach Chesilworth zu kommen, um dann gleich darauf wieder zu gehen. Ich bin mir sicher, dass er hier geblieben wäre oder wenigstens das Dinner mit uns eingenommen hätte, wenn er nicht gefürchtet hätte, erneut dazu genötigt zu werden, in Hitze und Schmutz zu arbeiten.“

„Ich halte es für wesentlich wahrscheinlicher, dass er fürchtete, zu etwas ganz anderem genötigt zu werden“, erwiderte Cassandra kühl, ihrer Cousine einen bezeichnenden Blick zuwerfend.

Joannas Augen sprühten Funken. „Wie kannst du es wagen!“

„Liebe Cousine, meiner Ansicht nach hast du dir das ganz allein selbst zuzuschreiben. Zu wagen gab es da nichts.“ Damit ging Cassandra an ihr vorbei zum Haus.

„Jedenfalls brauchst du dir nicht einzubilden, er wäre deinetwegen gekommen“, zischte Joanna ihr hinterher.

„Sei unbesorgt. Ich gebe mich in Bezug auf Sir Philip keinen Illusionen hin“, erklärte Cassandra unverblümt, ohne sich umzudrehen. „Wenn du mich jetzt bitte entschuldigst. Ich brauche ein Bad.“

Sir Philip erschien am folgenden Morgen bereits zu einer Zeit, die gerade noch höflich gelten konnte. Tante Ardis ersparte sich die Mühe, Cassandra von seiner Ankunft zu unterrichten, weshalb sie erst davon erfuhr, als Olivia mit den Neuigkeiten in ihr gemeinsames Zimmer platzte.

„Diese Frau ist eine Hexe!“ rief Olivia mit vor Ärger geröteten Wangen. „Sie versucht ihn absichtlich von dir fern zu halten. Dabei weiß sie genau, dass es nicht Joanna ist, die er sehen möchte.“

Cassandra legte die Hände auf den Magen, der bei der Mitteilung, dass Sir Philip im Haus sei, seltsame Purzelbäume schlug. Sie sah ängstlich in den Spiegel, nur um sich selbst im Geiste dafür töricht zu schelten. Neville wäre es egal, wie sie aussah. Es würde keinen Unterschied machen, dass sie jetzt das blassblaue Kleid trug, das ihren Augen so schmeichelte, oder dass sie ihr Haar besonders sorgfältig frisiert hatte, so dass es ihr Gesicht ansprechender umrahmte.

Sie bemühte sich, ihre Stimme ruhig und gelassen klingen zu lassen, als sie antwortete: „Ich kann mir vorstellen, dass Tante Ardis wirklich glaubt, er sei wegen Joanna hier. Du weißt ja, wie sehr sie davon überzeugt ist, kein Mann könne Joanna widerstehen.“

„Ja, sie hat eine unglaubliche Fähigkeit, sich selbst zu belügen“, stimmte Olivia zu. „Aber sie hat dir aus reiner Bosheit nicht ausrichten lassen, dass er hier ist.“

„Unsere Tante teilt nun mal nicht gerne“, pflichtete ihr Cassandra bei. „Sei es, wie es wolle, ich glaube, diesmal hat sie in Sir Philip ihren Meister gefunden. Er ist noch viel mehr als sie daran gewöhnt, immer seinen Willen zu bekommen. Und da wir wissen, dass er nicht wegen unserer liebe Cousine kam“, Cassandra lächelte wissend, „könnte es durchaus spannend werden zu beobachten, was geschieht.“

„Das stimmt.“ Olivias Stirnrunzeln verschwand, und ein Grinsen breitete sich auf ihrem Gesicht aus. Sie ließ sich auf das Bett fallen und zog die Beine an. „Er sieht gut aus, nicht wahr?“

„Wer?“

Olivia stöhnte. „Natürlich Sir Philip! Wer denn sonst? Und versuch bloß nicht, so zu tun, als ob es dir nicht auch schon aufgefallen wäre. Wem könnte schon dieses Grübchen auf seiner Wange entgehen? Wenn er nicht lächelt, sieht er ganz ernst aus, und dann – als du ihn gestern zum Lachen gebracht hast, erschien da plötzlich dieses Grübchen, und seine Augen leuchteten auf und er sah mit einem Mal ganz anders aus.“

„Er sieht gut aus, wenn er lächelt.“ So viel konnte Cassandra gefahrlos zugeben.

„Ach nein, spiele nicht die vertrocknete alte Jungfer“, zog Olivia sie auf. „Dafür bist du noch viel zu jung, auch wenn du dir noch so viel Mühe gibst, wie eine zu erscheinen. Und Sir Philip weiß das auch.“

„Was?“ Cassandra sah ihre Schwester scharf an und spürte, wie ihre Wangen heiß wurden. Was konnte Olivia nur auf die Idee gebracht haben, dass zwischen ihr und Sir Philip mehr geschehen war? „Wovon sprichst du?“

Olivia war ehrlich bestürzt über die heftige Reaktion ihrer älteren Schwester. „Ich wollte nur sagen, dass er an dir interessiert zu sein scheint. Was ist denn los?“

„Oh, entschuldige bitte, Olivia, ich hätte dich nicht so anfahren sollen. Ich bin einfach nur gereizt... vielleicht weil wir so kurz davor stehen, den Schatz zu finden.“

Ein Klopfen ertönte an der Tür, und auf Cassandras Aufforderung hin steckte Janie, ein Zimmermädchen, den Kopf in das Zimmer.

„Mrs. Moulton bittet Sie, in den Empfangssalon zu kommen, Miss Verrere.“ Sie verdarb die Wirkung ihrer förmlichen Ankündigung durch ein breites Grinsen und fügte hinzu: „Ein gewisser Herr wünscht Sie zu sprechen, wenn ich recht gehört habe."

„Danke, Janie." Cassandra tauschte mit ihrer Schwester einen kurzen Blick, bevor sie sich erhob.

Als sie kurze Zeit später den Salon betrat, stand Sir Philip sichtlich erleichtert auf. „Miss Verrere, ich freue mich, dass Sie so wohl aussehen."

„Danke – aber warum sollte ich nicht wohl aussehen?"

„Ihre Tante deutete an, Sie fühlten sich heute morgen nicht gut", erwiderte er mit kaum verhohlener Ironie, während er vortrat, um sich über ihre Hand zu beugen.

Cassandra schenkte ihrer Tante ein süßliches Lächeln. „Himmel, nein, Tante Ardis. Obwohl es ausgesprochen fürsorglich von Ihnen ist, doch ich fühle mich immer noch genauso wohl wie heute Morgen beim Frühstück."

„Ich habe gerade Ihrer Tante und Cousine davon vorgeschwärmt, wie großartig ich gestern Chesilworth fand", fuhr Sir Philip fort, während Cassandra sich setzte. „Es wäre mir eine große Freude, wenn ich es noch einmal besichtigen dürfte."

„Ja? Dann können wir vielleicht heute Nachmittag wieder einen Ausflug dorthin machen", schlug Cassandra vor.

„Nichts würde mich mehr freuen."

Joanna entrang sich ein gezwungenes Lachen. „Sir Philip, es gibt hier in der näheren Umgebung wesentlich sehenswertere Ausflugsziele als dieses muffige, alte Haus."

„Nun, ich bewundere aber Altertümer", entgegnete Sir Philip glatt.

„Chesilworth hat eine beeindruckende Geschichte", fügte Cassandra hinzu. „Vielleicht würden Sie gerne einmal einen Blick in die alten Aufzeichnungen werfen? Die, von denen ich Ihnen gestern erzählt habe?"

„Ja, gerne."

„Cassandra", zwitscherte Joanna wieder, Sir Philip mit einem Grübchenlächeln bedenkend. „Ich bin sicher, Sir Philip hat keinerlei Interesse daran, diese alten Wälzer von dir anzuschauen."

„Ganz im Gegenteil, Miss Moulton. Miss Verrere hat sie mir gegenüber gestern erwähnt. Wir interessieren uns beide für Geschichte, müssen Sie wissen."

Joanna biss die Zähne zusammen und zwang ein Lächeln auf ihre Lippen, aber ihre Augen schleuderten Blitze. Sie öffnete den Mund, doch Tante Ardis kam ihr zuvor. „Wenn Sie mit Joanna und Cassandra nach Chesilworth wollen, dann sollen Sie das auch. Aber wir werden alle gehen – Sie können schließlich nicht ohne Anstandsdame mit zwei jungen Damen allein sein..." Sie drohte ihm spielerisch mit dem Finger, als ob er etwas Unanständiges im Sinn hätte. „Ein Picknick. Das ist es! Ich werde die Köchin bitten, uns ein paar Bissen einzupacken."

Jetzt war es Sir Philip, der aussah, als würde er gleich handgreiflich werden. Schnell schritt Cassandra ein. „Das wäre wundervoll! Ich hätte nur nie gedacht, dass Cousine Joanna Lust hat, mitzukommen. Du solltest dir unbedingt alte Kleidung anziehen, wenn du dir nicht deine guten Sachen ruinieren willst."

„Ich will aber gar nicht diese alten Ruinen erforschen!"

„Und was willst du tun, während Sir Philip, die Kinder und ich im Haus sind?"

„Genau, meine verehrten Damen", pflichtete Sir Philip ihr bei, der seinen Charme schließlich wieder gefunden hatte und Joanna anlächelte. „Es wäre doch schrecklich, wenn Ihr wunderschönes Haar und Ihre zarte Haut all dem Staub ausgesetzt wären."

Cassandra konnte sich nur knapp zurückhalten, nicht die Augen zu verdrehen, aber Sir Philips Süßholzgeraspel zeigte Wirkung, denn nach ein paar weiteren übertriebenen Komplimenten stimmten

Joanna und ihre Mutter mit ihm überein, dass der Ausflug eigentlich eher für Kinder geeignet wäre.

„Und jetzt, wenn Sie mich bitte entschuldigen wollen…“ Sir Philip erhob sich.

Joanna und Tante Ardis versuchten, ihn zum Bleiben zu überreden, er lächelte jedoch bloß und bestand darauf, sich zu verabschieden. Schließlich erklärte Joanna mit einem reizenden Schmollmund: „Nun gut, aber nur wenn Sie versprechen, morgen zu unserer kleinen Abendgesellschaft zu kommen.“

„Abendgesellschaft? Was für eine Abendgesellschaft?“

Cassandra biss sich auf die Lippen, um nicht laut aufzulachen angesichts des gequälten Ausdrucks, der kurz auf seinem Gesicht erschien.

„Die, die Mama und ich morgen Abend geben. Wir haben gerade heute früh noch darüber gesprochen, was für ein glücklicher Zufall es ist, dass Sie gerade jetzt hierher kommen, wo wir eine kleine Geselligkeit planen.“

Cassandra, für die es eine echte Überraschung war, von der „geplanten“ Gesellschaft zu hören, hob die Augenbrauen, verkniff sich aber jede Bemerkung dazu.

„Natürlich ist es nur eine bescheidene Angelegenheit. Wir leben hier ja sehr zurückgezogen auf dem Land, wissen Sie – nicht zu vergleichen mit der Saison in London. Aber wir brauchen eben auch ab und zu ein wenig Unterhaltung“, erklärte Tante Ardis mit einem mädchenhaften Kichern.

„Ein kleines Dinner mit ein paar Freunden und Bekannten“, fügte Joanna hinzu. „Bitte sagen Sie doch, dass Sie kommen werden, Sir Philip. Alle wären sonst enttäuscht.“

„Natürlich.“ Sir Philip lächelte ein wenig gezwungen. „Es ist mir eine Ehre, Ihre Einladung anzunehmen. Aber jetzt muss ich wirklich gehen.“

Er verbeugte sich nacheinander vor jeder der anwesenden Damen. Als er vor Cassandra stand, raunte er ihr zu: „Zehn Minuten. An dem Brunnen, an dem wir gestern vorbeikamen."

Cassandra zwinkerte überrascht. Sir Philip richtete sich auf und sah sie fragend an.

Sie lächelte und nickte. „Auf Wiedersehen, Sir Philip. Ich freue mich schon darauf, Sie bald wieder zu sehen."

6. KAPITEL

Cassandra sah Zufriedenheit in Sir Philips Augen aufblitzen, dann wandte er sich ab und ging. Sobald sich die Tür hinter ihm geschlossen hatte, stürzten sich Joanna und ihre Mutter aufgeregt in die Planung der anstehenden Abendgesellschaft. Während sie noch Spekulationen über die Höhe von Sir Philips Vermögen, die Größe seines Hauses und das Ausmaß seines Interesses an Joanna anstellten, schlüpfte Cassandra unbemerkt aus dem Raum.

Sie eilte nach oben, schnappte sich den nächstbesten Hut und die Tagebücher Margaret Verreres. Dann lief sie die Dienstbotentreppen hinunter und zur Hintertür hinaus, rannte durch den Garten auf den Weg zu dem alten Brunnen. Sie hatte sich nicht damit aufgehalten, den Hut aufzusetzen, weshalb sie außer Atem und mit unbedecktem Kopf den Brunnen erreichte. Ein paar widerspenstige Locken hatten sich aus ihrer Frisur gelöst und fielen ihr ins Gesicht.

Sir Philip, der sie bereits erwartete, richtete sich auf und stellte zu seiner Genugtuung fest, dass ihr blassgolden glänzendes Haar im Sonnenlicht genauso wunderschön aussah, wie er es sich ausgemalt hatte.

„Miss Verrere. Sie sind pünktlich. Was für eine bewundernswerte Tugend bei einer Frau."

„Ach ja? Ich bin überwältigt, Ihr Wohlgefallen erregt zu haben", entgegnete Cassandra spitz. „Verstehe ich Sie richtig, dass es Ihnen nichts ausmacht, wenn Männer sich verspäten?"

Er sah sie überrascht an, dann grinste er breit. „Entschuldigen Sie bitte. Ich hätte sagen sollen, dass Pünktlichkeit bei jedem eine bewundernswerte Eigenschaft ist." Er deutete auf eine hölzerne Bank um den mächtigen Baumstamm einer alten Eiche. „Wollen wir uns nicht setzen? Ich habe diesen Platz auf unserem Heimweg gestern entdeckt und mir gedacht, dass wir einen geheimen Treffpunkt bestimmt gut gebrauchen könnten."

„Es tut mir Leid. Ich fürchte, ich muss mich für meine Tante und meine Cousine entschuldigen."

„Es ist nur allzu nahe liegend, anzunehmen, dass ich Interesse an irgendjemandem habe, wenn ich mit einer so fadenscheinigen Begründung hier auftauche. Schließlich braucht man kein Genie zu sein, um zu erkennen, dass Dunsleigh wohl kaum auf meinem Heimweg liegt."

„Ich hätte meine Pläne meinen Verwandten nicht verschweigen dürfen, dann befänden Sie sich jetzt nicht in einer so unangenehmen Lage", sagte Cassandra entschuldigend.

„Nein, nein", erwiderte er rasch und nahm neben ihr auf der Bank Platz. „Ich verstehe das vollkommen und vermute, dass Sie genau das Richtige getan haben. Je weniger Leute wissen, was Sie vorhaben, desto besser."

Ihre Augen funkelten amüsiert. „Um mir die Peinlichkeit zu ersparen, falls sich die Sache als Schwindel erweisen sollte?"

Er zuckte die Schultern. „Möglicherweise. Ich hätte mir ja auch nicht träumen lassen, dass ich einmal einen Dachboden nach alten Briefen durchsuchen würde."

Cassandra lächelte und zeigte auf die Bücher in ihrem Schoß. „Ich habe Ihnen Margaret Verreres Tagebücher mitgebracht. Wenn

Sie sich die erst einmal angesehen haben, beurteilen Sie die Sache vielleicht anders."

„Ah!" Er nahm das oberste von dem Packen und betrachtete es von allen Seiten, bevor er vorsichtig die vergilbten Seiten durchblätterte. Er besah sich jedes Buch mit derselben Sorgfalt, bevor er schließlich erklärte: „Ich muss zugeben, dass sie echt aussehen und wohl wirklich alt sind."

„Sehen Sie?"

„Nicht, dass ich ein Fachmann wäre, natürlich. Dennoch, wenn das hier Fälschungen sind, dann handelt es sich um ausgezeichnete, die mit viel Wissen und Aufwand erstellt wurden."

„Ich kann Ihnen versichern, dass mein Vater nicht genug dafür bezahlt hat, um einen solchen Aufwand zu rechtfertigen." Mit einem triumphierenden Lächeln fügte sie hinzu: „Ein weiterer Grund – außer seinem tadellosen Ruf –, der gegen eine Fälschung von Mr. Simons spricht, ist, dass ich den Mann getroffen habe, der die Bücher verkauft hat."

„Wie bitte?" Sir Philip, der sich entspannt zurückgelehnt hatte, setzte sich auf.

Cassandra nickte bestätigend, von der Wirkung ihrer Worte überaus angetan. „Er kam zu Besuch nach Moulton House. Sein Name ist David Miller, und er ist ein entfernter Verwandter von mir."

Sir Philip musterte sie finster. „Woher wissen Sie, dass er ein Verwandter ist?"

Cassandra verdrehte die Augen. „Also wirklich, Sir Philip, ich dachte, Sie hätten sich entschieden, nicht mehr so misstrauisch allem und jedem gegenüber zu sein. Ich habe ihn nicht nach einem Auszug aus seinem Familienstammbaum gefragt. Er sagte, er sei ein Nachfahr von Margaret Verrere, und ich sah keine Veranlassung, ihm nicht zu glauben."

„Vielleicht war ja auch Ihr Mr. Simons das Opfer eines Betrugs. Vielleicht war David Miller derjenige, der die Bücher gefälscht hat."

„Das ist doch lächerlich. Es macht keinen Sinn – für ihn hätte sich der Aufwand noch viel weniger gelohnt als für Mr. Simons."

„Da haben Sie wahrscheinlich sogar Recht." Er war einen Augenblick lang still – zweifellos in Gedanken auf der Suche nach weiteren Einwänden, sagte Cassandra sich trocken.

Dann erkundigte er sich: „Warum hat er sie nicht gleich Ihrem Vater verkauft?"

„Weil er da noch nicht wusste, dass wir verwandt sind. Er verkaufte sie Mr. Simons letztes Jahr. Er ist ein Kaufmann aus Boston, der jedes Jahr nach England reist. Dieses Mal ging er zu Mr. Simons, um nachzufragen, ob er die Bücher hatte verkaufen können, und Mr. Simons erzählte ihm von uns. Er war neugierig und kam her, um uns kennen zu lernen."

„Hm."

„Er hatte die Bücher unter der Hinterlassenschaft seiner Mutter gefunden und dachte, hier ließen sie sich leichter verkaufen." Sie holte tief Luft und erklärte rundheraus: „Ihre Befürchtungen, die Bücher könnten gefälscht sein, entbehren jeder Grundlage."

Sir Philip sah auf die Tagebücher in seiner Hand. Es stimmte ja – eine so aufwendige Fälschung müsste mehr Gewinn versprechen als nur den Verkaufspreis der Tagebücher. „Aber welches Ziel könnte ein Fälscher noch verfolgen?" dachte er laut.

„Wie bitte?"

„Nichts, ich habe nur laut gedacht. Die Tagebücher sind wohl wirklich alt. Und sie stammen tatsächlich aus der Feder von Margaret Verrere?"

„Oh, ja. Man muss nur den Anfang lesen, dann weiß man das." Sie nahm das erste Tagebuch, schlug es auf und reichte es ihm. „Hier. Es beginnt kurz nach ihrer Flucht, auf der Überfahrt nach Amerika.

Man kann erkennen, wie sehr sie sich wegen ihres Vaters sorgt und wie groß ihre Freude darüber ist, einer liebeleeren Ehe entkommen zu sein."

Sir Philip begann, die verblasste Handschrift mit zusammengekniffenen Augen zu entziffern. Wenige Augenblicke später blickte er auf. „Ja, man kann erkennen, dass es sich tatsächlich um die Ergüsse eines jungen Mädchens handelt, voller Dramatik und Gefühlsduselei."

Cassandra hob fragend eine Augebraue. „Etwas, das Sie zweifellos missbilligen." Sie beugte sich vor und nahm das Buch, blätterte zu einer Seite, die sie mit einem Lesezeichen markiert hatte. „Sehen Sie, hier wird das erste Mal ein Brief an ihren Vater erwähnt. Und hier unten erklärt sie ihren Wunsch, dass beide Familien zusammenarbeiten, um die Mitgift zu finden."

Sie fuhr mit dem Finger über die Seite bis zu der Stelle, die sie gesucht hatte. „‚... aus welchem Grunde ich den einen Teil zur Lösung des Rätsels in den Händen der Nevilles gelassen habe.'"

„Da er sein ganzes Leben danach gesucht hat, kann man wohl kaum davon reden, dass sie es in seinen Händen ließ."

„Vielleicht hinterließ sie ihm eine Nachricht, die irgendwo verloren ging. Ich weiß es nicht. Sie drückt sich hier recht vage aus. Aber später, als sie älter war und wieder davon spricht..." Sie legte das Buch beiseite, zog ein anderes aus dem Stapel und schlug es wieder an einer gekennzeichneten Stelle auf.

„Hier steht... ‚zusammen mit der Neville-Karte, derjenigen, die ich im Queen's-Buch versteckte.'"

„Queen's-Buch?" wiederholte Sir Philip. „Was ist das?"

„Ich hatte eigentlich gehofft, Sie wüssten das, da es etwas sein muss, das sich in Ihrem Haus befindet."

„Etwas, das sich vor ungefähr zweihundert Jahren in meinem Haus befand", verbesserte er sie. „Es ist jedenfalls kein Familienschatz oder so etwas, wenn es das ist, was Sie gedacht haben. Ich jedenfalls habe nie von einem Queen's-Buch gehört."

„Ich dachte, es könnte sich um eine Geschichte der Königinnen Englands handeln oder ein Buch über eine von ihnen. Es ist schwierig zu sagen bei der Schrift und der verblassten Tinte. Und die Angewohnheit, die seltsamsten Worte groß zu schreiben – man weiß gar nicht genau, ob es der Titel des Buches ist oder was. Aber da es ein Buch ist, vermute ich, befindet es sich in Ihrer Bibliothek."

„Vermutlich. Wenn es nicht verkauft, verliehen oder weggegeben wurde – oder sogar weggeworfen – inzwischen ist es durch mehrere Generationen meiner Familie gegangen. Wer sagt, dass irgendjemand es nicht einfach fortgeworfen hat?"

„Sagen Sie das nicht!" Cassandra blickte ihn entsetzt an.

„Es ist viel Zeit vergangen, Miss Verrere. Nicht all meine Vorfahren waren Büchernarren – mein eigener Vater eingeschlossen."

„Ja, aber sicherlich war es ein bedeutendes Buch, unter Umständen sogar ein wertvolles. Margaret Verrere kannte es, was heißt, dass es irgendwie von Bedeutung war."

„Damals."

„Ja, aber wenn es von Bedeutung war, dann sollte man doch annehmen, dass es für spätere Generationen aufbewahrt werden würde."

„Wir haben eine ganze Menge alter Bücher, vor allem in den höheren Regalen der Bibliothek. Auf jeden Fall können wir in Haverly House danach suchen."

„Wir?" Cassandra stockte vor Erleichterung der Atem. Sie hatte halb befürchtet, dass Sir Philip sie, hatte er erst einmal die nötigen Informationen, nicht mitsuchen lassen würde. Männer waren manchmal so seltsam. Cassandra hatte schon oft den Verdacht gehabt, dass sie einfach den ganzen Spaß für sich haben wollten.

„Aber gewiss doch." Er warf ihr einen belustigten Blick zu. „Sie glauben doch wohl nicht, dass ich mich ganz alleine mit all diesen Büchern abrackere? Oh, nein, so haben wir nicht gewettet, meine liebe Miss Verrere. Wenn ich mit Ihnen Ihren Dachboden durchsuche, dann erwarte ich, dass Sie mir in meiner Bibliothek helfen."

Cassandra strahlte. „Mit Vergnügen."

„Gut. Allerdings sieht es so aus, als könnte es sich als schwierig erweisen, Ihren Dachboden zu durchsuchen."

„Was meinen Sie?"

„Ihre Tante und Ihre Cousine."

„Ach das." Cassandra seufzte. „Es tut mir Leid, aber Joanna scheint es sich in den Kopf gesetzt zu haben, Sie zu erobern."

„Hm."

„Auch wenn es gewiss nicht richtig ist, wäre es am besten, wenn wir es in Zukunft so halten wie heute. Wir suchen heimlich."

„Sie sind eine Frau von überragendem Verstand – und von großer Freundlichkeit."

„Warum? Weil ich Ihnen Tante Ardis' und Joannas Gesellschaft erspare?"

Er grinste. „Habe ich schon erwähnt, dass Sie auch überaus offen sind?"

„Nein." Sie grinste ebenfalls. „Das brauchen Sie auch nicht. Es wurde mir schon häufiger von anderer Seite mitgeteilt."

Es war lächerlich, das wusste Philip selbst, so viel Spaß zu haben, hier mit dieser Frau zu sitzen, die so ganz anders war, als man es erwartete. Und doch hob ihre Gesellschaft seine Stimmung ungemein und bereitete ihm wesentlich mehr Freude als alle anspruchsvolleren Unterhaltungen auf der eleganten Hausgesellschaft in Arrabeck House. Zweifellos würden seine Freunde, erführen sie davon, ihn für verrückt erklären.

„Miss Verrere", sagte er mit plötzlich ernstem Gesicht und umschloss ihre Hand. „Ich kam noch aus einem anderen Grund hierher."

Cassandras Herz begann unter seiner Berührung zu rasen. Sie hatte sich vorhin nicht die Zeit genommen, Handschuhe überzustreifen, so dass sie jetzt die Wärme seiner bloßen Haut an ihrer spürte. Er ließ ihre Hand nicht wieder los, und sie versuchte nicht, sie ihm zu entziehen.

„Ja?" fragte sie ein wenig atemlos.

„Ich muss mich entschuldigen."

„Entschuldigen?" Sie sah verwirrt aus. „Oh. Sie meinen, wegen der Art und Weise unseres ersten Zusammentreffens – das haben Sie doch schon. Sprechen wir nicht mehr davon."

„Nein. Nicht, dass es nicht unverzeihlich war und eines Gentleman unwürdig. Nein, ich sprach von meinem Verhalten am nächsten Tag im Irrgarten."

„Wa... oh!" Sie musste wieder daran denken, wie er sie geküsst hatte.

„Ja", bestätigte er finster. „Genau das. Ich habe mich wie ein Schuft benommen. Dafür gibt es keine Entschuldigung, außer meine mangelnde Selbstbeherrschung. Auf die Sie eine verheerende Wirkung zu haben scheinen."

„Habe ich das?" Cassandra fand es ausgesprochen schmeichelhaft, einen Mann an den Rand seiner Beherrschung gebracht zu haben.

Sir Philip konnte ein leises Lachen nicht unterdrücken. „Meine Teure, das ist ganz gewiss nicht die richtige Antwort auf die Entschuldigung eines Mannes. Sie wecken in mir den Wunsch, Ihnen zu zeigen, was ich meine."

„Oh!" Cassandra hatte nicht die geringste Ahnung, wie die richtige Antwort lauten könnte.

„Ich entschuldige mich nicht für meine Gefühle, verstehen Sie.

Ich... nun, wenn ich Sie jetzt ansehe, dann empfinde ich wieder dasselbe Verlangen, Sie zu küssen.“ Seine Stimme wurde zu einem heiseren Flüstern, das Cassandra ganz schwach in den Knien werden ließ.

„Wofür ich mich entschuldige“, fuhr er fort, „ist, dass ich Ihnen das Gefühl gegeben habe, Ihnen nicht zugehört zu haben, so dass Sie denken mussten, ich wäre nur darauf aus gewesen, Sie zu küssen. Ich kann Ihnen versichern, dass ich Sie in Zukunft mit all der Achtung und dem Respekt, der einer Dame gebührt, behandeln werde.“

„Ich, äh...“ Cassandra wandte den Blick ab, damit er in ihren Augen nicht die Enttäuschung sah, die seine Worte in ihr weckten. „Ich nehme Ihre Entschuldigung an.“

„Ich werde mich Ihnen in keiner Weise... aufdrängen.“

„Sie brauchen sich dafür nicht zu entschuldigen. Schließlich wäre ich nicht aufrichtig, wenn ich behaupte, der Fehler läge allein bei Ihnen.“

Sie sah auf und bemerkte, wie sich ein Ausdruck männlicher Genugtuung über seine Züge legte. „Dann darf ich davon ausgehen, dass die Anziehung gegenseitig war?“

„Aber deshalb sollten wir trotzdem nicht zulassen, dass es wieder geschieht.“ Sie hoffte, dass ihm die Furcht in ihrer Stimme entging. Sie hatte keine Ahnung, was sie tun würde, sollte Sir Philip sie erneut küssen. Allein bei dem Gedanke daran wurde ihr glühend heiß. „Ich... äh, wir werden zusammenarbeiten, und darum sollten wir uns gegenseitig als... äh, Geschäftspartner betrachten.“

„Geschäftspartner?“ Seine Augen funkelten belustigt. „Was für ein Geschäft, wenn ich fragen darf? Schatzsuche? Tun das nicht gewöhnlich Piraten?“

„Sie wissen schon. Sie sollen sich so benehmen, als würden Sie das alles mit einem anderen Mann zusammen machen.“

Er versagte es sich, sie darüber aufzuklären, dass er bei jedem anderen die ganze Angelegenheit rundweg abgelehnt hätte. Was ihn hierher gebracht hatte, war nicht irgendeine lang verschollene Mitgift, sondern Cassandra, aber das musste er ihr ja nicht unbedingt erzählen.

„Sonst", fuhr Cassandra fort, „würde unsere Arbeit darunter leiden. Und wir würden uns unbehaglich fühlen."

„Wie ich schon sagte, liegt mir nichts ferner, als Ihnen Unbehagen zu bereiten." Er stand auf.

„Ausgezeichnet. Treffen wir uns dann heute Nachmittag auf Chesilworth?"

„Nein. Sie müssen mir gestatten, Sie dorthin zu begleiten. Unseren heutigen Ausflug brauchen wir ja nicht geheim zu halten."

„Es ist zweifellos sicherer für Sie, wenn Sie sich heute nicht mehr in Moulton House blicken lassen. Außerdem habe ich ja die Kinder bei mir", erinnerte Cassandra ihn. „Ich kann mir kaum vorstellen, dass jemand, der Böses im Schilde führt, sich nicht von dem Anblick zweier Zwölfjähriger und eines jungen Mädchen abschrecken ließe. Außerdem ist Dunsleigh ein überaus friedlicher Ort. Olivia beschwert sich nur zu oft, dass hier nichts, aber auch gar nichts, passiert."

„Das kann ich mir nur schwer vorstellen, wo sich doch die Jungs hier herumtreiben."

„Sie vergessen, dass das, was die eigenen Brüder anstellen, nicht zählt."

„Natürlich. Wie dumm von mir. Miss Olivia sehnt sich also nach Aufregung, wenn ich recht verstehe?"

„Ja. Wir sind eben eine Familie von Träumern." Sie warf ihm einen sprechenden Blick zu.

Sir Philip verzog das Gesicht. „Ah, ich sehe schon, dass diese unglückliche Bemerkung mich von nun an verfolgen wird."

Cassandra kicherte. „Ich werde es nicht wieder erwähnen. Schließlich haben Sie sich uns Träumern ja jetzt angeschlossen."

„Allerdings ohne die Begeisterung, die Sie dafür entwickelt haben, fürchte ich."

„Machen Sie sich deswegen keine Sorgen! Das kommt schon noch."

Sir Philip zwang sich, nicht an die einladende Fülle ihres schönen Mundes zu denken, und bezähmte das heftig aufflackernde Verlangen, sie an sich zu ziehen und ihre Lippen unter seinen zu spüren.

Mit einer kleinen Verbeugung sagte er: „Wir sehen uns dann heute Nachmittag in Chesilworth. Zwei Uhr?"

Cassandra nickte, entschlossen ihr Widerstreben, sich von ihm zu trennen, beiseite schiebend. „Ja. Zwei Uhr. Wir werden dort sein."

Sobald Cassandra das Haus wieder betrat, wurde sie von ihrer Tante mit den anstehenden Arbeiten für die spontan angesetzte Abendgesellschaft am nächsten Tag eingedeckt, die natürlich nicht geplant gewesen war. Auch wenn Tante Ardis nur wenige ihrer Nachbarn für würdig befand, ihrem Triumph, einen so begehrten Junggesellen bei sich begrüßen zu können, beizuwohnen, so mussten doch eilig Einladungen geschrieben und verschickt werden. Außerdem mussten die Gesellschaftsräume geputzt, Blumenarrangements zusammengestellt und Ähnliches erledigt werden, alles miteinander Arbeiten, die nach Ansicht ihrer Tante in Cassandras Aufgabenbereich fielen.

Dennoch gelang es ihr, sich nach dem Lunch aus dem Haus zu stehlen und mit ihren Geschwistern nach Chesilworth zu gehen, wo Sir Philip sie schon erwartete. Sie verbrachten den Nachmittag wie den gestrigen mit der Suche nach den Briefen auf dem Dachboden.

Dabei hatten sie so viel Spaß, dass sie erst spät zurückkehrten und den Tee in Moulton House verpassten.

Am nächsten Tag verbrachte Cassandra wieder den Morgen mit Vorbereitungen für die am Abend geplante Gesellschaft, aber dann konnten sie und ihre Geschwister das Haus unbemerkt verlassen. Sie schlugen den vertrauten Pfad über die Wiesen und durch die Wälder nach Chesilworth ein. Als sie über die letzte Anhöhe kamen, die sich hinter dem Haus erhob, sahen sie zwei Gestalten, von denen die eine die andere mit einer Waffe bedrohte. Bei genauerem Hinsehen erkannte Cassandra, dass es sich bei dem Mann mit der Waffe um Chumley, den ehemaligen Parkaufseher ihres Vaters, handelte, während der andere eindeutig Sir Philip war.

„Chumley!" Cassandra schürzte ihre Röcke und begann den Hügel hinabzurennen, gefolgt von ihren Geschwistern.

Atemlos erreichten sie ihren früheren Bediensteten, und es verging ein Augenblick, bevor sie wieder sprechen konnten. Hartley erholte sich am schnellsten.

„Was machen Sie da mit Sir Philip?"

„Woll'n Sie sagen, Sie kennen den Kerl hier?" erkundigte sich Chumley erstaunt. „Ich hab ihn dabei ertappt, wie er hier ums Haus herumgeschnüffelt hat."

„Geschnüffelt? Nein, Chumley..."

„Dachte, er wollte einbrechen."

„Nein. Das wollte er nicht", versicherte ihm Cassandra. „Bitte nehmen Sie doch Ihre Waffe runter. Sir Philip ist unser Gast. Wir haben uns hier mit ihm verabredet."

Sie wandte sich an Sir Philip, nachdem der alte Mann zögernd die Pistole senkte. „Es tut mir Leid, Sir Philip. Ich kann mir nicht vorstellen, warum Chumley sie verdächtigte."

„Ich sag's Ihnen gerne", erbot sich Chumley mit dröhnender Stimme. „'s is' wegen der seltsamen Vorfälle von letzter Nacht. Ich arbeite hier vielleicht nich' mehr, aber niemand soll sagen können, Jack Chumley würde solche Sachen zulassen, wo er doch sein ganzes Leben hier gelebt und gearbeitet hat."

„Wovon reden Sie, Chumley? Was für Vorfälle?"

„Was, hat Ihnen niemand davon erzählt? Es ging überall im Dorf rum. Ned Plumpton hats mir gesagt. Die Leute reden, dass hier Gespenster umgehen." Er deutete mit dem Daumen auf das schlossartige Gebäude hinter sich.

„Gespenster?" wiederholte Cassandra verblüfft.

„Jawoll", bestätigte er mit angewiderter Miene. „‚Du spinnst ja', sag ich zu ihm. ‚Wir hatten noch nie nich Gespenster auf Chesilworth.' Himmel, Seine Lordschaft hätte deswegen einen Zirkus veranstaltet, immer wieder davon geredet und versucht, sie zu sehen und so was."

Cassandra lächelte warm. „Genau. Aber ich verstehe immer noch nicht ganz..."

„'s war aber nich' nur Plumpton. Mrs. Brookman hat herumerzählt, Farmer Crawford hätt auch was gesehen. Ich kenne ihn, den Farmer, und der is' ein vernünftiger Mann. Also bin ich hin, und er hat gesagt, es stimmt. Sein Sohn kam abends heim und hat behauptet, da wären Lichter in den Fenstern von Chesilworth gewesen..."

„Er hat Lichter hier gesehen?" wiederholte Cassandra und blickte zu Sir Philip. Sie sah die gleiche Verwirrung in seinem Gesicht, die sie verspürte, die gleiche Besorgnis.

„Jawoll, Miss. Lichter. Crawford is' mit seinem Sohn noch mal hin und hat es selbst gesehen. 's war am Dachboden, hat er gesagt. Man kanns nur an den kleinen Fenstern da oben sehen. Aber 's war da und 's hat geleuchtet."

„Ich verstehe." Jemand war also auf dem Dachboden gewesen.

Cassandra konnte sich nur einen Grund vorstellen, warum jemand nachts herkommen sollte – um alleine nach den Briefen zu suchen.

„'türlich wusst ich gleich, das waren keine Gespenster nich'. Ein Landstreicher vielleicht, auch wenn ich nich' weiß, was der auf'm Dachboden verloren hat. Jedenfalls dachte ich, 's wär am besten, ich geh mal rüber und schau selber nach, ob's irgendwelche Anzeichen gibt, dass jemand eingebrochen is'. Und wie ich herkomm, find ich diesen Kerl, wie er sich hier rumdrückt."

„Guter Mann, ich habe mich hier nicht herumgedrückt", protestierte Sir Philip. „Ich habe auf Miss Verrere und ihre Familie gewartet."

„Und wie soll ich das wissen, Sir? Sie sind ein Fremder."

„Er sagt die Wahrheit, Chumley", bestätigte Cassandra. „Aber es war überaus umsichtig von Ihnen, herzukommen und nachzusehen."

„'s is' meine Pflicht Seiner Lordschaft gegenüber."

„Vielen Dank. Wir werden gleich selber alles überprüfen und nach Spuren eines Einbruchs suchen."

Der alte Mann sah sie zweifelnd an. „Wär vielleicht besser, ich komm mit Ihnen. Sie könnten eine Waffe brauchen."

„Das wird nicht nötig sein. Ich bin sicher, dass wer immer hier war inzwischen das Weite gesucht hat."

Schließlich gingen sie doch gemeinsam mit dem alten Mann um das Gebäude und entdeckten dabei das Fenster, das der Einbrecher eingeschlagen hatte, um ins Haus einzudringen. Chumley nickte befriedigt und versprach, das Fenster mit Brettern zu vernageln.

Die Besichtigung des Hausinneren brachte wie erwartet keine weiteren Spuren eines Einbruchs zu Tage, und Chumley ließ sich dazu bewegen, sie allein zu lassen.

Einen Augenblick lang standen alle schweigend da und blickten einander betreten an. Schließlich rief Crispin: „Was soll das? Versucht jemand, unseren Schatz zu finden?“

„Es könnte zwar wirklich bloß ein Landstreicher gewesen sein, der für eine Nacht unterkommen wollte“, sagte Cassandra langsam. „Alles andere klingt so absurd – ich meine, wer sollte denn sonst herkommen?“ Sie vermied es sorgfältig, Sir Philip anzusehen, aus Angst, er könnte ihr von der Stirn ablesen, was sie gedacht hatte, noch während sie die Frage aussprach. Sir Philip war der einzige Verdächtige, bei dem alles Sinn machen würde.

Er allein hatte Zugang zu der anderen Hälfte der Karte. Jetzt, wo sie ihm gesagt hatte, wo ihr Teil zu finden war, könnte er versuchen, ihr den Brief zu stehlen, so dass er die vollständige Karte besäße. Sein Angebot, ihr zu helfen, hätte genauso gut nur ein Vorwand sein können, so wie seine Behauptung, nichts von einem Queen’s-Buch zu wissen, eine Lüge.

„Was ist mit Ihrem amerikanischen Cousin?“ schlug Sir Philip vor.

Jäh aus ihren Gedanken gerissen, hob Cassandra den Kopf und starrte ihn an. „Wie bitte?“

„Ich spreche von Mr. Miller. War das nicht sein Name? Der ehemalige Besitzer der Tagebücher?“

„Nein!“ Olivia antwortete, ohne zu überlegen. Sie machte einen Schritt nach vorne und verschränkte ihre Arme vor der Brust. „Er würde so etwas niemals tun. David, ich meine Mr. Miller, ist ein sehr netter Mann.“

Cassandra musterte ihre Schwester aus schmalen Augen. Sie hatte schon vermutet, dass Olivia eine Neigung für den gut aussehenden Amerikaner entwickelt hatte.

Schulterzuckend schob sie den Gedanken zur Seite. Es gab im Moment Wichtigeres. „Ehrlich gesagt, Sir Philip, schwingt Ihr Misstrauen sich ja zu ungeahnten Höhen auf. Ich dachte, Sie verdächtigten Mr. Miller der Fälschung der Tagebücher, um Mr. Simons um ein paar lausige Pfund zu erleichtern."

„Vielleicht überdenke ich meine Meinung noch einmal. Dass jemand hier einbricht, um den Dachboden zu durchsuchen, wirft ein völlig neues Licht auf die Sache."

„Ich bin erleichtert, dass Sie überhaupt etwas dazu veranlassen kann", erwiderte Cassandra spitz.

„Es macht einfach mehr Sinn", entgegnete Sir Philip, ohne auf ihre Bemerkung einzugehen. „Wenn die Tagebücher echt sind, dann hätte Mr. Miller beim Lesen erkannt, dass die Möglichkeit bestünde, den Schatz hier in England zu finden."

„Aber warum hätte Mr. Miller die Tagebücher denn dann verkaufen sollen? Es wäre doch viel einfacher gewesen, herzukommen, die Briefe zu stehlen, das Buch aus ihrer Bibliothek zu entwenden... wir hätten überhaupt nicht gewusst, warum jemand eingebrochen ist, geschweige denn von irgendwelchen Schatzkarten oder gar der Mitgift. Wir wären einfach davon ausgegangen, dass ein Landstreicher auf der Suche nach einem Unterschlupf in Chesilworth eingedrungen wäre, und hätten uns nichts weiter dabei gedacht."

„Ja, schon, Sie dürfen aber nicht vergessen, dass Mr. Miller von dem amerikanischen Zweig der Familie stammt, abgeschnitten von den Verreres hier. Die Legende von der verschollenen Mitgift war vielleicht in seiner Familie völlig unbekannt. Als er die Tagebücher las, wusste er vielleicht gar nicht, wo er zu suchen anfangen sollte. Er hätte wahrscheinlich noch nicht einmal gewusst, ob es die Verreres und die Nevilles überhaupt noch gab, oder wer die Karten besäße. Vermutlich hatte er auch keine Ahnung, ob die Mitgift noch verschollen wäre oder ob die beiden Familien sich, ganz wie Margaret es geplant hatte, zusammengetan und den Schatz selber aufgespürt hätten. Das Beste, was er tun konnte, war, die Tagebücher nach England zu bringen, zu verkaufen und abzuwarten, was geschähe. Das wäre seine einzige Chance, an den Schatz zu kommen. Und immerhin hat er die Spur der Tagebücher ja schon bis zu Ihnen verfolgt."

„Er wollte uns kennen lernen", warf Olivia ein.

„Und wenn ich mich recht entsinne", fuhr Sir Philip unbeeindruckt fort, „haben Sie ihm doch erzählt, dass Sie die Briefe suchen. Ich könnte mir vorstellen, dass Sie ihm gegenüber sogar den Anteil der Nevilles an der Geschichte erwähnt haben. Alles, was er noch tun muss, ist herauszufinden, dass Haverly House der Sitz der Nevilles ist, und die Bibliothek nach dem Buch zu durchsuchen. Danach wäre es ziemlich einfach. Er bräuchte nur noch die Briefe zu finden, und schon könnte er all den lästigen Verwandten ein Schnippchen schlagen."

„Und warum ein Jahr warten?" erkundigte sich Cassandra. „Er hätte den Tagebüchern ja schon folgen können, als Papa sie voriges Jahr gekauft hat. Warum bis jetzt warten? Das kommt mir am auffälligsten vor, dass jemand erst jetzt nach den Briefen zu suchen begonnen hat. Das legt doch die Vermutung nahe, dass jemand gerade erst davon erfahren hat."

Sir Philip hob eine Augenbraue und fragte mit seltsam tonloser Stimme. „Sie wollen doch wohl nicht im Ernst andeuten, dass ich der Schuldige bin?"

7. KAPITEL

Cassandra wankte ein bisschen unter seinem frostigen Auftreten, aber antwortete ruhig: „Das ist lediglich eine logische Schlussfolgerung."

Neville presste die Lippen aufeinander, und einen Augenblick lang hegte Cassandra die Befürchtung, er würde alles wütend abstreiten, doch er sagte bloß: „Sicher ist das logisch – ich bin überzeugt, dass alle einem Mann, über den sie nichts wissen, mehr vertrauen als einem, den sie als angesehenes Mitglied des Adels und Abkömmling einer der ältesten und ehrenhaftesten Familien von ganz England kennen, und der zudem noch ein so großes Vermögen sein Eigen nennt, dass ihm die ganze Spanische Mitgift nur ein müdes Lächeln entlockt."

Cassandras erstarrte. Sie hatte ein gewisses Unbehagen verspürt, ihren Verdacht zu äußern, aber Nevilles arrogante Worte vertrieben ihre Schuldgefühle vollkommen. „Bekanntlich stehen reiche Männer ja darüber, ihren Reichtum weiter mehren zu wollen oder gierige Bösewichte zu sein. Es ist immer nur mittelloses Pack wie wir, die so lockere Moralvorstellungen haben, dass wir uns nach Geld bücken. Es sind immer nur Fremde, die irgendwo einbrechen würden."

Philip verlagerte unbehaglich sein Gewicht von einem Fuß auf den anderen. „Das habe ich nicht gesagt. Ich wollte nur aufzeigen, dass die Logik es näher legt, jemanden zu verdächtigen, der einem fremd ist, als jemanden, den man kennt."

„Aber ich kenne Sie doch genauso wenig wie Mr. Miller", erinnerte ihn Cassandra scharf. „Genau genommen habe ich mit Ihnen bestimmt weniger Worte gewechselt als mit Mr. Miller, der ein paar Tage hier war. Doch ich weiß, dass Sie ein Neville sind und die Nevilles nicht unbedingt zu den Freunden der Verreres zählen. Ich weiß auch, dass Reichtum oft mit Unehrlichkeit einhergeht und Reiche häufig gar nicht genug Geld besitzen können. Ich möchte Sie oder Mr. Miller oder sonst jemanden keinesfalls beschuldigen, solange ich nicht mehr Tatsachen kenne. Mir ist es immer wichtig, fair zu sein."

Sir Philip knirschte mit den Zähnen. Er verstand nicht genau, warum Cassandras Weigerung, ihm zu vertrauen, ihn so erzürnte.

„Sie waren doch so abgeneigt, an Zufälle zu glauben", fuhr sie gelassen fort. „Halten Sie es nicht auch für einen eigenartigen Zufall, dass der Einbruch sich am Tag nach ihrer Ankunft hier ereignete?

Und dass es erst zwei Wochen her ist, dass Sie von der Mitgift erfahren haben – Mr. Miller aber schon über ein Jahr lang davon weiß?"

Sir Philips Augen glühten vor unterdrückter Wut, aber er zwang sich, einen Moment zu warten, bevor er sprach. „Es ist aber ein ebensolcher Zufall, dass es kaum eine Woche, nachdem Sie Mr. Miller gezeigt hatten, wo Sie nach den Briefen suchten, geschah." Er schnaubte abfällig. „Sie sind, scheint's, entschlossen, mich zum Bösewicht abzustempeln."

„Nein. Ich würde Ihnen viel lieber vertrauen", räumte Cassandra mit gewohnter Ehrlichkeit ein. „Aber es fällt mir auch schwer zu glauben, Mr. Miller wäre ein schlechter Mensch." Sie seufzte. „Es ist ohnehin alles Spekulation."

„Allerdings. Wir haben nicht die geringste Ahnung, wer letzte Nacht hier war. Wir wissen noch nicht einmal mit Sicherheit, dass derjenige hinter den Briefen her war. Das nehmen wir nur an."

„Alles andere würde keinen Sinn machen." Cassandra hob ungläubig eine Augenbraue. „Oder wollen Sie andeuten, dass Sie es doch für einen Zufall halten, dass jemand letzte Nacht auf dem Dachboden war?"

Achselzuckend erklärte er: „Nein. Es wäre nicht unmöglich, aber ich kann es nicht recht glauben. Irgendjemand muss sich nach diesen Briefen umgesehen haben. Mit ein bisschen Glück hatte dieser Jemand genauso wenig Erfolg wie wir. Trotzdem müssen wir jetzt unsere Bemühungen verstärken, die Briefe so schnell wie möglich zu finden, meinen Sie nicht auch?"

„Auf jeden Fall. Ich bin froh, dass wir wenigstens in einem Punkt übereinstimmen. Lassen Sie uns ans Werk gehen."

„Sofort." Er streifte seinen Rock ab, warf ihn über einen Stuhl und rollte sich die Hemdsärmel hoch. „Wo soll ich anfangen?"

Sie machten sich schweigend an die Arbeit, langsam Truhe nach Truhe durchsuchend, alte Möbel und Gerümpel, das sich im Laufe der Jahrhunderte angesammelt hatte, beiseite schiebend. Plötzlich keuchte Olivia auf, und alle fuhren zu ihr herum.

„Was ist denn?" Cassandra kam besorgt zu ihr. „Hast du dir wehgetan?" Doch dann blieb sie stehen und rümpfte die Nase. „Pfui! Wonach riecht das denn hier?"

„Campher, denke ich. Hier sind überall kleine Beutel zwischen den Kleidern. Ulkig, nicht wahr, dass es immer noch stinkt? Aber sieh mal." Sie griff mit beiden Händen in die Truhe vor sich und holte ein Kleid heraus. „Es ist zwar mit der Zeit vergilbt, doch immer noch wunderschön, nicht wahr?"

„Ja, das ist es. Einzigartig." Es war aus schwerem grünem Samt gearbeitet und über und über mit goldenen Stickereien verziert. Der Ausschnitt war eckig und das Mieder im Rücken geschnürt. Vorne war der golddurchwirkte Stoff in einem Blumenmuster mit Borte besetzt, das sich auch auf den geschlitzten Ärmeln fortsetzte.

„Von wann wird das sein, Cassandra?" fragte Olivia aufgeregt. „Was glaubst du, war es eine Hofrobe oder ein Ballkleid? Oder vielleicht sogar ein Hochzeitskleid?"

„Es ist jedenfalls ein Kleid für eine besondere Gelegenheit." Cassandra fasste den Rock an beiden Seiten und hielt ihn auseinander. „Es sieht so aus, als gehörte ein Reifrock dazu, wenn auch kein so ausladender wie um 1740 oder später. Ich würde sagen, dass es älter ist. Ich schätze, es stammt aus der Zeit Charles II."

„Es ist bezaubernd!" Olivia hielt sich das Kleid an und drehte sich einmal um sich selbst.

„Schau!" Cassandra beugte sich über die Truhe und fischte einen ebenfalls goldverbrämten Schuh aus dunkelblauem Samt mit klobigem Absatz und rechteckiger Spitze heraus.

„Himmel! Stell dir vor, so etwas anzuziehen. Und wie groß er ist!" wunderte sich Olivia.

„Viel zu groß für eine Frau, denke ich. Ich vermute, er gehörte einmal einem Lord Chesilworth“, erklärte Cassandra.

„So etwas?“ Crispin starrte fasziniert auf den üppig verzierten Schuh. „Du machst Witze.“

„Männer waren damals wesentlich farbenfroher gekleidet“, antwortete Sir Philip und trat zu ihnen. Er nahm den Schuh in die Hand. „Wir haben ein Porträt eines meiner Vorfahren in Haverly House, wo er ganz ähnliche Schuhe trägt. Er hat außerdem einen prächtigen Leibrock und eine reich bestickte Weste, Pluderhosen und ein rüschenbesetztes Hemd an.“

„Kann ich es anziehen?“ rief Olivia. „Oh, bitte, Cassandra!“

„Meinetwegen. Aber sei vorsichtig. Es ist schon sehr alt.“ Sie ging mit ihrer Schwester hinter einen Stapel Kisten, der so hoch war, dass er sie vor den Blicken der anderen verbarg, und half ihrer Schwester in das Kleid.

„Oh, nein! Es ist viel zu groß!“ beklagte sich Olivia. Der Rock war ohne den Reifrock viel zu lang, und das Oberteil viel zu weit für ihre noch mädchenhafte Figur. „Zieh du es an. Es wird dir viel besser passen“, sagte sie zu Cassandra. „Bitte! Ich möchte so gern sehen, wie es aussieht.“

Diesmal half Olivia Cassandra beim Anlegen der prächtigen Robe. „Oh, Cassie...“, hauchte sie. „Es ist wunderschön.“

Damit zog sie Cassandra hinter dem Kistenstapel hervor, dorthin, wo Sir Philip und die Jungen standen. „Seht nur, wie bildschön es an Cassie aussieht.“

Sir Philip drehte sich herum und musterte sie lange. „In der Tat“, sagte er leise, während seine Blicke über ihren Körper wanderten.

Cassandra war sich nur zu deutlich der Tatsache bewusst, dass das geschnürte Oberteil ihre schwellenden Brüste nach oben gegen den tiefen Ausschnitt drückte. Sie spürte, dass sie langsam unter seinen Blicken rot wurde. Unbewusst benetzte sie ihre Lippen, dann wandte sie sich ab und ging zur Truhe zurück.

„Wenn ich mich schon verkleiden muss, dann will ich wenigstens nicht die Einzige sein." Sie beugte sich vor und ging die restlichen Kleidungsstücke in der Truhe durch. „Aha!"

Sie zog einen bestickten Überrock mit geschlitzten Ärmeln heraus und drehte sich zu Sir Philip um. „Hier. Das müssen Sie anziehen."

Sir Philip besah den Rock zweifelnd, nahm ihn aber entgegen. Vorsichtig zog er ihn an und strich ihn glatt. Cassandra stockte der Atem. Ihm fehlte nur noch der schlanke Degen an der Seite und ein federgeschmückter Hut.

„Kommen Sie, wir wollen selber sehen, wie wir ausschauen." Damit zog ihn Cassandra an Truhen und Schachteln vorbei zu einem riesigen Spiegel, der an die Dachschräge gelehnt war. Erst als sie davor stand, bemerkte sie, dass sie seine Hand genommen hatte, und ließ sie los. Ihre Blicke trafen sich im Spiegel. Aus seinen war jede Belustigung verflogen, stattdessen loderte darin eine heiße Flamme von demselben Feuer, das plötzlich in ihr brannte. Sie wünschte sich mit einem Mal, die Zwillinge und Oliva wären in Moulton House und nicht hier.

Es bedurfte einiger Anstrengung von ihrer Seite, sich von ihm abzuwenden. „So finden wir die Briefe jedenfalls nicht", verkündete sie steif, und ihre Worte klangen in ihren eigenen Ohren geziert. „Wir sollten uns wieder an die Arbeit machen."

„Ja."

„Cassie..." , beklagte sich Olivia. „Was ist mit den anderen Kleidern in der Truhe?"

„Durchsuch sie bitte. Diese Kiste hier ist viel versprechend." Sie bemühte sich um einen sachlichen Tonfall, um dahinter zu verbergen, dass der Anblick ihrer verschlungenen Hände, das Gefühl seiner kräftigen Finger auf ihrer Haut ihren Herzschlag beschleunigt hatte. Sie räusperte sich und wandte sich entschlossen der vor ihr liegenden Aufgabe zu. „Schließlich ist es das Erste, was wir gefunden haben, das aus dem richtigen Jahrhundert stammt. Auch wenn es zeitlich ein wenig zu früh ist. Vielleicht sollten wir hier verstärkt weitersuchen."

„Könnten nicht Olivia und die Jungs an der Wand anfangen und sich weiter vorarbeiten?" schlug Neville mit unbewegter Stimme vor. Cassandra beneidete ihn darum und ärgerte sich gleichzeitig darüber. „Und wir machen da weiter, wo wir vorhin aufgehört haben."

Cassandra stimmte zu und zog sich hinter den Kistenstapel zurück, um das Kleid auszuziehen und sich wieder in die moderne junge Frau zu verwandeln, die entschlossen war, Margaret Verreres Briefe zu finden. Sie schüttelte entschlossen die leichte Enttäuschung ab, als sie wieder ihr altes, schäbiges Kleid anzog.

Sie suchten den ganzen Nachmittag lang weiter, entdeckten jedoch nichts, das mit Margaret Verrere oder ihrem Vater zu haben könnte. Schließlich zog Sir Philip seine Taschenuhr hervor und ließ den Deckel aufschnappen. „Ich fürchte, es ist Zeit aufzuhören. Ich muss noch zu meinem Gasthof zurück und mich für heute Abend umziehen."

„Oh!" Cassandra sprang auf. „Gütiger Himmel, wie spät ist es denn?" Als Sir Philip es ihr sagte, entfuhr ihr ein Stöhnen. „Wo hatte ich nur meine Gedanken? Ich muss schleunigst nach Moulton House zurück!"

Sie hatte eigentlich vorgehabt, so rechtzeitig zurückzukehren, dass sie sich selbst auch noch in Ruhe für den Empfang fertig machen konnte. Aber das ist ohnehin nicht sonderlich wichtig, sagte sie sich, während sie mit den Kindern nach Moulton House eilte. Bei gesellschaftlichen Ereignissen stand sie gewöhnlich nie im Mittelpunkt, und neben Joannas Schönheit und Lebhaftigkeit verblasste sie regelmäßig. Himmel, sie hatte noch nicht einmal ein neues Kleid. Ihr kaffeefarbenes Satinkleid, das sie anziehen wollte, war mindestens drei Jahre alt, und auch die neuen Bänder und Spitzen oder die kleinen Änderungen, die sie vorgenommen hatte, änderten an der Tatsache nichts, dass die Farbe ihr einfach nicht stand.

Auch wenn sie es nicht gern zugab, so beneidete sie ihre Tante um deren Kleid für den heutigen Abend. Nicht um das eigentliche Kleid, denn nichts, was ihrer Tante gefiel, entsprach Cassandras Geschmack, doch die schimmernde hellgraue Atlasseide, aus dem es geschneidert war, wünschte sie sich für ein neues Kleid. Der zarte Grauton würde ihre Augen betonen und ihrem Teint schmeicheln.

Tante Ardis hatte bemerkt, wie sie den Stoff in einem Schaufenster in Fairbourne bewundert hatte, und war zu ihr getreten.

„Was für ein wunderschöner Stoff!“ hatte Tante Ardis gerufen, und einen kurzen Moment lang hatte Cassandra geglaubt, ihre Tante würde ihn für sie kaufen.

Stattdessen hatte sie gesagt: „Was für ein Glück, dass du ihn entdeckt hast, Cassandra. Der ist perfekt für ein neues Kleid für mich. Vielleicht mit schwarzer Spitze verziert. Lasst uns hineingehen.“

Cassandra glaubte nicht, dass ihre Tante aus Bosheit so gehandelt hatte, sie war lediglich so ichbezogen und gedankenlos, dass es ihr gar nicht in den Sinn kam, anderen einmal eine Freude zu machen.

Und natürlich war das Kleid jetzt so überladen mit Rüschen, Bändern und Spitzen, dass Cassandra es noch nicht einmal geschenkt haben wollte, selbst wenn es ihr gepasst hätte. Dennoch, als sie jetzt in ihrem kaffeebraunen Kleid und den zu einem einfachen Knoten aufgesteckten Haaren in der Eingangshalle stand und zu ihrer Tante blickte, das Schimmern der blassglänzenden Seide im sanften Kerzenlicht sah, entschlüpfte ihr ein Seufzer.

Aber Cassandra war nicht geneigt, über etwas zu jammern, das sich nicht ändern ließ, und außerdem hatte sie alle Hände voll damit zu tun, für den reibungslosen Ablauf des Empfangs, des Essens und der anschließenden Abendgesellschaft zu sorgen.

Sie spürte es, als Sir Philip den Raum betrat. Sie verstand nicht, woher sie wusste, dass er es war. So etwas hatte sie noch nie zuvor erlebt. Plötzlich prickelte die Haut in ihrem Nacken, und sie musste sich umdrehen. Ihr Blick fiel auf Sir Philip, der in der Nähe der Tür stand und zu ihr sah. Er lächelte, als sie ihn bemerkte, und kam auf sie zu.

Doch Tante Ardis hatte ihm aufgelauert und verstellte ihm rasch den Weg. So dauerte es bis nach dem Dinner, bis Cassandra mit Sir Philip tatsächlich ein paar Worte wechseln konnte. Sir Philip war kein Gast, um dessen Unterhaltung sie sich bemühen musste, denn er stand als Ehrengast im Mittelpunkt der allgemeinen Aufmerksamkeit. Wenigstens brauchte sie sich so keine Sorgen zu machen, dass Tante Ardis glauben könnte, sie versuche, Sir Philip Joanna auszuspannen. Auch wenn sie sich nicht wie ihre Verwandten der irrigen Vorstellung hingab, Sir Philip hätte irgendein Interesse an Joanna, war das Leben doch viel einfacher, solange Tante Ardis und Joanna davon ausgingen. Während sie damit beschäftigt waren, einen begehrten Bewerber um Joannas Hand zur Strecke zu bringen, kümmerten sie sich wenig um das, was Cassandra trieb.

Wie auch immer, als es ihr endlich gelungen war, sich von Mr. Wintons geschwätziger Schwester loszueisen, und sie sich zum Gehen wandte, stieß sie beinahe mit Sir Philip zusammen, der plötzlich hinter ihr stand. Sie keuchte erschrocken auf, dann lachte sie.

„Sir Philip. Es tut mir Leid. Ich wollte Sie nicht umrennen. Ich habe Sie gar nicht bemerkt."

Er zog sie rasch zur Seite, während er leise sagte: „Ich habe mich versteckt, um nicht unnötig Aufmerksamkeit zu erregen und mich am Ende an dem Gespräch beteiligen zu müssen. Da mir Miss Winton schon vorhin ein paar schreckliche Minuten lang eine Unterhaltung aufgezwungen hat, schien mir Vorsicht angebracht."

„Wie weise", murmelte Cassandra.

„Ich wollte mit Ihnen sprechen, aber jedes Mal, wenn ich Sie endlich entdeckt habe und auf Sie zugehe, verschwinden Sie. Meiden Sie mich, Miss Verrere?"

„Selbstverständlich nicht." Cassandra bemühte sich, nicht daran zu denken, wie angenehm es war, sich mit Sir Philip zu unterhalten. Sie gingen an einer Gruppe Gäste vorbei in die Eingangshalle. „Aber Sie sind heute der Ehrengast. Alle möchten mit Ihnen reden."

„Und das in ermüdender Länge", bemerkte er.

„Ich hielt es für angebracht, Ihre Zeit nicht auch noch heute Abend zu beanspruchen, da ich ja schon den Nachmittag mit Ihnen verbracht habe."

„Dennoch hätten Sie ruhig ein bisschen Mitleid haben und sich wenigstens gelegentlich meiner erbarmen können", erklärte er. „Nur wenige Minuten anspruchsvoller Unterhaltung hätte meine Langeweile wirkungsvoll vertrieben."

„Sir Philip, Sie schmeicheln mir."

„Keine Schmeichelei, Miss Verrere. Bloß die nackte Wahrheit. Ein paar Ihrer bissigen Bemerkungen hätten sich wohltuend von den endlosen Beschreibungen irgendwelcher Töchter oder Nichten und ihren stümperhaften Aquarellen oder geklimperten Sonaten abgehoben."

Sie lachte leise. „Wie unfreundlich von Ihnen. Sie haben doch weder die Bilder gesehen, noch die Mädchen am Klavier gehört."

„Nein, aber mir wurde von ihnen erzählt, und das in aller Ausführlichkeit. Ich habe die betreffenden jungen Damen kennen gelernt, und wenn man von denen irgendetwas anderes als Mittelmäßigkeit erwarten kann, wäre das eine echte Überraschung."

„In Dunsleigh trifft man nicht unbedingt auf überragende Künstler“, räumte Cassandra ein, die die angeregte Unterhaltung mit Sir Philip genoss. Sie ahnte nicht, dass ihre Augen funkelten oder dass ihre Haut schimmerte.

Sir Philip jedoch entging nichts davon, ebenso wenig wie ihr altmodisches Kleid, dessen Farbe ihr überhaupt nicht stand. Er verspürte den Drang, ihr etwas Schönes zu kaufen. Er wollte sie in einem eleganten Kleid sehen, dessen Schnitt ihre schlanke, reizend gerundete Figur betonte, und dessen Farbe ihre kühlen grauen Augen zum Leuchten brächte. So wie das Kleid, das ihre Tante heute Abend trug – natürlich nicht mit den vielen Rüschen und Spitzen, sondern nur aus demselben Stoff, einem wunderschönen hellgrauen Seidenmaterial, das ihn an einen Sommerregen und den darauf folgenden Regenbogen erinnerte.

Solche Überlegungen führten zu nichts, denn er wusste nur zu gut, dass eine anständige junge Frau keine so kostspieligen Geschenke wie ein Kleid von einer bekannten Modistin von einem Mann annehmen konnte, der nicht nah mit ihr verwandt war. Selbst ein Strang milchig weißer Perlen für ihren zarten Hals wäre undenkbar, solange sie kein Geschenk ihres Verlobten wären. Zum ersten Mal in seinem Leben haderte Sir Philip mit den Beschränkungen, die die Verhaltensregeln der guten Gesellschaft ihm auferlegten.

„Da sind Sie ja!“ erklang plötzlich Tante Ardis’ volltönende Stimme.

Erschrocken blickten Sir Philip und Cassandra auf und entdeckten sie in der Tür zum Empfangssalon. Sir Philip konnte ein Stöhnen nicht unterdrücken.

„Was hast du dir nur gedacht, Cassandra?“ schalt ihre Tante sie mit spielerisch erhobenem Finger. „Sir Philip hier draußen in ein Gespräch zu verwickeln!“ Sie hakte sich bei ihm unter. „Sie müssen das Benehmen meiner Nichte entschuldigen, Sir Philip. Sie ist nur selten in Gesellschaft“, sagte sie, während sie ihn fortzog.

„Genau“, erwiderte er gelassen. „Ich finde ihr Benehmen äußerst erfrischend.“

Tante Ardis lächelte gönnerhaft. „Sie sind zu freundlich zu einem Mädchen vom Lande. Dass Sie mir ihr ja nicht das Herz brechen!“

Cassandra sah seufzend zu, wie ihre Tante mit Sir Philip im Empfangssalon verschwand. Der Abend schien plötzlich allen Glanzes beraubt. Von da an wartete sie nur noch auf den Zeitpunkt, an dem die Gäste sich verabschieden würden. Was sie, kurz nachdem Sir Philip gegangen war, auch taten.

Tante Ardis ließ sich erschöpft in einen Sessel sinken. Während sie noch mit Joanna den Abend und deren mutmaßlichen Erfolg bei Sir Philip erörterte, schlich sich Cassandra aus dem Raum und ging nach oben in das Schlafzimmer, das sie sich mit Olivia teilte. Im schwachen Licht der Kerzen erkannte sie die schlafende Gestalt ihrer Schwester, die für zu jung befunden worden war, an dem gesellschaftlichen Ereignis teilzunehmen, und es abgelehnt hatte, das Treiben durch das Treppengeländer zu beobachten.

Cassandra zog sich leise aus, um sie nicht zu stören, legte sich ins Bett und nickte ein. Nach wenigen Stunden erwachte sie aus einem leichten Schlaf, kletterte aus dem Bett und streifte sich lautlos ihre Kleider über. Sie verzichtete darauf, so viele Unterröcke wie sonst anzuziehen, denn sie wollte sich heute Nacht so uneingeschränkt wie möglich bewegen können. Als sie eine Decke aus der Truhe am Fußende holte, sah sie noch einmal zu ihrer Schwester. Olivia schlief immer noch tief und fest. Sie nahm ein paar feste Schuhe und schlüpfte aus dem Zimmer, die Tür vorsichtig hinter sich ins Schloss ziehend.

Sie wartete einen Augenblick, bis ihre Augen sich an die Dunkelheit im Flur gewöhnt hatten. Dann huschte sie über den Flur, die Treppe hinab und in das Arbeitszimmer ihres Onkels. Dort entzündete sie eine Kerze, ging zum Schreibtisch, öffnete eine der Schubladen und holte einen in ein Stück Stoff gewickelten Gegenstand heraus. Vorsichtig entfernte sie das Tuch und enthüllte eine Pistole. Aus einer Schachtel nahm sie eine Handvoll Kugeln, lud die Waffe und steckte beides in die geräumigen Taschen ihres Rockes. Ihr Vater hatte an eine vollständige Erziehung seiner Kinder – Mädchen wie Jungen – geglaubt und seinen Wildhüter beauftragt, sie im Gebrauch von Schusswaffen zu unterweisen. Mit ihrer schnellen Auffassungsgabe, scharfen Augen und einer sicheren Hand hatte sich Cassandra als gute Schülerin erwiesen, so dass sie jetzt annehmen konnte, sehr wohl in der Lage zu sein, sich notfalls zu verteidigen.

In der Küche versorgte sie sich mit einer Laterne, die sie entzündete, dann aber verdunkelte. Sie verließ das Haus und ging durch den Garten auf dem vertrauten Weg nach Chesilworth.

Sie hatte nicht lange über Jack Chumleys beunruhigende Neuigkeiten nachdenken müssen, um zu erkennen, dass es am besten wäre, wenn sie zu dem verlassenen Herrenhaus gehen würde, um den Einbrecher selbst zu sehen. Ihr Plan war einfach: Sie würde im Schutz der Bäume von der Anhöhe hinter dem Haus aus alles beobachten. Sobald ein Licht erschien, würde sie näher schleichen und feststellen, wer der Eindringling war. Sie hatte die Decke für ihre Bequemlichkeit mitgebracht und die Waffe zu ihrem Schutz. Zunächst hatte sie auch erwogen, den Eindringling zu stellen, aber das konnte gefährlich werden, selbst wenn sie bewaffnet war. Schließlich war sie allein, und man konnte nicht sagen, wie weit ein in die Enge getriebener Mann gehen würde. Es war besser, sich zu beherrschen und nur herauszufinden, wer hinter ihren Briefen her war.

Sie konnte sich nicht vorstellen, dass es Mr. Miller oder Sir Philip waren. Sir Philip konnte zwar äußerst aufreizend sein – doch ein

Dieb? Das schien höchst unwahrscheinlich. Er war, wie er schon gesagt hatte, ein reicher Mann. Warum sollte er es riskieren, als Dieb entlarvt zu werden für einen vergleichsweise geringen Betrag. Die Hälfte des Schatzes würde ihm ohnehin gehören! Und Mr. Miller besaß ein so offenes, ehrliches Gesicht – trotzdem musste sie sich Gewissheit verschaffen.

An ihrem Ziel angekommen, breitete sie die Decke aus und setzte sich. Dann blies sie die Kerze in der Laterne aus und wartete. Sie starrte zu dem großen Gebäude, dessen Umrisse man in der Dunkelheit nur schemenhaft erkennen konnte. Nirgendwo war ein Licht zu sehen, auf dem Dachboden nicht und auch sonst nicht. Nach einer Weile begann ihr Rücken zu schmerzen, und sie lehnte sich gegen den Baumstamm. Die Zeit verstrich. Die Augenlider wurden ihr schwer, und sie musste darum kämpfen, wach zu bleiben. Offenbar erfolglos, denn plötzlich schrak sie auf.

Sie rieb sich mit dem Handrücken das Gesicht und schalt sich, eingeschlafen zu sein. Aber trotz bester Vorsätze begann sie schon bald wieder einzunicken. Die Nacht war samtschwarz, im Haus tat sich nichts, und die nächtlichen Geräusche waren leise und einschläfernd.

Mit einem Mal war sie hellwach. Sich vorbeugend sah sie, was sie geweckt hatte: Ein Lichtschein schimmerte auf und verschwand, nur um kurz darauf wieder aufzutauchen. Irgendjemand war an der Seitenmauer des Gartens entlang zur Rückseite des Hauses gegangen. Cassandra wurde innerlich kalt. Sie wusste nicht, ob in ihr Furcht oder Erregung größer waren. Sie stand auf, griff in ihre Rocktasche und umfasste die Sicherheit verheißende Pistole.

Die Deckung der Bäume verlassend, ging sie den Hügel hinab. Ihre Laterne hatte sie vorsorglich zurückgelassen, da das Licht sie verraten würde. Doch in der Finsternis konnte sie den tückisch unebenen Boden nur schwer erkennen, so dass sie nur langsam vorankam.

Das Licht des Eindringlings war wieder verschwunden. Entweder hatte er es gelöscht oder war um die Hausecke gegangen. Zweifellos suchte er nach einem anderen Zugang, da Chumley das zerbrochene Fenster vernagelt hatte. Cassandra wünschte sich rückblickend, sie hätte es ihm untersagt. Denn jetzt musste der Einbrecher wissen, dass seine nächtliche Anwesenheit nicht unentdeckt geblieben war. Er könnte sogar auf die Idee kommen, dass jemand ihm auflauerte.

Dieser Gedanke beschleunigte Cassandras Schritte. Sie blickte zu Boden, und spürte auf einmal etwas neben sich, aber bevor sie sich umwenden konnte, wurde sie getroffen und zu Boden gestoßen.

Sie setzte sich entschlossen zur Wehr, schlug und trat um sich. Ihr Ellbogen traf auf etwas Hartes, und ihr Angreifer stöhnte. Sein Griff lockerte sich, und Cassandra nutzte die Gelegenheit und kroch unter ihm hervor. Aber er war zu schnell für sie und fasste sie an den Schultern. Eine seiner Hände verfing sich im Ausschnitt ihres Kleides, und als Cassandra versuchte, sich ihm zu entwinden, riss es bis zur Taille auf. Seine Hand fuhr über ihre bloße Brust und umschloss eine der zarten Spitzen.

„Herr im Himmel!"

Cassandra holte Luft, um zu schreien, als sie die Stimme erkannte. Er zog sie an sich, umfasste ihre Handgelenke und drückte sie über ihrem Kopf auf den Boden. Einen Augenblick lang starrten sie sich in der Dunkelheit schweigend an.

„Sir Philip!" Sie fühlte sich, als hätte ihr jemand ein Messer in die Brust gestoßen. „Sie waren es? Sie sind der Einbrecher?"

„Ich hätte es mir denken können!“ seufzte Sir Philip müde und setzte sich leise fluchend auf.

Cassandra rührte sich nicht. Sie fühlte sich wie erschlagen, überwältigt von Enttäuschung. „Aber warum?“ Sie spürte, dass sie kurz davor stand, in Tränen auszubrechen. „Warum sollten Sie versuchen, die Briefe zu stehlen?“

Er starrte sie verständnislos an. Dann begriff er und schnaubte abfällig. „Sie glauben im Ernst, dass ich... Sie kleine Närrin! Ich bin doch nicht der Eindringling! Ich dachte, Sie wären es.“

„Ich... das ist doch krank. Warum sollte ich nachts in mein eigenes Haus einbrechen und die Briefe suchen, wenn ich das doch schon jeden Nachmittag tue.“

„So meinte ich das nicht.“

Jetzt war es an Cassandra, ihn verständnislos anzustarren. „Was meinen Sie dann?“

Er knurrte inzwischen beinahe. „Was ich zu sagen versuche, ist, dass mir nicht klar war, wen ich angriff, als ich mich auf Sie stürzte. Ich sah jemanden den Hügel herabschleichen, und da es dunkel war, ging ich davon aus, dass es sich um den Dieb handelte, der noch einmal in das Haus eindringen wollte. Also warf ich mich auf ihn – und riss Sie zu Boden.“ Vorsichtig rieb er sich den Kiefer. „Sie besitzen einen gemeinen Ellbogen!“

„Sie haben sich hier versteckt, um dem Einbrecher aufzulauern?“ erkundigte sich Cassandra aufgebracht.

„Selbstverständlich. Mir war gleich klar, als Ihr Bediensteter uns heute Nachmittag davon erzählte, dass ich heute Nacht versuchen müsste, den Schurken zu fangen. Aber alles, was ich gefangen habe, waren Sie.“

„Aus demselben Grund bin ich hier.“ Sie kicherte vor Erleichterung. Doch dann rief sie: „Aber jemand war hier!“ Sich aufsetzend sagte sie: „Ich sah Licht auf der Rückseite des Hauses und wollte nachsehen gehen."

„Sie wollten ihn stellen?" Sir Philip schrie beinahe. „Wirklich, Cassandra! Der Mann ist vermutlich gefährlich! Was sollte ihn davon abhalten, Ihnen den Schädel einzuschlagen?"

„Keine Sorge. Ich habe eine Pistole." Sie griff in ihre Rocktasche und zog die Waffe heraus.

„Eine Schusswaffe!" Seine Stimme kippte. „Und ich soll mir keine Sorgen machen? Um Himmels willen, nehmen Sie das Ding da weg. Sie sind ja eine Gefahr für sich und Ihre Umgebung!"

„Ich?" wiederholte sie leicht gekränkt. „Ich bin doch nicht diejenige, die hier herumrennt und Leute zu Boden wirft, ohne sich vergewissert zu haben, um wen es sich handelt!" Sie zog die Beine an und versuchte aufzustehen, aber Sir Philip saß auf ihrem Rock. „Was sitzen wir hier überhaupt noch herum? Der Eindringling ist..."

„Längst über alle Berge", fiel ihr Sir Philip ins Wort. „Glauben Sie, dass er gewartet hat, bis wir aufhören, uns anzuschreien?"

„Vermutlich nicht", räumte sie ein. Sie zerrte noch einmal an ihren Röcken. „Würden Sie von mir runtergehen?"

Er schaute sie an, und Cassandra wurde sich plötzlich bewusst, dass er noch vor kurzem auf ihr gelegen, sie mit seinem Körper zu Boden gedrückt hatte. Ihr Herz begann zu rasen, und sie spürte, wie verräterische Hitze ihr ins Gesicht stieg.

Sie warf Sir Philip einen verstohlenen Blick zu und bemerkte, dass sein Blick auf ihrer Brust ruhte. Siedend heiß fiel ihr erst jetzt wieder ein, das Reißen von Stoff gehört zu haben, und sie spürte nun auch die kühle Nachtluft auf ihrer bloßen Haut. Sie schluckte und sah an sich hinab. Im Vorderteil ihres Kleides klaffte ein Riss vom Ausschnitt bis zur Taille. Ihr Busen war nur durch ihr dünnes

Baumwollhemd vor seinen Blicken geschützt, und ihre Brustspitzen hatten sich in der kalten Luft deutlich erkennbar aufgerichtet.

Cassandra war zu verlegen, um rot zu werden. Warum war sie schon wieder mit diesem Mann in eine so kompromittierenden Situation geraten? Aber sie empfand nicht nur Verlegenheit, sondern auch eine fremde Erregung, einen seltsamen Hunger nach etwas Unbekanntem, einen unerklärlichen Stolz, dass er sie mit seinen Blicken verschlang.

Sie anzusehen entfachte sein Verlangen, soviel erkannte sie trotz ihrer Unerfahrenheit. Langsam, fast liebkosend wanderten seine Blicke über ihren Körper, bis er ihr wieder ins Gesicht sah.

„Ich will dich", sagte er weich. Das Verlangen in ihm war so mächtig, dass er kaum noch klar denken konnte. Cassandras Haar hing ihr lose über die Schultern, silbrig und seidig, einladend, und ihr verführerischer Körper war so nahe...

Cassandra benetzte ihre Lippen. Sie wusste nicht, was sie sagen sollte. Sie musste an seine Lippen denken, die ihre berührten, seine Zunge in ihrem Mund. Sie erinnerte sich, wie seine Hände ihre Brüste gestreichelt hatten, sein feuchter Mund auf ihren Brustspitzen...

„Es war gar kein Traum, nicht wahr?" fragte sie mit belegter Stimme. „Die Nacht, in der wir uns trafen... Ich habe nicht geträumt. Sie haben diese Sachen wirklich..."

„Ja." Das Blut rauschte schneller durch seine Adern, fuhr in seine Lenden. „Ich habe dich geküsst." Sie legte sich unwillkürlich die Hand auf ihren Busen. „Ich habe dich berührt."

Er streckte seine Hand aus, bedeckte ihre. Sie sah auf, erschrocken, und ihre Blicke trafen sich. Und waren gefangen. Sie starrte gebannt in die dunklen Tiefen seiner Augen, und ihre Hand sank in ihren Schoß. Seine Finger ruhten jetzt auf ihrer bloßen Brust, schlossen sich sanft um die weiche Halbkugel. Cassandra wurde glühend heiß, aber sie konnte ihren Blick nicht abwenden. Sie war zu atemlos, um irgendetwas zu sagen, doch ihr Gehirn war ohnehin nicht in der Lage, Worte des Protests zu finden.

Seine Hand glitt streichelnd über ihre nackte Brust, liebkoste sie. Cassandra hielt die Luft an bei den plötzlichen Lustgefühlen, die sie erfassten. Hitze breitete sich in ihrem Bauch aus, und sie spürte, wie sie zwischen ihren Schenkeln feucht wurde. Ein Stöhnen entrang sich ihr, das ihn beinahe den Rest seiner Selbstbeherrschung kostete.

„Cassandra...“ Er rückte näher und zog an ihrem Hemd, so dass es ihr über die Schulter fiel und ihr Oberkörper vollkommen entblößt war. Er musterte sie im fahlen Licht der Sterne, ihre verführerischen Brüste, die köstlich erregten Spitzen, und schluckte. Er spürte nichts mehr außer dem Wunsch, sie zu besitzen.

„Du bist so wunderschön“, murmelte er, mit den Fingern ihre verlockenden Formen nachfahrend. Cassandra schloss die Augen und ließ sich gegen ihn sinken, das Bild einer Frau, die sich der Leidenschaft ergibt. Verlangen durchfuhr ihn wie ein Blitz.

Philip wusste, dass er sie trotz aller guten Vorsätze lieben würde. Er würde sie auf den Boden legen und sie küssen, bis ihre Lippen wund waren, ihren Körper mit Mund und Händen erforschen, ihre Beine spreizen, tief in sie eindringen, sie zu der Seinen machen.

Seine Arme schlossen sich um sie, er drückte sie fester an sich und bedeckte ihren Mund mit seinem.

„Wer da?“ erklang die raue Stimme eines Mannes, was die Wirkung eines Gusses eiskalten Wassers auf ihre Leidenschaft hatte. „Los, aufstehen! Und ich will wissen, wer ihr seid, klar? Sonst geht die hier los!“

Philip erstarrte, dann entrang sich ihm ein leises Stöhnen.

„Chumley!“ flüsterte Cassandra entsetzt.

„Was?“

„Habt ihr nich' gehört?" ertönte die Stimme erneut. „Aufstehen, sag ich!"

„Es ist Chumley!" wiederholte Cassandra. „Der Mann, der heute... äh, gestern Nachmittag hier war."

Philip begann lautlos zu fluchen, während er aufstand. „Nicht schießen. Wir haben keine bösen Absichten."

„Chumley, ich bin es, Cassandra Verrere", rief sie und kämpfte sich auf die Füße. Gleichzeitig versuchte sie, ihr Oberteil zusammenzuraffen. Sir Philip reichte ihr die Hand, um ihr aufzuhelfen.

„Miss Cassandra!" wiederholte Chumley schockiert und kam rasch näher. „Was tun Sie hier? Ich hätt Sie fast erschossen, so wahr ich hier steh'!"

Philip, der Cassandras Notlage erkannte, schlüpfte aus seinem Rock und legte ihn ihr um die Schultern. Dankbar zog sie ihn vor sich zusammen und brachte ein Lächeln zu stande, als sie ihren ehemaligen Bediensteten begrüßte.

„Es tut mir Leid, dass wir Sie alarmiert haben, Chumley. Ich hätte es mir nicht träumen lassen, dass Sie hier draußen sein könnten."

„Irgendjemand muss doch das Haus bewachen, nich' wahr?"

„Den Gedanken hatten wir wohl alle", warf Sir Philip trocken ein.

Chumley musterte ihn argwöhnisch. „Sie schon wieder! Was tun Sie denn hier?"

„Sir Philip und ich waren aus demselben Grund wie Sie hier", warf Cassandra hastig ein. „Wir alle hofften, den Eindringling zu erwischen. Es war nur schade, dass wir nicht miteinander über unsere Absichten gesprochen haben." Sie wandte sich um und blickte Sir Philip finster an, dann sagte sie zu Chumley: „Ich fürchte, unser Verdächtiger war hier und entkam – es sei denn, Sie waren das mit der Laterne vor ein paar Minuten."

„Nee, Miss, das war ich nich'. Wär ganz schön dumm, hierher zu kommen, um einen Dieb zu fangen mit einem Licht, das mich verraten tät."

„Stimmt." Cassandra seufzte. „Nun, dann wird es jetzt auch nicht mehr schaden, wenn wir eine Laterne anzünden." Sie ging zu der Stelle, an der sie ihre Laterne abgestellt hatte, und nutzte die Gelegenheit, sich Sir Philips Jacke anzuziehen und fest zuzuknöpfen, so dass man ihr zerrissenes Oberteil nicht mehr sehen konnte. Und die seltsam schwere Hitze in ihren Gliedern – nun, die dürfte man ihr eigentlich nicht ansehen, hoffte sie wenigstens. Sie strich sich ihr Haar glatt und schlang es zu einem losen Knoten. Dann trat sie wieder zu den beiden Männern.

Sie hatten ihre Laternen auch angezündet und musterten einander misstrauisch.

„Ihr Vater tät das nich' gern sehen, dass Sie hier mitten in der Nacht herkommen, Miss Cassandra – und auch noch mit 'nem fremden Mann."

„Sir Philip ist kein Fremder, Chumley. Er ist ein guter Freund der Familie. Und außerdem kam ich nicht mit ihm her. Wir haben uns hier zufällig getroffen."

Chumley schnaubte abfällig. „Is' auch nich besser, dass Sie mitten in der Nacht allein hier draußen rumlaufen!"

„Das ist sogar noch viel schlimmer", erklärte Sir Philip bestimmt.

„Hängt von der jungen Frau ab, tät ich sagen", erwiderte Chumley gleichmütig und rieb sich das Kinn.

Cassandra konnte sich ein selbstgefälliges Lächeln in Sir Philips Richtung nicht verkneifen, bevor sie sich abwandte und zur Rückseite des Hauses ging, dorthin, wo sie das Licht zuletzt gesehen hatte, es Sir Philip und Chumley überlassend, ihr zu folgen. Chumley tat das, ohne zu zögern, Sir Philip erst nach einem schicksalsergebenen Seufzen.

„Cassandra, müssen Sie eigentlich immer voranstürmen?“ Sir Philip beeilte sich, sie einzuholen und schützend vor ihr zu gehen. „Eines Tages werden Sie dabei noch zu Schaden kommen.“

„Machen Sie sich nicht lächerlich. Ich bin sicher, unser Opfer ist schon längst verschwunden. Außerdem dachte ich, wir wären uns einig, dass ich sehr gut dazu in der Lage bin, auf mich selbst zu achten. Ah, hier...“ Sie zeigte auf eine Fensterreihe an der Rückseite des Hauses. „Da habe ich das Licht zuerst gesehen.“

Sie hoben ihre Laternen, um den Boden an der Stelle gründlich abzusuchen. Chumley entdeckte die Fußabdrücke als Erster.

„Da!“ Er deutete auf die Erde vor einem der Fenster. „Sehen Sie? Da, wo die Erde noch feucht ist.“

„Ja. Sie haben Recht. Eindeutig ein Fußabdruck.“ Sir Philip kam vorsichtig näher, Cassandra an seiner Seite. Alle drei beugten sich vor und betrachteten den Abdruck aus der Nähe.

„Eindeutig von einem Mann“, sagte Cassandra schließlich.

„Und außerdem von einem großen Mann?“ schlug Sir Philip weiter vor.

„Jawoll, groß sicher“, meldete sich Chumley zu Wort, „aber nich’ zu schwer. Der Boden hier is ganz schön weich. Ein schwerer Mann wär viel tiefer eingesunken. Aber auch kein Leichtgewicht nich’.“

Hoch gewachsen, doch nicht zu schwer, überlegte Cassandra. Ein Mann von Sir Philips Statur. Unwillkürlich wanderte ihr Blick zu seinen Füßen.

Was ihm nicht entging. Sein Mund verzog sich ironisch. „Groß genug vielleicht, Miss Verrere“, spottete er, „aber nicht ganz mein Stil, oder was denken Sie?“

Umständlich streckte er seinen Fuß aus, drehte ihn hin und her, um ihr zu zeigen, dass der Abdruck nicht von seinen Schuhen stammte. Cassandra sah ihn strafend an. „Sir Philip, wenn Sie sich so weit beherrschen könnten, auf Ihre unangebrachten Späße zu verzichten, dann wären wir vielleicht in der Lage, irgendetwas Nützliches zu entdecken."

Damit wandte sie sich ab und ging Chumley nach, der gerade um die Ecke des Hauses bog, seine Laterne dicht über den Boden haltend.

„Hier is noch einer, Miss", rief Chumley und blieb stehen. Als Cassandra und Philip an seine Seite geeilt waren, sahen sie im Lichtkreis der Laterne einen weiteren Fußabdruck, allerdings von dem anderen Schuh des Mannes. Es handelte sich eindeutig um dasselbe Paar Schuhe, aber diesmal konnte man am Abdruck des Absatzes ein kleines V erkennen.

„Was ist das?" fragte Cassandra und zeigte mit dem Finger darauf.

„Ein Zeichen auf seinem Schuh, könnte ich mir vorstellen", antwortete Sir Philip, und Chumley nickte.

„Ja, Miss, sieht aus, als wäre hier am linken Absatz etwas eingekerbt oder so."

„Jetzt müssen wir bloß noch die Absätze aller in Frage kommenden Leute untersuchen", bemerkte Sir Philip zynisch.

„Es ist auf jeden Fall besser als jeder andere Hinweis, den wir bislang hatten", stellte Cassandra fest.

„Vielleicht, aber er hilft uns nur, wenn wir auch einen Verdacht haben."

„Ich dachte, Sie hätten einen", entgegnete Cassandra. „Meinen amerikanischen Cousin."

„Glauben Sie mir, er steht immer noch ganz oben auf meiner Liste. Aber da wir keine Ahnung haben, wo Ihr Mr. Miller ist, dürfte es reichlich schwierig werden, seine Schuhe zu untersuchen."

„Ich habe doch nur gescherzt", erklärte Cassandra rasch, der plötzlich wieder eingefallen war, dass sie nicht allein waren. Sie warf einen bezeichnenden Blick in Richtung des interessiert lauschenden Chumley und hoffte, Sir Philip würde ihre Botschaft verstehen. „Nur weil Sie eine vollkommen unvernünftige Abneigung gegen David Miller gefasst haben, muss das ja nicht heißen, dass er ein Dieb ist. Außerdem kann Chumley hier Ihnen gerne bestätigen, dass es nichts in Chesilworth gibt, das des Stehlens wert wäre."

„Nee, nee, das Silber und das andere Zeug... oder was davon noch da is, is' alles weggesperrt."

„Ganz genau. Mr. Miller war hier und hat selber den Zustand des Hauses gesehen." Cassandra hoffte, dass das reichen würde, jegliche Gerüchte über ihren amerikanischen Verwandten im Keim zu ersticken.

„Ich vermute, Sie haben Recht", pflichtete Sir Philip ihr mit so angestrengt ausdrucksloser Miene bei, dass es Cassandra schwer fiel, nicht zu lachen.

Es gab noch vier weitere Fußabdrücke, die von dem Haus fortführten, doch als der Boden fester wurde, fanden sie keine Spuren mehr.

„Der Lärm hat ihn gewiss vertrieben." Sir Philip stand einen Augenblick da und starrte unentschlossen in die Dunkelheit, so als erwöge er, trotzdem die Verfolgung des Möchtegern-Einbrechers aufzunehmen, dann aber drehte er sich wieder um.

„Ich werde Sie nach Hause begleiten, Miss Verrere."

Ihr fiel auf, dass er sie vorhin noch Cassandra genannt hatte. Jetzt waren sie also wieder bei Miss Verrere. Aber da hatten sie auch... Besser gar nicht daran denken, ermahnte sie sich.

„Sie können versichert sein, ich bin sehr gut dazu in der Lage, allein den Weg nach Hause zu finden", entgegnete sie ebenso förmlich wie er.

„Dessen bin ich mir sicher, aber wenn Sie ernsthaft glauben, dass ich es einer jungen Dame gestatten werde, unbegleitet in der Dunkelheit herumzulaufen, wo ein Einbrecher hier irgendwo sein Unwesen treibt, dann sollten Sie besser noch einmal nachdenken!"

„Der Herr hat Recht, Miss Cassandra", stimmte ihm Chumley widerstrebend zu. „Wenn er das nich' tut, dann werd ich's eben machen. Es wär unpassend, von unsicher gar nich' zu reden."

Cassandra sah ihren ehemaligen Bediensteten an, der ihren Blick starr erwiderte. Sie kannte Chumley gut genug, um zu wissen, dass das kein leeres Versprechen war. Da das Haus ihrer Tante in entgegengesetzter Richtung von Chumleys Hütte lag, würde das für den alten Mann einen gewaltigen Umweg bedeuten.

„Na gut, Sir Philip", nahm sie sein Angebot herablassend an und begann den Hügel hinaufzugehen, ohne abzuwarten, ob er ihr jetzt folgte oder nicht.

Mit einem ergebenen Seufzen heftete Sir Philip sich an ihre Fersen. Auch als er sie eingeholt hatte, sprachen sie nicht, sondern setzten ihren Weg schweigend fort. Cassandra war sich Sir Philips Meinung über den entwischten Einbrecher und ihren Plan, ihn zu überraschen, bewusst. Da er im Gegenzug ihre Ansicht zu beiden Punkten kannte, beschlossen sie stillschweigend, nichts mehr dazu zu sagen. Cassandras Gedanken kehrten immer wieder zu dem Augenblick zurück, als Sir Philip sie zu Boden geworfen hatte... und dem, was dann gefolgt war. Aber sie konnte kaum mit ihm darüber sprechen. Und sie konnte und wollte nicht leugnen, dass sie seine Küsse, seine Berührung genossen hatte, dass sie begonnen hatte, sie zu erwidern. Aber was hielt er jetzt von ihr? Was wollte er von ihr? Was empfand er für sie? Und – das war ihr am wichtigsten – was empfand sie für ihn? Cassandra konnte sich nicht erinnern, jemals so verunsichert gewesen zu sein, so... so... vollkommen durcheinander.

Sir Philip neben ihr ging es nicht anders. Er wusste, dass er sich für sein Benehmen vorhin entschuldigen sollte. Er hatte seiner Leidenschaft erlaubt, die Oberhand zu gewinnen, hatte jegliche Selbstbeherrschung verloren – und das nachdem er geschworen hatte, ihr nicht noch einmal zu nahe zu treten. Cassandra Verrere schien etwas zu besitzen, das ihn unwiderstehlich anzog, ihn alle Regeln, nach denen er gewöhnlicherweise lebte, vergessen ließ. Sir Philip hatte noch nie bei irgendeiner jungen Dame der guten Gesellschaft eine so überwältigende Leidenschaft verspürt wie in Cassandras Nähe. Verdammt, wenn er es recht bedachte, konnte er sich auch nicht entsinnen, jemals bei irgendeiner anderen Frau etwas Vergleichbares empfunden zu haben.

Vielleicht lag es an ihrer Unschuld, ihrer natürlichen Bereitwilligkeit, auf ihn einzugehen, dass sie ihn so erregte. Oder vielleicht lag es an der erfrischenden Mischung aus süßen Küssen und spitzen Bemerkungen, dass sie ihn so fesselte. Sir Philip war sich nicht sicher. Eigentlich war er sich nur sehr weniger Dinge sicher – bis auf die Tatsache, dass er Miss Verrere unbedingt wieder sehen wollte. Und wieder küssen, das fast noch mehr.

Aus diesem Grund konnte er sich nicht dazu bringen, sich für sein Verhalten zu entschuldigen. Das würde nämlich bedeuten, dass er ihr auch versprechen müsste, es nicht wieder zu tun, und er hatte das unbestimmte Gefühl, dass er dieses Versprechen nicht würde halten können. Tatsächlich war er sich ziemlich sicher, dass er dieses Versprechen gar nicht halten wollte. Alles, was er wollte, war, diesem Pfad weiter zu folgen und herauszufinden, wohin er ihn führen würde – und zum Teufel mit den Konsequenzen.

Cassandra blieb plötzlich stehen und griff nach Sir Philips Arm. Er sah sie an, und sein Puls beschleunigte sich in Erwartung dessen, was sie wohl sagen würde.

„Wir sind da. Dort ist das Haus meiner Tante. Sehen Sie?" Sie deutete auf einen Schatten zwischen den Bäumen.

„Ja."

„Ich sollte von hier an besser allein gehen. Es wäre gar nicht gut, wenn mich jemand – und sei es nur jemand aus der Dienerschaft – mitten in der Nacht in Begleitung eines Mannes zum Haus zurückkehren sähe – und in Ihrer Begleitung besonders."

Er nickte und bezwang seine Enttäuschung darüber, dass sie nur eine so nüchterne Bemerkung gemacht hatte. Was hatte er erwartet? Dass sie ihn bitten würde, dort weiterzumachen, wo sie vorhin aufgehört hatten? „Selbstverständlich. Gehen Sie. Ich werde hier warten, bis Sie sicher im Haus angekommen sind."

„Das wird wohl kaum nötig sein."

„Treffen wir uns morgen wieder in Chesilworth?" fragte er, ohne ihrer Äußerung Beachtung zu schenken.

„Ja. Wieder so gegen zwei Uhr wäre am besten."

„Ich werde dort sein."

Sie nickte und wandte sich ohne noch etwas zu sagen ab. Sir Philip sah ihrer entschwindenden Gestalt nach, bis sie sicher im Haus war. Seufzend machte er sich auf den langen, einsamen Weg zurück ins Dorf.

Ein leises Klopfen weckte Cassandra. Sie stöhnte und drehte sich auf die andere Seite, legte sich einen Arm über die Augen, um sie gegen das grelle Sonnenlicht abzuschirmen, das durch den Vorhangspalt ins Zimmer fiel. Sie wünschte, sie hätte nicht die Anweisung gegeben, sie früh zu wecken, damit sie gleich mit dem Aufräumen beginnen konnte. Sie wusste, dass es am besten war, wenn alle Spuren der gestrigen Gesellschaft bereits beseitigt waren, wenn ihre Tante und Joanna endlich ausgeschlafen hatten. Dann hätte sie den ganzen Nachmittag für die Suche in Chesilworth. Mit einem Seufzen schlug sie die Decke zurück, stand auf und zog sich an.

Cassandra war selbst überrascht, als das Haus schon kurz nach elf Uhr in Ordnung gebracht war. Jetzt standen ihr ein paar zusätzliche Stunden für ihre Suche auf dem Dachboden zur Verfügung. Außerdem war es für sie, solange ihre Tante noch nicht auf war, viel einfacher, sich aus dem Haus zu stehlen. Sie ging also in die Küche, schmeichelte der Köchin einen Korb mit etwas zu essen ab und machte sich zwei Stunden früher als geplant auf den Weg nach Chesilworth. Ihre Geschwister hatten heute ihre wöchentlichen Unterrichtsstunden beim Vikar, weshalb sie sie nicht begleiteten.

Der Tag war herrlich, und Cassandra summte unbeschwert vor sich hin, ihre Müdigkeit nach der zu kurzen Nacht war vergessen. Mit jedem neuen Tag, den sie mit der Suche verbrachten, kamen sie ihrem Ziel näher. Mit jedem Tag wuchs die Wahrscheinlichkeit, dass sie die Briefe entdecken würden. Dass die Aussicht, Sir Philip zu sehen, zu ihrer Vorfreude beitrug, verdrängte sie.

Sie blieb stehen, als das Haus vor ihr auftauchte, und betrachtete es einen Augenblick lang schweigend. Es hob sich dunkel und verlassen gegen den strahlend blauen Himmel ab, so dass ihr zum ersten Mal in ihrem Leben bei seinem Anblick ein Schauder den Rücken hinab lief. Sie musste immer wieder daran denken, dass jemand vor zwei Tagen dort eingedrungen war und es letzte Nacht erneut versucht hatte. Wer sagte denn, dass derjenige nicht zurückgekommen und dieses Mal erfolgreicher gewesen war als letzte Nacht? Vielleicht sogar jetzt gerade auf dem Dachboden war?

Sie schüttelte den Gedanken ab. Und selbst wenn der Einbrecher zurückgekommen war, wäre er wohl kaum bis zum Mittag des folgenden Tages hier geblieben und hätte seine Entdeckung riskiert.

Cassandra weigerte sich, ihrer Schwäche und Angst nachzugeben; sie straffte die Schultern und betrat entschlossen das Haus. Sie entzündete eine der Öllampen, die sie innen abgestellt hatten, und ging zur Treppe.

Das leere Haus schien ihr heute stiller als sonst. Sie musste sich zwingen, nicht ängstlich in die dunklen Korridore zu spähen, an denen sie auf ihrem Weg nach oben vorbeikam. Die schmale Treppe zum Dachboden lag im obersten Stockwerk am Ende eines langen Flures, und während sie ihn entlangging prickelte ihr Nacken, und der Drang, sich umzudrehen, war fast überwältigend.

Cassandra wusste, dass sie sich grundlos ängstigte, und doch erwog sie einen Augenblick lang sogar, wieder nach unten zu gehen und draußen auf Sir Philip zu warten, aber sie verwarf diese Idee sofort wieder als feige. Wenn sie erst einmal auf dem Boden mit der Suche begonnen hatte, würde sie diesen Unsinn rasch vergessen haben – außerdem wäre es eine Vergeudung kostbarer Zeit, stundenlang unten auf Sir Philip zu warten.

Sie erklomm energisch die Bodentreppe, öffnete die in den Fußboden eingelassene Tür und betrat den Dachboden. Sie hielt die Lampe hoch und blickte sich vorsichtig um. Der Raum lag im Dämmerlicht, doch sie konnte nichts Auffälliges erkennen. Sie wollte zu der Ecke gehen, wo sie gestern die Suche abgebrochen hatten, drehte sich dann aber noch einmal um und schloss nach kurzem Zögern die Bodentür wieder.

Wie vorausgesagt, vergaß sie ihre Umgebung, während sie sich weiter durch Truhen und Kisten arbeitete. Doch dann, einige Zeit später, glaubte sie, ein Geräusch gehört zu haben. Sie hob den Kopf und lauschte angestrengt. Da war es wieder. Sie stand auf und ging leise zu der Bodentür. Ungefähr auf halber Strecke vernahm sie das dumpfe Geräusch erneut, diesmal aber konnte man eindeutig Schritte erkennen. Jemand war auf dem Flur des obersten Stocks. Sie erstarrte, ihr Magen war plötzlich eiskalt.

Die Schritte kamen die Bodentreppe hoch.

Cassandra fuhr herum. Ganz gewiss wollte sie nicht am anderen Ende des Bodens in der Falle sitzen. Sie schlich zu einem alten chinesischen Wandschirm, duckte sich dahinter und wartete mit klopfendem Herzen. Die Schritte kamen unaufhaltsam näher, dann schwang die Tür auf. Sie beugte sich vor und beobachtete gespannt den Eingang.

Die Tür fiel krachend auf den Holzboden, und ein Mann betrat den Raum.

9. KAPITEL

Es war Sir Philip.

Alle Spannung wich aus Cassandra, aber bevor sie etwas sagen oder sich rühren konnte, kam ihr ein anderer Gedanke. Sir Philip hatte gesagt, er wollte sie wie jeden Tag um zwei Uhr treffen. Was tat er hier so früh?

In ihr wuchs ein quälender Verdacht. Was, wenn er früher hergekommen war, um auf eigene Faust nach den Briefen zu suchen?

Cassandra fragte sich nicht, warum die Vorstellung, Sir Philip könnte sie hintergehen, so schmerzte. Sie beobachtete nur mit klopfendem Herzen, was er als Nächstes tun würde.

„Miss Verrere?" rief er, hob seine Lampe über den Kopf und drehte sich einmal um sich selbst. „Cassandra, sind Sie hier?"

Sie verharrte reglos in ihrem Versteck, während er ihren Namen rufend an ihr vorüber weiter nach hinten ging.

„Verdammt!" Er kam zurück. „Wo ist das Mädchen nur? Cassandra!"

Einen Augenblick lang war es so still auf dem Dachboden, dass Cassandra fürchtete, er könnte ihr Atmen hören. Dann aber machte Sir Philip sich leise fluchend daran, die Treppe wieder hinabzusteigen.

Er ging, ohne nach den Briefen gesehen zu haben! Cassandra wurde ganz leicht um Herz, und sie sprang auf, wobei sie einen Kinderschlitten umstieß, der polternd zu Boden fiel.

Philip, von dem nur noch Kopf und Schultern zu sehen waren,

fuhr herum. „Cassandra!“ Seine Stimme klang leicht verärgert, was die letzten verbliebenen Zweifel bei Cassandra beseitigte. „Was zum Teufel tun Sie da? Warum haben Sie auf mein Rufen nicht geantwortet? Verstecken Sie sich etwa?“

Während er sprach, war er wieder auf den Dachboden zurückgekommen, und Cassandra trat zu ihm. Sie kam sich wie eine Närrin vor, zum einen, weil sie sich hatte einschüchtern lassen, und zum anderen, weil sie Sir Philip verdächtigt hatte, ein doppeltes Spiel zu treiben.

„Ja“, bekannte sie mit schamrotem Gesicht. „Ich war allein hier oben und hörte plötzlich Schritte und ich... bekam es mit der Angst zu tun.“

„Das sollten Sie auch“, erklärte er mitleidlos, nahm aber ihre Hand und drückte sie, wovon sie sich sofort besser fühlte. „Ich kann nicht verstehen, was Sie sich dabei gedacht haben, allein in dieses leer stehende Haus zu kommen – besonders, nachdem wir letzte Nacht beinahe einen Einbrecher erwischt hätten. Ich konnte es erst gar nicht glauben, als der Butler Ihrer Tante mir sagte, Sie wären hierher gegangen.“

„Sie waren heute Morgen in Moulton House?“

„Ja. Ich musste Ihrer Tante schließlich nach der Abendgesellschaft gestern einen Höflichkeitsbesuch machen, und ich hoffte, dass, wenn ich heute Vormittag vorspräche, die Damen Moulton noch zu Bett wären“, erwiderte er aufrichtig. „Ich dachte außerdem, dann hätten wir vielleicht die Gelegenheit, uns einmal in Ruhe an einem Ort zu unterhalten, an dem es nicht so stickig und heiß ist wie hier.“ Er musterte ihre Umgebung mit einem schiefen Blick.

Cassandra musste lächeln. „Sie wollen doch nicht etwa sagen, dieser Raum wäre Ihnen nicht elegant genug?“ Mit hochmütiger Miene wies sie auf die Schätze um sie herum.

„Miss Verrere." Er legte sich die Hand aufs Herz. „Jeder Raum ist elegant, solange Sie ihn mit Ihrer Anwesenheit zieren."

Kichernd wandte sich Cassandra ab und ging zu der Kiste zurück, die sie durchgesehen hatte, bevor sie durch das Geräusch aufgeschreckt worden war. Sir Philip folgte ihr und hockte sich neben sie vor eine Truhe. Sie lachten und redeten über dies und das, während sie sich weiter zu der Stelle vorkämpften, an der Olivia gestern die Kleider entdeckt hatte. Neville hob den Deckel einer Truhe und holte ein paar Stücke mottenzerfressener Männerkleidung hervor. Als sie einen Blick darauf warf, machte Cassandras Herz vor Freude einen Satz. Die Sachen ähnelten denen, die Richard Verrere, Margarets Vater, auf einem Gemälde unten in der Ahnengalerie im zweiten Stock trug.

Sie kniete sich neben Sir Philip vor die geöffnete Truhe, während er ein Kleidungsstück nach dem anderen herausnahm. Er arbeitete sich vorsichtig bis zum Boden der Truhe durch, aber sie schien nichts als Kleidung zu enthalten. Enttäuscht setzte sich Cassandra auf die Fersen zurück.

„Wenigstens kommen wir der Sache näher", sagte Sir Philip tröstend. „Jetzt machen wir mit dieser Kiste da weiter."

Er begann ein Bettgestell zur Seite zu schieben, das davor stand, und Cassandra kam ihm zu Hilfe. Sir Philip zog einen Stuhl aus dem Weg, und Cassandra sah eine kleine rechteckige Metallkassette, die vor der Kiste stand. Sie bückte sich, fasste den Griff und hob die Kassette auf. Philip ging um sie herum und räumte das letzte Möbelstück beiseite, so dass er die Kiste öffnen konnte.

Cassandra betrachtete die Kassette von allen Seiten und versuchte sie aufzumachen, aber sie war verschlossen. Sie seufzte. Sie hatte nicht die geringste Ahnung, wo der Schlüssel war. Einen Augenblick lang erwog sie, die Kassette nicht weiter zu beachten, doch sie konnte den Gedanken nicht abschütteln, dass sie genauso aussah, als würde man Wertsachen oder wichtige Schriftstücke darin aufbewahren. Sie sah sich nach etwas Schwerem um und fand schließlich einen Feuerhaken.

Sie begann das Schloss damit zu bearbeiten, und nach einem Augenblick übernahm Sir Philip diese Arbeit. Es dauerte eine Weile, aber schließlich gab das Schloss, eine Rostwolke ausstoßend, nach.

Cassandra hob den verbeulten Deckel an und sah ein Rechnungsbuch. Sie nahm es heraus, schlug es auf und schnappte nach Luft, als sie das Datum oben auf der ersten Seite sah – elf Jahre nach Margarets Flucht. Vorsichtig legte sie das alte Buch neben sich und griff nach den Papieren, die darunter lagen. Sie fand Belege für den Verkauf verschiedener Pferde und anderer Tiere neben ein paar Schuldscheinen. Alle stammten aus der Zeit, nachdem Margaret mit ihrem Liebsten durchgebrannt war.

Sie förderte ein weiteres Schriftstück zu Tage und darunter, auf einem anderen Rechnungsbuch, lag ein Stapel Briefe, von einem schwarzen Band zusammengehalten. Die Handschrift, in der sie adressiert waren, war Cassandra nur zu vertraut.

Das Atmen fiel ihr auf einmal schwer, und sie griff mit zitternder Hand nach dem Stapel. „Philip..."

Er drehte sich um und kam zu ihr, als er ihren Gesichtsausdruck bemerkte. „Mein Gott. Sind sie das?"

Cassandra nickte. Mit bebender Stimme sagte sie: „Es ist ihre Handschrift. Ich kann es kaum glauben. Das hier sind Margaret Verreres Briefe an ihren Vater!"

„Es stimmt alles." Sir Philip sah immer noch verblüfft aus. „Ich kann es nicht glauben. Die Tagebücher, die Briefe, die Karte, einfach alles – es stimmt alles."

Cassandra musterte ihn aus schmalen Augen. „Sie meinen, Sie hatten trotz allem noch Zweifel?"

Sie saßen unter einer Schatten spendenden Eiche nahe dem Haus, die Überreste aus Cassandras Picknickkorb zwischen sich. Der Stapel Briefe, die wieder zusammengebunden worden waren, lag neben Philip auf der Erde, und von Zeit zu Zeit streckte er die Hand aus und berührte den obersten Brief, als ob er sich immer wieder davon überzeugen müsste, dass er wirklich da wäre.

Sie hatten die Siegel erbrochen und dann nacheinander alle Briefe durchgelesen. Es waren herzbewegende Versuche einer Tochter, sich mit ihrem unnachgiebigen Vater zu versöhnen. Sie hätten jedes Herz erweicht, außer vielleicht eines aus Stein. Allein sie zu überfliegen, hatte Cassandra zu Tränen gerührt, doch dann war sie auf die Karte gestoßen.

„Nein, wirklich geglaubt habe ich es nicht", gab Sir Philip zu. „Ich denke, ich wünschte mir, dass es stimmte. Und als der Einbrecher auftauchte, begann ich in Erwägung zu ziehen, dass die Tagebücher echt wären, aber ich konnte mir nicht vorstellen, dass die Briefe nach so vielen Jahren tatsächlich noch hier wären und womöglich sogar noch eine Schatzkarte enthielten."

„So etwas wie eine Schatzkarte", verbesserte ihn Cassandra. Sie zog das fragliche Schriftstück aus dem Stapel und strich das vergilbte Blatt Papier vorsichtig glatt. Dann beugte sie sich darüber und studierte es von neuem. Sir Philip kam näher und blickte ihr über die Schulter.

„Ich werde immer noch genauso wenig schlau daraus wie beim ersten Mal, als ich sie mir angeschaut habe", bemerkte er.

Auf dem Blatt waren verschiedene Linien gezogen und ein Rechteck eingezeichnet, das nach Cassandras Ansicht ein Gebäude oder Ähnliches sein könnte, von dem ein Pfeil weg zeigte. An zwei Stellen befanden sich Nummern und an einem Punkt stand das Wort Littlejohn. Der Buchstabe N war an eine der Seiten der Karte geschrieben, und Cassandra und Philip waren übereingekommen, dass dieses N die Himmelsrichtung Norden anzeigte, weshalb sie das Blatt so gedreht hatten, dass diese Seite nach Norden lag.

„Ich weiß“, seufzte Cassandra. „Ich hatte gehofft, dass sie genug Informationen enthielte, um wenigstens die ungefähre Gegend, in der der Schatz verborgen liegt, herauszufinden. Aber so... Margaret hat ihre Sache zu gut gemacht.“

„Ich hoffe nur, dass wir das mit Hilfe der anderen Hälfte der Karte – wenn wir sie finden sollten – herausbekommen können, und nicht am Ende mit zwei unverständlichen Kartenhälften dasitzen.“

„Die andere Karte muss den Schlüssel zu dieser enthalten. Ich kann mir nicht vorstellen, dass eine so kluge Frau wie Margaret eine vollkommen nutzlose Karte zeichnet.“ Nach einem Augenblick sprach sie weiter. „Ich halte dies Littlejohn hier für einen wichtigen Anhaltspunkt. Gibt es irgendetwas in der Umgebung Ihres Hauses, das Littlejohn genannt wird?“

Er schnaubte. „Oh, ja. In der Tat ist das eigentliche Problem, dass es davon viel zu viel gibt. Schließlich ist das in der Gegend ein häufiger Name. Es gibt zunächst einmal verschiedene Familien, die so heißen, außerdem eine Wiese und einen Bach – nein, sogar zwei Bäche, ein großer und ein kleinerer. Und natürlich trägt die Straße, in der zwei oder drei von den Littlejohns wohnen, bequemerweise auch noch den Namen Littlejohn.“

Cassandra entfuhr ein Stöhnen. Sie warf einen Blick auf die Karte, faltete sie seufzend wieder zusammen und schob sie in den Briefstapel zurück. „Wir werden sicherlich in der Lage sein, mehr herauszufinden, wenn wir erst einmal die andere Karte haben. Ich weigere mich einfach, den Mut zu verlieren!“ Sie lächelte Sir Philip an. „Nicht heute, wo ich endlich gefunden habe, was ich schon fast zu finden aufgegeben hatte.“

Philip beugte sich vor. Ihre Köpfe berührten sich beinahe, ihre Gesichter trennten nur wenige Zoll. Cassandra sah ihm in die Augen, die golden im Sonnenlicht schimmerten. Sie wollte, dass er sie küsste. Stattdessen wandte sie sich ab.

„Wir gehen besser", erklärte sie, während sie aufstand. „Es gibt viel zu tun."

„Selbstverständlich." Auch Sir Philip erhob sich, wenn auch zögernd. „Lassen Sie sich von mir heimbringen. Ich... wir müssen überlegen, wie wir Ihren Besuch in Haverly House am besten arrangieren."

Er band sein Pferd los und führte es am Zügel auf den Weg nach Moulton House.

Cassandra schlug bei der Vorstellung, mit Sir Philip zu seinem Heim zu reisen, das Herz höher. Sie sagte sich, das läge an der Aufregung, endlich den zweiten Teil der Karte zu entdecken. „Ja, natürlich. Wie... wie bald können wir aufbrechen?"

„Wie schnell können Sie packen?"

„Damit bin ich heute Abend fertig", sagte Cassandra lächelnd.

Sir Philip schaute sie ungläubig an. Seine eigene Mutter hatte nie weniger als eine Woche für die Vorbereitung ihrer Reisen nach Bath oder London gebraucht.

Cassandra hob fragend die Augenbrauen. „Sie zweifeln, mein Herr?"

Er lachte leise. „Nein, nie. Ich bin nicht so dumm, eine solche Herausforderung anzunehmen. Sie würden die ganze Nacht durcharbeiten, nur um mir zu beweisen, wie falsch ich liege."

Cassandra verzichtete auf eine Antwort und lächelte bloß.

Als sie Moulton House erreichten, fanden sie Tante Ardis und Joanna im Empfangssalon. Tante Ardis erhob sich, um ihn zu begrüßen.

„Sir Philip! Was für eine freudige Überraschung!" Tante Ardis warf Cassandra einen bösen Blick zu, während Sir Philip sich höflich über ihre Hand beugte.

Mit einem falschen Lächeln wandte sich Joanna an Cassandra: „Himmel, Cousine, wie bist du nur an eine so wundervolle Begleitung geraten?“ Dabei warf sie Sir Philip unter gesenkten Lider einen neckischen Blick zu, der in Cassandra leichte Übelkeit auslöste.

„Wir trafen uns, als ich gerade von einem Spaziergang zurückkehrte“, erklärte Cassandra rasch. Das Letzte, was sie wollte, war, Tante Ardis gerade jetzt gegen sich aufzubringen, indem sie zugab, die beiden letzten Stunden in Sir Philips Gesellschaft verbracht zu haben. Schließlich stand die Reise nach Haverly House auf dem Spiel.

„Ja. Ich wollte mich bei Ihnen, meine Damen, für den gelungenen Abend gestern bedanken“, fügte Sir Philip glatt hinzu.

Nach einigen Minuten höflicher Konversation bemerkte Sir Philip beiläufig: „Ich kam aber auch aufgrund eines Briefes meiner Mutter, der mich heute Morgen erreichte.“

„Und wie geht es Ihrer werten Frau Mutter?“ fragte Tante Ardis, gerade so, als handelte es sich um eine liebe Bekannte.

„Sie erfreut sich bester Gesundheit, danke. Sie schrieb, um mir mitzuteilen, wie sehr sie es begrüßt, dass ich mich entschlossen habe, in Dunsleigh eine Rast einzulegen. Sie bat mich, Sie um Erlaubnis zu bitten, Miss Verrere für einen Besuch nach Haverly House zu entführen.“

Tante Ardis' Gesichtsausdruck verlor sein Strahlen; sie starrte Sir Philip verständnislos an. „Miss Verrere“, wiederholte sie. „Cassandra? Ihre Mutter lädt Cassandra zu einem Besuch ein?“

„Ja. Wie Sie sicherlich wissen, waren Miss Verreres und meine Großmutter befreundet.“

Cassandra Augenbrauen hoben sich bei dieser faustdicken Lüge, aber sie sagte nichts in der Hoffnung, Tante Ardis würde nicht zugeben wollen, dass sie davon nichts wusste.

„Ach ja?“ erwiderte Tante Ardis unsicher.

„Ja. Ganz eng befreundet sogar. Meine Großmutter sehnt sich danach, die Enkelin ihrer besten Freundin kennen zu lernen. Deshalb drängte mich meine Mutter, Miss Verrere zu einem Besuch zu begleiten."

„Sie können doch nicht Cassandra nehmen!" entfuhr es Joanna, deren wutverzerrte Züge überhaupt nicht mehr attraktiv waren.

„Nein?" Sir Philip musterte Joanna geringschätzig.

Tante Ardis griff ein, bevor ihre Tochter noch mehr Schaden anrichten konnte. „Arme Joanna. Sie würde sich sehr verlassen fühlen ohne ihre Cousine. Sie stehen sich so nahe, müssen Sie wissen. Aber ich bin mir sicher, Lady Nevilles Einladung erstreckt sich auch auf uns, Joanna. Sie würde es nie von einer jungen Dame erwarten, alleine, ohne den Schutz ihrer Familie zu einem fremden Haus zu reisen. Himmel, ich könnte es nie zulassen, dass Cassandra mit einem jungen Mann ohne Anstandsdame eine Reise unternimmt. Nicht wahr, Sir Philip?"

Sie bedachte ihren Besucher mit einem strahlenden Lächeln, der ihre Drohung wohl verstand. Tante Ardis würde Cassandra die Erlaubnis verweigern, mit ihm nach Haverly House zu reisen, wenn sie und Joanna nicht ebenfalls fahren würden. Und wenn Sir Philip Cassandra ohne die Erlaubnis ihrer Tante mitnähme, gäbe es einen entsetzlichen Skandal.

Er erwiderte Tante Ardis' Lächeln und antwortete: „Natürlich, Mrs. Moulton. Ich habe mich nicht klar ausgedrückt. Meine Mutter lädt die ganze Familie ein. Sie und Miss Moulton... und Lord Chesilworth, Master Hartley sowie Miss Olivia. Meine Großmutter möchte gerne alle Enkel ihrer Freundin sehen."

„Die Kinder?" Tante Ardis' Stimme hob sich entsetzt. „Sie müssen scherzen, Sir. Die Kinder sind doch noch viel zu jung."

„Zwölf und vierzehn, glaube ich. Ich selbst war auch ungefähr in dem Alter, als meine Eltern mich zum ersten Mal mit nach London nahmen."

Cassandra biss sich auf die Lippen, und ihre Augen glitzerten vor unterdrücktem Gelächter angesichts der entsetzten Miene ihrer Tante.

„Aber, Sir Philip, Sie... ich hätte nie... was ich meinte war, dass in der Kutsche doch sicherlich nicht genug Platz sein wird für so viele Leute", versuchte Tante Ardis den Schaden in Grenzen zu halten. „Wir allein sind zu sechst – und die Kinder sind immer so unruhig und laut! Meine Nerven würden das nicht aushalten."

„Selbstverständlich", entgegnete er glatt. „Ich würde Sie nie einer solchen Tortur aussetzen. Sie und Miss Moulton reisen in Ihrer eigenen Kutsche, während ich den Verreres meine zur Verfügung stelle. Ich werde selbstredend reiten."

Tante Ardis starrte ihn sprachlos an.

„Sehr gut. Dann ist ja alles geregelt", fuhr er fort, ihr Schweigen als Zustimmung nehmend. „Wann können wir aufbrechen, meine Damen? Wie wäre es mit morgen Vormittag?"

„Morgen!" Tante Ardis hatte schließlich doch ihre Sprache wieder gefunden. „Wir können unmöglich... ach, ich verstehe. Sie belieben zu scherzen." Sie kicherte und drohte ihm spielerisch mit dem Finger. „Wie unartig. Sie wissen, dass wir wenigstens drei Tage brauchen werden."

Cassandra knirschte vor Ungeduld beinahe mit den Zähnen. Schlimm genug, dass ihre Tante sich eine Einladung erzwungen hatte, aber dass sie jetzt auch noch ihre Abreise verzögern sollte, war unerträglich.

„Oh, nein, es wird nicht so lange dauern, wenn ich euch helfe." Sie wusste, dass sie damit so gut wie alle Arbeit alleine würde erledigen müssen, während ihre Tante und Joanna sie ihr mit widersprüchlichen Anweisungen und Änderungswünschen in letzter Minute erschweren würden. „Ich bin sicher, dass wir dann übermorgen zur Abreise bereit sein werden."

„Ausgezeichnet! Ich freue mich schon sehr. Wenn Sie mich jetzt entschuldigen wollen, meine Damen, ich habe selbst noch Vorkehrungen zu treffen." Sir Philip ließ unerwähnt, dass die wesentlichste Vorkehrung darin bestehen würde, seine Mutter über die bevorstehende Ankunft ihrer unerwarteten Gäste zu unterrichten – und seine Großmutter über ihr Verlangen, die Enkel einer lieben Freundin, von der sie bisher nichts gewusst hatte, kennen zu lernen.

Sir Philip war kaum aus der Tür, als Joanna auch schon Cassandra wütend zur Rede stellte: „Warum wollte er denn dich einladen? Was hast du getan? Wie hast du ihn dazu überredet?"

„Ich habe ihn überhaupt nicht überredet", verteidigte sich Cassandra gelassen. „Das hat außerdem gar nichts mit mir zu tun. Seine Großmutter war mit meiner befreundet, das ist der Grund für die Einladung und sonst nichts."

„Davon wusste ich gar nichts", überlegte Tante Ardis misstrauisch. „Wer hätte jemals gehört, dass eine Verrere mit einer Neville befreundet wäre? Alle Welt weiß doch, dass beide Familien nichts miteinander zu tun haben wollen – warum, kann ich auch nicht sagen, außer, dass die Verreres immer schon ein wenig wunderlich waren."

Cassandra, die den Kommentar über ihre Familie einfach überging, sagte nur leichthin: „Das ist alles schon so lange her. Ich kann mir nicht vorstellen, dass es noch von Bedeutung ist. Außerdem muss Großmutter Lady Neville kennen gelernt haben, bevor sie in die Familie Verrere eingeheiratet hat. Deshalb möchte uns die alte Dame bestimmt auch so gerne sehen. Vermutlich ist der Kontakt mit Großmutter abgerissen, nachdem sie beide geheiratet haben, und jetzt möchte sie die Gelegenheit nutzen, von uns etwas über ihr Leben zu erfahren."

Tante Ardis musterte Cassandra argwöhnisch aus schmalen Augen. „Und warum hast du mir gegenüber diese Freundschaft nie erwähnt?“

„Ehrlich gesagt, Tante, habe ich auch erst kürzlich davon erfahren.“ Und es wäre besser gewesen, fügte sie in Gedanken hinzu, wenn Sir Philip sie vorher in seinen Plan eingeweiht hätte. „Aber Großmutter hätte davon auch sicher nicht gesprochen.“

„Das hört sich für mich alles ziemlich weit hergeholt an.“

„Warum sollte Sir Philip sich eine so haarsträubende Geschichte ausdenken?“ fragte Cassandra unschuldsvoll. „Ich kann mir nicht vorstellen, warum er mich und meine Geschwister sonst nach Haverly House einladen sollte.“

„Das ist sicher richtig.“ Aber ihre Tante schien noch nicht so recht überzeugt.

Deshalb beschloss Cassandra, ihr Heil in einem raschen Abgang zu suchen, und schlüpfte aus dem Zimmer.

Cassandra faltete das letzte ihrer Kleider, legte es in den Koffer und schloss müde seufzend den Deckel. Nachdem sie mit ihren begeisterten Geschwistern über den Fund der Briefe und die geplante Reise gesprochen hatte, war sie den restlichen Tag mit den Vorbereitungen dafür beschäftigt gewesen. Sie musste nicht nur ihre eigenen Sachen packen, sondern auch Olivias und die der Zwillinge – zumal diese beiden zwar an alles Mögliche dachten, von einer interessanten Schmetterlingssammlung bis zu Kricketschlägern, darüber jedoch etwas so Langweiliges wie Unterwäsche nur zu gern vergaßen. Sie musste Anweisungen für die Haushaltsführung während ihrer Abwesenheit geben und das Packen der Sachen ihrer Tante und von Joanna beaufsichtigen. Besonders Joanna war ein schwieriger Fall, da sie nur schwer entscheiden konnte, was sie mitnehmen wollte, und diesen mühsam gefassten Entschluss mehrmals überraschend wieder änderte. Es erforderte ein gerüttelt Maß Fingerspitzengefühl, Geduld und eine gewisse Rücksichtslosigkeit, die Anzahl der mitzuführenden Hutschachteln gering zu halten.

Da Cassandra außerdem noch eine Kopie der alten Karte anfertigen wollte, schlief Olivia in dieser Nacht bei ihren Brüdern. Cassandra fürchtete weniger, das Papier zu verlieren, sondern vor allem, dass es von dem ständigen Auf- und wieder Zusammenfalten brüchig werden würde und noch weiter einreißen könnte, als es jetzt schon der Fall war. Deshalb plante sie, ein dünnes Stück Papier darüber zu legen und die Linien fein säuberlich nachzuziehen.

Gerade als sie die Tür ihres Zimmers abschließen wollte, ertönte ein energisches Klopfen. Ohne ihre Antwort abzuwarten, wurde die Tür aufgestoßen, und ihre Tante segelte in das Zimmer.

Tante Ardis bot einen Furcht erregenden Anblick. In einen gesteppten Seidenmorgenrock gehüllt, wirkte sie noch beleibter als sonst und erinnerte Cassandra an eine riesige blaue Taube. Ihr Gesicht glänzte von der aufgetragenen Creme, und ihr Haar war mit einer Unmenge Lockenbändern aufgesteckt, so dass bei jeder Bewegung ihres Kopfes ihr die wippenden Stofffetzen ins Gesicht fielen. Ihre ganze Erscheinung wurde gekrönt von einem langen Baumwollschal, der unter ihrem Kinn verlief und auf dem Kopf zusammengebunden war. Es handelte sich um das Rezept einer Freundin gegen ein Doppelkinn, dessen entscheidender Nachteil darin bestand, dass sie ihren Kiefer kaum noch bewegen konnte und ständig durch zusammengebissene Zähne sprechen musste.

„Tante Ardis.“ Cassandra konnte ihre Überraschung nicht ganz verbergen. „Was kann ich für Sie tun?“

„Nichts, meine Liebe“, erwiderte Tante Ardis notgedrungen zähneknirschend. „Ich bin hier, um etwas für dich zu tun.“

„Etwas für mich tun?“ Cassandra blickte die ältere Frau erstaunt an. „Was denn?“

„Du bist wie eine Tochter für mich, Cassandra. Ich bin sicher, das weißt du."

Cassandra murmelte etwas Unverbindliches, während sie ihre Tante zu dem einzigen Stuhl im Raum führte. Sie selbst setzte sich auf den Hocker, der vor ihrer Frisierkommode stand.

„Mir liegt dein Wohl am Herzen, meine Liebe", begann Tante Ardis.

Cassandra sank das Herz. Wollte ihre Tante ihr etwa ganz verbieten, nach Haverly House zu fahren?

„Ich muss dich vor Sir Philip warnen."

Diese Ankündigung kam so unerwartet, dass Cassandra sie nur verwundert anblickte. Konnte Tante Ardis etwa irgendwie von der Karte erfahren haben? Von dem Schatz? Wollte sie ihr sagen, dass Sir Philip sie betrügen würde? „Was meinen Sie? Wovor warnen?"

„Du magst kein junges Mädchen mehr sein, Cassandra, aber ich weiß, dass du keinerlei Erfahrung mit Männern hast. Dir ist nicht klar, was Sir Philip von dir will."

Es dauerte einen Augenblick, bevor Cassandra begriff, dass ihre Tante nicht von dem Schatz sprach. „Wollen Sie andeuten, dass Sir Philip ein Lebemann ist?"

Tante Ardis nickte. „Genau. Ich weiß, dass du gewöhnlich sehr vernünftig bist, doch ein Mann wie Sir Philip – gut aussehend, charmant, wohlhabend – könnte jeder den Kopf verdrehen."

Cassandra konnte nicht verhindern, dass sie rot wurde, und innerlich verfluchte sie ihre helle Haut, der man jedes Erröten deutlich ansah. Ihre Tante würde nun glauben, dass sie etwas für Sir Philip empfand. „Ich versichere Ihnen, ich hege keinerlei zärtliche Gefühle für ihn."

Die ältere Frau sah sie misstrauisch an, sagte aber nur: „Ich hoffe, das entspricht der Wahrheit. Sir Philip hat dich mit einiger Aufmerksamkeit bedacht, während er hier war, und ich glaube, dass eine junge Frau, die daran nicht gewöhnt ist, das leicht missverstehen könnte."

„Ein Mauerblümchen wie ich, meinen Sie." Cassandra hob ihr Kinn.

„Himmel, nein. Du bist eine hübsche junge Frau, doch du hattest nur eine Saison, und dein armer, lieber Papa, Friede seiner Seele, hat dich so seltsam erzogen, dass man einfach nicht mit einem sofortigen Erfolg rechnen konnte. Alles, was ich sagen will, ist, dass du mangels Erfahrung Sir Philips Aufmerksamkeiten überbewerten könntest."

„In dem Punkt hege ich keine Illusionen", entgegnete Cassandra. „Ich denke nicht, dass Sir Philip Zuneigung für mich empfindet. Sie können deswegen ganz beruhigt sein."

„Ich spreche doch nicht von Zuneigung." Tante Ardis' Blick bohrte sich in Cassandras. „Manche Männer verfolgen eine Frau mit ihren Aufmerksamkeiten nicht aus Zuneigung, sondern in der Hoffnung, dass sie ihnen gewisse Freiheiten gestattet. Sie tändeln mit ihnen, spielen mit ihren Gefühlen, ohne ehrenhafte Absichten zu haben."

„Und Sir Philip gehört zu dieser Sorte Männer?"

„Mir wurden Gerüchte..."

„Gerüchte? Sie wissen nichts Genaues?"

„Wenn man ein Gerücht oft genug und aus verschiedenen Quellen hört, dann wird zweifellos etwas Wahres daran sein. Die Leute sagen, er habe eine Mätresse in der Stadt."

„Das tun doch viele Männer", verteidigte Cassandra Sir Philip. „Er ist ja noch nicht einmal verheiratet."

„Richtig. Aber man hat mir gesagt, er verfolge Frauen sehr hartnäckig, dass er ein Mann sei, der von seinen niederen Trieben beherrscht wird. Bei Lady Arrabeck habe ich sogar gehört...", sie senkte Unheil verkündend ihre Stimme, „dass er ein Haus unterhält für seine Bastarde, ganz in der Nähe von Haverly House."

„Was?" Cassandra war entsetzt. „Das können Sie nicht ernst meinen."

Tante Ardis nickte so energisch, dass die Bänder auf ihrem Kopf heftig auf und ab hüpften. „Doch. Ich konnte es auch erst nicht glauben. Zu dreist, dachte ich. Zu leichtfertig über die Regeln des Anstands hinweggesetzt, und das habe ich auch gesagt. Mrs. Livenham, von der ich das habe, schwor Stein und Bein, dass es stimmt. Sie sagt, er habe ein ganzes Haus voll illegitimer Kinder und eine Erzieherin, die sich um sie kümmert. Es müssen sechs oder sieben sein."

„Sieben!"

„Ja." Tante Ardis musterte sie befriedigt, da sie offensichtlich einen Nerv getroffen hatte. „Wenn ein Mann so viele Bastarde hat, die er als seine anerkennt und unterstützt, dann muss es noch weit mehr geben. Und es ist auch klar, dass die unglücklichen Mütter nicht nur Schauspielerinnen oder seine Mätressen sind. Erfahrene Frauen wissen, wie man so etwas verhindert, und verheiratete Frauen, mit denen er sich einlässt, können etwaige Folgen ihren Ehemännern unterschieben, was bedeutet, dass diese Kinder alle von anständigen jungen Frauen stammen, die er verführt und ruiniert hat."

„Das glaube ich nicht", erklärte Cassandra trotzig. „Vielleicht stimmt es, dass er sich mit leichtfertigen Frauen einlässt, aber ich kann nicht glauben, dass er ein Schurke ist, der unschuldige junge Mädchen ruiniert!"

„Ah..." Tante Ardis schüttelte sorgenvoll den Kopf. „Wie oft erscheint nicht der Teufel in Engelsgestalt?"

„Er versucht doch aber gar nicht, sich einzuschmeicheln", brachte Cassandra vor. „Wir sind selten einer Meinung und streiten oft." Trotzdem musste sie immer wieder daran denken, wie er sie geküsst hatte, wie seine Hände über ihren Körper geglitten waren und Gefühle in ihr erweckt hatten, von deren Existenz sie nichts gewusst hatte. War seine Berührung so erregend, sein Kuss so unwiderstehlich, weil er dies an unzähligen Frauen geübt hatte? Tante Ardis hatte Recht, wenn sie behauptete, dass sie, Cassandra, wenig Erfahrung darin hatte.

Cassandra runzelte die Stirn. „Ich frage mich nur, wenn Sie doch wissen, dass er ein solcher Wüstling ist, warum Sie dann Ihre eigene Tochter ermutigen, seine Gesellschaft zu suchen! Fürchten Sie denn gar nicht, dass er sie ebenfalls verführen könnte?"

Tante Ardis lachte selbstgefällig. „Zwischen deiner Situation und der von Joanna liegen Welten. Joanna ist ein junges Mädchen im heiratsfähigen Alter mit einer beachtlichen Mitgift. Wenn ein Mann wie Sir Philip Interesse an jemandem wie ihr bekundet, dann weiß er, dass nur eine Heirat in Frage kommt. Sogar wenn er sie verführt, wird ihre Familie ihn zwingen, sie zu heiraten."

„So wie Sie und Ihre Tochter versucht haben, ihn bei Lady Arrabecks Gesellschaft zu zwingen."

„Ich weiß nicht, wo du eine so irrsinnige Idee her hast. Ich würde Joanna niemals in eine kompromittierende Situation mit einem Mann geraten lassen. Wenn ein Mädchen älter wird und langsam in Gefahr gerät, eine alte Jungfer zu werden, man könnte sagen, so wie du, und wenn sie zusätzlich auch nicht besonders schön ist und über keine nennenswerte Mitgift verfügt, dann liegt doch klar auf der Hand, dass Sir Philip unmöglich eine Heirat im Sinn haben kann. Besonders wenn man bedenkt, dass du mittellose Geschwister hast, die unterstützt werden müssten – kein Mann wird so eine Belastung auf sich nehmen wollen. Du gehörst genau zu den Mädchen, die sich solche Männer als Opfer wählen."

Cassandra sprang auf die Füße und richtete sich zu ihrer vollen Größe auf. Ihre Augen blitzten vor Entrüstung. „Wie schön, dass ich endlich Ihre wahre Meinung über mich erfahre! Es bestätigt meine schlimmsten Befürchtungen. Sie können mir glauben, Sir Philip hat nicht das geringste Interesse an mir, weder in Bezug auf Heirat noch auf Verführung. Ebenso wenig wie ich irgendein Interesse an ihm habe, außer, dass er einer der wenigen intelligenten Gesprächspartner ist, die ich, seit ich hier eingezogen bin, getroffen habe. Ich weigere mich strikt zu glauben, dass er herumläuft und wahllos unschuldige junge Frauen verführt, aber selbst wenn es wahr wäre, heißt das nicht, dass ich ihm auch ins Netz gehe! Und was meine Geschwister betrifft, so sind nicht für jeden aufgeweckte Kinder eine Belastung. Sir Philip mag sie sogar ganz offensichtlich, denn er hat sie ebenfalls eingeladen, anders als, wie ich erwähnen möchte, Joanna und Sie."

„Jetzt reicht es aber! Ich habe genug gehört." Das Gesicht ihrer Tante war zornrot geworden. „Nach allem, was ich für dich getan habe, wagst du es, in diesem Ton mit mir zu reden? Wo ich dir doch nur die Schande ersparen wollte."

„Ich habe nur das Kind beim Namen genannt."

„Und ich verspreche dir eines – du wirst niemals einen Ehemann finden, solange du deine Zunge nicht besser im Zaum halten kannst!"

„Ich wünsche keinen Ehemann, der die Wahrheit nicht vertragen kann."

Die beiden Frauen starrten sich feindselig an. Dann rauschte Tante Ardis an Cassandra vorbei und öffnete die Tür. „Ich erwarte morgen früh eine Entschuldigung", sagte sie, ohne ihre Nichte eines Blickes zu würdigen, marschierte aus dem Zimmer und ließ die Tür hinter sich ins Schloss fallen.

„Ha!" Cassandra schnitt ihr eine Grimasse hinterher. Sie wusste natürlich, dass sie sich entschuldigen würde. Wie aufreizend oder bösartig ihre Tante auch immer sein mochte, so blieb sie doch eine ältere Verwandte, die Respekt verdiente. Allerdings würde die Entschuldigung bis morgen warten müssen, denn jetzt schäumte Cassandra noch vor Wut über das anmaßende Betragen ihrer Tante.

Es stimmte nicht. Cassandra wusste, dass Sir Philip kein skrupelloser Schuft war. Vielleicht besaß er nur einen großen Appetit. Hitze sammelte sich in ihrem Bauch, wenn sie an ihre eigene Erfahrung mit diesem Appetit dachte. Doch er wäre nie niederträchtig.

Oder doch?

Sie musste wieder an die Art und Weise denken, wie er sie geküsst hatte, neulich Nacht. Da hatte er sich bestimmt nicht wie ein Gentleman benommen. Was wäre geschehen, wenn Chumley sie nicht gestört hätte?

Und bei den anderen Malen? Sie konnte nicht leugnen, dass Sir Philips Verhalten ihr gegenüber alles andere als einwandfrei gewesen war. Hieß das, dass er sie verführen und dann sitzen lassen wollte? Ihre Tante sprach die Wahrheit, wenn sie sagte, dass sie, Cassandra, über keinerlei Erfahrung mit Männern verfügte. So beschämend es auch war, so stimmte es doch. Sie war weder besonders hübsch, noch besaß sie ein nennenswertes Vermögen. Wer würde eine solche Frau heiraten wollen?

Daraus folgte, dass Sir Philip nur an ihr interessiert war, weil sie eine Frau war. War er wirklich ein gewissenloser Verführer?

Cassandra seufzte. Sie konnte einfach nicht glauben, dass Sir Philip so herzlos und hinterhältig war. Er unterhielt sich nicht mit ihr, lachte nicht mit ihr, suchte nicht die Schatzkarte mit ihr, bloß weil er sie in sein Bett locken wollte.

Dennoch konnte sie die innere Stimme nicht zum Schweigen bringen, die fragte: Warum sonst sollte er an dir interessiert sein?

10. KAPITEL

Cassandra lehnte ihren Kopf gegen die weichen Polster der Kutsche und seufzte vor Wohlbehagen. Sie hatte in den beiden vergangenen Nächten nur wenig geschlafen und am Tage hart gearbeitet. Aber sie hatte es geschafft und sich sogar pflichtschuldigst bei ihrer Tante entschuldigt. Zwar war die Atmosphäre zwischen ihnen noch angespannt, aber sie hatten doch die Reise nach Haverly House antreten können.

Natürlich hatte Tante Ardis es sich nicht verkneifen können, wenigstens den Versuch zu unternehmen, Sir Philip zum Mitfahren in ihrer Kutsche zu überreden, aber der hatte bloß höflich gelächelt und erklärt, er zöge es vor zu reiten. Hätte er darauf bestanden, mit Cassandra und ihren Geschwistern in deren Kutsche zu fahren, hätte Tante Ardis gewiss einen Anfall bekommen.

Cassandra ihrerseits war mit diesem Arrangement zufrieden. Sir Philips Kutsche war wesentlich geräumiger und komfortabler als die ihrer Tante, und, was keineswegs zu unterschätzen war, auch viel besser gefedert. Zugegebenermaßen hatte es am Anfang Probleme mit Hartleys Reiseübelkeit gegeben, aber nachdem sie angehalten und ihm Gelegenheit gegeben hatten, sich am Straßenrand seines Frühstücks zu entledigen, fühlte er sich schon viel besser, so dass sie die Fahrt ohne weitere Zwischenfälle hatten fortsetzen können.

Sir Philip ritt neben der Kutsche, und durch das geöffnete Fenster konnte sie mit ihm reden – wenn auch wegen des Lärms keine echte Unterhaltung möglich war, so konnte man doch die eine oder andere Bemerkung austauschen. Außerdem entdeckte Cassandra, dass sie ihn aus der Kutsche heraus ungestört beobachten konnte.

Er saß in tadelloser Haltung auf seinem lebhaften Pferd und lenkte es geschickt mit der Kraft seiner Schenkel. Er trug keinen Hut und sein schwarzes, vom Wind leicht zerzaustes Haar glänzte in der Sonne wie Rabenflügel. Cassandra musterte sein festes Kinn und den scharf geschnittenen Mund. Sie fragte sich, ob an dem, was Tante Ardis gesagt hatte, etwas Wahres dran sein konnte.

Sie beobachtete träge, wie die vertraute Landschaft der Cotswolds am Kutschenfenster vorbeizog. In Chipping Norton hielten sie an einem Gasthof an, um die Pferde ausruhen zu lassen. Sobald sie aus der Kutsche gesprungen waren, bestürmten Hartley und Crispin Sir Philip mit Fragen über seine Pferde, ein wunderschönes Vierergespann, das, wie sogar Cassandra sah, die beileibe keine Pferdekennerin war, außergewöhnlich war.

Philip schlug lachend vor, den Kutscher selbst zu fragen. „Will!" rief er ihm zu. „Ich habe hier ein paar Möchtegern-Kutscher. Warum nehmt Tommy und du euch ihrer nicht an?"

„Natürlich, Sir", antwortete der Kutscher leutselig und nickte seinem Helfer Tommy zu, seinen Platz einzunehmen und die Stallknechte des Gasthofes beim Ausspannen der Pferde zu beaufsichtigen, während er zu Sir Philip und den Jungen trat. „Hättet ihr vielleicht Lust, einmal hochzuklettern, um zu sehen, was für eine Aussicht das von dort oben ist, wo ich sitze?"

„Und ob!" schrie Crispin, derweil es Hartley schlichtweg die Sprache verschlagen hatte.

„Ich auch?" fragte Olivia.

Der Kutscher wandte sich ihr überrascht zu, aber Sir Philip sagte mit einem Lächeln: „Selbstverständlich, Miss Olivia – vorausgesetzt, Ihre Schwester hat keine Einwände."

Cassandra nickte, froh, dass er ihrer Schwester die Freude nicht verdorben hatte. Oliva grinste und machte sich daran, hinter ihren Brüdern den Kutschbock zu erklimmen.

„Olivia ist hin und her gerissen zwischen dem Verlangen, eine junge Dame zu sein, sich die Haare aufzustecken und jedem jungen Mann den Kopf zu verdrehen, und dem Wunsch, mit ihren Brüdern auf den nächstbesten Baum zu klettern", erklärte Cassandra ihm, während sie amüsiert ihren Geschwistern zusah. „Danke, dass Sie es ihr erlaubt haben. Ich weiß, dass viele Leute es unpassend für ein junges Mädchen halten würden, aber Papa glaubte an eine gleichberechtigte Erziehung von Jungen und Mädchen. Er war überzeugt, dass alles andere den Verstand einengen und den Willen schwächen würde."

„Ganz offensichtlich hat Ihr Vater bei Ihnen diese Erziehungsprinzipien auch angewandt."

„Danke. Das nehme ich als Kompliment."

„So war es auch gemeint." Sir Philip sah sie an und bemerkte, wie das Sonnenlicht Cassandras ernste graue Augen in flüssiges Silber verwandelte.

„Olivia!" Ein entsetzter Aufschrei entrang sich Tante Ardis, als sie ihrer jüngeren Nichte auf dem Kutschbock gewahr wurde. „Mach, dass du da herunterkommst. Sofort! Cassandra! Was denkst du dir dabei, deiner Schwester zu gestatten, wie ein Wildfang hier herumzuturnen? Das ist unerhört!"

„Das ist schon in Ordnung, Tante Ardis", antwortete Cassandra leichthin. „Sir Philip hat es Olivia und den Jungen erlaubt. Sein Kutscher passt auf sie auf."

„Aber Olivia!" Tante Ardis blieb atemlos neben ihnen stehen, und sah entrüstet aus. „Es ist schlimm genug, dass ein Lord Chesilworth sich für so ein Spektakel hergibt, aber ein Mädchen..."

„Lord Chesilworth ist erst zwölf Jahre alt", fiel ihr Cassandra ins Wort. „Man kann kaum von ihm erwarten, dass er sich nicht wie ein Junge benimmt, wie auch immer sein Titel lautet."

„Eine junge Dame klettert keinesfalls auf Kutschdächern herum."

„Ich habe sehr fortschrittliche Ansichten, was Kindererziehung betrifft", warf Sir Philip lässig ein. „Ich halte nichts davon, den Verstand junger Menschen einzuengen und ihren Willen zu schwächen."

Einen Augenblick lang schien es, als wollte Tante Ardis dem widersprechen, aber dann besann sie sich doch anders. „Sicher, wenn Sie meinen", erwiderte sie mit erzwungenem Lächeln.

„Sollen wir hineingehen, meine Damen?" fuhr Sir Philip unbeeindruckt fort und schob seine Begleiterinnen zur Tür des Gasthofes. „Der Wirt verfügt gewiss über einen Privatsalon und ein paar Erfrischungen für Sie."

„Das wäre wunderbar. Ich finde Reisen immer so ermüdend." Joanna ergriff Sir Philips Arm und stütze sich auf ihn, als hätte sie den ganzen Weg von Dunsleigh zu Fuß zurückgelegt.

Cassandra beobachtete das geschickte Manöver ihrer Cousine neidisch und sagte: „Gehen Sie nur vor. Ich komme später nach. Jetzt will ich mir ein wenig die Beine vertreten."

„Eine ausgezeichnete Idee", bemerkte Sir Philip beifällig. „Lassen Sie mich nur erst Mrs. und Miss Moulton in den Gasthof geleiten, damit sie sich erholen können, dann schließe ich mich Ihnen an."

Joanna warf Cassandra einen mörderischen Blick zu, während Sir Philip sich umdrehte, um sich aus deren Griff sanft, aber energisch zu befreien. Er half Joanna und ihrer Mutter höflich in den Gasthof, während Cassandra über den Hof schlenderte. Als Sir Philip wieder erschien, gingen sie die breite Hauptstraße des kleinen Marktfleckens entlang. Cassandra war davon überzeugt, dass ihre Tante sie wegen ihres gewagten Benehmens schelten würde, aber sie genoss den Spaziergang viel zu sehr, um sich den Spaß verderben zu lassen. Was ihre Tante über Sir Philip gesagt hatte, beschäftigte sie immer noch, doch da sie, so gern sie auch herausgefunden hätte, was an der Sache dran war, ihn nicht einfach nach einem Haus voll unehelicher Kinder fragen konnte, verdrängte sie es einfach.

„Erzählen Sie mir von Ihrem Zuhause“, sagte sie stattdessen.

„Haverly House? Es ist ein ziemlich altes, weitläufiges Gebäude aus grauem Norfolk-Stein.“

„Ich war noch nie in Norfolk.“

„Die Gegend ist nur spärlich besiedelt. Das Moor war früher nur schwer zu passieren. Man sagt, das sei auch der Grund dafür, warum es so viele Kirchen in Ostengland gibt: Religiöse Menschen hätten die Ruhe und den Frieden dort gesucht. Jetzt natürlich, wo die Moore trockengelegt sind, kommt man leichter dorthin, aber besonders viele Reisende verschlägt es nicht zu uns. Schließlich liegt hinter uns nur noch das Meer.“

„Ich will mir lieber nicht vorstellen, was Ihre Mutter sagen wird, wenn wir alle plötzlich bei ihr auf der Türschwelle stehen.“

„Mutter hat sich mit meinen verrückten Einfällen mittlerweile abgefunden. Solange sie sich nicht verausgaben muss, ist sie friedfertig wie ein Lamm. Da wir eine ausgezeichnete Haushälterin haben, muss sie das auch nur selten. Außerdem habe ich meinen Kammerdiener mit einer Nachricht vorausgeschickt. Mir kann es zwar passieren, dass Mrs. Benby mir eine Standpauke hält, weil ich sie so kurzfristig benachrichtigt habe, aber Mutter wird das nichts ausmachen. Meine Schwester dagegen wird außer sich vor Freude über die Gesellschaft sein.“

„Ihre Schwester?“ Cassandra sah überrascht auf. „Ich... ich wusste gar nicht, dass Sie eine haben.“

„Trauen Sie mir das nicht zu?“ Er erwiderte ihren Blick belustigt. „Jeder kann Geschwister haben, wissen Sie, sogar jemand, der so einfallslos und engstirnig ist wie wir Nevilles.“

„Das meinte ich nicht. Ich wollte nur... ich weiß nicht, ich hielt Sie einfach für ein Einzelkind.“

Er zuckte mit den Schultern. „Sie ist viel jünger als ich, fünfzehn Jahre, so dass ich lange Zeit tatsächlich ein Einzelkind war. Als sie zur Welt kam, ging ich zur Schule, so dass wir uns nicht sonderlich nahe stehen oder standen, solange sie klein war."

„Wie heißt sie?"

„Georgette." Er lächelte. „Sie werden sie mögen. Sie ist eine sehr hitzköpfige junge Dame mit einem Hang zu unziemlicher Neugier."

„Das klingt vielversprechend." Cassandra hoffte nur, dass Georgette sie auch mögen würde, auch wenn das, wie sie sich streng zurechtwies, unerheblich war.

„Sir!" rief ein Junge, und als sie sich umdrehten, sahen sie einen Stallburschen auf sie zueilen. „Die Dame hat mich geschickt, Sie zu holen." Er verbeugte sich kurz und wartete, bis er wieder zu Atem gekommen war. „Sie sagt, die junge Miss soll vorsichtig sein, dass sie nicht zu viel Sonne abbekommt."

„Zu viel Sonne!" wiederholte Cassandra verblüfft und schaute nach oben zu dem milden Junihimmel.

„Jawohl. Sie sagte, ich soll Ihnen ausrichten, umzukehren."

Cassandra seufzte, denn sie wusste nur zu gut, dass ihre Tante sich keinen Deut um ihre Gesundheit scherte. „Sag ihr, dass wir gleich zurückkommen."

Als Cassandra und Sir Philip wenig später in den Privatsalon traten, in dem Joanna und ihre Mutter saßen und ihre Erfrischungen einnahmen, während Crispin, Hartley und Olivia lachten, sich lauthals unterhielten und vor Aufregung nicht still sitzen konnten, gab sich Tante Ardis keine Mühe, ihre Missstimmung zu verhehlen, und strafte sie mit eisigem Schweigen.

„Sir Philip!" empfing Hartley den Begleiter seiner großen Schwester wie einen alten Freund. „Das war einfach großartig. Wir durften sogar helfen, die Pferde zu tränken und zu füttern, und einmal durfte ich sogar die Peitsche halten!"

„Tatsächlich? Dann muss mein Kutscher aber wirklich große Stücke auf dich halten."

„Wir durften alle die Peitsche halten“, stellte Olivia mit einem bösen Blick auf ihren kleinen Bruder richtig.

„Der Kutscher hat sogar gesagt, dass wir, wenn Sie einverstanden sind, abwechselnd oben auf dem Kutschbock neben ihm sitzen dürfen“, meldete sich Crispin zu Wort. „Dürfen wir, Sir? Bitte!“

„Will hat das gesagt?“

„Ja“, bestätigte Olivia nachdrücklich. „Er sagte, wir würden kluge Fragen stellen. Er hätte noch nie Kinder wie uns getroffen. Das ist doch gut, oder?“

„Eindeutig.“ Sir Philips Lippen kräuselten sich. „Wenn Will euch das angeboten hat, dann meinetwegen.“

„Wer darf zuerst?“ verfolgte Hartley die Angelegenheit gewohnt hartnäckig weiter.

„Zuerst?“ Sir Philip schien von dieser Frage überrascht und sah Rat suchend zu Cassandra.

„Ich, du Esel“, forderte Crispin und stieß seinen Zwillingsbruder in die Schulter. „Ich bin Lord Chesilworth.“

„Ha! Und du glaubst, das gibt dir das Recht, alles zuerst zu tun!“

„Ich bin die Älteste“, erklärte Olivia von oben herab. „Außerdem würdet ihr, wenn ihr wahre Gentlemen wäret, einer Dame ohnehin den Vortritt lassen.“

„Eine Dame? Du?“ schnaubte Hartley.

„Ein wenig überzeugender Grund, wenn es darum geht, bei den Jungs mitzumachen“, erinnerte Cassandra sie. „Hartley könnte vorbringen, dass er zuerst an der Reihe wäre, weil er der Jüngste ist, oder weil, da er ja schon, was Titel und Ländereien betrifft, leer ausgeht, er wenigstens als Ausgleich bei solchen Dingen wie dem Mitfahren auf dem Kutschbock bevorzugt werden sollte. Ich schlage deshalb vor, dass ihr Strohhalme zieht.“

„Das ist ein sehr vernünftiger Vorschlag, meine ich“, erklärte Sir Philip dankbar.

Schließlich war es Hartley, der als Erster auf den begehrten Platz neben dem Kutscher kletterte. Nach ihm kam Olivia an die Reihe und dann Crispin.

Da die Kinder sich abwechselten, war immer ein Platz in der Kutsche frei geworden, ein Umstand, den Sir Philip unverzüglich ausnutzte. Er band sein Pferd hinten an der Kutsche fest und stieg ein. Das musste zwar Cassandras Tante und Cousine bis zur Weißglut reizen, aber ändern konnten sie im Moment daran nichts.

Und letztendlich waren sie und Sir Philip ja wegen der Kinder alles andere als ungestört, dennoch konnten sie sich ungezwungen unterhalten, ihr weiteres Vorgehen und die unvollständige Karte diskutieren, sich die Köpfe darüber zerbrechen, wo die andere Kartenhälfte zu finden sein könnte, und ob man mit beiden Teilen überhaupt in der Lage sein würde, den Schatz zu entdecken.

Nach einer Unterbrechung für einen späten Lunch in Banbury, bei dem Joanna und ihre Mutter Sir Philips Geduld auf eine harte Probe stellten, brachen sie unverzüglich wieder auf, da Sir Philip ihr Ziel des heutigen Tages noch vor Einbruch der Nacht erreichen wollte. Ein gebrochenes Rad an der Moulton-Kutsche erzwang aber eine Änderung dieser Pläne. Sie ließen das Gefährt zur Reparatur zurück und setzten die Fahrt gemeinsam in der nevilleschen Berline fort. Wenn Cassandra es für möglich gehalten hätte, dann hätte sie schwören können, dass dieser Zwischenfall von Tante Ardis inszeniert war. Allerdings entschied Sir Philip sich, lieber wieder auf sein Pferd zu steigen, als das Geplapper der Damen Moulton erneut zu ertragen, wie er es schon bei der gemeinsam eingenommenen Mahlzeit hatte tun müssen.

„Feigling“, murmelte Cassandra, während sie neidisch zusah,

wie er ausstieg. Sir Philip drehte sich um und grinste ihr verschwörerisch zu.

Sie kamen erst im Dunkeln an dem stattlichen Herrenhaus in der Nähe von Northampton an, das Sir Philips Tante und Onkel gehörte, Lord und Lady Philby. Lady Philby war eine wichtigtuerische Frau, und dabei so langweilig, dass es sogar Tante Ardis schwer fiel, ein Gähnen zu unterdrücken. Seine Lordschaft hingegen, dem es während des Abends gelang, alle drei anwesenden jungen Damen zu kneifen, war von einer onkelhaften Freundlichkeit. So war es kein Wunder, dass alle sich bei der ersten sich bietenden Gelegenheit unter Hinweis auf ihre ermüdende Reise zurückzogen.

Sir Philip, der sie zu ihren Zimmern begleitet hatte, beugte sich über Cassandras Hand und sagte augenzwinkernd: „Jede Familie hat ein paar Mitglieder, die sie lieber los wäre, nicht wahr?"

Cassandra konnte nicht anders, sie musste lachen.

Der Turm der Kathedrale zu Ely erhob sich in einiger Entfernung gen Himmel, so dass alle, die in der Nähe vorüberkamen, ihn wahrnehmen mussten. Auf einer Anhöhe erbaut, beherrschte er die umliegende flache Landschaft vollkommen. Cassandra steckte ganz schamlos ihren Kopf aus dem Kutschenfenster, um ihn besser sehen zu können.

„Ohh..." , hauchte sie. „Er ist sogar noch viel ehrfurchtgebietender, als ich erwartet hatte."

Mit funkelnden Augen wandte sie sich zu Sir Philip um. Es war der Nachmittag des dritten Tages ihrer Reise, aber jede Müdigkeit von der langen Fahrt in der Kutsche war wie weggeblasen beim Anblick der Kathedrale, die gebadet im Licht der Nachmittagssonne dastand.

„Am beeindruckendsten sieht die Kathedrale in der Abenddämmerung im Herbst aus. Dann erhebt sie sich über dem Nebel, und die Strahlen der ersterbenden Sonne tauchen sie in Gold, und es wirkt wie... nun es wirkt so, wie es schon Hunderte von Jahren wirken muss, eine Zuflucht für die Verfolgten."

„Ely!" Crispin zog das Wort in die Länge und schnitt eine Grimasse. Er hing auf der anderen Seite der Kutsche aus dem Fenster, Olivia dicht hinter sich, die auch etwas sehen wollte. Er drehte sich zu ihr um und machte eine schlängelnde Handbewegung. „Aale. Pass lieber auf, Olivia, sonst kommen die Aale noch zu dir."

„Nicht mehr", bemerkte Sir Philip lächelnd. „Aber du hast schon Recht, Crispin, der Name hat mit Aalen zu tun. Ely war früher eine Insel, die sich aus dem umliegenden Moor erhob, und die Aale, die es hier im Wasser in ungeheuren Mengen gab, waren ein Hauptnahrungsmittel der ortsansässigen Bevölkerung."

„Hier hat sich auch Erward der Wache über vier Jahre verborgen und gegen die Normannen gekämpft", erklärte Cassandra ihren Brüdern.

„Ja, bis die Mönche es leid waren, ihn zu verstecken, und den Eroberern den Weg durch die Sümpfe wiesen", fügte Sir Philip hinzu.

„Können wir die Kathedrale besichtigen?" fragte Olivia.

„Sie soll sehr schön sein", warf Cassandra ein.

„Das ist sie auch. Und ich verspreche, dass wir bald einen Ausflug dorthin machen werden. Ely liegt nicht weit von Haverly House entfernt. Heute, denke ich, sollten wir nicht anhalten."

„Ganz wie Sie meinen."

Crispin nickte zustimmend. Die Aufregung über die Reise hatte sich sogar bei den Jungen in den vergangenen Tagen etwas gelegt.

Auch nachdem sie die kleine Stadt hinter sich gelassen hatten, schaute Cassandra weiter aus dem Fenster, fasziniert von der Landschaft. „Es ist so fremdartig hier. So flach. Und was ist das da, dieser lange Wall dort zur Linken? Es scheint sich über Meilen zu erstrecken."

„Das tut er. Es ist ein Fluss."

„Was?"

„Das Ufer des Flusses liegt höher als das umliegende Land. Sehen Sie, das hier war früher alles Moorland, aber als man das Land entwässert hat, damals im siebzehnten Jahrhundert, lag das Land unterhalb des Wasserspiegels des Flusses. Man musste das Ufer aufschütten, um Überschwemmungen zu verhindern."

„Aber warum wurden die Moore denn überhaupt entwässert?" erkundigte sich Crispin enttäuscht. „Ich hätte sie so gerne gesehen."

„Das sollst du auch. Auf unserem Land befindet sich noch ein Stück unberührtes Moorland. Der damalige Neville – der Vater des berüchtigten Sir Edric, dem eure Margaret anverlobt war – billigte die Trockenlegung der Moore nicht. Als der Earl of Bedford Vermuyden zur Durchführung der Entwässerung ins Land holte, hielt mein Vorfahre dagegen. Natürlich starb er irgendwann, und sein Sohn, der verschmähte Bräutigam, beauftragte einen anderen Holländer, unser Land zu entwässern. Aus Respekt für seinen Vater aber ließ er ein Stück unseres Landes unberührt. Ich werde es euch zeigen, wenn wir in Haverly House sind."

„Aber warum?" beharrte Crispin. „Ich verstehe nicht, warum sie die Moore loswerden wollten."

„Wirtschaftliche Gesichtspunkte, mein Junge. Wie deine Schwester dir unschwer bestätigen wird, haben wir Nevilles ein Auge für Geld. Das Land, das nach der Entwässerung zurückblieb, war fruchtbarer schwarzer Mutterboden. Statt Hunderte Morgen von nutzlosem Sumpfland haben wir nun Hunderte Morgen ertragreiches Ackerland, das verkauft oder verpachtet wird und uns Gewinn bringt."

„Ich wünschte, ich könnte sehen, wie es früher hier ausgesehen hat."

„Das geht mir auch so, Crispin." Sir Philip sah ein bisschen wehmütig aus. „Ich habe jede Minute, die ich auf Blackley Fen verbracht habe, genossen."

„Wofür sind all diese Windmühlen?" wollte Olivia wissen. „Und warum gibt es so viele?"

„Um das Wasser aus dem Land zu pumpen. Sie arbeiten natürlich schon lange nicht mehr. Heutzutage benutzt man dafür dampfmaschinenbetriebene Pumpen, aber im siebzehnten Jahrhundert gab es sie hier überall. Sie treiben die gewaltigen Pumpen an, die das Wasser aus dem Moor holten. Viele wurden abgerissen, nachdem sie nicht mehr benötigt wurden, doch einige stehen noch."

„Das ist faszinierend", sagte Cassandra atemlos. „Es sieht so... so fremd aus."

„Manche Leute sagen, das Moorland wäre eine Welt für sich."

Ungefähr zwei Stunden später bogen sie von der Straße auf einen Fahrweg ein, der nach Haverly House führte. Der Weg lag im Schatten stattlicher Silberbirken, zwischen denen Unmengen von Rhododendren wuchsen, deren prächtige rote, lila und blaue Blüten die Blicke der Reisenden auf sich zogen. Cassandra hielt hörbar den Atem an, und Sir Philip quittierte ihre Reaktion mit einem zufriedenen Lächeln.

„Wie wunderschön!" rief sie.

In einiger Entfernung hörten die Bäume vor einem großartigen grauen Steinhaus auf, dessen Mauern mit Efeu bewachsen waren. Cassandra freute sich an der Schönheit des Besitzes, verspürte aber auch Bedauern, dass die Reise nun zu Ende war. Die drei Tage waren zwar ermüdend gewesen, doch hatte sie Sir Philips Gesellschaft überaus genossen – und ebenso die fehlende Gesellschaft ihrer Tante und Joannas, die in der anderen Kutsche weitergefahren waren, sobald diese wieder instand gesetzt worden war. Cassandra wusste, dass sich, erst einmal in Haverly House angekommen, vieles ändern würde.

Die massiven Doppeltüren wurden von einem livrierten Lakaien aufgestoßen, noch bevor die Kutschen stehen geblieben waren, und sobald sie angehalten hatten, wurden die Stufen von einem weiteren Lakaien heruntergeklappt und der Wagenschlag geöffnet. Währenddessen stieg der Butler würdevoll die Freitreppe vor dem Haus hinab.

„Guten Tag, Sir Philip. Willkommen zu Hause", sagte er ernst und machte eine Verbeugung.

„Guten Tag, Shivers. Das hier sind meine Gäste, Miss Cassandra Verrere, Miss Olivia, Lord Chesilworth und dort oben auf dem Kutschbock ist Master Hartley. Wie man unschwer sieht, sind Seine Lordschaft und Master Hartley Zwillinge."

„Gewiss, Sir." Der Butler verbeugte sich kurz in Richtung der beiden Jungen. Selbst Hartley schien von seiner feierlichen Art beeindruckt.

Die zweite Kutsche kam zum Stehen, und Sir Philip wandte sich um, um den Butler auch Mrs. Moulton und Joanna vorzustellen. In dem Augenblick kam ein bunt gekleidetes Geschöpf aus der Tür geschossen und warf sich Sir Philip in die Arme.

„Philip!" rief das Mädchen, während er sie geübt auffing.

„Georgette!" Er drückte seine Schwester und gab ihr einen Kuss auf die Wange. „Wann wirst du endlich anfangen, dich wie eine Dame zu benehmen? Meine Gäste werden dich für einen rechten Wildfang halten."

Georgette drehte sich zu den anderen um und lächelte verschmitzt. Sie ist schön, dachte Cassandra. Sie sah ihrem Bruder sehr ähnlich mit ihren dichten dunklen Locken und den gleichen goldbraunen Augen, die jetzt interessiert funkelten, während sie die Neuankömmlinge musterte.

„Ich bin so froh, Sie zu sehen! Es ist eine Ewigkeit her, seit Philip Besuch hierher gebracht hat, und das, wo es hier doch so todlangweilig ist.“ Sie hielt verlegen inne. „Oh, nein, jetzt habe ich wieder etwas Falsches gesagt, nicht wahr? Ich meine, ich hätte mich auch dann gefreut, Sie zu sehen, wenn es hier nicht so todlangweilig wäre. Da es aber so ist“, fügte sie unverbesserlich hinzu, „bin ich doppelt froh, dass Sie da sind.“

Bevor Philip sie ordnungsgemäß vorstellen konnte, trat eine ältere Frau aus dem Haus und näherte sich ihnen lächelnd mit ausgestreckten Händen. „Philip! Mein Lieber!“

„Mutter.“ Er begrüßte die Frau mit einem Kuss auf die Wange. „Du siehst aus wie das blühende Leben.“

„Wie lieb von dir, Junge. Du bist ein Schmeichler. Stellst du mich vor?“

„Ja, Sir Philip, bitte“, sagte Joanna und trat neben ihn, sich bei ihm besitzergreifend unterhakend. „Ich freue mich so, Ihre Familie kennen zu lernen.“

Philip blickte leicht überrascht zu ihr hinab. Aber genau da erschien eine weitere Frau in der Tür. Sie musste ungefähr Mitte zwanzig sein, nicht hässlich, jedoch ganz bescheiden gekleidet, und ihr Haar war am Hinterkopf zu einem straffen Knoten aufgesteckt. Sie trug einen einfachen Strohhut und zog sich gerade ihre Handschuhe an.

„Sarah!“ Lady Neville wandte sich ihr lächelnd zu. „Kommen Sie doch her und begrüßen Sie Philip. Er ist gerade eben mit seinen Gästen hier eingetroffen.“

„Ja, ich weiß. Deswegen werde ich... ich will nicht stören...“

„Unsinn“, beschied ihr Lady Neville. „Sie stören doch nicht. Himmel, Sie gehören ja praktisch zur Familie. Nicht wahr, Philip?“

Die Frau errötete vor Freude über Lady Nevilles Worte und trat zu ihnen.

„Miss Yorke stattete uns gerade einen Besuch ab, als Sie ankamen“, erklärte Lady Neville. „Sie ist für Silverwood verantwortlich und eine liebe Freundin der Familie.“

Silverwood? Cassandra wunderte sich, was Silverwood sein mochte und wofür die junge Frau verantwortlich sein könnte.

Ihre Frage wurde für ihren Geschmack ein bisschen zu rasch beantwortet, denn Georgette warf lebhaft ein: „Ja, sie kümmert sich um Philips Kinder – was beileibe keine einfache Aufgabe ist.“

Philip befreite seinen Arm lächelnd aus Joannas Griff und nahm Miss Yorkes Hand zur Begrüßung. „Guten Tag, Miss Yorke. Wie geht es den Kindern?“

„Gut, Sir Philip. Sie fragen oft nach Ihnen.“

„Morgen früh werde ich sie gleich als Erstes besuchen. Aber entschuldigen Sie, ich vergesse meine Manieren. Ich war gerade dabei, alle vorzustellen.“

Währenddessen stand Cassandra benommen da. Ihr sank das Herz, gleichzeitig war ihr heiß und kalt. Sie konnte an nichts anderes denken, hörte immer wieder Georgettes Worte: Philips Kinder.

Es stimmte also! Sir Philip besaß ein ganzes Haus voller illegitimer Kinder, und er hatte sie in einem Haus untergebracht, das offensichtlich hier ganz in der Nähe lag. Cassandra hatte es nicht für möglich gehalten, dass die Behauptungen ihrer Tante wahr sein könnten, dafür waren sie ihr viel zu weit hergeholt erschienen. Ihr Blick wanderte unwillkürlich zu Tante Ardis, die ihr mit grimmiger Miene zunickte, und Cassandra fühlte sich noch schlechter.

Philip war damit beschäftigt, alle einander vorzustellen, und Cassandra rang sich ein gequältes Lächeln ab, während sie die anderen begrüßte. Seine Mutter hieß sie freundlich willkommen. Wie konnte sie so gelassen von diesem Silverwood reden? Ein ganzes

Haus mit seinen unehelichen Kindern praktisch auf der Türschwelle seiner Mutter einzurichten, kam für Cassandra einem Schlag in deren Gesicht gleich. Sie konnte sich nicht vorstellen, das so gleichmütig hinzunehmen.

Lady Neville schlug unterdessen vor, ins Haus zu gehen, aber Miss Yorke lehnte ab. „Ich bin mir sicher, dass Sie mit Ihren Gästen bekannt werden möchten. Ich werde ein andermal wiederkommen." Sie lächelte den anderen zu. „Ich hoffe, Sie kommen mich in Silverwood besuchen, während Sie hier sind."

Tante Ardis fiel die Kinnlade herunter, doch Cassandra brachte immerhin ein leises: „Ja, selbstverständlich. Danke", heraus.

Miss Yorke ging, und Lady Neville wiederholte: „Lassen Sie uns hineingehen, drinnen ist es viel gemütlicher. Sie werden nach der Reise müde sein."

„Ich nicht", bemerkte Joanna fröhlich und zeigte bei ihrem Lächeln ihre Grübchen. „Sir Philip war so fürsorglich, dass die Fahrt hierher in keiner Weise anstrengend war." Sie wandte sich Philips Schwester zu: „Ich persönlich sehne mich nach einem gemütlichen kleinen Schwatz mit Georgette hier. Darf ich Georgette sagen? Philip hat so oft von dir gesprochen, dass ich das Gefühl habe, dich schon zu kennen." Sie schenkte ihr ein bezauberndes Lächeln, hakte sich bei dem Mädchen unter und zog es zur Haustür. „Ich bin sicher, wir werden die besten Freundinnen werden."

Georgette sah ein wenig verwirrt aus, ließ sich aber von Joanna fortführen. Die anderen folgten. Tante Ardis bemächtigte sich Cassandras Arm und hielt sie zurück.

„Siehst du?" zischte sie ihr ins Ohr. „Habe ich es dir nicht gesagt?"

„Ja, Tante, das haben Sie."

„Ich hoffe nur, du hast dir meine Warnung zu Herzen genommen", fuhr Tante Ardis fort.

„Ja.“ Cassandra bemühte sich, die Übelkeit, die sie zu überwältigen drohte, zu unterdrücken. „Machen Sie sich keine Sorgen. Zwischen mir und Sir Philip ist nichts, und es wird auch nie etwas sein.“

11. KAPITEL

Cassandra zog zum Dinner ihr bestes Kleid an, aber auch darin kam sie sich matronenhaft vor, als sie in dem eleganten Speisesalon in Haverly House an der gewaltigen Tafel aus schimmerndem Mahagoni Platz genommen hatte. Die Mitte zierte ein silberner Tafelaufsatz von beträchtlicher Höhe, und Cassandra war froh, dass sie dort nicht saß, denn dann wäre eine Unterhaltung mit ihrem Gegenüber unmöglich gewesen. Das Geschirr, die Gläser und das Besteck waren von höchster Qualität, und von der Decke des riesigen holzgetäfelten Raumes spendeten Kristallkronleuchter ihr weiches Licht.

Für Cassandras bestes Kleid aus dunkelbrauner Seide hatten sie und Olivia ein altes Kleid ihrer Mutter geändert und mit Spitze aufgefrischt, um es der herrschenden Mode anzupassen, was ihnen recht gut gelungen war. Der Stoff war zwar kostbar, aber die Farbe stand ihr bei ihrem blassen Teint und ihren hellblonden Haaren nicht besonders. Außerdem hatte nichts, was sie und Olivia versucht hatten, dafür sorgen können, dass es am Ausschnitt und den Schultern richtig saß. Die Farbe passte ihrer Meinung nach eher zu älteren Damen, eine Ansicht, in der sie sich bestätigt fühlte, als Sir Philips Großmutter in einem Kleid in ganz ähnlicher Schattierung den Speisesaal betrat.

Über den Tisch hinweg musterte Cassandra die Ehrfurcht gebietende alte Dame. Zuerst hatte es sie überrascht, dass sie selbst zur Rechten Sir Philips saß, seine Großmutter auf der anderen Seite und seine Mutter, Tante Ardis und Joanna gegenüber. Dann aber war ihr eingefallen, dass sie ja von höherem Rang war als alle anderen anwesenden Frauen.

„Nun, mein Mädchen", schnarrte die alte Lady Neville und fixierte Cassandra scharf. „Du bist also diejenige, die ich kennen lernen wollte."

„Ja, Ma'am", antwortete Cassandra pflichtschuldig, dankbar dafür, dass Sir Philip seine Großmutter und Mutter in die Einzelheiten seiner Lüge eingeweiht hatte – und dass sie, wenigstens sah es so aus, bereit waren, mitzuspielen.

„Ja", warf Tante Ardis ein. „Ich hatte ja ganz vergessen – Sie waren mit Cassandras Großmutter befreundet, nicht wahr?"

„Ja." Die alte Dame seufzte und sah in die Ferne, so als ob sie in der Zeit zurückginge. Sie war, entschied Cassandra, eine geborene Schauspielerin. „Die liebe Caroline."

„Caroline?" wiederholte Tante Ardis, offensichtlich verwirrt. „Ich dachte, der Name deiner Großmutter wäre Emma gewesen, Cassandra."

Cassandra holte Luft und wollte gerade zu einer Erklärung ansetzen, aber sie hätte sich die Mühe sparen können. Die alte Lady Neville kam ausgezeichnet ohne ihre Schützenhilfe zurecht. Sie bedachte Tante Ardis mit einem kühlen Blick, die eine Augenbraue leicht gehoben. Es war der gleiche Blick, mit dem sie vorhin Joanna gemustert hatte, als diese sich erdreistet hatte, ihren Enkel vertraulich mit „Philip" anzureden. Joanna war ganz blass geworden und hatte seitdem geschwiegen.

„Da täuschen Sie sich bestimmt", beschied sie Tante Ardis, mit einem Hauch von Nachsicht in der Stimme.

„Ich glaube, Großmutter wurde mit einer Cousine zusammen in die Gesellschaft eingeführt, die auch Caroline hieß", beeilte sich Cassandra einzuwerfen. „Darum ging sie dazu über, ihren zweiten Vornamen zu benutzen, und es blieb dabei, da Großvater sie natürlich Emma nannte."

„Oh, ja, das stimmt", bestätigte Lady Neville. „Ich erinnere mich an jene Cousine. Nicht annähernd so hübsch wie Caroline." Sie blickte wieder Cassandra an. „Das ist etwas, das ich noch nie zu hoffen gewagt hätte, dass ich es erlebe – eine Verrere in Haverly House."

„Es war ja kaum eine Blutfehde, Großmutter", bemerkte Sir Philip einigermaßen belustigt.

Seine Großmutter musterte ihn kühl. „Natürlich nicht, Philip. Schließlich sind wir hier in England."

„Gewiss, Großmutter." Sir Philip sah zerknirscht aus, bis auf das Zwinkern in seinen Augen.

Was seiner Großmutter mitnichten entgangen war, denn sie fügte hinzu: „Lach mich ja nicht aus, junger Mann." Dabei lächelte sie ihn aber voller Zuneigung an, was ihren Worten den Stachel nahm.

„Ich?" Philip gelang ein betroffener Gesichtsausdruck. „Nie."

„Versuch ja nicht, mich abzulenken. Ich sprach gerade mit Miss Verrere."

Sie musterte Cassandra einen Augenblick lang, die den Drang bekämpfte, sich nicht unter dem kritischen Blick zu winden. Endlich sagte sie: „Sie machen mir einen sehr vernünftigen Eindruck. Das gefällt mir."

„Ich... äh, danke." Cassandra war sich nicht sicher, was ihr Lady Nevilles Billigung eingebracht hatte, aber sie war dennoch dankbar dafür.

„Hast du Philip schon von dem Einbrecher erzählt, Violet?" fuhr die alte Dame fort, erneut das Thema wechselnd.

„Was?" entfuhr es Sir Philip. Er setzte sich aufrecht hin, und Cassandra lehnte sich interessiert vor.

„Das hätte ich fast vergessen." Philips Mutter, die ganz reizend aussah in einem Kleid aus Moiréseide in der Farbschattierung ihres Vornamens, vermittelte den Eindruck, als passierte ihr das häufiger. „Es geschah vor ein paar Tagen."

„Vor drei Tagen. Wohl kaum eine lange Zeit, Violet“, bemerkte Lady Neville ätzend.

„Mutter! Warum hast du es mir nicht gesagt? Was ist geschehen?“

„Eigentlich nur sehr wenig. Zweifellos ist das der Grund dafür, dass es mir entfallen ist“, erklärte seine Mutter. „Ich habe natürlich nichts davon gemerkt. Shivers unterrichtete mich am nächsten Tag. Er sagte, jemand wäre mitten in der Nacht in das Haus eingedrungen. Glücklicherweise hörte einer der Diener ein verdächtiges Geräusch und ging, es zu erforschen. Er entdeckte den Mann in der Bibliothek. Sie kämpften miteinander, und der Einbrecher floh. Nichts wurde gestohlen.“

„In der Bibliothek?“ wiederholte Philip tonlos und blickte unwillkürlich zu Cassandra.

„Ja. Seltsam, nicht wahr? Er versuchte nicht, das Silber zu nehmen oder irgendetwas anderes Wertvolles. In der Bibliothek gibt es nur all diese alten Bücher. Ich vermute, er dachte, dort wäre irgendwo ein Geldschrank verborgen.“

„Vermutlich.“ Sir Philip klopfte mit seinen Finger ein paar Mal auf die Tischplatte. „Bist du sicher, dass nichts aus der Bibliothek entfernt wurde?“

Seine Mutter warf ihm einen erstaunten Blick zu. „Ich habe es nicht persönlich überprüft, Lieber. Ich würde es auch gar nicht merken, wenn etwas fehlen sollte. Nein, das ist das, was Shivers mir berichtet hat. Der Lakai, der ihn erwischt hat, war, glaube ich, Michael. Du kannst ja ihn befragen.“

„Ja, das werde ich.“

Danach lenkte die Dame des Hauses entschlossen, unterstützt von ihrer Schwiegermutter, die Unterhaltung auf allgemeinere Themen. Nach dem Dinner wurde Cassandras Geduld im Salon auf eine harte Probe gestellt, denn Lady Neville bat Joanna höflich, auf dem

Klavier etwas vorzuspielen. Joanna, die unter normalen Umständen schon nicht gerade eine begnadete Klavierspielerin war, fühlte sich durch die Anwesenheit von Philips Großmutter derart eingeschüchtert, dass sie einen mehr als stümperhaften Vortrag zum Besten gab.

An die musikalische Darbietung schloss sich eine leicht gezwungene Unterhaltung an, bis Sir Philip sich wieder zu ihnen gesellte. Aber immer noch konnte Cassandra nicht mit ihm unter vier Augen sprechen. Erst als die alte Lady Neville sich zurückgezogen hatte und Philips Mutter freundlicherweise Joanna einen erneuten Versuch am Klavier zugestand, ergab sich die Gelegenheit.

Cassandra wusste genau, Joanna hatte eigentlich erwartet, dass Sir Philip ihr die Noten umblätterte, doch er setzte sich neben Cassandra und sagte unter dem Schutz des Vortrages leise: „Nun, was denken Sie?“

„Dass jemand die Bibliothek nach dem Queen's Book durchsucht hat“, erwiderte Cassandra ohne Zögern.

„Es kommt einem hochgradig verdächtig vor. Wahrscheinlich handelt es sich um denselben Einbrecher wie in Chesilworth.“

Cassandra nickte und fügte dann hinzu: „Wie auch immer, wir wissen nichts Genaues. Beide Male wurde nichts gestohlen – oder wenigstens nichts, was uns aufgefallen wäre.“

„Ich bin mir ziemlich sicher, dass er hier nichts mitgenommen hat. Ich habe die Gelegenheit vorhin genutzt und mit Michael geredet. Er sagt, er habe den Mann nur wenige Augenblicke, nachdem der sich Zugang zu der Bibliothek verschafft hatte, entdeckt, da er zufällig noch auf war. Vermutlich hatte er ein Stelldichein, aber das tut jetzt nichts zur Sache. Jedenfalls hörte er Glas splittern und ging nachsehen. Er ist überzeugt, dass der Mann keine Gelegenheit hatte, irgendetwas an sich zu nehmen. Er griff Michael sofort an, und sie rangen eine Weile miteinander. Ich habe Michael gefragt, wie der

Einbrecher aussah, aber er sagt, es sei zu dunkel gewesen, irgendetwas zu erkennen."

Joanna verlangsamte ihr Spiel und blätterte umständlich ihre Noten um, Sir Philip über ihre Schulter einen Hilfe suchenden Blick zuwerfend, aber er sah nicht einmal auf. Beim nächsten Umblättern stellte sie sich so ungeschickt an, dass ein paar Notenblätter zu Boden fielen, und ihr Spiel brach ab.

„Es tut mir Leid." Bestürzt blickte sich Joanna um und sprang auf.

Lady Neville seufzte. „Philip, sei so gut, und hilf Miss Moulton mit den Noten."

„Wie bitte?" Philip schaute auf. „Oh." Er schnitt eine Grimasse, stand jedoch auf und tat, was seine Mutter ihm aufgetragen hatte.

Cassandra entschuldigte sich, sobald Lady Neville sich zurückgezogen hatte, und überließ Sir Philip seinem Schicksal.

Oben in ihrem Raum angekommen, war sie nicht sonderlich überrascht, ihre Geschwister vorzufinden. Was sie dagegen erstaunte, war, Georgette Neville mit lässig überkreuzten Beinen auf ihrem Bett sitzen und mit Olivia Schach spielen zu sehen.

„Miss Verrere!" Georgette stand auf und ging Cassandra entgegen. „Ich hoffe, Sie finden es nicht zu dreist von mir, hierher zu kommen."

„Ich habe ihr erklärt, dass es vollkommen in Ordnung ist", verkündete Olivia.

„Natürlich ist es das", beruhigte Cassandra sie. „Ich freue mich über die Gelegenheit, mit dir zu plaudern."

Georgette lächelte. „Gut. Ich wollte unbedingt mit Ihnen reden – es war so merkwürdig, diese geheimnisvolle Nachricht von Philip zu erhalten, in der er Ihren Besuch ankündigte und Mama darum bat, seine Lüge, dass Großmama mit Ihrer Großmutter befreundet war, nicht zu entlarven. Wir konnten uns nicht vorstellen, was vor sich ging. Mama war überzeugt, dass Philip sich verliebt hätte. Großmama erklärte immer wieder, dass es ‚entschieden seltsam' von ihm sei, eine Verrere hierher einzuladen. Einmal abgesehen davon, dass es sogar vier Verreres und diese Moultons waren, die Mama und Großmama überhaupt nicht kannten. Leider konnte ich nicht früher mit Ihnen sprechen, weil Miss Moulton den ganzen Nachmittag bei mir war und sich mit mir über dies und das unterhalten wollte. Ich möchte Ihre Cousine keineswegs beleidigen, aber ist sie immer so... freundlich?"

Cassandra kicherte, und Olivia schnaubte empört.

„Nein, sie will sich nur bei dir lieb Kind machen, in der Hoffnung, dass du deinen Bruder beeinflusst", erklärte Olivia ihr unverblümt. „Oder vielleicht bildet sie sich auch ein, dass Sir Philip so von ihrer Liebenswürdigkeit beeindruckt ist, dass er ihr unverzüglich einen Heiratsantrag macht."

„Ich habe mich schon gefragt, ob es das sein könnte", räumte Georgette ein. „Philips erste Nachricht klang, als ob er nur Sie herbrächte." Sie nickte in Cassandras Richtung. „Ich konnte nicht verstehen, warum er das hätte tun sollen, wenn er doch eigentlich an Miss Moulton interessiert wäre."

„Er hat kein Interesse an ihr." Olivia verdrehte die Augen. „Cousine Joanna ist die Einzige, die das glaubt."

„Und Tante Ardis", fügte Cassandra hinzu.

„Wen interessiert das denn schon?" warf Hartley erbittert ein. „Das Einzige, was wichtig ist, ist doch der Schatz."

„Ja. Die Spanische Mitgift!" rief Georgette begeistert und klatschte in die Hände. „Wie gut, dass ich nicht zum Dinner nach unten gegangen bin. Mama hatte gesagt, ich dürfte ausnahmsweise, aber nachdem ich den ganzen Nachmittag in Miss Moultons Gesellschaft verbracht hatte, wollte ich lieber mit Olivia und den Zwillingen essen." Sie lächelte spitzbübisch. „Ich bin so froh darüber. Olivia, Hartley und Crispin haben mir alles über Margaret Verrere und die Spanische Mitgift erzählt. Ich würde so gerne bei der Suche helfen. Darf ich?"

„Gewiss. Wenn dein Bruder einverstanden ist."

„Oh, Philip hat bestimmt nichts dagegen. Er ist ein wunderbarer Bruder!" Ihre Augen leuchteten. „Ich weiß, er wird es erlauben."

„Wundervoll. Je mehr sich mit dem Rätsel beschäftigen, desto besser, würde ich sagen. Hat Olivia dir schon die Karte gezeigt, die wir gefunden haben?"

„Nein. Ich konnte nicht an deinen Koffer!" rief Olivia und sah ein bisschen beleidigt aus.

„Das ist richtig, ich habe ihn abgeschlossen." Cassandra griff in ihren Ausschnitt und löste den Schlüssel, den sie vorhin beim Umziehen in ihrem Hemd festgesteckt hatte. „Vielleicht bin ich übervorsichtig, aber nach dem, was wir heute Abend erfahren haben..."

„Über den Einbruch?" fragte Crispin aufgeregt. „Ist das nicht grandios? Georgette hat uns alles haargenau erzählt – wie jemand die Bibliothek nach dem Buch durchsucht hat, das wir brauchen."

„Wir wissen nicht, ob er nach gerade diesem Buch gesucht hat. Wir wissen nur, dass er in der Bibliothek war."

„Was sonst könnte er dort gewollt haben?" wollte Crispin wissen. „Das hier wird ein Abenteuer, dass es nur so kracht."

„Mir für meinen Teil wäre, den Schatz tatsächlich zu entdecken, genug Abenteuer", sagte Cassandra zu ihm, „ohne dass ich noch irgendwelche Diebe dazu bräuchte."

Das schien den anderen eine reichlich armselige Einstellung, doch Olivia erinnerte ihre Geschwister daran, dass Cassandra ja schon ziemlich alt sei, was allen eine hinreichende Erklärung für ihre Ansichten zu sein schien. Cassandra verkniff sich weitere Bemerkungen und öffnete den Koffer, nahm die Karte heraus und zeigte sie Georgette. Die runzelte die Stirn, genau so, wie sie es alle getan hatten, bevor sie erklärte, dass ihr die Karte nichts sagte. Sie studierte die Einträge in dem Tagebuch, in denen die Karte der Nevilles erwähnt wurde, aber so fasziniert sie auch von allem war, vermochte sie dennoch nichts Hilfreiches dazu zu sagen, was es mit dem Queen's Book auf sich haben könnte.

Als Cassandra kurze Zeit später zu Bett ging, fühlte sie sich reichlich erschöpft, was aber nur zum Teil an den Anstrengungen der Reise lag. Ihre Niedergeschlagenheit rührte vor allem von der Entdeckung her, dass Philip tatsächlich ein Haus voller unehelicher Kinder besaß, wie es die Gerüchte behaupteten, bestätigte das doch alles, was ihre Tante über seine Zügellosigkeit gesagt hatte. Die Küsse und Zärtlichkeiten waren für ihn nicht mehr gewesen als der Versuch, eine weitere Frau zu verführen, ein weiteres Herz seiner Sammlung hinzuzufügen – obwohl es ihm ja wohl dabei gar nicht um das Herz ging.

Mit solch düsteren Gedanken beschäftigt, fiel es Cassandra schwer, Schlaf zu finden, und sie erwachte am nächsten Morgen kaum erholt.

Am Frühstückstisch traf sie nur Georgette und Olivia an, die sich offensichtlich rasch angefreundet hatten. Georgette begrüßte sie freudestrahlend mit der Nachricht, dass ihre Gouvernante, Miss Pritchard, zugestimmt hatte, die beiden Mädchen auf einen Ausflug mitzunehmen. „Wir werden mit der Kutsche nach Downham Market fahren. Das Leben ist doch viel aufregender, wenn man Gäste hat."

„Wo sind die Zwillinge? Kommen sie mit?"

Olivia sah entsetzt aus. „Nein! Wir wollen doch einkaufen gehen. Sie würden uns nur stören. Außerdem hat Philip ihnen versprochen, dass der Oberstallmeister ihnen die Ställe zeigt, wenn sie zurückkommen."

„Zurückkommen?"

„Ja. Sie sind mit Philip nach Silverwood gegangen, die Jungen besuchen."

„Ach ja?" Cassandra bereitete die Offenheit, mit der Georgette und ihre Mutter von Sir Philips eklatanter Indiskretion sprachen, immer noch Probleme.

Georgette nickte, musterte sie jedoch ein wenig besorgt. „Es macht Ihnen doch nichts aus, oder?"

„Was? Dass er Hartley und Crispin mitnimmt? Nein, dafür bin ich ihm sogar dankbar. Die beiden sind gewiss außer sich vor Freude."

„Es gibt genug Leute, die nicht wollen, dass ihre Brüder mit solchen Kindern spielen." Georgette schnitt eine Grimasse. „Mrs. Carter aus dem Dorf sagt, es wäre schon Schande genug, diese Kinder in der Nähe wohnen zu haben – wegen des schlechten Einflusses."

Cassandras Gerechtigkeitssinn erwachte. Sie hatte nur an die Ungebührlichkeit von Sir Philips Verhalten gedacht, wäre aber nie auf die Idee gekommen, die Kinder lediglich wegen der unglücklichen Umstände ihrer Geburt für unpassende Spielkameraden zu halten. „Es ist doch furchtbar, so etwas zu sagen, geradeso als könnten diese armen Kinder etwas dafür."

„Das denke ich auch. Mama erklärt immer, dass sie richtiggehend stolz auf Philip ist, denn die meisten Männer nähmen Kinder wie diese gar nicht wahr. Sie wären verloren, wenn Philip ihnen nicht ein Heim böte."

„Das stimmt sicherlich." Cassandra musste zugeben, dass es von Sir Philip ausgesprochen anständig war, die Kinder als seine anzuerkennen und sich um ihre Erziehung zu kümmern. Viele Männer verleugneten ihre unehelichen Nachkommen und überließen die Frauen und Kinder ihrem Schicksal. Dennoch konnte Cassandra Lady Nevilles offensichtlichen Stolz auf ihren Sohn nicht nachvollziehen.

Es konnte ihr doch unmöglich gleichgültig sein, dass ihr Sohn ein Wüstling war!

Hinter Cassandra in der Halle erklangen Schritte, und sie erkannte an der Grimasse ihrer Schwester, um wen es sich bei dem Neuankömmling handelte.

„Georgette!“ rief Joanna begeistert, während sie, eine Vision in Kirschrot und weiß gestreiftem Baumwollsatin, das Zimmer betrat. „Wie wunderbar, dich wieder zu sehen. Wo ist denn deine liebe Frau Mama?“

„Miss Moulton.“ Georgette erwiderte Joannas Begrüßung nicht sonderlich begeistert.

Doch Joanna schien dafür unempfänglich zu sein, denn sie nahm neben Georgette Platz. „Ich freue mich schon so darauf, den Tag heute wieder mit dir zu verbringen.“

„Das geht nicht. Ich... äh, meine Gouvernante, ich will sagen, dass ich heute bei meiner Gouvernante bleiben muss.“

„Ich bin sicher, dass dir heute der Unterricht erlassen werden kann“, verkündete Tante Ardis von der Tür aus übertrieben herzlich. „Schließlich habt ihr nicht jeden Tag Besuch.“

„Philip hat sehr strenge Ansichten, was meine Studien angeht“, entgegnete Georgette. „Er würde es sicher nicht begrüßen, wenn er herausfände, dass ich sie missachtet hätte.“

„Oh, nun gut, wenn es das ist, was Philip will...“ Unbewusst entspannte sich Joanna.

„Tatsächlich gehe ich besser gleich nach oben.“ Georgette sprang auf, und Olivia tat es ihr nach.

„Und wo geht Olivia hin?“ fragte Tante Ardis.

„Ich glaube, Miss Nevilles Gouvernante hat ihr freundlicherweise angeboten, an... äh, den Studien teilzuhaben“, erwiderte Cassandra.

„Und Olivia möchte das?“ erkundigte sich Joanna ungläubig,

der die Vorstellung, dass jemand freiwillig etwas lernen wollte, offensichtlich Schwierigkeiten bereitete.

„Mhm."

„Wo ist Sir Philip?" wollte Joanna wissen. „Ist er schon zum Frühstück erschienen?"

„Ich bin sicher, er wird hier jede Minute eintreffen, jetzt wo du da bist", sagte ihre Mutter mit selbstzufriedener Miene. „Ich denke, er zeigt ein deutliches Interesse an dir, mein Liebes."

Cassandra konnte sich nur mit Mühe davon abhalten, die Augen zu verdrehen. Die Frau hatte ihm praktisch das Messer auf die Brust setzen müssen, um Sir Philip eine Einladung nach Haverly House für ihre Tochter abzuringen, und jetzt glaubte sie Interesse bei ihm für Joanna zu erkennen?

Den restlichen Vormittag musste sie zu ihrem Leidwesen mit ihrer Tante und Cousine verbringen. Ihr schweres Los wurde ihr nur ein wenig erleichtert, als Sir Philips Mutter sich später zu ihnen gesellte. Sie war sehr nett, aber so gutmütig, dass sie nichts unternahm, Joannas nicht enden wollendes Geschwätz zu unterbrechen. Lady Neville stimmte sogar Joannas Vorschlag, einen Ausflug zu machen, geduldig zu, und versprach für den nächsten Nachmittag ein Picknick bei Lining Broad.

„Den Kindern wird das sicher Spaß machen", bemerkte sie lächelnd.

„Sie meinen Crispin und Hartley?" erkundigte sich Joanna mit unverhohlenem Entsetzen.

„Ja, und Olivia und Georgette."

„Nun, Georgette natürlich. Die liebe Georgette mag ich sehr", erklärte Joanna. „Allerdings sehe ich sie nicht mehr als Kind."

„Nein? Sie ist doch erst sechzehn." Lady Neville seufzte. „Aber Sie haben Recht. Ich fürchte, sie wächst nur zu rasch heran. Nur noch zwei Jahre bis zu ihrem Debüt." Sie seufzte erneut. „Ich hasse es, die Saison mitzumachen. Mein ruhiges Leben hier in Norfolk gefällt mir da viel besser."

„Das ist nur zu verständlich", sagte Cassandra leise. „Es ist so schön hier."

„Vielleicht hat Ihr Sohn ja bis dahin geheiratet, und seine Frau nimmt Ihnen die lästige Pflicht ab, Georgette in die Gesellschaft einzuführen", schlug Joanna mit einem schelmischen Lächeln vor.

„Glauben Sie?" Lady Neville wirkte überrascht.

„Ich wäre nicht allzu überrascht", fuhr Joanna fort, die sich bemühte, ein leichtes Erröten zu Stande zu bringen.

Ihre Mühen waren jedoch vergebens, da Lady Neville Cassandra ansah, als ob sie von ihr eine Bestätigung erwartete. Cassandra lächelte ihrerseits schwach. Schließlich konnte sie nicht einfach offen sagen, dass Sir Philip sich ihrer Meinung nach für Joanna genauso sehr interessierte wie für alten Fisch.

„Ich weiß nicht. Sir Philip scheint mir ein eingefleischter Junggeselle zu sein", erwiderte sie endlich etwas lahm.

„Das sind doch alle Männer, bis sie die richtige Frau treffen", erklärte Joanna von oben herab.

„Was Sie nicht sagen. Da fällt mir gerade ein, vielleicht sollte ich Miss Yorke einladen, sich uns morgen anzuschließen", bemerkte Lady Neville. „Sie ist eine so bescheidene junge Frau und hat so wenig Abwechslung in ihrem Leben, fürchte ich."

„Miss Yorke?" Joanna rümpfte die Nase. „Die... Haushälterin?"

„Ja. Vermutlich kann man sie so nennen, aber sie ist hauptsächlich für die Erziehung der Kinder zuständig. Mrs. Watson kümmert sich um den Haushalt." Sie erhob sich. „Nun, wenn die Damen mich entschuldigen wollen, werde ich mich gleich an die Arbeit machen und Henri von dem Picknick in Kenntnis setzen." Sie wirkte leicht verzagt angesichts dieser Aufgabe. „Ich weiß gar nicht, wie ich ihm verständlich machen soll, was ich von ihm will. Der Mann spricht, davon bin ich überzeugt, kein Wort Englisch. Warum Philip ihn hierher gebracht hat, kann ich nicht begreifen – außer natürlich, dass seine Soßen wirklich deliziös sind. Und erst die Desserts! Meine Schwiegermutter liebt sie, weshalb es vielleicht doch ganz gut ist, ihn hier zu haben." Sie seufzte. „Aber ich finde ihn so Furcht einflößend. Ich versuche ihm zu erklären, was ich will, und er überschüttet mich mit einem Schwall französischer Wörter, von denen ich kein einziges verstehe. Er rudert mit den Armen und wird ganz rot im Gesicht. Darum lasse ich ihn oft einfach gewähren, was meistens ganz gut geht. Doch ich bezweifle, dass er das Wort ‚Picknick' kennt."

„Lassen Sie doch Cassandra mit ihm reden", bot Joanna an. „Sie kann Französisch."

Cassandra blickte überrascht zu ihrer Cousine. Gewöhnlich machte sie niemanden auf die Fähigkeiten von jemandem anders als sich selbst aufmerksam. Aber vielleicht war es auch nur ein Versuch, sie auf eine Ebene mit den Dienstboten zu stellen und ihre Dienste zur Verfügung zu stellen, um sie aus dem Salon und damit aus Sir Philips Nähe zu entfernen.

„Tatsächlich?" Lady Neville wandte sich voller Bewunderung zu Cassandra um.

„Ja. Ich würde sehr gerne mit ihm sprechen, wenn Sie wollen."

„Das wäre wunderbar!" Sir Philips Mutter strahlte. „Ich belästige Sie zwar nur ungern, allerdings..."

„Sie belästigen mich nicht", versicherte ihr Cassandra, während sie sich erhob.

„Ausgezeichnet! Kommen Sie." Sie ging zur Tür und winkte Cassandra, ihr zu folgen. „Lassen Sie uns sofort gehen. Sie übersetzen alles, was ich sage. Das wird großartig! Sie sind ja ein wahrer Schatz, das für mich zu tun."

An Joannas Miene konnte Cassandra unschwer erkennen, dass

sie sich das anders vorgestellt hatte, aber jetzt war es zu spät, den Fehler wieder gutzumachen.

Sie fanden Henri in der Küche, wo er die Vorbereitungen für den Lunch beaufsichtigte. Er sah nicht gerade erfreut über ihre Ankunft aus, trotzdem verbeugte er sich tief und gab einen Schwall Französisch von sich. Lady Neville sah sofort unglücklich und besorgt aus, weshalb Cassandra sich beeilte, die weitschweifige Begrüßung des Küchenchefs zu erwidern. Die Augen des Franzosen begannen zu leuchten.

„Mademoiselle!“ rief er, als hätte sie ihm einen Topf voll Gold angeboten, und stürzte sich in eine noch längere Rede.

Es dauerte nicht lange, bis sie verstand, dass er vor allem unter Heimweh litt; sie versicherte ihm, wie sehr Lady Neville seine Künste schätzte. Unter Cassandras vollmundigem Lob blühte er sichtlich auf, und als sie ihm das besondere Anliegen für das Mittagessen des nächsten Tages vortrug, erklärte er mit einer lässigen Handbewegung, dass er es lediglich als eine weitere Herausforderung an seine Künste sehe.

Sie hatten gerade die Küche verlassen und waren in der Halle, als eine Seitentür aufging, durch die Sir Philip hereinkam.

„Mutter! Miss Verrere. Das trifft sich ja ausgezeichnet.“

„Philip!“ Seine Mutter hielt ihm die Wange zu einem Begrüßungskuss hin. „Wir haben gerade mit dem Küchenchef gesprochen. Miss Verrere kann Französisch, ist das nicht klug von ihr?“

Er lächelte amüsiert. „Miss Verrere ist meiner Meinung nach ein ausgesprochen kluges Mädchen.“

„Mädchen wohl kaum“, verbesserte ihn Cassandra, um einen kühlen Tonfall bemüht. Das Herz schlug ihr bei seinem Anblick bis zum Hals, und es fiel ihr schwer, sein Lächeln nicht zu erwidern. Aber sie war entschlossen, sich von seinem Charme nicht einwickeln zu lassen. Sie war weder Männer-verrückt wie Joanna noch so irregeleitet, anzunehmen, sie wäre die Frau, die er heiraten statt verlassen würde.

Philip hob fragend eine Braue, sagte aber bloß: „Wenn du Miss Verreres Dienste nicht mehr benötigst, Mutter, würde ich ihr gerne, wie ich es versprochen habe, die Bibliothek zeigen."

„Natürlich, Lieber. Geht nur. Ich muss jetzt ohnehin die Einladung an Miss Yorke schreiben."

„Eine Einladung wozu?"

„Erklären Sie es ihm bitte, meine Liebe", bat Lady Neville Cassandra im Weggehen.

„Was erklären?" erkundigte sich Philip.

„Wir machen morgen ein Picknick an einer Stelle, die Lining Broad genannt wird."

„Alle?"

„Ja, einschließlich Ihrer Miss Yorke." Cassandra hielt Stimme und Miene ausdruckslos.

Philip stöhnte. „Ich hätte wissen müssen, dass Mutter der Meinung sein würde, für unsere Unterhaltung sorgen zu müssen. Nun, dann machen wir uns besser an die Arbeit, wenn wir schon morgen unsere Zeit verschwenden. Sind Sie bereit?"

„Selbstverständlich."

Er sah sie merkwürdig an, geleitete sie dann aber doch zur Bibliothek. Cassandra hielt den Atem an, als sie eintrat. Es war ein gewaltiger Raum, der sich über zwei Stockwerke erstreckte, mit einer schmalen Empore in Höhe des ersten Stockes, zu dem eine gewundene Metalltreppe führte. An einer Wand befanden sich zwei Reihen Fenster, durch die das Tageslicht in den Raum strömte. An den Wänden spendeten Leuchter und auf dem Schreibtisch sowie zwei kleinen Tischen abgeschirmte Leselampen zusätzliches Licht. Es gab mehrere bequeme Sessel, die zum Lesen einluden, aber vor allem gab es Bücher, Unmengen Bücher. Hölzerne Regale erhoben sich auf beiden Ebenen vom Boden bis zur Decke und bedeckten beinahe jeden freien Platz.

„Oh! Wie wunderschön!“ Cassandra sah sich begeistert um. „Ich habe noch nie ein schöneres Zimmer gesehen.“

Sir Philip lachte leise. „Ich habe mir schon gedacht, dass es Ihnen gefallen würde.“ Er machte eine Pause und betrachtete ihre Züge, die vor Freude ganz weich geworden waren. „Ich bin froh, dass es Ihnen gefällt.“

Cassandra konnte nicht anders, sie lächelte ihn an. Er hatte eine Art, dass ihr ganz heiß wurde. Sie verspürte den Wunsch, zu ihm zu gehen. Stattdessen straffte sie ihre Schultern und trat einen Schritt zurück. Er war schließlich, erinnerte sie sich streng, reichlich geübt darin, seinen Charme spielen zu lassen. Sie konnte es sich nicht erlauben, ihm zu vertrauen.

„Nun“, erklärte sie kühl, „mit so einer Aufgabe vor uns, fangen wir besser an.“

„Natürlich.“ Enttäuschung legte sich kurz über Sir Philips Züge, aber er ließ es sich nicht anmerken. „Wo sollen wir beginnen?“

Cassandra blickte sich unsicher um. „Ich weiß nicht, es wirkt alles so überwältigend.“

„Ich würde den ersten Stock vorschlagen. Die Bücher, die jüngeren Datums sind, oder häufiger gelesen werden, befinden sich gewöhnlich hier unten, die älteren Sachen stehen weiter oben.“

„Einverstanden.“ Cassandra stieg die Wendeltreppe hoch. „Warum fange ich nicht einfach da hinten an und Sie dort drüben? So können wir uns zur Mitte vorarbeiten.“

Philip blieb auf der letzten Stufe stehen und beobachtete, wie sie zur anderen Seite ging. So hatte er sich ihr Zusammenarbeiten nicht vorgestellt. „Cassandra? Ist etwas nicht in Ordnung?“

Sie drehte sich zu ihm um, ihr Gesicht ausdruckslos. „Ich weiß nicht, was Sie meinen.“

„Sie benehmen sich heute so seltsam."

„Inwiefern?"

„Das wissen Sie doch selbst", entgegnete er, unzufrieden mit ihrer kühlen Antwort. „Als ob Sie mir böse wären, und ich habe nicht den leisesten Schimmer, was ich getan haben könnte."

„Das tut mir Leid, und es war nicht meine Absicht. Ich möchte nur endlich mit der Suche fortfahren. Sie nicht?"

Er musterte sie aus schmalen Augen, widersprach ihr aber nicht. „Ja", sagte er knapp. „Selbstverständlich ist das auch mein Wunsch. Lassen Sie uns anfangen."

Er ging zum anderen Ende der Empore. Cassandra wandte sich entschlossen ihrer Aufgabe zu und ermahnte sich, nicht daran zu denken, dass Sir Philip nur wenige Meter von ihr entfernt arbeitete. Sie hockte sich hin und begann die Bücherreihe auf dem untersten Regalbrett durchzusehen. Wenn sie auf einen Titel stieß, der auch nur entfernt vermuten ließ, dass das dazugehörige Buch irgendwie mit Königinnen zu tun haben konnte, zog sie es zu näherer Betrachtung heraus.

Es war eine staubige Arbeit, körperlich anstrengend und nach kurzer Zeit auch langweilig. Cassandra hatte sich auch ausgemalt, Seite an Seite mit Sir Philip zu arbeiten und sich dabei mit ihm zu unterhalten, zu lachen und bei der Suche nach dem Buch genauso viel Spaß zu haben wie auf dem Dachboden von Chesilworth. Aber das war unmöglich, solange er auf der anderen Seite des Raumes war, genauso wie sie es geplant hatte, als sie es vorgeschlagen hatte. Obwohl sie bekommen hatte, was sie wollte, verspürte sie eine leichte Unzufriedenheit.

Sie erinnerte sich immer wieder daran, dass die Mitgift zu finden das war, was zählte, und nicht, möglichst viel Zeit mit Sir Philip zu verbringen. So setzte sie ihre Suche verbissen fort. Sie arbeiteten den ganzen Nachmittag lang, hielten die Tür geschlossen und schenkten keinem Klopfen Beachtung. Sir Philip hatte ein Tablett mit leichten Speisen kommen lassen, von dem sie an dem großen Schreibtisch aßen. Ihre Unterhaltung während dieser Pause war ziemlich steif und ungemütlich. Cassandra konnte Sir Philips Verwirrung und seinen Ärger spüren und wünschte sich, sie könnten wieder zu der Ungezwungenheit zurückkehren, die ihre Beziehung zuvor gekennzeichnet hatte. Aber sie konnte sich in seiner Nähe nicht mehr entspannen. Sie musste immer wieder an seine unehelichen Kinder denken.

Nach der Mahlzeit arbeiteten sie weiter. Das ständige Bücken, Aufstehen und Knien war beschwerlich, bald schon taten ihr Füße und Beine weh, und die Schmerzen in ihrem Rücken und den Schultern waren noch schlimmer. Als es Zeit für den Tee wurde, war ihr Hals von dem ständigen Schiefhalten des Kopfes ganz steif, und ihre Schultern waren verspannt. Sie richtete sich vorsichtig auf, stöhnte leise und rieb sich mit der Hand den Nacken.

„Müde?“ fragte Sir Philip dicht hinter ihr und begann ihre Schultern zu massieren.

Cassandra zuckte erschrocken zusammen, denn sie hatte nicht gehört, dass er näher gekommen war. Seine Berührung war viel zu vertraulich; sie wusste, sie sollte ihm befehlen, sofort aufzuhören, aber dann fanden seine kundigen Hände genau den Punkt, an dem ihre Muskeln besonders verkrampft waren, und sie stöhnte stattdessen leise.

„Gut so, ja?“ Er rieb ein wenig fester, und sie empfand eine köstliche Mischung aus Schmerz und Wonne.

Alle Spannung wich aus Cassandra, und sie ließ ihren Kopf nach vorne sinken. Während er nach und nach ihren ganzen Rücken massierte, glaubte Cassandra, sie würde jeden Moment dahinschmelzen. Das Nachlassen der Anspannung war angenehm genug, aber sie verspürte darüber hinaus etwas, das bewirkte, dass eine seltsame

Schwäche sie erfasste. Sie hielt still und überließ sich den Gefühlen, die sie überschwemmten, der Hitze in ihrem Schoß, dem Prickeln in ihren Brustspitzen und der plötzlichen Feuchtigkeit zwischen ihren Beinen.

Philip beugte sich vor und gab ihr einen sanften Kuss auf den Hals. Es war beinahe nur ein Hauch, und doch wurde sie von Leidenschaft überwältigt. Sie hielt die Luft an, ihre Beine zitterten mit einem Mal. Sie wollte ihn. Sie wollte sich umdrehen und sich in seine Arme schmiegen. Sie wollte seinen Mund auf ihrem spüren, seine Hände auf ihrem Körper.

„Cassandra", murmelte er mit belegter Stimme. „So süß..."

Seine Hände glitten von ihren Schultern über ihre Arme, und seine Berührung schien ihre Haut zu entflammen. Seine Hände streichelten sie, er fasste sie bei den Schultern und drehte sie um zu seinem Kuss.

12. KAPITEL

„Nein!" Cassandra wand sich aus Philips Armen. Sie stand ihm zitternd gegenüber, verunsichert wegen des Gefühlsaufruhrs, den er so leicht in ihr wecken konnte. „Ich werde keine weitere Ihrer Eroberungen sein!"

„Meiner Eroberungen!" Er starrte sie verständnislos an, sein Gesicht noch immer von Verlangen gezeichnet. „Was wollen Sie..."

„Nein!" Cassandra machte einen Schritt nach hinten, fort von seinen ausgestreckten Händen. Sie fuhr herum, rannte die Empore entlang und die Treppe hinab, wobei ihre Absätze auf den Metallstufen klackten.

Er folgte ihr nicht, wofür sie ihm dankbar war. Wenn er sie einholen und versuchen würde, sie mit Küssen und Zärtlichkeiten zu überreden, wäre sie verloren. Tatsache war, dass sie, was Philip betraf, keinerlei Selbstbeherrschung zu besitzen schien. Ihr hochgepriesener gesunder Menschenverstand ließ sie im Stich, wenn er sie küsste.

Sie floh aus der Bibliothek und schloss sich in ihr Schlafzimmer ein, zog die Vorhänge zu und legte sich im Dunkeln auf ihr Bett, darum bemüht, ihre aufgewühlten Gefühle wieder unter Kontrolle zu bringen. Es war verrückt, dass er so viel Macht über sie besaß. Es ängstigte sie. Sie war immer so besonnen gewesen – sich ihrer selbst, ihrer Familie sicher und überzeugt, mit welchem Schicksalsschlag auch immer fertig werden zu können. Aber Sir Philip hatte dieses Luftschloss wie eine Seifenblase platzen lassen. Sie fühlte sich wie das närrischste Mädchen vom Land, ein hohlköpfiges Dummchen, das ganz von seiner Wollust beherrscht wurde.

Doch sogar während sie sich schalt, begehrte etwas in ihr auf. Ihr Körper pulsierte vor Leidenschaft – und was war daran so falsch? Wäre es so furchtbar, wenn sie ihren Gefühlen für Philip nachgäbe? Männer taten das dauernd, und niemand verdammte sie deswegen. Niemandem würde dadurch wehgetan – höchstens armen Kindern, wie jenen in Silverwood.

Sie sagte sich, dass sie gar nicht wusste, ob Sir Philip sie überhaupt verführen und dann fallen lassen wollte. Das hatte sie nur von ihrer Tante gehört, und die hatte großes Interesse daran, Sir Philip und ihre Nichte entzweit zu sehen. Aber was war mit seinen Kindern in Silverwood? Da hatte Tante Ardis richtig gelegen; die Gerüchteküche hatte Recht gehabt. Nur ein hartgesottener Lebemann konnte so viele uneheliche Kinder haben, um damit ein Haus zu füllen.

Cassandra stöhnte. Es fiel ihr schwer, zu glauben, dass er wirklich ein Roué, ein Wüstling war. Sie wollte es nicht glauben. Ihre Gefühle für Sir Philip umnebelten ihren sonst so scharfen Verstand. Diese Feststellung war in sich schon unsinnig! Schließlich hatte sie ja keine Gefühle für Sir Philip.

Es war eine Erleichterung, als sie zum Tee nach unten ging und Sir Philip nicht da war. Er erschien allerdings zum Dinner bei Tisch, und sie musste neben ihm sitzen. Seine Miene war versteinert, und er sprach so wenig wie möglich mit ihr. Sie war sicher, dass er sie hasste, und das machte sie, auch wenn sie sich dafür schalt, noch unglücklicher.

Nach dem Essen belegte Joanna ihn mit Beschlag, begann mit ihm einen gewagten Flirt, wobei sie ihm großzügige Einsichten in ihren Ausschnitt gewährte und ihren Fächer kokett einsetzte. Sie fragte ihn um Rat und hing bei seiner Antwort atemlos an seinen Lippen. Sie benutzte seinen Vornamen, als ob sie das Recht dazu hätte, und lächelte dabei schelmisch.

Am schlimmsten aber war für Cassandra, dass Sir Philip nichts gegen Joannas Flirten zu haben schien. Sie wünschte, sie hätte Unwohlsein vorgeschoben und sich ein Tablett auf ihr Zimmer bringen lassen oder im Kinderzimmer bei den Zwillingen, Olivia und Georgette gegessen, statt zum Dinner nach unten zu kommen.

Sobald Philips Großmutter erklärte, sich für die Nacht zurückziehen zu wollen, sprang auch Cassandra auf und begab sich in ihr Schlafzimmer. Sie konnte es nicht mehr aushalten, dazusitzen und zusehen zu müssen, wie Joanna Sir Philip bezirzte.

Sie ging zeitig zu Bett, was sich als Fehler erwies, denn sie konnte einfach nicht einschlafen. Sie lag wach, starrte im Dunkeln an die Decke und dachte an Philip. Fast wünschte sie sich, sie wäre niemals nach Haverly House gekommen.

Das Picknick am nächsten Tag machte jede Arbeit in der Bibliothek unmöglich. Auch wenn Cassandra es ärgerlich fand, dass sie ihre Suche nicht fortsetzen konnte, begrüßte sie es auf der anderen Seite, dass sie nicht wieder mit Sir Philip allein sein würde.

Das Picknick war wirklich eine größere Angelegenheit. Sogar

die alte Lady Neville begleitete sie, und Miss Yorke war von Silverwood herübergekommen. Die älteren Damen beschlossen, mit Miss Yorke in einer offenen Kutsche zu fahren, während Sir Philip mit den Kindern zu Pferde folgen würde. Als Joanna erfuhr, dass ihr auserwähltes Opfer reiten wollte, entschied sie sich ebenfalls dafür, auch wenn das bedeutete, sich freiwillig der Gesellschaft von Olivia und den Zwillingen auszusetzen. Cassandra dagegen, die es vorzog, nicht ansehen zu müssen, wie Joanna sich an Sir Philip heranmachte, verkündete, dass sie mit den Damen fahren wollte, auch wenn es ziemlich eng würde.

Sie machten sich auf den Weg zu einem der großen, seichten Teiche, die in der Gegend allgemein „Broad“ genannt wurden. Diese Teiche, so erklärte Philips Mutter, waren an Stellen entstanden, an denen die einheimische Bevölkerung früher Torf gestochen hatte, wobei große Löcher im Boden zurückblieben, die sich im Laufe der Zeit mit Wasser füllten. Die Fahrt auf den mit Bäumen und Rhododendron gesäumten Wegen wäre angenehm gewesen, hätte Tante Ardis sich nicht die ganze Zeit wortreich über die mannigfaltigen Tugenden ihrer Tochter verbreitet. Als Cassandra zum vierten Male mit anhören musste, wie sehr Joanna ihre neu gewonnene Freundin Georgette schätzte, wie viele Verehrer sie besaß, nicht zu erwähnen wie süß sie Duchess, die bösartige Perserkatze der alten Lady Neville, fand und wie gut ihr die Einrichtung von Haverly House gefiel, war Cassandra beinahe so weit, auszusteigen und den Rest des Weges zu Fuß zurückzulegen.

Sie hob den Blick und las in Sarah Yorkes Augen dieselben Gefühle. Sie lächelte und sah dann rasch weg, aus Furcht, in schallendes Gelächter auszubrechen. Mit Miss Yorke, dachte sie, könnte ich mich durchaus anfreunden.

An der weit ausladenden Eiche angekommen, in deren Schatten das Picknick stattfinden sollte, stiegen sie aus, und Cassandra verdrehte die Augen, Miss Yorke verschwörerisch zulächelnd, die das Lächeln schüchtern erwiderte.

Die Reiter waren gerade dabei abzusteigen und übergaben die Zügel den Pferdeknechten. Als Cassandra sah, dass Sir Philip zielstrebig auf sie zukam, schlug sie rasch Miss Yorke vor, mit ihr einen kleinen Spaziergang entlang des reizvollen Teiches zu machen.

Während sie gingen, zeigte Miss Yorke ihr in typischer Gouvernantenart verschiedene einheimische Pflanzen und Vögel. „Sehen Sie die Schwalbenschwänze dort?“ fragte sie und deutete auf mehrere wunderschöne Schmetterlinge, die über einer Stelle mit grünen Pflanzen flatterten. „Das ist eine der wenigen Stellen, an denen man sie antrifft. Sie ernähren sich von Wilder Möhre, wissen Sie.“

„Herrlich. Stammen Sie aus dieser Gegend?“ erkundigte sich Cassandra.

„Nein, aber ich finde es sehr schön hier.“ Sie errötete ein wenig. „Mich fasziniert die Flora und Fauna eines Landschaftsstriches immer. Mein Vater, müssen Sie wissen, war ein Naturforscher, und ich habe ihn oft auf seine Erkundungen begleitet.“ Sie schwieg einen Augenblick. „Es war überaus freundlich von Sir Philip, mich einzustellen“, fuhr Miss Yorke dann fort. „Er kannte meinen Vater und wusste, in welcher Lage ich mich nach seinem Tod befand. Vater war ein wundervoller Mann, aber seine Liebe zur Natur versorgte uns nur gerade so mit dem Nötigsten. Ich habe versucht, ähnliche Artikel zu schreiben für dieselben Zeitschriften und Bücher wie er – ich hatte ihm geholfen, die meisten zu schreiben –, aber man zögerte, etwas zu kaufen, das aus der Feder einer Frau stammte.“

Cassandra schnaubte abfällig. „Ich weiß genau, wie Sie sich fühlen.“

„Ich wusste nicht, was ich tun sollte. Meine Kenntnisse waren lückenhaft in Bereichen, die andere Leute für unverzichtbar bei einer Gouvernante hielten. Ich kann weder malen noch singen oder gar Klavier spielen. Meine Handschrift ist gerade noch durchschnittlich. Für Vater waren solche Sachen unwichtig. Er hat mich in Mathematik und den Naturwissenschaften unterrichtet, was bei einer Lehrerin für Mädchen nicht gerade besonders geschätzt wird. Das Einzige, was mir übrig blieb, war, eine Stelle als Gesellschafterin zu suchen, aber sogar das erwies sich als schwierig. Ich war mit meiner Weisheit am Ende – doch dann rettete Sir Philip mich." Ein Lächeln brachte ihr Gesicht zum Strahlen. „Ich werde ihm ewig dankbar sein. Er sagte, er habe an mich gedacht, weil er mich für genau die Richtige für diese Aufgabe hielte, aber ich weiß, dass er mir aus purer Freundlichkeit und Mitgefühl geschrieben hat. Es gibt so viele andere, die ebenso qualifiziert sind und genauso gut mit Kindern umgehen können."

„Ja, er kann sehr freundlich sein." Das musste Cassandra zugeben. Er war wirklich nett zu ihren Geschwistern gewesen – an das andere wollte sie lieber nicht denken.

Sie wechselte rasch das Thema. Miss Yorke ging darauf ein, und sie machten sich wieder auf den Rückweg.

Als sie zurückkamen, hatten die Diener Decken auf dem Boden ausgebreitet und Stühle für Sir Philips Mutter, seine Großmutter und Tante Ardis aufgestellt. Georgette und Olivia saßen so weit wie möglich davon entfernt, tuschelten und kicherten. Die Jungen spielten Fangen mit Sir Philip, und Joanna sah ihnen zu. Sie hatte den Spenzer ihres Reitkostüms ausgezogen und gab ein reizendes Bild ab, wie sie da in dem Samtrock und der weißen Bluse stand, ein Sonnenschirmchen aufgespannt, um ihre blasse Haut zu schützen.

Cassandra und Miss Yorke ließen sich bei den anderen Frauen nieder, aber Miss Yorke erhob sich kurz darauf wieder, um für Sir Philips Großmutter ein Glas Limonade zu holen. Lady Neville schüttelte ratlos den Kopf. „Die Gute kann einfach nicht stillsitzen.

Ich habe ihr doch gesagt, dass ein Diener das Getränk sofort bringen wird.“

Die ältere Lady Neville erwiderte, während sie sich Luft zufächelte: „Es ist in Ordnung, Violet. Sie wird es überleben.“

„Gewiss. Aber dann wird sie gleich wieder etwas finden, von dem sie glaubt, dass sie es tun müsste. Und dabei habe ich sie eingeladen, weil ich wollte, dass sie ein bisschen Spaß hat.“

„Das wird sie sicher, Violet. Manche Menschen sind gerne beschäftigt.“ Lady Neville warf ihrer Schwiegertochter einen bezeichnenden Blick zu.

Aber an der prallte der Spott einfach ab, entweder, weil sie es gar nicht bemerkte oder weil sie so gewöhnt daran war, dass es sie nicht aus der Ruhe brachte. Wobei Cassandra erst noch herausfinden musste, was zu bewirken vermochte, dass die Dame ihre Haltung verlor.

„So eine traurige Geschichte. Ihr Vater hinterließ ihr nicht einen Penny.“

Neben ihr seufzte Tante Ardis bedauernd. „Dann wird sie nie heiraten.“ Sie musste ihre Nichte gar nicht ansehen, um zu erkennen, dass ihr Pfeil sein Ziel getroffen hatte. „Ein Mädchen ohne Schönheit oder Mitgift...“

„Miss Yorke ist nicht hässlich“, entgegnete die alte Lady Neville knapp. Cassandra hatte den Eindruck, dass Sir Philips Großmutter eine heftige Abneigung gegen Tante Ardis gefasst hatte.

„Aber sie ist auch keine Schönheit. Es braucht Schönheit, um sich einen Mann zu angeln, wenn man kein Geld hat.“

„Gewiss gibt es auch Männer, die sich mehr als nur eines hübschen Gesichtes wegen verlieben“, wandte Philips Mutter milde ein.

„Ich spreche doch nicht von Liebe, teure Lady Neville, sondern von Heirat. Das eine hat mit dem anderen nichts zu tun.“

„Sie hat Recht“, räumte die ältere Lady Neville ein. „Die junge

Generation macht zu viel Wesen um Liebe. Als ob wir alle so aufs Gratewohl wählen könnten. Herkunft, gesellschaftliche Stellung und Reichtum, darauf beruhen doch Familienbündnisse."

„Ein gutes Familienbündnis bedeutet aber keineswegs auch eine gute Ehe", fühlte sich Cassandra genötigt einzuwerfen.

„Gut in welchem Sinn?" Die Augen der älteren Lady Neville funkelten. Es gab nichts, was sie mehr liebte als eine angeregte Diskussion, und es gelang ihr nur selten, die sanftmütige Violet in ein Streitgespräch zu verwickeln.

„Im Sinn von Glück, Mylady. Meine Eltern waren sehr glücklich."

„Aber arm wie Kirchenmäuse", fügte Tante Ardis spitz hinzu.

„Was hätte es ihnen denn genützt, reich geheiratet zu haben, dafür jedoch ihr Leben lang unglücklich zu sein?"

Daraufhin entspann sich eine lebhafte Diskussion, bis der Lunch serviert wurde. Sir Philip gesellte sich zu ihnen, mit Joanna am Arm und den müden, aber glücklichen Zwillingen im Gefolge.

„Worüber wird hier gesprochen, meine Damen?" erkundigte sich Philip lächelnd. „Es klang, als ob es hier leidenschaftlich herginge."

Seine Großmutter erwiderte sein Lächeln. „Miss Verrere legte uns ihre Ansichten über Liebe und Ehe dar."

„Ach ja?" Er wandte sich an Cassandra, hob gemächlich eine Braue, und seine Lippen verzogen sich zu einem trägen Lächeln. „Die würde ich auch gerne hören."

Cassandra spürte zu ihrer Verärgerung, wie ihr unter seinem Blick die Röte in die Wangen stieg. „Ich fürchte, dieses Thema haben wir zur Genüge erörtert, Sir. Außerdem bin ich mir sicher, dass es Sie bloß langweilen würde."

„Ganz im Gegenteil. Ich bin ganz Ohr."

„Dann fasse ich es für dich kurz zusammen", ergriff seine Mutter überraschend das Wort. „Miss Verrere und ich glauben an die Liebe und daran, dass ein Mann durchaus in der Lage ist, sich in eine Frau nicht nur wegen ihres Aussehens zu verlieben. Lady Neville und Mrs. Moulton sind anderer Ansicht."

Cassandra war Philips Mutter aufrichtig dankbar, dass sie sich auf ihre Seite geschlagen hatte, auch wenn sie vermutete, dass der Hauch einer lange währenden Rivalität zwischen der Dame und ihrer Schwiegermutter dabei eine Rolle gespielt hatte. Die alte Lady Neville sah ein wenig verstimmt aus, da sie mit Tante Ardis in einen Topf geworfen wurde.

„Tatsächlich." Philips Lächeln vertiefte sich, und Cassandras Herz begann schneller zu schlagen. „Ich nehme dankbar zur Kenntnis, dass ihr uns Männern zutraut, auf einer höheren Ebene zu denken und zu fühlen."

„Aber, aber, Sir Philip", sagte Joanna mit einem gespielten Schmollen, „jetzt behaupten Sie nicht, dass Sie ein hübsches Gesicht nicht schätzen."

„Natürlich bewundere ich Schönheit", antwortete er leichthin, „ob bei einem Gemälde, der Musik oder bei einer Frau."

Er löste Joannas Finger von seinem Ärmel und führte sie zu einer auf dem Gras ausgebreiteten Decken. Sie ordnete ihre Röcke und erwartete ganz offensichtlich, dass er sich neben ihr niederließ, doch er machte einen Schritt zur Seite und setzte sich zwischen seine Mutter und seine Großmutter.

„Wie auch immer", fuhr Sir Philip fort, seinen Blick wieder auf Cassandra gerichtet, „ich glaube, dass die Schönheit einer Frau in mehr besteht als gefälligen Gesichtszügen."

„Ha! Dem will ich nicht widersprechen", erklärte Lady Neville und gab ihrem Enkel mit dem Fächer einen Klaps auf den Arm. „Aber hast du vor, aus Liebe zu heiraten? Das ist doch die Frage. Ob du dich nun wegen eines schönen Gesichtes oder eines klugen Kopfes verliebst, würdest du eine Frau heiraten, auch wenn sie keinen Penny besitzt? Oder ihre Abstammung nicht weiter als bis zu ihren Großeltern zurückverfolgen könnte? Was dann?"

„Du bist entschlossen, mich in Schwierigkeiten zu bringen, oder? Ich kann nicht für andere Männer sprechen, ich denke jedoch, dass ich mir nicht vorstellen kann, ohne Liebe zu heiraten. Aber warum sprechen wir über so ernste Sachen? Wir sind doch hier, um uns zu amüsieren, nicht wahr?"

Während des Lunches musste Cassandra immer wieder an Philips Worte denken. Er hatte gesagt, dass er nicht ohne Liebe heiraten würde, aber das war nicht das Gleiche, wie aus Liebe zu heiraten. Er hatte auch nicht gesagt, er würde eine Frau, die er liebte, heiraten, auch wenn sie arm wäre. Nicht, dass es von Bedeutung wäre, ermahnte sie sich, denn sie hatte ja keinen Grund zu glauben, dass Philip sich in sie verliebt hatte oder auch nur erwog, sie zu heiraten.

Nach dem Essen zog sich die ältere Lady Neville zu einem kleinen Nickerchen in die Kutsche zurück, und Joanna bat Sir Philip mit einem schelmischen Lächeln, sie auf einen Spaziergang zu begleiten.

Cassandra, die beobachtete, wie die beiden fortgingen, wandte sich ab und entfernte sich in der entgegengesetzten Richtung von der kleinen Gesellschaft. Sie schlug einen schmalen Pfad ein, der zur ihrer Überraschung zu einem reizenden kleinen Bach führte. Sie setzte sich auf einen Felsbrocken am Ufer und sah zu, wie das Wasser leise über die moosbewachsenen Steine plätscherte.

Angestrengt versuchte sie, sich auf den Schatz zu konzentrieren, statt immer an Sir Philip zu denken. Sie stellte sich vor, wie es wäre, den fehlenden Kartenteil zu entdecken, wie sie den Schatz suchen und finden würden. Es wäre so herrlich, ihn endlich in Händen zu halten. Sie konnte beinahe sehen, wie sie den goldenen Leoparden betastete, sich einen Ring oder ein Armband überstreifte. Philips

Augen würden leuchten, seine Lippen sich zu einem vergnügten Lächeln verziehen. Sie würde sich zu ihm umdrehen und ihm in die Augen sehen. Und dann würde er...

„Träumen Sie mit offenen Augen?“ drang Philips Stimme in ihren Tagtraum, und Cassandra zuckte zusammen.

Sie fuhr herum und blickte ihn böse an. „Was tun Sie denn hier?“

„Ich habe Sie gesucht“, gestand er offen, kam zu ihr und setzte sich auf den Felsen neben sie. „Entschuldigen Sie, wenn ich Sie erschreckt habe, aber ich dachte, Sie hätten mich kommen gehört. Sie müssen sehr vertieft in Ihre Gedanken gewesen sein.“

„Ich habe über die Spanische Mitgift nachgedacht.“ Cassandra hoffte nur, dass sie nicht durch ein Erröten verraten würde, wohin ihre Träumereien geführt hatten

„Es sieht so aus, als hätten wir da noch eine gewaltige Aufgabe vor uns. Mir war nicht klar, wie lange es dauern würde, die ganze Bibliothek zu durchsuchen.“

„Das wird einige Zeit beanspruchen.“

„Hoffentlich stehen uns nicht noch mehr solche Ausflüge wie heute bevor, die uns unnötig Zeit kosten.“

Cassandra lächelte schwach. „Es überrascht mich, Sie hier zu sehen. Ich dachte, Sie wären auf einem Spaziergang mit Joanna.“

„Das war ich. Gott sei Dank wurde sie müde, so dass ich sie auf der Decke bei Mutter abladen konnte.“

Ein Kichern entschlüpfte Cassandra. Sie konnte sich die Entrüstung ihrer Cousine darüber nur zu gut vorstellen. Sie war sicher, dass Joanna ihre Ermüdung sorgfältig für ein lauschiges Plätzchen geplant hatte, an dem sie und Philip ungestört wären.

Philip gestattete sich auch ein Lächeln. „Genau. Miss Moulton war nicht besonders glücklich, fürchte ich. Wie können Sie nur mit ihr verwandt sein?“

„Mir ist gar nicht aufgefallen, dass Sie gestern Abend im Empfangssalon etwas gegen ihre Gesellschaft einzuwenden hatten."

Er zuckte die Achseln. „Ich war ein wenig verstimmt."

Cassandra hielt sich zurück. Dieses Thema wollte sie keineswegs weiter verfolgen, da es geradewegs zu den Ereignissen gestern in der Bibliothek führen würde. Sie presste die Lippen zusammen und wandte sich wieder der Betrachtung des leise plätschernden Baches zu.

„Was habe ich getan?" fragte Philip nach einer langen Pause. „Wie habe ich Sie beleidigt? Auf der Reise hierher, da... Nun, da waren Sie ganz anders. Was ist geschehen? Liegt es an Ihrer Cousine, wie sie mit mir flirtet? Sie müssen doch wissen, dass ich nichts..."

„Es ist nicht Joanna." Cassandra sprach mehr zum Wasser als zu ihm. „Ich... also, wir dürfen uns nicht ablenken lassen, wir müssen die Karte finden, allein darauf kommt es an."

„Das ist doch aber nicht das Einzige im Leben."

„Vielleicht nicht. Aber entehrt zu werden, zählt nicht zu dem, was ich in meinem Leben haben möchte."

„Entehren... Cassandra, wovon sprechen Sie?"

„Ich denke, das wissen Sie gut."

„Ich würde nie etwas tun, das Ihnen schadet! Das müssen Sie doch wissen. Misstrauen Sie mir immer noch? Denken Sie, dass ich versuche, Ihnen den Schatz zu stehlen? Ich kann Ihnen versichern, dass mir nichts ferner läge. Mir ist es gleich, wenn..."

„Das ist es nicht! Ich fürchte nicht, die Mitgift zu verlieren." Cassandra sprang erregt auf. „Können wir bitte zu den anderen zurückgehen?"

Er erhob sich ebenfalls und fasste sie am Arm. „Nicht, bevor Sie mir gesagt haben, was los ist."

„Nichts ist los!" Sie entriss ihm ihren Arm und ging alleine los.

„Halten Sie mich für einen Dummkopf? Sie hassen mich auf einmal, und Sie behaupten, nichts sei los?“ Philip kam ihr nach.

„Ich hasse Sie nicht.“

„Warum laufen Sie dann vor mir weg?“

„Das tue ich nicht!“ Cassandra blieb stehen, die Hände in die Hüfte gestemmt, und sah ihm ins Gesicht.

„Mein Fehler“, erklärte Philip trocken. „Ich scheine dieser Tage eine Menge falscher Schlüsse zu ziehen. Sie laufen nicht vor mir weg. Sie hassen mich nicht. Nichts ist los.“

Cassandra schnaubte aufgebracht. „Also gut. Wenn Sie es unbedingt wissen wollen, es ist nichts, was Sie getan haben, oder besser, nichts, was Sie mir getan haben. Es ist Ihre Haltung ganz allgemein. Ihre selbstzufriedene, männliche...“ Sie brach ab, unfähig, die richtigen Worte zu finden. „Ach verflixt und zugenäht!“ entfuhr ihr einer der Lieblingsflüche ihres Vaters. „Wie können Sie nur dieses Haus hier einrichten?“

Er starrte sie mit offenem Mund an. Was auch immer er erwartet hätte, das war es bestimmt nicht. „Was? Wovon sprechen Sie?“

„Silverwood, wovon sonst? Wie können Sie es hier, nur einen Steinwurf von Haverly House entfernt, betreiben?“

„Sie sind wütend wegen des Ortes, an dem ich die Jungen untergebracht habe?“

„Ja. Es ist schlimm genug, dass jedermann von ihnen weiß, dass es allgemein bekannt ist, dass Sie... Aber Ihre Mutter auf diese Art und Weise zu beleidigen! Und Ihre Großmutter auch.“

Sein Gesichtsausdruck änderte sich, als ob er, wie Cassandra verwundert dachte, enttäuscht wäre. „Darum haben Sie mich gemieden? Sich gestern von mir abgewandt? Weil ich diesen Kindern ein Zuhause gegeben habe?“

„Nein. Nicht, weil Sie sich um sie kümmern. Das ist zweifellos überaus anständig von Ihnen.“

„Ihr Großmut überwältigt mich."

„Sicherlich können Sie nicht erwarten, dass ich Sie dafür lobe, Ihre Pflicht zu tun!" fuhr Cassandra ihn an. „Aber wie Sie es tun! Sie hier, praktisch unter der Nase Ihrer Mutter, einzuquartieren. Wie muss sie sich gedemütigt fühlen!"

„Nicht alle Frauen denken wie Sie. Glauben Sie es oder nicht, Mutter ist ziemlich stolz auf mich. Sie spricht häufiger davon, als mir lieb ist."

„Das glaube ich sofort", erwiderte Cassandra spitz, getroffen von seinem verächtlichen Tonfall. Wie konnte er es wagen, so zu tun, als wäre sie im Unrecht?

„Ich hätte nie gedacht, dass gerade Sie etwas gegen Silverwood hätten. Es gibt natürlich viele – verbohrte Kleingeister, die glauben, dass solche Kinder versteckt werden müssten – aber ich hätte nie geglaubt, dass auch Sie dazu gehören könnten. Offensichtlich habe ich mich geirrt."

„Offensichtlich, wenn Sie dachten, dass ich es gutheißen würde, wenn Sie ein Haus für Ihre Kinder auf Ihrem Familiensitz einrichten! Halten Sie mich für so leichtfertig, dass es mir nichts ausmachen würde, wenn Sie einen Haufen..."

Er starrte sie an, und langsam dämmerte ihm, was sie meinte. „Bastarde? Wollten Sie das sagen?"

„So nicht. Aber es stimmt. Ich gebe ja zu, dass es viele Männer gibt, die mitnichten ihre Pflicht getan hätten, aber ich kann es nicht sonderlich edelmütig von Ihnen finden, dass Sie anders handeln. Es ist, meiner Meinung nach, nur recht und billig."

„Ich verstehe." Er biss die Zähne zusammen. „Es ist also anständig von mir, sie mit Nahrung und einem Heim zu versorgen, aber schändlich, das in der Nähe meines Besitzes zu tun."

„Nein", widersprach Cassandra heftig. „Nur respektlos Ihrer

Mutter und Großmutter gegenüber. Was schändlich von Ihnen ist, sie von vornherein so gedankenlos in die Welt zu setzen."

„Ah ja. Sagen Sie mir bitte doch, wie Sie das alles herausgefunden haben."

„Es sei allgemein bekannt, hat Tante Ardis gesagt."

„Und Sie haben ihr natürlich geglaubt."

„Es ist doch offensichtlich, oder? Sie haben sich ja keine Mühe gegeben, es zu verbergen!"

„Nein. Ich schäme mich nicht für Silverwood."

Cassandra fühlte, wie ihr die Tränen in die Augen traten. Rasch wandte sie sich ab und ging weiter. Sie weigerte sich, ihn merken zu lassen, dass sie seinetwegen weinte. Wie konnte er nur so kalt sein? So gefühllos?

Nach einer Weile folgte Philip ihr, ohne zu versuchen, sie einzuholen. Cassandra wünschte, er möge ganz stehen bleiben und sie alleine vorausgehen lassen. Es war schwierig, die Tränen zu unterdrücken. Sie hatte heimlich gehofft, es gäbe eine andere Erklärung für Silverwood, aber er hatte nichts abgestritten. Es schien ihm noch nicht einmal peinlich zu sein. Er hatte sogar so getan, als wäre es verwerflich von ihr, nicht in Ehrfurcht angesichts seiner Güte, sich um seine eigenen Kinder zu kümmern, zu versinken!

Es war eine Erleichterung, als sie die kleine Anhöhe vor sich auftauchen sah, hinter der der Teich lag. Ihre Schritte beschleunigten sich.

Plötzlich zerriss ein Schrei die Stille.

13. KAPITEL

Cassandra raffte die Röcke und begann zu rennen. Der markerschütternde Schrei ertönte noch einmal, dann immer wieder. Philip überholte sie, als sie die Anhöhe erreichte, und lief zum Teich hinab. Jemand zappelte im Wasser, nicht weit vom Ufer entfernt. Sobald

Cassandra näher kam, erkannte sie, dass es Joanna war. Am Ufer des Teiches herrschte Chaos. Miss Yorke, die Zwillinge und die beiden jungen Mädchen rannten hin und her und riefen durcheinander. Eine der Mägde schrie hysterisch, die andere hob die Röcke und war gerade dabei, ins Wasser zu waten. Die Lakaien trugen zusammen mit den Pferdeknechten einen Ast zum Ufer. Unter dem Baum, nicht weit von Cassandra, standen Philips Mutter und Tante und Ardis blickten starr vor Entsetzen auf den Teich. Sogar die alte Lady Neville war in der Kutsche erwacht und sah sich um.

Cassandra hastete hinter Philip den Abhang hinunter. Als Philip am Teich ankam, waren die Lakaien bereits im Wasser und hielten Joanna den Ast hin. Sie schlug wild um sich und bewirkte nur, dass der Ast den Helfern aus der Hand fiel, während sie sich selbst dabei immer weiter vom Ufer entfernte.

„Steh auf!“ rief Crispin, der seine Hände vor seinem Mund zu einem Trichter geformt hatte. „Es ist nicht tief!“

Aber Joanna ging trotzdem unter. Philip entledigte sich seiner Stiefel und seines Rockes, dann watete er in den Teich. An der Stelle, wo Joanna kämpfte, beugte er sich vor und hob sie auf die Arme. Das Wasser, bemerkte Cassandra, reichte ihm gerade bis zur Hüfte.

Joanna hing wie leblos in seinen Armen, den Kopf gegen seine Schulter gelehnt, die Augen geschlossen. Ihr samtener Reitrock war tropfnass, und die weiße Bluse, von der Nässe beinahe durchsichtig, schmiegte sich an ihre Formen wie eine zweite Haut. Ihr Haar hatte sich gelöst und hing wie bei einer Meerjungfrau in nassen Strähnen um ihre Schultern.

„Ich habe dir doch gesagt, es ist gar nicht tief“, erklärte Crispin ungnädig.

Philip setzte sie auf einer Decke ab und wollte sich aufrichten, aber Joanna klammerte sich an ihm fest. „Oh, danke, Philip!“ schluchzte sie. „Sie haben mir das Leben gerettet!“ Sie sah ihn aus schmelzenden blauen Augen an. „Ich bin so froh, dass Sie hier waren."

Er schüttelte den Kopf. „Keine Ursache."

„Ich verdanke Ihnen mein Leben."

Das war zu viel für Crispin, er rief: „Joanna, du Gans! Es war nicht tief genug, um zu ertrinken. Darum habe ich dir doch immer wieder zugerufen, dass du aufstehen sollst. Hast du mich nicht gehört?"

„Morton, der Stallknecht, sagt, der ganze Teich wäre flach genug, dass man hindurch gehen könnte", warf Hartley ein. „Es ist ja nur eine Pfütze, wo früher Torf abgebaut wurde, kein richtiger See."

Joanna starrte die Jungen böse an. „Ich wäre fast ertrunken!" Sie musterte sie aus schmalen Augen. „Vermutlich habt ihr mich sogar hineingestoßen!"

„Was?"

„Joanna, stell dich nicht so an", platzte Olivia heraus. „Du bist ausgerutscht und hineingefallen."

„Nein. Ich habe genau gespürt, wie jemand mich gestoßen hat. Ich konnte nicht sehen, wer, aber es sieht mir sehr nach einem von ihren verwünschten Streichen aus."

„Wir waren es nicht!" riefen Crispin und Hartley einstimmig.

„Wenn du nichts sehen konntest, wie kannst du dann behaupten, dass wir es waren?" brachte Crispin vernünftig vor.

„Wer sonst?" entgegnete Joanna.

„Du willst ja bloß nicht zugeben, dass du so dumm warst, in den Teich zu fallen", hielt Hartley ihr zornig vor.

„Ich bin sicher, es war niemandes Fehler", sagte Cassandra fest. „So etwas passiert einfach."

„Ja. Gewiss ist es so gewesen", pflichtete Miss Yorke ihr bei, die augenscheinlich von dem Streit sehr mitgenommen war. „Keiner hat Schuld."

Ein Dienstmädchen brachte eine Decke für Joanna, um ihren spärlich bekleideten Körper zu bedecken. Cassandra war überzeugt, Verärgerung in den Zügen ihrer Cousine erkannt zu haben, als das Mädchen sie fest darin einwickelte.

Cassandra hatte den Verdacht, dass Joanna das alles geplant hatte, damit Sir Philip zu ihrer Rettung eilen konnte. Sie hatte zweifellos beobachtet, dass er in derselben Richtung verschwunden war, die Cassandra eingeschlagen hatte, und sie hatte entschieden, ihn zurückzuholen. Da das Wasser so flach war, hätte sie genug Zeit, so lange zu schreien, bis er angerannt kam, ohne selber in Gefahr zu geraten. Es war genau das, was sie Joanna zutraute.

Alle hatten im Hintergrund ein lautes Wehklagen wahrgenommen, das langsam näher kam. „Oh, Joanna! Mein Liebling. Mein Herz!“ Sobald Tante Ardis sie erreicht hatte, warf sie sich neben ihrer Tochter auf den Boden. „Bist du in Ordnung?“ Sie drückte das Mädchen an ihren Busen. „Oh, mein Liebling!“

„Mir geht es gut, Mama, wirklich.“ Joanna entwand sich ihr und drehte sich zu Philip um, den sie zuvor umklammert hatte. Aber der hatte die Gunst der Stunde genutzt und sich rasch erhoben.

„Warum machen wir nicht ein wenig Platz?“ schlug er vor.

„Eine ausgezeichnete Idee, Sir Philip“, lobte Miss Yorke.

Alle traten ein paar Schritte zurück und betrachteten Joanna, als wäre sie ein Ausstellungsstück in einem Museum. Cassandra fand, dass ihre Cousine mit dem vollgesogenen Reitrock, den durchweichten Stiefeln, den nassen Haaren und der um sie gewickelten Decke eher durchnässt und ungepflegt als zart und zerbrechlich aussah.

Das entging offensichtlich auch Joanna nicht, die erkannte, dass ihr großer Auftritt an Wirkung verlor, denn sie wandte sich mit flehender Stimme an Sir Philip. „Bitte, Philip, könnten Sie mich zu der

Kutsche tragen? Ich glaube nicht, dass ich so weit gehen kann, und ich möchte von hier fort."

Er sah zwar nicht gerade begeistert aus, aber er konnte ihr die Bitte schwerlich abschlagen. Also kniete er sich neben sie, hob sie auf seine Arme und ging zu der Kutsche. Joanna ließ wieder ihren Kopf gegen seine Schulter sinken und schlang einen Arm um seinen Nacken.

Cassandra beobachtete ihren Abgang. Es war ein durch und durch schrecklicher Tag, dachte sie. Und die Krönung würde es sein, neben einer durchweichten Joanna in der engen Kutsche sitzen zu müssen.

Sie folgte den anderen. An der Chaise angekommen, ritt sie plötzlich der Teufel, und sie wandte sich an Miss Yorke.

„Meine liebe Miss Yorke, ich fürchte, wir sind zu viele für die Kutsche."

„Oh. Sie haben Recht." Die andere Frau sah enttäuscht aus, sagte aber bloß: „Dann werde ich auf dem Wagen der Diener mitfahren."

„Unsinn!" protestierte Cassandra. „Das Pferd meiner Cousine ist jetzt reiterlos. Warum reiten Sie nicht einfach, statt in der Kutsche mitzufahren?"

Cassandra wurde doppelt belohnt, durch das Aufleuchten in Miss Yorkes Gesicht und Joannas Stirnrunzeln.

„Ich weiß nicht, ob ich dafür gut genug reite..." , setzte die stille junge Frau schüchtern an.

„Machen Sie sich darum keine Sorgen", versicherte ihr Cassandra heiter. „Joanna reitet immer nur ganz sanfte Pferde. Außerdem ist Sir Philip ja in der Nähe, um Ihnen zu helfen."

„Aber ich habe gar keine Reitkleidung an."

„Ihre Röcke sind doch weit genug."

„Es wäre wundervoll – wenn Sie sicher sind, dass es in Ordnung geht?“ Miss Yorke sah fragend zu ihrem Arbeitgeber.

Sir Philip lächelte. „Natürlich. Miss Verrere hat, wie immer, den rettenden Einfall gehabt. Kommen Sie, Miss Yorke, reiten Sie mit uns.“

Die Frau ging glücklich mit Sir Philip fort, und Cassandra stieg in die Kutsche und setzte sich neben Joanna, die sie mit mörderischen Blicken bedachte.

Am nächsten Morgen machten Cassandra und Sir Philip sich in gedrückter Stimmung wieder an das Durchsehen der Bücher. Im Laufe des Vormittags erschienen die Zwillinge, Olivia und Georgette in der Bibliothek, um ihre Hilfe anzubieten, so dass eine Zeit lang die Bibliothek von ihren fröhlichen Stimmen widerhallte. Aber die Arbeit war so langweilig und gleichzeitig so anstrengend, dass die Kinder schon bald die Lust verloren und nach dem Lunch erklärten, lieber reiten gehen zu wollen. Philip und Cassandra setzten ihre Suche so weit wie möglich voneinander entfernt fort.

Bestürzt wurde Cassandra klar, wie zeitraubend die Aufgabe war, die vor ihnen lag. Sie hatte nicht damit gerechnet, dass die Bibliothek so groß sein könnte. Es dauerte auch länger, als sie gedacht hatte, die Buchtitel zu lesen, verdächtige Bücher herauszuziehen und durchzublättern. Im Laufe des Tages stieß sie auf zwei Bücher, die in Frage kamen. Eines war von einem Mann geschrieben, der mit Nachnamen Queen hieß, und das andere war eine Biographie von Maria, Königin der Schotten. Jedes Mal schlug ihr Herz höher, doch bei genauerer Untersuchung ließ sich nichts finden, das nach einer Karte aussah. Philip entdeckte ebenfalls ein paar Bücher, die ihm vielversprechend erschienen, aber auch die erwiesen sich sämtlich als Enttäuschungen.

Es können noch Tage, ja sogar Wochen vergehen, dachte Cassandra, bevor wir das richtige Buch finden – und jede Minute, die ich mit Philip verbringe, ist quälend. Sie sehnte sich nach der Zeit zurück, als sie sich noch ungezwungen unterhalten hatten, miteinander gescherzt und gelacht hatten... als er sie auf eine Art und Weise angesehen hatte, die sie innerlich dahinschmelzen ließ. Jetzt wechselten sie kaum ein Wort, und sie lachten nie. Wenn Philip sie ansah, dann mit beherrschter, kühler Miene.

An diesem Abend entschuldigte sich Cassandra zum Dinner und aß stattdessen mit den Kindern im Kinderzimmer. Sie glaubte nicht, es noch einen weiteren Abend lang mit ansehen zu können, wie sich Joanna Philip an den Hals warf.

Sie ging schon bald nach dem Ende der Mahlzeit in ihr Zimmer zurück, da sie keine Lust verspürte, mit den Kindern Charade zu spielen. Sie durchquerte mehrere Male ziellos den Raum, auf der Suche nach etwas, mit dem sie sich für den Rest des Abends beschäftigen konnte, und wollte sich gerade mit einem Buch hinsetzen, als ein Klopfen an ihrer Tür ertönte.

„Herein!" Zu ihrem Erstaunen war es Philips Mutter, die die Tür öffnete und mit einem Päckchen in der Hand eintrat. „Lady Neville!"

„Guten Abend, meine Liebe. Ich wollte mich nur vergewissern, dass es Ihnen gut geht, wo Sie doch nicht zum Dinner nach unten gekommen sind."

„Es tut mir Leid, ich wollte nicht, dass Sie sich Sorgen machen. Vermutlich habe ich mich in meiner Nachricht nicht klar genug ausgedrückt... ich wollte nur mit meinen Geschwistern essen. Das sind wir von zu Hause her gewöhnt, wissen Sie, und..."

„Sie brauchen mir nichts zu erklären", sagte ihre Gastgeberin leichthin. „Ich verstehe vollkommen. Das war auch nicht der eigentliche Grund meines Besuches. Darf ich dies hier ablegen?"

„Selbstverständlich."

Lady Neville legte das Stoffpäckchen auf das Bett und faltete es auf. Cassandra konnte jetzt erkennen, dass es sich um ein Kleid handelte. Es war aus feinster zart lavendelfarbener Seide und einfach, aber nach der neuesten Mode geschneidert, mit den schmaleren, gerafften Röcken über einem Unterkleid in derselben Farbe, einem tiefen, runden Ausschnitt und kurzen Puffärmeln.

„Was für ein wunderschönes Kleid!" rief Cassandra leise.

„Gefällt es Ihnen? Ich bin so froh." Philips Mutter lächelte erleichtert. „Sie müssen wissen, ich habe es mir kürzlich bestellt, und es ist heute geliefert worden. Ich fand, als ich es anprobierte, nun, dass es einfach an mir nicht so aussah wie auf der Zeichnung. Natürlich ist es für Georgette viel zu erwachsen geschnitten, aber mir kam der Gedanke, dass Sie es vielleicht tragen könnten."

„Ich?" Cassandra sah sie erstaunt an.

„Nun, ja. Wir haben annähernd die gleiche Größe, auch wenn Sie schlanker sind, was aber gut ist, denn das ist ein weiteres Problem. Es ist, fürchte ich, zu eng. Ich muss in letzter Zeit zugenommen haben."

„Ich... ich..." Cassandra betrachtete das Kleid. Es war so hübsch, dass es sie in den Fingern juckte, es zu nehmen und anzuprobieren. „Sicherlich wollen Sie es nicht einfach so hergeben."

„Was bleibt mir denn anderes übrig? Ich werde es nie anziehen, das weiß ich. Meine Schwiegermutter würde gewiss eine beißende Bemerkung darüber machen, da bin ich sicher."

„Es muss doch jemand anderen geben, dem Sie es schenken können..."

„Wem? Sie sind die Einzige, die mir einfiel. Natürlich, wenn es Ihnen nicht gefällt, dann verstehe ich das. Ich würde niemals..."

„Nein! Das ist es nicht! Es gefällt mir sehr. Es ist nur..." Sie konnte ihre Scheu, Kleider von jemand anderem zu tragen, nicht recht erklären; es sah für ihren Geschmack zu sehr nach Mildtätigkeit aus. Doch das konnte Lady Neville sicher nicht verstehen; dafür war sie zu reich und war es immer gewesen.

„Warum probieren Sie es nicht einfach an und sehen, ob es überhaupt passt?“ schlug Philips Mutter vor.

„Gut.“ Cassandra konnte einfach nicht widerstehen. Mit Lady Nevilles Hilfe legte sie ihr Kleid ab und zog das andere an.

Noch bevor alle kleinen Perlenknöpfe am Rücken geschlossen waren, hatte sich Cassandra in das Kleid verliebt. Es passte, als wäre es für sie gemacht worden, und das blasse Lavendelblau unterstrich ihren Teint aufs Vorteilhafteste. Genau so ein Kleid hatte sie sich gewünscht. Unwillkürlich stellte sie sich vor, dass sie es morgen zum Dinner anziehen und wie Philip sie dann ansehen würde.

„Es steht Ihnen ausgezeichnet!“ rief Lady Neville. „Meine Liebe, Sie müssen es einfach tragen. An mir sähe es nie auch nur halb so gut aus. Bitte, sagen Sie, dass Sie es annehmen.“

„Gut.“ Cassandra lächelte ihrem Spiegelbild zu und strich zärtlich über den Stoff. Was auch immer sie dabei empfand, Mildtätigkeit anzunehmen, sie wusste, dass sie es nicht ertragen würde, auf dieses Kleid zu verzichten. „Vielen Dank, Lady Neville.“

„Gern geschehen, meine Liebe“, erwiderte ihre Gastgeberin strahlend.

Als Cassandra am nächsten Morgen zum Frühstück herunterkam, hatte Philip seine Mahlzeit schon beendet. Sie fand ihn in der Bibliothek, wo er in einem Sessel saß und Zeitung las. Er erhob sich, als sie eintrat, und machte einen Schritt in ihre Richtung, blieb dann aber stehen und nickte ihr höflich zu.

„Guten Morgen, Miss Verrere.“

„Sir Philip.“

„Mir ist aufgefallen, dass Sie gestern nicht zum Dinner nach unten gekommen sind. Ich hoffe, Sie fühlten sich nicht unwohl.“

„Nein. Ich habe mit den Kindern gegessen. In letzter Zeit hatte ich sie vernachlässigt."

„Verstehe." Sie standen sich einen unbehaglichen Augenblick lang schweigend gegenüber, bevor er sich abwandte und zu der Wendeltreppe ging. „Gut... wollen wir anfangen?"

Sie stiegen die Stufen hoch und begaben sich an ihre gewohnten Plätze. Cassandra begann sich durch ein weiteres Regal zu arbeiten. Nie hätte sie gedacht, dass eine Schatzsuche so langweilig sein könnte. Nach ein paar Minuten verspürte sie mit einem Mal ein Prickeln in ihrem Nacken, so als ob sie beobachtet würde. Sie schwang herum. Philips Blick ruhte auf ihr.

„Ja?" fragte sie, die Augenbrauen hebend.

Er setzte zu einer Antwort an, hielt dann aber inne. Er ließ das Buch, das er in der Hand hielt, zuschnappen und schob es an seinen Platz zurück. „Verdammt! Jetzt reicht es!"

Damit eilte er zur Treppe, lief sie polternd herab und ging zum Klingelzug an der Wand, an dem er heftig zog. Als ein Lakai kurz darauf erschien, gab er ihm leise Anweisungen, kehrte dann zu ihr auf die Empore zurück und nahm sie beim Handgelenk.

„Kommen Sie", sagte er barsch. „Ich glaube, es wird Zeit, dass Sie sich etwas ansehen."

„Was denn?" Ihre Haut brannte, wo seine Hand sie berührte, und seine Nähe ließ sie innerlich erbeben. Sie schimpfte sich eine Närrin. Es gab keinen Grund, dass ihr schwindelig wurde, bloß weil ein gut aussehender Mann nur ein paar Zoll von ihr entfernt stand. Aber sie konnte ihre überreizten Sinne nicht ausschalten, nicht verhindern, dass ihr seine Größe und Kraft bewusst wurden, sie den ihm eigenen männlichen Duft wahrnahm. Sie schluckte und versuchte, sich nichts anmerken zu lassen.

Er antwortete nicht, sondern zog sie bloß zu der Treppe. Sie kam notgedrungen mit ihm. Auch wenn sie es nicht gerne zugab, lag es nicht nur an seiner überlegenen Stärke, dass sie ihm folgte. Sie ging freiwillig mit. Sie wollte sich nicht aus seinem Griff befreien.

Philip zog sie die Treppe hinab, aus der Bibliothek und zu einer Seitentür. „Was soll das?" erkundigte sich Cassandra. „Wo gehen wir hin?"

„Das werden Sie schon noch sehen." Er strebte den Ställen zu. „Wir werden heute früh einen Besuch machen."

„Einen Besuch?" Cassandra konnte sich keinen Reim darauf machen. „Wovon reden Sie überhaupt? Wir haben doch noch so viel zu arbeiten!"

„Was ich nicht kann, bevor wir nicht das hier ein für alle Mal geklärt haben."

„Was klären?" Eine düstere Vorahnung beschlich Cassandra.

Verärgert blickte er sie an. „Müssen Sie so viele Fragen stellen?"

„Das ist ja schließlich nicht verwunderlich, wenn Sie sich weigern, mir zu sagen, warum Sie mich aus der Bibliothek gezerrt haben oder wohin wir gehen oder sonst irgendwas."

Auf dem Hof stand eine leichte zweirädrige Kutsche, und Philip schob Cassandra hinein. Dann kletterte er selbst hinterher, nahm die Zügel von dem wartenden Stallknecht in Empfang und fuhr in flottem Tempo los. Cassandra hielt sich am Sitz fest, um nicht gegen Sir Philip geschleudert zu werden, als sie schwungvoll in die Auffahrt einbogen.

„Ich habe noch nicht einmal einen Hut oder Handschuhe!" protestierte sie. „Ich kann doch niemandem so meine Aufwartung machen! Und mein Kleid ist auch völlig unpassend."

„Kein Grund zur Sorge. Man ist dort nicht förmlich. Keinen wird das stören."

„Mich stört es aber", erklärte Cassandra durch zusammengebissene Zähne. „Wenn das nicht wieder typisch Mann ist. Sie sagen, es wird niemanden stören, aber alle werden denken, ich hätte keinerlei Manieren.“

„Nicht dort, wo wir hinfahren. Wenn doch, dann haben Sie hiermit meine Erlaubnis, allen mitzuteilen, dass ich Sie entführt und Ihnen nicht gestattet habe, Hut oder Handschuhe mitzunehmen.“

Ein Lächeln stahl sich auf Cassandra Züge. „Das werde ich“, warnte sie ihn.

Sie konnte nicht mehr aus ihm herausbekommen, und mit ihm durch den strahlenden Sommertag zu fahren war viel zu schön, um weiter düsteren Gedanken nachzuhängen.

Schon bald bogen sie in eine Auffahrt ein, die zu einem Gebäude aus roten Ziegeln führte, an das auf einer Seite ein Silberbuchenwäldchen grenzte. Als sie vor dem Gebäude anhielten, kamen ein paar Jungs um die Ecke gerannt, die einem anderen dicht auf den Fersen waren. Sie kamen alle schlitternd zum Stehen, als sie Cassandra und Philip sahen. Dann begannen sie begeistert zu winken und aufgeregt zu hüpfen.

Cassandras wurde beinahe übel. „Wo sind wir? Ist das hier Silverwood?“

„Ja.“ Er sah ihr ins Gesicht. „Fürchten Sie, Sie könnten sich besudeln, wenn Sie sie besuchen?“

Cassandras Wangen wurden zornrot. Statt einer Antwort wandte sie ihm den Rücken zu und kletterte von ihrem Sitz, ohne auf seine Hilfe zu warten.

„Sir Philip! Sir Philip!“ rief der kleinste der Jungen, kam um die Kutsche gelaufen und umklammerte dessen Bein, sobald der ausgestiegen war. Philip lachte leise, dann befreite er sich sanft aus seinem Griff.

„Harry... Harry, du wirfst mich noch um.“

Die anderen vier Jungen waren stehen geblieben und musterten Cassandra voller Interesse. Einer der Jungen, sah sie, hatte einen lahmen Arm. Das Gesicht eines anderen wurde von einem großen Feuermal verunstaltet. Der Älteste musste, auch wenn er nicht groß gewachsen war, ungefähr fünfzehn oder sechzehn sein, die anderen lagen altersmäßig irgendwo zwischen ihm und dem kleinen Harry. Sechzehn, dachte Cassandra verwundert. Sir Philip hatte offensichtlich in jungen Jahren angefangen. Er konnte kaum älter als vierunddreißig sein.

Philip kam um die Kutsche, seinen jungen Bewunderer an der Hand haltend. „Guten Morgen, Jungs."

„Guten Morgen, Sir Philip." Sie kamen eifrig näher, wenn auch mit mehr Zurückhaltung als Harry.

„Ich möchte, dass ihr jemanden kennen lernt." Er stellte den Jungen Cassandra vor, und sie antworteten höflich mit einer Verbeugung.

Dann begaben sie sich alle ins Innere des Hauses. Gerade als sie die Eingangshalle betraten, erschien Sarah Yorke und kam ihnen entgegen. Sie betastete nervös ihr Haar und strich sich ihre Röcke glatt.

„Sir Philip! Was für eine freudige Überraschung. Und Miss Verrere begleitet Sie."

„Guten Morgen, Miss Yorke."

„Ich dachte, ich bringe Miss Verrere her, um ihr Ihre ausgezeichnete Arbeit zu zeigen."

„Entschuldigen Sie bitte, wenn wir stören", fügte Cassandra eilig hinzu.

„Himmel, nein, Sir Philip ist hier stets willkommen. Dies hier ist letztendlich ja sein Haus."

„Warum führen Sie Miss Verrere nicht herum, Sarah? Erklären Sie ihr alles. Anscheinend hatte ich den Jungen versprochen, mit ihnen Cricket zu spielen."

„Natürlich.“ Miss Yorke lächelte schüchtern. „Bitte gehen Sie nur.“

Sie ging Cassandra in das erste Zimmer voran, wo drei Jungen unterschiedlichen Alters vor ihren Büchern saßen. Zwei sprangen bei ihrem Eintritt höflich auf. Der dritte blieb sitzen; Cassandra sah, dass seine Beine in der Mitte der Oberschenkel aufhörten.

„Wir beschäftigen uns in diesem Zimmer mit Mathematik“, erläuterte Sarah. „Jungs, Sir Philip ist hier und für ein Spiel Cricket bereit. Wenn ihr wollt, dürft ihr gehen.“

Zwei rannten aus dem Zimmer, während der verkrüppelte Junge zurückblieb.

„Möchtest du nicht auch gehen und zuschauen, Dennis?“ fragte Miss Yorke.

„Wozu?“ erwiderte er verdrießlich. Miss Yorke berührte ihn an der Schulter. „Nun, dann darfst du mit deinen Studien fortfahren oder etwas tun, das du lieber magst, da die anderen fort sind.“

Sie ging mit Cassandra hinaus und sagte, sobald sie außer Hörweite waren, mit leiser Stimme: „Dennis ist immer noch ziemlich verbittert. Verständlicherweise, natürlich. Seine Beine wurden von einem Milchwagen überrollt.“ Sie schüttelte bedauernd den Kopf. „Aber es wird bald besser. Das wird es immer, wenn sie erst einmal eine gewisse Zeit hier sind. Dann wird er einsehen, wie viel Gutes das Leben ihm noch zu bieten hat.“

Sie betraten einen anderen Raum, in dem Kinder bis zu ihren Ellbogen in Ton steckten und lachend und quietschend unter den Augen einer Frau mit kräftigen Armen Figuren formten. Es war offensichtlich, dass zwei der Kinder blind waren, ein drittes gab seltsame kehlige Laute von sich. Miss Yorke erklärte, dass es von Geburt an taub sei.

In Cassandra begannen sich Zweifel zu regen. Wie konnten so viele von Sir Philips unehelichen Kindern körperlich behindert sein?

Blind, taub, verkrüppelt, von Feuermalen gezeichnet... und sie hatte noch gar nicht alle gesehen.

Miss Yorke ließ sich darüber aus, dass sie und Sir Philip der Ansicht seien, wie wichtig es für Kinder war, ihre künstlerischen Fähigkeiten wie Tonarbeiten, Zeichnen oder Musik zu fördern. „Es ist erstaunlich, wie sehr die Kinder es einem danken, wenn man ihnen eine Chance gibt. Gott sei Dank war Sir Philip bereit, den Kindern hier diese Chance zu bieten."

Miss Yorkes Augen glühten. Cassandra kam der Verdacht, dass die Gouvernante insgeheim zarte Gefühle für Sir Philip hegte.

„Sir Philip hat viel für seine Kinder getan", sagte Cassandra mit Bedacht.

„Nun, ja. Die meisten Leute beachten solche Kinder gar nicht, eilen einfach an ihnen vorüber – wenn sie sie überhaupt bemerken. Aber Sir Philip ist die Güte in Person. Er kleidet sie nicht nur und gibt ihnen zu essen, verhilft ihnen zu einer Erziehung, nein, er kommt sogar her und besucht sie. Um mit ihnen zu reden und zu spielen. Das ist höchst ungewöhnlich. Mildtätigkeit beschränkt sich normalerweise, wenn sie überhaupt gewährt wird, auf Geld. Aber Sir Philip gibt sich selbst. Er interessiert sich ehrlich für ihre Fortschritte."

Cassandras ungutes Gefühl wuchs. Warum gab es hier nur Jungen?

Miss Yorke und sie blieben kurz an einem Fenster stehen und sahen in den Garten, wo Sir Philip und die Kinder Cricket spielten.

„Es sind so viele", murmelte Cassandra.

„Ja." Miss Yorke stellte das befriedigt fest, doch dann runzelte sie die Stirn. „Wir platzen aus allen Nähten. Lionel wird uns bald verlassen. Er ist so begabt, dass Sir Philip ihm eine Lehrstelle in der Wedgwood-Porzellanmanufaktur verschaffen konnte. Aber auch dann noch haben wir mehr als zwanzig Jungen. Ich weiß nicht, was wir tun werden. Wir haben den Dachboden schon in einen Schlafsaal für die Jüngeren umgebaut."

Während Miss Yorke sie über den Flur in das kleine Zimmer, das ihr als Büro diente, führte, fragte Cassandra geradeheraus: „Wo kommen die Kinder her?"

„Von überall." Sarah deutete auf einen Stuhl. „Möchten Sie etwas Tee?"

Cassandra schüttelte den Kopf. „Nein, danke. Sie wollten gerade sagen..."

„Oh, ja, wo die Jungen herstammen. Ich glaube, Sir Philip erwischte John in London dabei, wie er ihm den Geldbeutel stehlen wollte."

„Seinen Geldbeutel stehlen!"

Miss Yorke nickte. „Sehen Sie, wie gut Sir Philip ist? Er hätte ihn einfach ins Gefängnis werfen lassen können. Stattdessen nahm er ihn in seinem Haus auf, gab ihm zu essen und ein Dach über dem Kopf. Aber er sah, dass das auf Dauer keine Lösung war. Und er sah, dass es noch viel mehr solche Jungen wie John in London gab und auch sonst überall. Da kam ihm die Idee mit Silverwood. Er wusste, dass der Eigentümer gestorben war und das Haus zum Verkauf stand. Er erwarb es, stellte mich ein – womit er mir das Leben rettete, wie ich Ihnen ja schon erzählt habe, und bewahrte die Jungen vor einem bösen Schicksal. Wir haben mit vier Kindern begonnen, aber Sir Philip brachte immer wieder unerwünschte Kinder hierher. Dennis, den Sie ja kennen gelernt haben, ist der jüngste Zugang. Sir Philip fand ihn bettelnd auf den Straßen von Manchester. Viele von ihnen haben gebettelt oder gestohlen, um nicht zu verhungern."

Cassandra war leicht benommen. „Aber... ich habe gehört, dass in Silverwood Sir Philips uneheliche Kinder leben."

„Dieses bösartige Gerücht!" empörte sich Miss Yorke. „Es gibt es immer noch. Die Leute ziehen es vor, immer das Schlimmste zu glauben. Natürlich sind es nicht Sir Philips uneheliche Kinder. Es sind ganz einfach arme Waisenkinder, die von allen anderen verlassen wurden."

Cassandra war ganz elend zumute. Sir Philip hatte gütig gehandelt, und sie hatte ihn beschuldigt, ein herzloser Verführer zu sein, der seine Mutter beleidigte, indem er seine unehelichen Sprösslinge in einem Haus in direkter Nähe von Haverly House unterbrachte. Am liebsten wäre sie im Erdboden versunken. Wie konnte sie nur so vorschnell ein Urteil fällen, so bereitwillig das Schlimmste annehmen? Wie musste er sie jetzt verachten! Was hatte sie ihm alles an den Kopf geworfen!

Sie bekam kaum noch etwas von dem mit, was Sarah danach erzählte, denn sie war von Reue und Schuldgefühlen wie betäubt, und als Sir Philip erschien, um sie abzuholen, konnte sie ihm nicht in die Augen schauen.

Nach dem Essen, das zur Freude der Kinder im Freien serviert wurde, verabschiedete sich Cassandra und ging schweigend neben Sir Philip zur Kutsche. Er half ihr hinein, und sie fuhren los. Als sie von der Auffahrt in die Straße einbogen, winkten sie den Kindern noch einmal zu, dann konnte man Silverwood nicht mehr sehen.

Cassandra starrte zerknirscht auf ihre in ihrem Schoß verkrampften Hände. Sie schluckte, dann sagte sie tapfer: „Ich muss mich bei Ihnen entschuldigen."

Er blickte sie von der Seite an. „Ich habe Sie nicht hergebracht, damit Sie sich entschuldigen."

„Nichtsdestotrotz muss ich es tun. Ich war im Unrecht, schrecklich im Unrecht. Ich habe Sie beleidigt, beschuldigt,... junge Frauen zu verführen, wo Sie doch in Wahrheit die ganze Zeit die Güte in Person waren. Kein Wunder, dass Ihre Mutter und Ihre Schwester stolz auf Sie sind! Ich hätte gleich wissen müssen, dass das Gerücht über Silverwood und Sie nicht stimmt, als ich hörte, wie Sie darüber sprachen.“ Sie wandte sich ihm zu und blickte ihn an. „Warum haben Sie es mir nicht gesagt? Sie wussten, was ich dachte! Warum haben Sie es gestern nicht richtig gestellt? Warum haben Sie es zugelassen, dass ich annahm, dass... dass...“

„Ich habe festgestellt, dass die Leute gewöhnlich glauben, was sie glauben wollen“, bemerkte Philip müde.

„Ich wollte es nicht glauben“, rief Cassandra. „Ich habe es ehrlich versucht.“

Er lenkte die Kutsche unter einen Baum an den Straßenrand und hielt an. Er drehte sich um und sah ihr ins Gesicht. „Warum haben Sie es dann getan? Warum haben Sie den Gerüchten mehr vertraut als Ihrem eigenen Urteil über mich?“

„Tante Ardis hat es mir gesagt. Sie behauptete, es wäre allgemein bekannt, dass Sie ein Wüstling, ein Lebemann wären. Dass Sie sogar ein Haus für Ihre unehelichen Kinder eingerichtet hätten. Ich habe mich geweigert, ihr zu glauben, aber als wir nach Haverly House kamen und Ihre Mutter anfing, von Silverwood zu erzählen und mir klar wurde, dass es wirklich ein Haus mit Kindern gab, da begann ich zu zweifeln... und dann sprach Ihre Mutter von ‚deinen Kindern‘.“

Philip stöhnte. „Das meinte sie doch nicht wörtlich!“

„Das ist mir jetzt auch klar. Aber da konnte ich das nicht wissen. Alles, woran ich denken konnte, war, dass Tante Ardis Recht hatte.“

„Und dass ich die Unverschämtheit besäße, meine unehelichen Kinder in einem Haus, nur ein paar Meilen von dem Heim meiner Mutter und meiner Großmutter entfernt, unterzubringen. Wie konnten Sie nur? Wie konnten Sie glauben, dass ich mein ganzes erwachsenes Leben damit zugebracht habe, wie ein streunender Kater durch England zu streifen und wahllos Kinder zu zeugen?“

„Ich wusste nicht, wie ich es nicht glauben sollte!“ entgegnete Cassandra aufgebracht. „Der Beweis war ja hier vor meiner Nase.

Das Haus, das Tante Ardis erwähnt hatte. Ihre Mutter und Georgette, die ‚deine' Kinder sagten. Was sonst sollte ich denn denken?"

„Sie hätten zu mir kommen können." In seinen Augen schwelte unterdrückter Zorn. „Sie hätten mich fragen können, ob es wahr wäre."

„Dann hätte ich aber immer noch nicht die Wahrheit gewusst. Wenn Sie zu der Sorte Männer gehörten, die junge Frauen erst verführen und dann sitzen lassen, hätten Sie dann gezögert, mich zu belügen?"

„Warum reden Sie immer davon, dass ich ein Verführer junger Mädchen und Frauen sei? Auch uneheliche Kinder bedeuten doch nicht notwendigerweise, dass ich mir eiskalt Unschuldige für ein Schäferstündchen auswähle."

„Aber das ist es, was die Gerüchte behaupten. Das ist, was Tante Ardis mir sagte – und wenn sie mit dem Haus für die unehelichen Kinder Recht behalten hatte, dann hieße das doch, dass sie auch mit ihren anderen Behauptungen richtig lag. Tante Ardis meinte, dass die jungen, unerfahrenen Frauen am ehesten ungewollt schwanger werden. Ältere, erfahrenere Frauen wüssten vermutlich, wie man es verhindert." Cassandra wurde rot, aber sie erwiderte seinen Blick freimütig. „Außerdem wusste ich selbst, wie gut Sie die Kunst des Verführens beherrschen. Ich... Sie... nun, ich kannte Ihre Küsse." Ihre Stimme brach, aber sie zwang sich, weiterzusprechen. „Ich wusste aus eigener Erfahrung, dass Sie ein leidenschaftlicher Mann sind, dass Sie wissen, wie man einer Frau das Gefühl gibt, äh..." Sie räusperte sich, das Gesicht schamrot. „Ich wusste, dass Sie versucht haben, mich zu verführen."

„Das habe ich nicht!" rief er. „Ich meine... Nun, es geschah nicht absichtlich, nicht aus Berechnung." Seine Stimme wurde heiser. „Ich wollte dich einfach."

Hitze überflutete Cassandra. Sie atmete zitternd aus.

„Ich habe nicht versucht, dich zu etwas zu verlocken. Ich konnte nur einfach nicht meine Finger von dir lassen.“ Sein Blick glitt verlangend über ihren Körper, dann sah er ihr wieder in die Augen. „Himmel, ich kann es auch jetzt nicht, so wahr mir Gott helfe.“

Damit beugte er sich vor, legte seine Hand in ihren Nacken und senkte den Kopf, um sie zu küssen.

14. KAPITEL

Ihr Mund öffnete sich unter seinem, und ihre Hände legten sich wie von selbst um sein Gesicht. Das Gefühl seiner Haut unter ihren Fingerspitzen ließ Caasandra erbeben. Für sie existierte nichts anderes als eben dieser Moment, dieser Kuss, seine Arme um sie, seine Lippen auf ihren und das sinnliche Spiel ihrer Zungen.

Er unterbrach den Kuss nur kurz, um sie auf seinen Schoß zu ziehen. Dann senkte er seinen Kopf erneut, und ihre Lippen fanden sich. Seine Hände strichen über ihren Körper, streichelten ihren Busen durch die Kleidung und glitten dann über ihren Bauch zu ihren Hüften, um dann wieder zu ihrer Brust zurückzukehren, sie zärtlich zu umfassen. Cassandras Haut brannte, wo immer er sie berührte, und sie bog sich ihm entgegen, stöhnte leise unter seinen Zärtlichkeiten. Philips Verlangen wuchs angesichts ihrer Leidenschaft, und er atmete heftig, dann verstärkte er den Druck seiner Lippen. Cassandra hatte das Gefühl, als gehöre ihr Körper nicht mehr ihr allein, als hätte er sich in etwas Wildes verwandelt, das nur auf ihn reagierte. Seltsamerweise ängstigte sie das aber überhaupt nicht, sie fand es vielmehr aufregend, so als würde sie eine unbekannte Welt betreten.

Er knöpfte mit vor Ungeduld ungeschickten Fingern ihr Oberteil auf und ließ seine Hand unter den Stoff gleiten, unter ihr Hemd, um ihre Brüste zu streicheln. Er übersäte ihr Gesicht mit Küssen, dann ihren Hals und ihr Ohr, nahm das Ohrläppchen zart zwischen die Lippen und begann sanft daran zu saugen, während er gleichzeitig die Spitze ihrer Brust zwischen Daumen und Zeigefinger rieb. Wie eine gewaltige Woge erfasste das Verlangen Cassandra. Philip setzte sein zärtliches Spiel mit ihrer Brustspitze fort, kniff sie sanft, bis sie hart wurde.

„Cassandra..." , flüsterte er heiser und küsste ihren weißen zarten Hals. Seine Lippen versengten sie, und sein Atem ließ ihre Haut prickeln. Wie von fern hörte sie ihren eigenen Atem, laut und schwer. Sie konnte spüren, wie Philip sich verlangend gegen sie drängte. Ein heißes Sehnen entstand zwischen ihren Schenkeln, gewann an Intensität, drohte sie zu überwältigen, und sie presste die Beine fest zusammen.

Als Antwort darauf glitt seine Hand unter ihre Röcke, ihre Schenkel hinauf, zwischen ihrer Haut und seinen Fingern nichts als der dünne Stoff ihrer Unterwäsche. Dann schob sich seine Hand zwischen ihre Beine und drückte gegen ihr heißes Fleisch. Cassandra erstarrte verlegen. Gewiss konnte er die Feuchtigkeit dort spüren. Doch dann wurde alle Verlegenheit fortgeschwemmt von einer Woge der Lust, die sie bei seiner Berührung erfasste. Es war genau das, wonach sie sich unwissentlich gesehnt hatte, und sie wimmerte leise unter dem brennenden Gefühl.

Sein Mund setzte seine Reise fort, ihren Hals hinab und zu ihrer Brust, schob ihr Kleid und Hemd beiseite und umschloss eine Brustspitze. Er sog sie in seinen Mund, und Cassandra keuchte auf, erstaunt, dass ihre Lust sich noch steigern ließ. Zur selben Zeit presste sich seine Hand zwischen ihre Beine, streichelte sie dort im gleichen Rhythmus, in dem sein Mund ihre Brustspitze liebkoste, und Cassandra erzitterte unter dem doppelten Angriff auf ihre Sinne. Sie war verwirrt und wünschte sich, er möge für immer weitermachen, auch wenn sie sich fühlte, als würde sie jeden Augenblick in tausend Stücke zerspringen, wenn die Lust ihren Höhepunkt erreichte.

Ihre Hände glitten zärtlich über seinen Rücken und seine Schultern, und sie wusste, dass sie sich danach sehnte, seine Haut zu spüren, ihn so zu berühren, wie er sie berührt hatte, seinen Hals und seine bloße Brust zu erforschen, so wie er es bei ihr getan hatte. Sie streichelte ihn im Nacken, und er stöhnte. Sie hauchte seinen Namen.

Eins der Pferde wieherte und stampfte unruhig mit den Hufen. Cassandra und Philip erstarrten, als das Geräusch den Nebel ihrer Leidenschaft durchdrang.

„Oh, Gott", entfuhr es Philip gequält, er holte tief Luft und ließ den Kopf gegen ihre Brust sinken. Langsam zog er seine Hand zwischen ihren Beinen hervor und richtete sich auf. „Jeder hätte uns sehen können!"

Er blickte sich um. „Himmel, was habe ich mir nur dabei gedacht?" Er lachte freudlos. „Offensichtlich habe ich überhaupt nicht gedacht."

Cassandra setzte sich zitternd auf und glitt von seinem Schoß. Ihr Gesicht brannte vor Verlegenheit, wenn sie daran dachte, wie leicht man sie hätte beobachten können, und sie machte sich mit bebenden Fingern daran, ihr Oberteil wieder zuzuknöpfen. „Es tut mir Leid. Ich hätte nicht..."

„Nein", erwiderte er heiser. „Es war nicht deine Schuld. Es war meine. Himmel, ich war gerade dabei, dich abzukanzeln, weil du mich für einen gewissenlosen Verführer gehalten hast, und im nächsten Moment habe ich nichts Besseres zu tun, als auf offener Straße wie ein Barbar über dich herzufallen." Er seufzte und fuhr sich mit den Händen übers Gesicht, als wollte er die Leidenschaft fortwischen, die immer noch in ihm loderte. „Ich scheine in deiner Nähe jegliche Selbstbeherrschung zu verlieren."

„Das geht mir ebenso mit dir", gestand Cassandra ehrlich; ihre Worte sandten eine neue Hitzewelle durch Philip.

„Himmel, Cassandra." Ein zitterndes Lachen entfuhr ihm. „Wie soll ein Mann Willensstärke zeigen, wenn du solche Sachen sagst?"

„Philip... ist das, was wir getan haben, so falsch?" fragte sie, ihren Blick auf ihre Hände gesenkt, mit denen sie immer wieder dieselbe Stelle ihrer Röcke glatt strich.

„Falsch? Nein! Es war nur ein überaus unpassender Ort und nicht der richtige Zeitpunkt. Ich glaube, dass das, was ich von dir will, gut und richtig ist. Doch die Welt", fügte er hinzu, „sieht das nicht ebenso tolerant, fürchte ich."

„Nein, gewiss nicht."

Cassandra hielt den Blick weiter auf die Hände in ihrem Schoß gesenkt. Philip legte ihr zwei Finger unters Kinn und hob ihr Gesicht, so dass sie ihn ansah. „Cassandra, ich wollte nie, dass du verletzt wirst, unglücklich bist oder in den Augen der Welt Schaden nimmst. Ich will dich nicht anlügen. Ich will dich mehr, als ich je eine Frau wollte, doch die Entscheidung liegt bei dir. Ich werde dich weder überreden, noch bewusst verführen. Ich werde dich nicht übervorteilen."

Sie lächelte ihn an, und ihr Gesicht leuchtete dabei, dass es ihn bis ins Herz traf. „Ich lag so falsch mit dem, was ich von dir gedacht habe. Du bist so gut."

Er erwiderte ihr Lächeln leicht verzerrt. „Es gibt viele, die dir da widersprechen würden. Aber ich bin es zufrieden, wenn du so denkst." Er drückte ihr einen zarten Kuss auf die Lippen, dann ließ er ihr Kinn los, drehte sich um und nahm die Zügel. „So, nun lass uns von etwas anderem reden, so dass wir mit wenigstens einem Rest Anstand in Haverly House ankommen."

Cassandra trug zum Dinner das neue Kleid, das Lady Neville ihr am Vortag gegeben hatte, und sonnte sich in dem Glanz in Philips Augen, sobald er ihrer ansichtig wurde. Olivia und Georgette hatten ihr das Haar so frisiert, dass es ihr Gesicht in weichen Wellen umrahmte. Philips Mutter strahlte, als sie sie erblickte, und Lady Neville nickte ihr wohlwollend zu. Cassandra widerfuhr sogar die Genugtuung, zu sehen, wie ihre Tante und Cousine sie anstarrten, als wären ihr plötzlich zwei Köpfe gewachsen.

Als sie nach dem Essen im Salon saßen, beugte sich Philip zu ihr hinüber und flüsterte: „Sie stellen in diesem Kleid eine ernsthafte Gefahr für die Selbstkontrolle jedes Mannes dar, Miss Verrere."

Cassandra lachte kehlig und warf ihm einen übermütigen Blick zu. „Das, mein Herr, war genau meine Absicht."

Während der nächsten Tage arbeiteten die beiden regelmäßig in der Bibliothek und erklärten ihren neugierigen Verwandten, dass Cassandra Sir Philip dabei helfe, die Bücher neu zu katalogisieren. Zu ihrem Erstaunen war die Suche nicht länger langweilig oder ermüdend. Jetzt, da ihre Zweifel an Philip ihr Verhältnis nicht länger belasteten, arbeiteten sie Seite an Seite und unterhielten sich dabei bestens.

Am Nachmittag unterbrachen sie ihre Arbeit gewöhnlich für einen Ausritt. Obwohl Cassandra zuerst wegen des Zeitverlustes Einspruch erhob, so musste sie doch zugeben, dass der Ritt an der frischen Luft sehr anregend war.

Manchmal ritten sie am Ufer der Ouse entlang, manchmal folgten sie gewundenen Wegen durch Wälder und über Wiesen und Felder, aber am häufigsten führten ihre Ausritte sie zu den Ruinen einer alten Abtei.

Cassandra seufzte entzückt, als Philip sie das erste Mal dorthin brachte. Die Abtei lag an einem kleinen baumbestandenen Bach, eine romantische Ruine aus grauen Steinen, von der nur noch eine einzige Wand stand, während die anderen sich in unterschiedlichen Stadien des Verfalls befanden. Gras wuchs in den Ritzen der Bodenplatten und wilder Wein rankte sich über die eingestürzten Mauern.

Die ganze Szene wirkte verwunschen, ein Ort voller Schönheit und Frieden.

„Wenn ich einen Schatz verstecken wollte", sagte Philip, während er abstieg und um sein Pferd herumging, um ihr aus dem Sattel zu helfen, „dann wäre dies der Ort, den ich wählen würde."

„Oh, ja", hauchte Cassandra verzaubert. Sie sah zu ihm mit großen Augen auf. „Glaubst du, Margaret hat das getan?"

Er zuckte mit den Schulterm. „Es würde mich nicht sonderlich überraschen. Schon damals war es ein bekanntes Wahrzeichen der Gegend, und man hatte es ihr gewiss gezeigt, auch wenn sie nur kurz hier war. Wenn sie den Schatz außerhalb der Grenzen des Besitzes versteckt hat, dann wäre dies die wahrscheinlichste Stelle."

Cassandra sah sich mit leuchtenden Augen um. „Oh, Philip – reizt es dich nicht auch, einfach zu suchen anzufangen?"

Leise lachend sagte er: „Ja, schon, aber ich kann mir nicht vorstellen, dass wir auch nur den Hauch einer Chance haben, etwas zu finden. Wir können nicht einfach anfangen, den Boden rund um die Abtei umzugraben. Außerdem haben wir keinen Anhaltspunkt, dass der Schatz hier irgendwo vergraben ist – oder dass er überhaupt vergraben ist. Er könnte auch in einem Zimmer sein."

„Hinter einer Wand?" schlug Cassandra vor. „Ein Geheimzimmer, vielleicht?"

„Ich erkenne mit Erstaunen, Miss Verrere, was für eine romantische Seele sich in dir verbirgt." Er lächelte und zog sie an sich. Wenn er in ihr glühendes Gesicht sah, so wie jetzt, fiel es ihm schwer, sie nicht wieder zu küssen wie neulich auf dem Rückweg von Silverwood. Aber er hatte sich versprochen, sie zu nichts zu drängen.

Zum ersten Mal in seinem Leben war sich Philip seiner Gefühle nicht sicher. Er wollte Cassandra lieben, das wusste er genau. Zuerst hatte er allerhöchstens eine Affäre im Sinn gehabt. Cassandra hatte sein Interesse geweckt und sein Verlangen, und obwohl er es sich zur Gewohnheit gemacht hatte, jungen unverheirateten Frauen aus guter Familie aus dem Weg zu gehen, unterschied sie sich so sehr von ihren Geschlechtsgenossinnen, dass er mit seiner Regel gebrochen hatte.

Jetzt aber konnte er, so sehr er sie auch begehrte, nicht aufhören, daran zu denken, was es für ihren Ruf bedeuten würde, sollte ihre Affäre bekannt oder Cassandra schwanger werden. Über so etwas hatte er sich früher nie den Kopf zerbrochen, da die Damen, die er sich auswählte, erfahren waren, wie Cassandra es ausgedrückt hatte, und er angenommen hatte, dass sie dafür Sorge tragen würden, so etwas zu verhindern. Aber Cassandra war anders... in so vieler Hinsicht.

Ich bin gefangen zwischen Skylla und Charybdis, dachte er. Weder wollte er ihren Ruf zerstören, noch glaubte er, darauf verzichten zu können, sie in sein Bett zu bekommen. Es gab nur einen Ausweg und der hieß Heirat. Die Vorstellung, mit Cassandra verheiratet zu sein, hatte etwas gefährlich Verlockendes. Der Himmel wusste, dass es nie langweilig werden würde, wenn sie seine Ehefrau wäre. Und an Leidenschaft würde es ihnen nicht mangeln, mindestens zu Anfang nicht, und wenn die nachließe, was sonst früher oder später der Fall gewesen war, nun, dann wäre sie immer noch eine unterhaltsame, geistreiche Freundin. Vermutlich musste er ohnehin irgendwann einmal heiraten, um den Fortbestand der Familie zu gewährleisten. Und Cassandra stammte aus einer guten Familie, wie merkwürdig die Verreres auch manchmal sein mochten.

Natürlich besaß sie kein Vermögen, aber auf Reichtum musste er keinen Wert legen; er besaß selbst genug davon. Sie war keine klassische Schönheit, wie man es von seiner Braut wohl erwarten würde – doch Philip erschien sie mit ihren blassgoldenen Haaren und ihren klaren grauen Augen viel schöner als jemand wie Joanna. Die Kinder, die sie ihm schenken würde... seine Lenden begannen bei dem

Gedanken an Cassandra, schwanger mit seinem Kind, zu pulsieren. Es wären begabte, lachende, wunderschöne Kinder, wenn Cassandra ihre Mutter wäre – naseweise kleine Hexen wie Olivia oder waghalsige Lausbuben wie die Zwillinge. Würde sie ihm Zwillinge schenken?

Überrascht hielt er inne. Sein Vater war ein kaltherziger Mann und die Ehe seiner Eltern unglücklich gewesen. Philip war mit der Überzeugung erwachsen geworden, dass er selbst sich nie in diesen unglückseligen Zustand begeben würde. Er glaubte nicht an Liebe; sie war nie Teil seines Lebens gewesen, außer in Form der etwas unbestimmten Liebe seiner Mutter oder Georgettes kindlicher Schwärmerei für ihren großen Bruder. Nie war ihm in den Sinn gekommen, dass er eine Frau lieben oder in einer Ehe Glück finden könnte. Bis Cassandra in sein Leben getreten war...

Nicht, dass er Cassandra liebte, ermahnte er sich rasch. Aber sie war die erste Frau, bei der er sich vorstellen konnte, dass eine Ehe mit ihr keine Prüfung für ihn werden würde. Es wunderte ihn – und beunruhigte ihn auch in gewisser Weise – dass er ernsthaft über Heirat nachdachte.

So innerlich zerrissen er auch war, so entschlossen war er doch, nichts zu unternehmen, bis er sich nicht darüber klar geworden war, was er tun würde. Egal wie sehr es ihn danach verlangte, sie zu berühren und zu küssen, er zwang sich zur Zurückhaltung. Denn, einmal damit angefangen, würde er vielleicht nicht mehr aufhören können. Seit jenem Tag in Silverwood hatte er sich davor gehütet, seinen Gefühlen nachzugeben.

Heute, wie auch schon zuvor, ließ er Cassandra los, ohne der Sehnsucht nachzugeben, sich vorzubeugen und ihre einladenden Lippen zu küssen. Er wandte sich ab und sagte gewollt unbeschwert: „Wir sollten uns besser auf den Heimweg machen. Es ist Zeit für den Tee."

„Oh. Ja." erwiderte Cassandra mit einem neckenden Lächeln und ging mit ihm zu den Pferden, insgeheim erleichtert, dass er nicht weitergegangen war. Sie war sich über ihre Gefühle auch nicht im Klaren. „Ich weiß, dass du schon ganz ungeduldig bist, Cousine Joanna wieder zu sehen."

Statt einer Antwort stöhnte Philip nur. Joanna war dazu übergegangen, sich nachmittags beim Tee und abends beim Dinner wie eine Klette an ihn zu hängen. Er konnte keinen Schritt tun, ohne dass sie an seiner Seite erschien, sich nicht setzen, ohne dass sie neben ihm Platz nahm, und jede Unterhaltung mit einem anderen der Gäste wurde von ihr nach spätestens zwei Sätzen unterbrochen.

„Du Hexe", sagte Philip mit Gefühl. „Du machst nie auch nur einen Finger krumm, um mir zu helfen, das habe ich wohl bemerkt." Sie waren bei den Pferden angekommen; er band sie los und gab Cassandra ihre Zügel.

„Himmel, du bist schließlich ein erwachsener Mann", erklärte sie lachend, während Philip ihr in den Sattel half. „Ich bin sicher, dass du sehr gut alleine mit einer Frau, nicht größer als fünf Fuß und zwei Zoll, fertig werden kannst." Sie sah ihn mit Unschuldsmiene an.

Philip schnaubte nicht gerade fein. „Sie mag nicht sonderlich groß sein, aber sie hat die verflixt größte Reichweite, die ich bisher bei einer Frau gesehen habe."

Lachend ließ Cassandra ihr Pferd antraben.

Während die Tage vergingen, verloren sie allmählich ihre Zuversicht, das Queen's Buch jemals zu finden. Zwar waren sie auf einige Biographien von Königinnen gestoßen, aber die hatten sich alle als unergiebig erwiesen. Sie hatten sogar jedes Buch über englische Geschichte durchgesehen, das ihnen unterkam, was aber auch zu keinem brauchbaren Ergebnis geführt hatte. Die gesamte obere Etage der Bibliothek hatten sie durchsucht und sich inzwischen den Büchern im Erdgeschoss zugewandt, aber Cassandra begann, sich ernsthaft zu sorgen. Die Bücher dort waren allesamt jüngeren Datums. Nur wenige von ihnen waren überhaupt vor Margarets Flucht geschrieben worden.

Trotzdem suchten sie weiter, bis sie eines Tages am letzten Regal angekommen waren. Entmutigt sahen sie sich an.

„Es ist nicht hier", fasste Philip das Offensichtliche in Worte.

Cassandra seufzte. „Gibt es noch einen Ort, an dem deine Familie irgendwelche Bücher aufbewahrt haben könnte?"

„Mein Vater und mein Großvater interessierten sich nicht sonderlich für Bücher. Es wäre schon möglich, dass sie einige Bücher auf dem Dachboden verstauen ließen. Welche, die nicht so schön aussahen. Ihnen ging es nur darum, die Ästhetik der Bibliothek zu bewahren. Vater hat den Raum hier hauptsächlich als Herrenzimmer genutzt."

Cassandra entfuhr bei der Aussicht, einen weiteren riesigen Dachboden zu durchwühlen, ein gequältes Stöhnen.

„Schlimmer noch, ich fürchte, es ist nicht ganz auszuschließen, dass es weggeworfen wurde", fügte er entmutigend hinzu.

„Aber wir können den Schatz ohne die andere Karte nicht finden", rief Cassandra entsetzt. „Ich habe unsere Karte von allen Seiten betrachtet, bis mir die Augen wehtaten, und habe nicht daraus schlau werden können."

„Ich weiß. Genauso wenig wie ich. Mir gelingt es nicht, die Punkte auf der Karte mit irgendwelchen Landschaftsmerkmalen in Verbindung zu bringen. Ich werde einfach meine Mutter fragen, ob sie sich daran erinnern kann, dass Vater irgendwelche alten Bücher aussortiert hat."

Die Vorstellung, dass sie so viel Arbeit in die Schatzsuche gesteckt hatten, so kurz bis vors Ziel gekommen waren, um nun einfach, weil inzwischen so viel Zeit vergangen war, zu scheitern, war schier unerträglich. Philip hasste es, sich geschlagen zu geben, und es erbitterte ihn, dass das Rätsel niemals gelöst werden sollte. Aber am schlimmsten war für ihn, dass, wenn sie aufgeben müssten, Cassandra wieder abreisen würde.

Verzweifelt dachte er über eine Lösung nach. Plötzlich richtete er sich auf, seine Augen leuchteten. „Natürlich. Warum habe ich nicht schon eher daran gedacht? Die Kinderzimmer!"

„Was? Was ist mit den Kinderzimmern?"

„Das Schulzimmer. Da gibt es Unmengen alter Bücher. Vater hätte es nie für nötig befunden, sich mit denen zu befassen. Und wo wäre es wahrscheinlicher, ein Buch über Königinnen zu finden, als im Schulzimmer?"

Mit neuem Mut machten sie sich daran, das Schulzimmer zu durchsuchen und kehrten, unterstützt von den Mädchen und den Zwillingen, das Unterste zuoberst – alles vergebens. Zwar waren im Schulzimmer wesentlich mehr Bücher gewesen, die von Königinnen handelten, darunter auch ein paar bemerkenswert alte Bücher, aber keines davon hatte eine Karte enthalten.

Cassandra lehnte sich mit einem Seufzen zurück. „Nun, ich fürchte, dann bleibt uns nichts anderes übrig, als uns den Dachboden vorzunehmen."

Philip nickte. „Ich werde Mutter und Großmutter fragen, ob ihnen einfällt, wo noch alte Bücher sein könnten."

An diesem Abend ging er vor dem Dinner in das Schlafzimmer seiner Mutter. Sie saß in ihrem Morgenmantel vor dem Spiegel und ließ sich von ihrer Zofe die Haare aufstecken. Erfreut drehte sie sich zu ihm um, als er hereinkam.

„Philip! Liebling!" Sie streckte ihm beide Hände entgegen. „Wie schön. Komm, setz dich." Sie winkte ihn zu einem Stuhl dicht neben sich, dann wandte sie sich an ihre Zofe: „Beeil dich mit dem Aufstecken, Mary, dann kannst du gehen. Ich läute, wenn ich dich wieder brauche."

Während der folgenden Minuten unterhielten sie sich über Nichtigkeiten, bis die Zofe die Haare ihrer Herrin zu deren Zufriedenheit frisiert hatte. Dann ließ sie sie allein, und Lady Neville lehnte sich lächelnd vor und tätschelte ihrem Sohn das Knie. „Nun, Lieber, sag, was führt dich heute Abend zu mir?"

„Kann ein Sohn nicht einfach so seine Mutter besuchen?"

„Doch. Du suchst mich oft auf, im Empfangssalon, im Musiksalon oder irgendeinem anderen Zimmer im Haus. Aber da dies hier das Zimmer ist, bei dem du ziemlich sicher sein kannst, dass niemand uns unterbricht, vermutete ich, dass du mit mir etwas im Vertrauen besprechen willst."

Um Philips Mund spielte ein Lächeln. „Du bist sehr scharfsinnig, Mutter."

„Du weißt, dass ich nicht immer geistlos bin. Nun, worum geht es? Miss Verrere?"

„Cassandra?" Er starrte sie verständnislos an. „Wie kommst du darauf?"

Seine Mutter hob fragend die Augenbrauen. „Ich bin nicht blind, Philip. Jeder in diesem Haus kann sehen, dass du an der jungen Frau ein besonderes Interesse hast. Sogar Sarah Yorke hat darüber schon eine Bemerkung gemacht. Natürlich habe ich ihr gesagt, dass ihr bloß befreundet seid, schließlich konnte ich schwerlich etwas anderes sagen, da du mich in deine Absichten gegenüber Miss Verrere nicht eingeweiht hast."

Philip schob sein Kinn vor. „Ich glaube kaum, dass das irgendjemanden außer mir etwas angeht."

„Vielleicht. Aber, mein Lieber, du musst einsehen, dass die Art und Weise, wie du ihre Gesellschaft suchst – jeden Tag, in der Bibliothek, bei Ausflügen, nach dem Dinner – das reicht aus, um in einer jungen Frau die Erwartung zu wecken, dass du ihr gegenüber ernsthafte Absichten hegst. Und vergiss nicht, du hast mich gebeten, dieses Kleid machen zu lassen und es ihr dann unter einem Vorwand zu geben – obwohl davon natürlich niemand etwas weiß. Du hattest Recht – sie sieht ganz bezaubernd darin aus, aber darum geht es hier nicht. Was ich sagen will, ist, dass du ihr nicht falsche Hoffnungen machen darfst, oder du brichst ihr das Herz und machst sie lächerlich."

„Das würde ich Cassandra nie antun!"

„Was hast du dann vor? Sicherlich beabsichtigst du nicht, sie zu heiraten?"

Er sah sie mit gerunzelter Stirn an. „Warum sagst du das so? Ist die Vorstellung so lachhaft? Du bist doch seit Jahren darauf aus, dass ich heirate."

„Nun, selbstverständlich musst du das tun, um deine Nachfolge zu sichern. Ich möchte nicht erleben, dass Haverly House an dieses kleine Wiesel Chauncey Trent fällt. Ich habe ihn nie ausstehen können. Wie auch immer, ich hätte nie gedacht..." Ihre Stimme verlor sich, als ihre Blicke sich trafen. „Philip, wirklich, es besteht keine Notwendigkeit, mich so böse anzustarren. Ich habe nichts gegen deine Miss Verrere. Sie ist ein reizendes Mädchen, auch wenn ich manchmal, wie ich zugeben muss, wenn sie über Shakespeare oder solche Sachen spricht, nicht ganz begreife, was sie meint. Sie ist sehr freundlich und überaus tüchtig. Und natürlich ist auch ihre Herkunft einwandfrei. Ich habe nie verstanden, warum dein Vater so gegen die Verreres eingenommen war. Aber..."

„Aber was?" Philip wartete mit verschränkten Armen.

„Sie ist nicht unbedingt die begehrenswerteste Frau. Das musst du doch sehen. Ich habe gehört, die Familie sei finanziell ruiniert. Und dann diese Tante!" Lady Neville verdrehte die Augen. „Was für eine aufdringliche Person! Und ihre Tochter ist sogar noch schlimmer."

„Wir haben auch ein paar Verwandte, die bestenfalls noch als ‚eigen' durchgehen können", erwiderte Philip. „Und Reichtum verlange ich von meiner Frau nicht unbedingt."

„Aber, Philip, sie hatte schon vor Jahren ihr Debüt und war beileibe kein Erfolg."

„Der Geschmack anderer interessiert mich nicht, Mutter. Ich finde Miss Verrere... einmalig. Anziehend." Seine Züge wurden weicher, sobald er von ihr sprach. „Ich finde sie... schön. Nicht auf die übliche Art und Weise, das gebe ich zu, aber wie du weißt, habe ich mich zu dem Gewöhnlichen noch nie hingezogen gefühlt."

Seine Mutter starrte ihn entgeistert an. „Philip... meinst du das ernst? Hast du vor, Miss Verrere zu heiraten? Ich dachte, du würdest nur ein wenig mit ihr herumtändeln..."

„Ich tändele nicht mit ihr herum! Ich... ich weiß nicht, was ich tun werde" erklärte er erzürnt. „Ich finde Cassandra unterhaltsam und erfrischend und genieße ihre Gesellschaft. Aber ich mache ihr nichts vor. Das weiß sie. Wir arbeiten gemeinsam an einem Projekt, darum verbringen wir so viel Zeit miteinander."

„Ein Projekt?" Lady Neville sah verwirrt aus. „Wovon sprichst du?"

„Es hat... mit unseren Vorfahren zu tun. Es betrifft den Grund für die Feindschaft, die seit Generationen zwischen unseren Familien herrscht."

„Oh, Familiengeschichte. Ich verstehe." Ihr Tonfall aber verriet, dass eben dies nicht zutraf.

„Wegen dieses Projektes kam ich heute Abend her. Ich brauche deine Hilfe."

Ihre Miene drückte noch größere Verwirrung aus. „Du brauchst meine Hilfe in Geschichte?"

„Nein. Das nicht.“ Er lächelte. „Ich habe eine Frage, die dieses Haus betrifft. Cassandra und ich suchen ein bestimmtes Buch. Hast du jemals von einem Buch gehört, das ‚Queen's Book‘ genannt wird?“

Sie legte nachdenklich ihre Stirn in Falten. „Nein, mein Lieber, aber du weißt doch, wie wenig ich mir aus Büchern mache. Habt ihr deswegen so viel Zeit in der Bibliothek verbracht?“

„Ja, aber wir konnten es nicht finden. Wir haben auch schon im Schulzimmer nachgesehen. Gibt es irgendwo im Haus eine andere Stelle, wo Bücher aufgehoben werden?“

„Hm. Das weiß ich nicht mit Sicherheit, Lieber. Auf dem Dachboden vielleicht? Ist das ein altes Buch?“

„Ja, sehr alt.“

„Ich vermute, dort oben könnten Bücher verstaut worden sein.“ Sie sah einen Moment lang blicklos in die Ferne, dann schüttelte sie den Kopf. „Aber nicht, solange ich hier lebe. Ich glaube nicht, dass ich Bücher nach oben habe bringen lassen. Lass mich länger darüber nachdenken, dann fällt mir vielleicht etwas ein.“

Er dankte seiner Mutter und verabschiedete sich mit einem Kuss auf ihre Wange. Dann ging er den Flur hinab zum Zimmer seiner Großmutter, die wie erwartet, schon mit ihrer Abendtoilette fertig war und auf einem Stuhl saß, wo sie im Schein einer Lampe stickte. Sie blickte fragend auf, als er hereinkam.

„Philip. Nun, das ist aber eine Überraschung.“ Sie hielt ihm ihre Hand hin, damit er sich darüber beugte. Die ältere Lady Neville legte Wert auf Förmlichkeiten. „Was bringt dich her, du junger Tunichtgut? Hast du dich entschieden, dem Mädchen einen Antrag zu machen?“

„Welchem Mädchen?“

Sie verzog angewidert das Gesicht. „Versuch nicht, mich an der Nase herumzuführen, junger Mann. Du weiß sehr gut, welches

Mädchen ich meine. Dasselbe Mädchen, das du seit ihrer Ankunft hier mit Beschlag belegst. Dieses Verrere-Mädchen."

„Ist das denn das Einzige, wovon alle sprechen?" fragte Philip.

„Man nimmt, was man kriegt, hier auf dem Land. Aber nur ein Schwachkopf käme auf die Idee, er könnte eine junge Frau zwei Wochen lang jeden Tag mit Aufmerksamkeiten überschütten, ohne dass alle Welt annähme, er wäre verliebt."

„Ich bin nicht verliebt."

„Trägst dich aber mit Heiratsabsichten?"

„Wenn ich mich entschließe, zu heiraten, verspreche ich, dass du die Erste sein wirst, die davon erfährt. Na gut, vielleicht die Zweite."

„Eher die Dritte. Nun denn, was sonst, wenn nicht mich um Rat bezüglich eines Heiratsantrages für eine Verrere zu fragen, bringt dich zu mir?"

„Cassandra und ich sind auf der Suche nach einem alten Buch. Ein Buch über eine oder mehrere Königinnen. Es muss wenigstens zweihundert Jahre alt sein."

Sie bedachte ihn mit ihrem kühlsten Blick. „Ich hoffe, du willst damit nicht andeuten, ich wäre alt genug, etwas darüber zu wissen."

Er konnte sich ein Lächeln nicht verkneifen. „Nein, natürlich nicht. Ich wollte nur fragen, ob du irgendwann einmal in der Zeit, die du hier gelebt hast, etwas davon gehört hast."

„Ich lebe nunmehr seit über fünfundfünfzig Jahren in diesem Haus, doch ich muss gestehen, dass wir nie viel von Büchern gesprochen haben. Sir Richard interessierte sich nicht sonderlich dafür und hat diese Einstellung wohl unserem Sohn vererbt." Sie lehnte den Kopf zurück und dachte nach, schüttelte ihn aber schließlich und zuckte die Schultern. „Ich kann mich nicht entsinnen, jemals von einem Buch über Königinnen gehört zu haben. Welche Königinnen eigentlich?"

„Das weiß ich auch nicht, Ma'am. Darum ist es ja so schwer zu finden. Es wird nur flüchtig in der Familiengeschichte erwähnt."

„Vor zweihundert Jahren?"

„Ja."

„Du gehst aber davon aus, dass es eine ziemlich lange Zeit überdauert hat."

„Ich hoffte, es wäre zu bedeutend, um es einfach wegzuwerfen."

„Nun, jedenfalls kann ich mir nicht vorstellen, dass es meinem Mann wichtig war. Vielleicht seinem Vater. Darum hasste Sir Richard ja Bücher so sehr. Sein Vater hat ihn mit Büchern traktiert, seit er ein Junge war. Er sagte immer, damals hätte er sich gelobt, wenn er einmal erwachsen wäre, nie mehr ein Buch in die Hand zu nehmen. Ich will nicht ausschließen, dass er sein Versprechen gehalten hat." Sie hielt inne, als ihr etwas einfiel. „Weißt du, mir kam gerade der Gedanke, wer etwas darüber wissen könnte. Tante Liliane!"

„Großvaters Tante? Aber Großmutter, das letzte Mal, als ich sie besuchte, hatte sie keine Ahnung, wer ich überhaupt war. Ich kann mir nicht vorstellen, dass sie sich an ein Buch aus ihrer Kindheit erinnert."

„Wer weiß? Die Leute merken sich manchmal die seltsamsten Dinge. Besonders wenn sie älter werden." Lady Nevilles gerader Rücken und ihre missbilligende Miene verrieten deutlich ihre Überzeugung, dass sie von diesem Zustand noch Jahre entfernt war, wenn sie ihn überhaupt je erreichen würde. „Manchmal erinnern sie sich besser an das, was in der Vergangenheit geschehen ist, als an das, was am Morgen war. Mein Vater war genauso. Ich musste an Liliane denken, weil sie ein ebensolcher Büchernarr war wie Sir Richards Vater. Sie wüsste gewiss, ob es hier ein solches Buch gegeben hat."

„Danke, Großmutter. Ich habe gewusst, dass dir etwas einfallen würde." Er stand auf und beugte sich über ihre Hand.

„Selbstverständlich hast du das, mein Junge", pflichtete sie ihm augenzwinkernd bei.

Er verließ das Zimmer mit neuer Zuversicht. Tante Liliane mochte keine große Hoffnung sein, aber sie war die einzige, die sie im Augenblick besaßen. Und sie zu besuchen, bedeutete außerdem, dass er und Cassandra einen weiteren angenehmen Tag mit einem gemeinsamen Ausflug verbringen konnten.

„Sie ist deine Großtante?" erkundigte sich Cassandra, während die offene Kutsche in schnellem Tempo die Straße entlangfuhr.

„Nein, meine Urgroßtante. Sie war die Tante meines Großvaters."

„Oh. Sie muss sehr alt sein."

„Um die neunzig, würde ich sagen."

„Himmel. Vielleicht weiß sie tatsächlich etwas über das ‚Queen's Book'", sagte Cassandra hoffnungsvoll. Philips Vorschlag, mit ihm einen Ausflug zu Tante Liliane zu machen, hatte sie bereitwillig zugestimmt, da sie so beinahe einen ganzen Tag alleine in Philips Gesellschaft verbringen konnte, zumal er Joanna den Wunsch, sie zu begleiten, mit der Begründung abgeschlagen hatte, die alte Dame sei zu schwach, um mehr als ein oder zwei Besucher zu verkraften. Jetzt aber glomm ein Hoffnungsfunke in ihr, dass die alte Frau ihnen vielleicht tatsächlich einen nützlichen Hinweis liefern könnte.

Die dreistündige Fahrt zu Tante Lilianes Haus war wunderschön – fast die ganze Zeit folgten sie dem Lauf der Ouse. Cassandra, die sich mit ihrem Schirm vor der Sonne schützte, genoss die Landschaft und bemühte sich, nicht daran zu denken, dass sie bei der Suche nach der Neville-Karte in eine Sackgasse geraten waren.

Tante Liliane lebte in einem sehr alten Haus, das in dem unverwechselbaren Tudor Stil gebaut war. Die Eingangstür war so niedrig, dass Philip den Kopf einziehen musste, als er hindurchging.

Und auf der Treppe zu Tante Lilianes Räumen wurde die Decke so niedrig, dass sogar Cassandra Schwierigkeiten hatte, aufrecht zu stehen.

„Als Kind hielt ich dieses Haus insgeheim für ein Hexenhaus", bemerkte Philip leise. „Es ist voll von versteckten Winkeln und geheimnisvollen Ecken."

„Es ist bezaubernd."

„Tante Liliane zog hierher, nachdem ihr Mann gestorben war. Sie konnte die Frau ihres Sohnes nicht ausstehen und weigerte sich, mit ihr unter einem Dach zu leben. Dieses Haus, so sagte sie, sei groß genug für sie, ihre Gesellschafterin und die Diener. Natürlich war sie damals schon alt, und alle machten sich ihretwegen Sorgen, doch sie besaß eine gehörige Portion Eigensinn. Ich besuchte sie von Zeit zu Zeit für eine Woche oder zwei, was mir immer sehr gefiel. Es gab jede Menge Bücher... und eine Ungezwungenheit, die Haverly House vermissen ließ. Die Mahlzeiten wurden zu den merkwürdigsten Zeiten gereicht, und Tante Liliane hatte nie etwas dagegen, wenn ich Sachen auseinander nehmen wollte, um sie zu untersuchen."

„Du klingst, als ob du sie wirklich gerne magst."

„Das tue ich auch." Er seufzte. „Aber es ist so traurig. Sie war so scharfsinnig, und jetzt weiß sie kaum, wer ich bin."

Das Dienstmädchen führte sie in ein Schlafzimmer. Durch die geöffneten Fenster flutete Sonnenlicht in den Raum, in dem eine verhutzelte alte Frau in einem Korbstuhl vor einem der Fenster saß. Sie wirkte, als wäre sie nicht größer als viereinhalb Fuß, ein Eindruck, der durch ihren gebeugten Rücken verstärkt wurde. Sie musste den Kopf schief legen, wenn sie sie ansehen wollte, was ihr ein vogelartiges Aussehen verlieh. Die dunklen Augen, aus denen sie sie wachsam beobachtete, trugen zu diesem Bild bei. Weißes Haar lugte unter einer dunklen Haube hervor, und die knotigen Hände mit den geschwollenen Knöcheln lagen gefaltet in ihrem Schoß.

Tante Liliane musterte sie einen Augenblick lang scharf, dann winkte sie sie zu einem Stuhl. Philip geleitete Cassandra dorthin und holte einen zweiten Stuhl für sich.

„Rosemary?" schrie die alte Frau, so dass Cassandra erschreckt zusammenzuckte.

„Äh, nein, Ma'am. Ich heiße Cassandra."

„Kenne ich dich?" Ihre Stimme war, im Gegensatz zu ihrer zerbrechlichen Erscheinung, erstaunlich kräftig.

„Nein, Ma'am."

„Tante Liliane, darf ich Ihnen Cassandra Verrere vorstellen?"

„Verrrere!" Die Augen der alten Dame weiteten sich, und sie blickte Philip scharf an. „Eine treulose Verrere? In meinem Haus?"

„Nein", erwiderte er rasch, da er seinen Fehler erkannte. „Ferrars. Cassandra Ferrars sagte ich."

Sie nickte, ihrem schlechten Gehör die Schuld gebend. „Ich kenne keine Ferrars." Sie betrachtete Philip eine Weile, dann sagte sie: „Es ist schrecklich lange her, seit du dich hier hast blicken lassen, Edward."

„Nein, Tante Liliane, ich bin nicht Edward. Ich bin Philip, Thomas' Sohn." Die Namen schienen ihr nichts zu sagen, weshalb er nachschob: „Sir Richards Enkel."

„Richard?" Sie runzelte die Stirn und bedachte ihn mit einem misstrauischen Blick. „Du siehst nicht aus wie Richard."

„Nein, Ma'am. Ich bin nicht Richard. Ich bin sein Enkel."

„Richard ist nicht alt genug, um einen Enkel zu haben." Sie starrte ihn weiter an, dann erhellte sich ihre Miene, und sie erklärte erfreut: „Ha! Du bist der Junge, den Cecily geheiratet hat. Das ist typisch für dich – willst mich immer hinters Licht führen."

Sie lächelte, dem Jungen, den Cecily geheiratet hatte, offensichtlich zugetan, trotz seiner üblen Scherze. Philip seufzte und ließ die Angelegenheit auf sich beruhen.

„Wir sind hergekommen, um Sie nach einem Buch zu fragen, Tante Liliane“, begann er.

„Ein Buch? Was für ein Buch?“ Sie sah sich verwirrt um. „Ich habe keine Bücher hier. Kann sowieso nichts mehr erkennen. Dieses dumme Ding von einer Pfarrersfrau kommt her und liest mir vor. Sie lässt all die interessanten Stellen aus und denkt, ich merke das nicht. Ha!“ Sie seufzte mit trauriger Miene. „Ja nun. Man muss nehmen, was man kriegt.“

„Ja, Ma'am.“ Philip zögerte und wandte sich Hilfe suchend an Cassandra.

„Erinnern Sie sich an die Bibliothek in Haverly House?“ fragte Cassandra vorsichtig.

Die alte Dame wandte sich ihr zu. „Natürlich tue ich das. Was für eine dumme Frage.“

„Entschuldigung. Wissen Sie, ich kenne Sie nicht sehr gut.“

Tante Liliane nickte. „Stimmt. Du bist mich nicht so oft besuchen gekommen wie deine Schwester.“

„Nein“, erwiderte Cassandra zögernd. Für wen hielt Tante Liliane sie? „Aber... meine Schwester erzählte mir mal von einem Buch, das Sie ihr gegenüber erwähnt haben. Ein Buch über Königinnen.“

„Königinnen?“ Tante Liliane legte ihre Stirn in Falten. „Welche?“

„Ich bin nicht ganz sicher. Es war in der Bibliothek in Haverly House. Ein altes Buch.“

„Da gibt es viele alte Bücher, junge Dame“, beschied ihr Tante Liliane knapp. „Meinst du eine Biographie? Ein Geschichtsbuch?“

„Ich bin mir nicht sicher. Meine, äh, Schwester nannte es nur das ‚Queen's Book‘.“

Das runzlige Gesicht klärte sich, und Tante Liliane kicherte.

„Oh, natürlich! Warum hast du das nicht gleich gesagt? Du willst etwas über das ‚Queen's Book' wissen! Oh, ja, darüber kann ich dir einiges erzählen."

15. KAPITEL

Cassandra rann ein eiskalter Schauder über den Rücken. Konnte es sein, dass diese vergessliche alte Dame tatsächlich etwas über das Buch wusste? Einen Augenblick lang war sie sprachlos, unfähig sich zu rühren, und starrte Tante Liliane an.

Glücklicherweise war Philip nicht derartig belastet. „Sie kennen es?"

„Selbstverständlich. Jeder weiß davon. Es ist das wertvollste Buch in Papas Sammlung."

„Ist... ist das der Titel? Queen's Book?"

„Titel?" Tante Liliane musterte ihn befremdet. „Junger Mann, wovon sprichst du? Du klingst ja so, als ob du es nicht kennst."

„Das tue ich auch nicht", antwortete Philip beinahe verzweifelt. „Wissen Sie, wir versuchen, es zu finden."

Der Gesichtsausdruck der alten Frau wurde misstrauisch. „Nun, sieh mal, junger Mann, was soll das eigentlich? Du sagst, du wärest ein Neville, aber du weißt nichts über das ‚Queen's Book'?"

„Ich kenne das Buch auch gar nicht. Es ist verloren gegangen, und wir versuchen, es wieder zu finden."

„Verloren! Queen Elizabeths Gebetbuch?" Tante Liliane sah ihn entsetzt an.

Plötzlich ergab alles einen Sinn. „Natürlich!" rief Cassandra. „Jetzt wird mir alles klar! ‚Queen's Book' heißt, dass das Buch der Queen gehört hat. Es war so berühmt bei den Nevilles, dass jeder sofort gewusst hätte, was gemeint war. Und wenn es Queen Elizabeth gehört hat, dann ist es viel zu wertvoll gewesen, um es einfach wegzuwerfen. Margaret konnte sicher sein, dass es sorgsam verwahrt werden und niemand es sich auf der Suche nach etwas zu lesen so einfach nehmen würde. Was für eine kluge Idee!"

„In der Tat. Außer, dass es nicht dort blieb", stellte Philip trocken fest.

„Wovon sprecht ihr?" beschwerte sich Tante Liliane. „Ich verstehe kein Wort!"

„Tante Liliane, es ist einige Zeit her, seit Sie in Haverly House gewohnt haben. Sie haben geheiratet und sind vor beinahe siebzig Jahren dort ausgezogen. Inzwischen wurde das Buch verlegt. Erinnern Sie sich an Sir Richard, Ihren Neffen?"

„Natürlich", erwiderte sie ungeduldig. „Was hat er mit dem Buch zu tun?"

„Nun, er mochte Bücher nicht so sehr wie Sie oder sein Vater. Wie Ihr Vater."

„Ja, ich entsinne mich. Mein Bruder war sehr traurig deswegen."

„Er gab nicht sonderlich darauf Acht. Und sein Sohn Thomas war nicht anders. Irgendwie verschwand das Buch. Niemand weiß heute, wo es ist."

„Das ist doch absurd!" Sie war immer noch entsetzt. „Es kann nicht einfach verschwunden sein."

„Können Sie sich daran erinnern, wann Sie es das letzte Mal gesehen haben?"

Sie runzelte die Stirn. „Ich kann mich nicht erinnern. Vermutlich ist es schon sehr lange her. Ich erinnere mich aus meiner Kindheit daran. Danach... nein, danach nicht mehr, denke ich."

„Wurde es in der Bibliothek in Haverly House aufbewahrt?"

„Himmel, nein! Dafür war es viel zu wertvoll. Mein Vater verwahrte es in einer abschließbaren Metallkassette in dem großen Kabinett."

Philip dachte einen Augenblick lang nach. „Im Ankleidezimmer?"

„Ja." Sie nickte, erfreut über seine rasche Auffassungsgabe. „Vater holte es von Zeit zu Zeit heraus und zeigte es mir. Ich fand es wunderschön, besonders wegen der Edelsteine."

„Edelsteine?" Cassandras Stimme klang ein wenig schrill. War es möglich, dass irgendein Neville die Mitgift schon entdeckt hatte?

„Auf dem Einband", erklärte Tante Liliane. Sie schüttelte den Kopf. „Hast du es wirklich noch nicht gesehen?"

„Nein", antwortete Cassandra.

„Könnten Sie uns beschreiben, wie es aussah? Dass wir es leichter erkennen können, wenn wir es sehen?" fragte Philip.

„Es war ein Gebetbuch, nicht sonderlich groß. In Leder gebunden mit goldener Prägeschrift und Goldschnitt. Drei Edelsteine zierten den Buchrücken, ein Rubin und zwei Topase, glaube ich. Auf der Vorderseite war es mit kleinen Perlen eingefasst, und es war ungefähr so groß." Sie hielt ihre Hände in einem Abstand von ein paar Zoll hoch, um die Größe zu zeigen. „Innen hatte es eine Widmung, ‚Für Sir Everard, meinen treuen Ritter' war da zu lesen. Und unterzeichnet war es mit ‚Elizabeth R.'. Es war ein Geschenk von ihr. Sie besuchte den Besitz von Sir Everard und gab es ihm, als sie abreiste."

„Haben Sie eine Ahnung, was damit geschehen sein könnte?" erkundigte sich Cassandra.

„Nein", entgegnete die alte Dame sichtlich betrübt. „Es müsste noch da sein."

„Glaubst du, da ist es?" wollte Cassandra von Philip wissen, als sie nach Haverly House zurückfuhren. „Immer noch dort, meine ich. Du klangst so, als würdest du das Kabinett kennen, von dem sie sprach."

„Ja. Es ist eher ein Wandschrank in meinem Ankleidezimmer. Ich könnte mir vorstellen, dass er einst zum Aufbewahren von

Wertsachen verwendet wurde, aber Vater hat einen Geldschrank in seinem Arbeitszimmer aufstellen lassen, und dort sind jetzt der Familienschmuck und die Wertpapiere und so was untergebracht."

„Ist die Kassette noch da?"

„Ja. Ich weiß nicht, ob es dieselbe ist, aber ich bin mir ganz sicher, dass sie kein juwelenverziertes Gebetbuch enthält. Vater verwahrte wichtige Papiere darin. Ich habe alles, was sich dort befindet, mehrmals sorgfältig durchgesehen, und es gibt darin kein Buch."

„Wenigstens wissen wir jetzt, wonach wir suchen." Cassandras Stimme verriet ihre Aufregung. „Sicher werden wir es jetzt finden können."

„Ja. Mutter oder Großmutter werden sich erinnern, was damit geschehen ist. Es hört sich außergewöhnlich genug an."

Cassandra saß die restlich Heimfahrt wie auf glühenden Kohlen. Gestern war sie so knapp davor gewesen, aufzugeben. All ihre Zukunftsträume für Chesilworth schienen zu Staub zerfallen zu sein. Und, auch wenn sie sich für ihre Selbstsucht verachtete, so rührte ein Teil ihrer Niedergeschlagenheit auch daher, dass sie, wenn sie die zweite Karte nicht finden könnten, keinen Grund mehr hätte, länger in Haverly House und damit in Philips Nähe zu bleiben. Aber nun... nun eröffneten sich ganz neue Möglichkeiten.

Als sie in Haverly House ankamen, hatten sie das Pech, auf Joanna zu treffen, die am Fenster gestanden und nach ihnen Ausschau gehalten haben musste.

„Sir Philip", rief sie und lief ihnen durch die Eingangshalle entgegen. „Es ist ein so langer Tag hier ohne Sie gewesen! Sie schlimmer Mann, mich der Gesellschaft der Kinder zu überlassen!" Sie legte ihm die Hand auf den Arm und schenkte ihm ein kokettes Lächeln, bei dem sie ihre Grübchen zeigte.

„Ach, und ich dachte, Sie wären meiner Schwester so besonders zugetan", entgegnete Philip und entzog ihr geschickt seinen Arm.

Einen Augenblick lang sah Joanna ihn verdutzt an, doch sie erholte sich rasch wieder. „Oh, nun, natürlich sprach ich nicht von der lieben Georgette…“

„Haben Sie zufällig meine Mutter gesehen?“

Joanna zwinkerte bei dem überraschenden Themenwechsel, sichtlich verstimmt, dass das Gespräch sich von ihr abwandte. „Nein.“

„Dann auf später, Miss Moulton, denn ich muss jetzt unbedingt mit meiner Mutter reden. Ich bin sicher, Sie werden uns entschuldigen.“ Er steuerte Cassandra um Joanna herum.

„Aber wir haben doch kaum ein Wort miteinander gewechselt“, beschwerte sich Joanna, und ihre lieblichen Züge verdüsterten sich.

„Heute Abend, meine liebe Miss Moulton. Heute Abend werden wir mehr als genug Zeit haben, uns zu unterhalten.“ Philip nickte ihr zu, während er Cassandra mit sich zog.

„Ich freue mich schon darauf“, flötete Joanna ihm hinterher.

Philip führte Cassandra zu dem Privatsalon seiner Mutter, wo sie die beiden Ladies Neville zusammen antrafen.

„Nun, mein Lieber, wie geht es Tante Liliane?“ empfing ihn seine Mutter und hielt Philip die Wange zum Kuss hin.

„Sie sieht aus, als könnte sie der nächste Windstoß umwehen“, erklärte Philip ehrlich, „aber ihre Pflegerin sagt, sie sei tatsächlich bei bester Gesundheit.“

„Wir müssen sie besuchen, Violet“, entschied die ältere Lady Neville. „Ich bin nie gut mit ihr ausgekommen, aber in ihrem Alter freut man sich über jeden Besuch.“

„Sie hatte keine Ahnung, wer ich war“, fuhr Philip fort.

„Oh, Lieber, das ist schlimm. Wusste sie denn etwas über dieses Buch?“

Philip grinste. „Damit schien sie keine Schwierigkeiten zu haben. Sie wusste fast sofort, wovon wir sprachen. Wir waren bislang auf dem Holzweg. Es war kein gewöhnliches Buch. Hat eine von euch jemals von einem Gebetbuch gehört, das Sir Everard Neville von Queen Elizabeth geschenkt wurde?"

Beide sahen ihn verständnislos an. Die ältere Lady Neville runzelte die Stirn. „Weißt du", sagte sie bedächtig, „ich erinnere mich vage an etwas wie ein Gebetbuch. Sir Richards Vater war ziemlich stolz darauf."

„Anscheinend war es ein Familienschatz. Es gehörte einst Queen Elizabeth, die es persönlich Sir Everard gewidmet hat, was es an sich schon wertvoll macht. Aber außerdem war der Einband auch noch mit Edelsteinen und Perlen verziert."

„Oh!" Philips Mutter beugte sich vor. „Das habe ich gesehen!"

Lady Neville nickte zustimmend. „Ja, stimmt. Da war ein juwelenbesetztes Buch. Sir Richard hob es in einer Kassette auf."

„Es ist aber nicht mehr da. Ich habe alles mehrmals durchsucht."

„Natürlich nicht, Lieber", teilte ihm seine Mutter mit. „Wir haben es nicht mehr. Es war in der Wagenladung Sachen – erinnern Sie sich noch, Lady Neville? In dem Jahr, als Thomas das Gespann Braune kaufen wollte, aber knapp bei Kasse war, und der alte Staley sich so sträubte, etwas von den Wertpapieren zu veräußern. Deshalb verkaufte er ein paar von den alten Sachen im Haus. Den silbernen Salzstreuer, erinnern Sie sich? Und diese Gruppe zerbrochener Statuen, die im Wintergarten standen – obwohl ich nie werde verstehen können, warum jemand die haben wollte, selbst wenn sie griechisch oder römisch oder ich weiß nicht was auch immer waren. Das kleine juwelenbesetzte Buch war auch bei den Sachen, die er verkauft hat." Sie warf ihrem Sohn einen mitleidigen Blick zu. „Es tut mir Leid, Lieber, aber ich fürchte, das Buch ist fort."

Einen langen Moment starrte Cassandra sie einfach nur an, unfähig, den plötzlichen Fall aus den Höhen neu erweckter Hoffnung in die grausame Wirklichkeit zu verarbeiten. Sie ließ sich auf einen Stuhl sinken, da die Beine ihr den Dienst versagten.

„Meine Liebe, geht es Ihnen gut?“ erkundigte sich Lady Neville besorgt. „Ist das Buch so wichtig?“

„Ja, das ist es“, erklärte ihr Sohn brüsk. Er bemerkte den verwirrten Gesichtsausdruck seiner Mutter und setzte hinzu: „Du weißt vielleicht, dass die Verreres sehr gelehrt sind, Mutter. Und dieses Buch... nun, es ist auch Teil der Familiengeschichte der Verreres.“

„Ach ja? Oh.“ Lady Neville klang nur ein bisschen weniger verwirrt.

Philip seufzte und fuhr sich mit der Hand durchs Haar. Er ging im Zimmer auf und ab, blieb dann vor Cassandra stehen. Er ging vor ihr in die Hocke, nahm ihre Hand in die eine und bedeckte sie mit seiner anderen Hand. Tröstend sagte er: „Keine Sorge. Wir werden es wiederbeschaffen. Ein so bekanntes Buch wie das – es kann nicht einfach so verschwunden sein. Es wird Aufzeichnungen in den Rechnungsbüchern geben. Mutter...“ Er stand auf und wandte sich wieder an Lady Neville.

Seine Mutter, die ebenso wie seine Großmutter sein Tun mit Interesse verfolgt hatte, sah ihn fragend an. „Ja?“

„Gab es einen Buchhändler, den Vater bevorzugte?“

Sie erwiderte seinen Blick ausdruckslos, während die ältere Lady Neville höchst undamenhaft schnaubte. „Mach dich nicht lächerlich, Philip“, sagte sie unverblümt. „Mein Sohn Thomas konnte Büchern nicht mehr abgewinnen als sein Vater. Er hat nicht oft genug Bücher gekauft, um einen bevorzugten Buchhändler zu haben.“

„Dann muss Staley das Geschäft abgewickelt haben. Es war schließlich ein wertvolles Stück.“

„Vermutlich. Wenn Staley noch am Leben wäre, würde er sich sogar vielleicht daran erinnern, aber er ist ja schon seit Jahren tot.“

„In den Büchern wird es gewiss Aufzeichnungen geben. Sein Sohn führt ja unsere Geschäfte weiter, und ich meine, er wird etwas Schriftliches über den Verkauf irgendwo aufzutreiben wissen. Ich werde ihm augenblicklich schreiben." Philip nahm seine Wanderung durchs Zimmer wieder auf. „Auch wenn es nichts gibt, dann werden wir bestimmt etwas über das Buch herausfinden können. Wir werden uns unter allen Buchhändlern in London umhören, ob einer von ihnen es angekauft hat."

„Natürlich!" Cassandra sprang auf. „Mr. Simons wird uns helfen. Warum habe ich nicht schon früher daran gedacht? Wir werden nach London gehen und ihn aufsuchen. Wenn er nichts darüber weiß, dann kann er uns bestimmt sagen, welcher Buchhändler uns weiterhelfen kann. Wann brechen wir auf?"

„Sie fahren nach London? Einfach so?" fragte Lady Neville erstaunt.

Philip lächelte Cassandra zu. „Miss Verrere ist eine Frau der Tat, Mutter."

„Aber Philip, Miss Verrere, das geht doch nicht..." Seine Mutter sah sie entsetzt an. „Philip, das soll doch sicher nicht heißen, dass ihr beide zusammen nach London fahrt?"

„Doch, selbstverständlich", antwortete Philip. „Ich fürchte, Miss Verrere wird meinen Kopf fordern, wenn ich darauf bestünde, alleine zu reisen."

„Das würde ich ganz gewiss. Ich werde nicht zulassen, dass er allein den ganzen Spaß hat."

„Aber das ist unmöglich", verkündete die ältere Lady Neville entschieden.

„Deine Großmutter hat Recht", stimmte ihr seine Mutter zu. „Ihr beide könnt euch nicht alleine auf den Weg nach London machen. Oder ohne Anstandsperson in Neville House wohnen. Vielleicht könnte sich Miss Verrere in einem Gasthof ein Zimmer nehmen. Es gibt ein paar, in denen eine allein reisende Dame respektabel wohnen kann, aber auch dann bliebe immer noch die Reise selbst."

„Nein", entgegnete Philip schnell, ein wenig überrascht, wie sehr er dem Vorschlag, dass Cassandra unter einem anderen Dach wohnen würde, abgeneigt war. „Natürlich wird sie in Neville House wohnen." Er seufzte. „Wir werden eine Anstandsdame mitnehmen."

Er sah seine Mutter an, aber die schüttelte den Kopf. „Oh, nein, Philip. Nicht ich. Ich fahre nicht nach London. Die Saison ist in vollem Gange und das Haverlin-Mädchen hat ihr Debüt. Ich müsste für sie eine Gesellschaft geben, und außerdem ist Cousine Amanda dort, so dass ich ihr meine Aufwartung machen müsste. Und", fügte sie triumphierend hinzu, „ich kann unmöglich hier fort. Wir haben schließlich Gäste."

„Mich brauchst du gar nicht so anzusehen", kam die ältere Lady Neville seiner Frage zuvor. „Ich werde nicht mitfahren. Dazu bin ich bei weitem zu alt."

Philip erklärte zähneknirschend: „Na gut, dann werden wir eben Cassandras Tante mitnehmen."

Die Miene seiner Mutter hellte sich auf. „Oh, Philip! Was für eine ausgezeichnete Idee! Das wäre ideal."

„Hm. Für dich vielleicht." Er dachte mit Schaudern an die Fahrt nach London, gemeinsam mit den Damen Moulton in einer Kutsche. Aber ein Blick in Cassandras leuchtendes Gesicht ließ ihn seine Verärgerung vergessen. Er hätte noch viel mehr im Kauf genommen, solange sie ihn nur so ansah.

Tante Ardis' Entzücken darüber, mitten in der Saison ein Gast in Sir Philip Nevilles Haus zu sein, kannte keine Grenzen. Alle waren gezwungen, ihre weitschweifigen Dankesbezeigungen und mehr schlecht als recht versteckten Andeutungen, dass Sir Philips Gefühle für eine „gewisse junge Dame“ der Grund für diese Einladung seien, über sich ergehen zu lassen. Philips Mutter lächelte unverbindlich. In Wahrheit musste sie dem Moulton-Frauenzimmer Recht geben, obwohl sie natürlich nicht so närrisch war, anzunehmen, dass das Interesse ihres Sohnes Joanna galt.

Die ältere Lady Neville schien zu dem gleichen Schluss gekommen zu sein, denn sie überraschte ihre Schwiegertochter, indem sie, als sie später am Abend nebeneinander die Treppe hinaufstiegen, leise zu ihr sagte: „Ich wäre nicht allzu erstaunt, wenn in näherer Zukunft für Philip die Hochzeitsglocken läuten. Seltsam, dass es ausgerechnet eine Verrere sein wird.“

„Sie scheint sehr nett zu sein.“

„Vor allem gebildet. Philip hat ja selbst eine starke Neigung in dieser Richtung.“ Sie runzelte die Stirn. „Kein Geld natürlich. Die Verreres besaßen noch nie einen Penny. Mein Schwiegervater muss sich im Grabe umdrehen. Kein Geld und eine Verrere obendrein. Allerdings wird man sie noch ein wenig herausputzen müssen.“

„Das wird Spaß machen. Eine Aussteuer einzukaufen, meine ich.“ Philips Mutter dachte mit wohligem Schauder an mehrere ausgiebige Besuche bei eleganten Modistinnen und Hutmacherinnen.

Ihre Schwiegermutter nickte. „Ich hoffe nur, wir werden nicht die ganze Zeit der Gesellschaft dieser schrecklichen Tante von ihr ausgesetzt sein.“

Diese bewusste Dame war zu der Zeit damit beschäftigt, einen Monolog über Sir Philips Vernarrtheit über die unwillige Cassandra zu ergießen. Diese fragte sich verärgert, wie die beiden Frauen so blind sein konnten, nicht zu sehen, dass Sir Philip Joanna aus dem Weg ging. Er war in die Bibliothek geflohen, sobald seine Mutter und seine Großmutter sich zurückgezogen hatten.

„Tante Ardis“, fiel sie ihr schließlich ins Wort. „bist du eigentlich ganz sicher, dass Sir Philip an Joanna interessiert ist?“

Ihre Tante sah sie entgeistert an. „Aber selbstverständlich. Warum sonst sollte er uns nach London eingeladen haben?“

Sie konnte ihr kaum sagen, dass Philip eine Anstandsdame für sie selber gebraucht hatte. Dann würde Tante Ardis sich gewiss weigern, mitzukommen, nur um sie zu ärgern. Cassandra verlegte sich auf eine andere Taktik. „Dann hat er mit dir schon über seine Absichten gesprochen?“

„Nein“, räumte Tante Ardis ein, fuhr aber nach einem Seufzer fort, „dafür ist es noch zu früh. Du kennst dich mit solchen Sachen nicht so aus wie Joanna und ich, um zu erkennen, wann ein Mann verliebt ist. Sir Philip weist alle Anzeichen auf.“

„Ach ja?“

„Oh, sicher. Hast du nicht bemerkt, wie er heute Abend Joannas Fächer aufgehoben hat?“

„Sie hat ihn ihm ja praktisch vor die Füße geworfen. Da blieb ihm gar nichts anderes übrig.“

„Und er weicht nicht von ihrer Seite.“

„Wie sollte er das auch?“ entfuhr es Cassandra gereizt. „Joanna hängt sich wie eine Klette an ihn, sobald er den Raum betritt.“

„Du bist ja nur eifersüchtig!“ rief Joanna. „Du hast ein tendre für ihn entwickelt, gib es zu! Ich weiß das. Es kränkt dich, dass er mich bevorzugt. Heute Abend hat er die ganze Zeit neben mir gesessen.“

„Du hast neben ihm gesessen“, verbesserte Cassandra sie. „Du saßest in einem Sessel, als er hereinkam und hast dich dann erst auf das blaue Sofa neben ihn gesetzt.“

Joanna warf ihr einen gehässigen Blick zu. „Ich hoffe nur, du glaubst nicht, dass er sich in irgendeiner Weise für dich interessiert, bloß weil du den ganzen Tag mit ihm in der Bibliothek hockst und an dieser dummen Familiengeschichte arbeitest. Kein Mann interessiert sich für eine Frau, die so ein Bücherwurm ist.“

Cassandra biss die Zähne zusammen. Sie würde sich nicht von ihrer Cousine dazu verleiten lassen, etwas zu sagen, das sie später bereuen würde. Es war offensichtlich, dass keine Hoffnung bestand, ihre Tante oder ihre Cousine dazu zu bewegen, auf den Boden der Tatsachen zurückzukehren. Sie schienen entschlossen, Hals über Kopf auf die Enttäuschung zuzugaloppieren, die sie unweigerlich erwartete.

„Es hat keinen Sinn", verkündete sie und erhob sich. „Ich werde besser auch zu Bett gehen."

Sie verließ das Zimmer, ohne Joannas hämischem Lächeln, weil sie den Feind in die Flucht geschlagen hatte, Beachtung zu schenken. Sie ging zur Treppe, blieb dann aber stehen. Es war noch nicht spät, und sie war überhaupt nicht müde. Ein Spaziergang im Mondlicht durch den Park klang verlockend, und vielleicht würde sie nachher leichter einschlafen. Cassandra schlüpfte durch die Türen des Wintergartens nach draußen in den Rosengarten.

Sie folgte einem der Pfade und dachte darüber nach, was sie gerne zu Joanna gesagt hätte, sich aber verkniffen hatte. Tief in sich verspürte sie das urweibliche Verlangen, ihrer Cousine ins Gesicht zu schleudern, dass Philip an ihr interessiert war. Allmählich wurde sie ruhiger, genoss die sanfte Brise und den süßen Duft der Rosen.

Als sie die Stufen erreichte, die in den unteren Teil des Gartens führten, blieb sie stehen und sah zu dem Sommerhaus, das ein Stück entfernt am Rande eines künstlich angelegten Teiches stand, der im Mondlicht glitzerte.

„Warst du schon einmal dort?"

Cassandra zuckte zusammen, als plötzlich dicht hinter ihr Philips Stimme ertönte, und fuhr herum. „Hast du mich erschreckt! Wie schaffst du das nur immer, dich so lautlos anzuschleichen?"

„Eines meiner wenigen Talente. Ich habe die Abkürzung über

den Rasen genommen. Zufällig habe ich in der Bibliothek aus dem Fenster geschaut und dich gesehen."

„Ja. Ich hoffte, ein Spaziergang würde mich beruhigen. Ich muss immerzu an die Fahrt nach London denken."

„Hm. Ich fürchte, es wird noch ein paar Tage dauern, bis wir aufbrechen können."

„Was? Warum?"

„Mein Verwalter kam heute Abend zu mir. Er hatte mich schon häufiger seit unserer Ankunft hier darum gebeten, dass ich mich mit ein paar Problemen persönlich befasse, doch ich hatte ihn immer wieder vertröstet. Heute hat er darauf bestanden, dass ich etwas unternehme, bevor ich wieder abreise."

„Oh."

„Es tut mir Leid. Ich werde das so schnell wie möglich erledigen, aber ich muss mich darum kümmern. Was ich schon vor Tagen hätte tun sollen. Ich wollte bloß... die Zeit nicht verschwenden."

Cassandra lächelte. „Das verstehe ich. Ich kann kaum erwarten, dass du all deine Zeit mir und meinen Belangen widmest."

„Das sind genauso meine Belange", erinnerte er sie. „Außerdem macht es mir Spaß, Zeit mit dir zu verbringen."

Einen Augenblick lang standen sie sich schweigend gegenüber. Cassandra fühlte sich ein wenig schwach in den Knien, und sie wusste, dass es keine besonders gute Idee war, hier draußen allein mit Philip im mondbeschienenen Garten zu stehen, umgeben von dem schweren Duft der Rosen.

„Ich... ich sollte wieder ins Haus gehen."

„Ich auch."

Doch keiner rührte sich.

„Du bist so schön", sagte Philip leise.

Cassandra lächelte zitternd. „Ich fürchte, der Mond verwirrt deinen Verstand. Man hat mich nie für mehr als gerade noch leidlich gut aussehend gehalten."

„Leidlich gut aussehend!" Er fuhr mit seinem Daumen über ihre Stirn. „Du hast eine hohe, glatte Stirn." Er zog die gerade Linie ihrer Nase nach. „Eine elegante Nase." Mit seiner anderen Hand folgte er dem Schwung ihrer Brauen und Wangenknochen. „Die schönsten, klügsten, ausdrucksstärksten lachenden Augen, die ich je gesehen habe. Wie kann man dies alles bloß als leidlich gut aussehend bezeichnen?"

Cassandra fiel es schwer zu atmen; die zarte Berührung seiner Finger auf ihrem Gesicht hatte eine verheerende Wirkung. „Sie gehören zu einer Minderheit, mein Herr."

„Tatsächlich?" Er hob arrogant eine Braue. „Ah, und ich war anmaßend genug, zu glauben, dass meine Meinung die einzige ist, die zählt."

Cassandras Lippen verzogen sich zu einem Lächeln.

„Und dein Mund..." , sagte er heiser, seine sinnliche Bestandsaufnahme fortsetzend. Ihr Gesicht mit beiden Händen umspannend, strich er mit seinen Daumen über ihre weichen Lippen. Hitze sammelte sich in ihrem Schoß. Seine Augen verdunkelten sich vor Verlangen.

„Du hast die einladendsten Lippen überhaupt." Er beugte sich vor und ließ seinen Worten den Beweis folgen. Es war nur ein hauchzarter Kuss, nicht mehr, und doch setzte er Cassandra in Flammen.

Sie stellte sich auf die Zehenspitzen, schlang die Arme um seinen Nacken und drückte ihre Lippen fester auf seinen Mund. Philip stöhnte auf und vertiefte den Kuss.

Hitze brandete in ihnen auf wie ein Funke, der Zunder entflammt, und löschte alle Gedanken an Beherrschung oder Vorsicht aus. Sie drängten sich aneinander, nach der Vereinigung strebend, in der ihre Münder verbunden waren. Cassandras Finger zerwühlten Philips Haar. Seine Hände streichelten ihren Rücken und drückten ihre Hüften fest an seine.

Schließlich löste er seinen Mund von ihren Lippen und sah sie an. Jeder Gedanke in seinem Kopf, jede Fiber seines Körpers sehnte sich danach, Cassandra zu lieben. Es kostete ihn den letzten Rest seiner Selbstbeherrschung, sie nicht einfach zu Boden zu ziehen und gleich hier im Gras zu nehmen. Er sah sich um, und sein Blick fiel auf das Sommerhaus, unten neben dem Teich.

„Komm." Er umfasste ihr Handgelenk und zog sie mit sich die Treppe hinab.

16. KAPITEL

Cassandra wusste, dass sie widersprechen sollte, ihn aufhalten oder wenigstens zögern müsste, mit ihm zu gehen. Aber sie tat es nicht. Das Verlangen, das in Philip pulsierte, hatte auch sie erfasst und alle Vernunft, jeden Gedanken an Schicklichkeit ausgelöscht. Die vergangenen Tage, an denen sie bei der gemeinsamen Suche nach dem Buch fast jede Minute miteinander verbracht hatten, hatte die Flamme ihres Begehrens genährt. Sie wusste, dass die eiserne Selbstbeherrschung, die Philip sich aufgezwungen hatte, ein Zeichen seiner Achtung für sie war – und unterstrich, wie wenig die Gerüchte über ihn der Wahrheit entsprachen. Auch wenn sie froh darüber war, dass er sein Verlangen bezähmt hatte, so konnte sie doch nicht aufrichtig erklären, dass es ihr gefallen hatte. Jede zufällige Berührung ihrer Finger, jeder Blick hatte sie an die köstliche Leidenschaft erinnert, die seine Küsse in ihr geweckt hatten, und sie wollte diese Leidenschaft noch einmal erleben.

An dem Sommerhaus angekommen, drehte sich Philip zu ihr um, zog sie wieder in seine Arme und küsste sie. All ihre Sinne waren prickelnd zum Leben erwacht, und in seinen Geschmack und seine Hitze mischten sich das leise Plätschern des Wassers und die Rufe der Nachtvögel, das Streicheln der sanften Nachtluft auf ihrer überhitzten Haut.

Währenddessen öffnete er die Knöpfe ihres Kleides und löste sich gerade lang genug von ihr, um ihr das Oberteil abzustreifen, ihren Busen zu enthüllen, der nur noch von dem dünnen Stoff ihres Unterhemdes bedeckt war. Langsam, fast ehrfürchtig schob Philip die weißen Träger über ihre Schultern, spielte mit dem Band, das durch die Rüsche am Halsausschnitt gefädelt war, zupfte vorsichtig an der Schleife, und der Stoff teilte sich. Seine Finger in den Ausschnitt schiebend, zog er das Hemd vorsichtig nach unten.

Ihre vollen Brüste waren seinem Blick dargeboten, die Spitzen, groß und dunkel, hatten sich aufgerichtet. Er sah sie einen Augenblick lang bloß an, und sein Atem beschleunigte sich. Dann umfasste er die weichen Halbkugeln mit seinen Händen, drückte sie sanft und strich mit seinen Daumen zart über die harten Knospen. Sie zogen sich noch weiter zusammen unter dem jäh aufwallenden Verlangen, der Hitze, die sich zwischen ihren Beinen sammelte.

„Ich sehne mich schon seit Wochen danach. Seit unserem ersten Treffen." Seine Stimme war rau vor Leidenschaft, und er unterbrach, während er sprach, das zärtliche Spiel seiner Finger nicht. „Die vergangenen Tage waren die Hölle, dich zu begehren, ohne dich berühren, ohne dich küssen zu dürfen. Cassandra, du weißt gar nicht, was du mir antust."

„Ich weiß aber, was du mir antust", erwiderte sie, streckte die Hand aus und begann sein Hemd aufzuknöpfen. Er sog scharf die Luft ein und trat näher, um ihr die Aufgabe zu erleichtern.

Mit geschlossenen Augen wartete er, bis sie fertig war und mit ihren Handflächen seine Brust erkundete, seine erhitzte Haut streichelte. Als ihre Finger seine flachen Brustwarzen fanden, stöhnte er leise. Während sie ihre zärtliche Erforschung erbarmungslos fortsetzte, wurden seine Atemzüge abgehackter.

Er zerrte sich das Hemd vom Körper und warf es zu Boden, riss sie an sich für einen langen Kuss. Ihre bloßen Brüste wurden gegen seinen Oberkörper gepresst, ihre harten Spitzen berührten erregend sein Fleisch. Sie hatte das Gefühl, als würde sie in seinen Armen schmelzen, sich vor Verlangen auflösen. Sie wollte ihn spüren, nackt an ihrem Körper spüren, in ihrem Körper spüren.

Der Gedanke erschreckte sie, aber sie wusste, dass das genau das war, was die flüssige Hitze in ihrem Schoß bedeutete – sie wollte ihn in sich spüren. Sie wich vor ihm zurück, und er blickte sie benommen an, bevor er erkannte, dass sie ihre Röcke löste. Er beobachtete hungrig, wie sie hinausschlüpfte und sich daranmachte, sich von ihren voluminösen Unterröcken zu befreien.

Ohne sie dabei aus den Augen zu lassen, begann Philip den Rest seiner Kleidung abzulegen, während sie mehr und mehr von ihren sanft geschwungenen Hüften und wohlgeformten Beinen seinen Blicken darbot. Schließlich schob sie die Baumwollpantalettes nach unten, wo sie zu ihren Füßen auf dem Haufen aus Rüschen landeten, den ihre Unterwäsche bildete.

Cassandra blickte auf, ein wenig verlegen wegen ihrer Nacktheit, aber auch gleichzeitig erfüllt von unerwartetem Stolz und Freude, dass er sie so ansah. Seine eigene Nacktheit hatte etwas Überwältigendes. Er wirkte so stark und männlich, dass es fast schon erschreckend war, und doch ließ sein Anblick in ihr zur selben Zeit Hitze aufwallen. Ihr Herz schlug ihr bis zum Hals, während sie dastand und ihn mit ihren Blicken verschlang.

Das Feuer in seinen Augen versengte sie beinahe. Er legte ihr die Hände auf die Schulter und begann von dort aus ihren Körper langsam, fast gewissenhaft zu streicheln, ihre Brüste, ihre Taille, ihre Hüften, ihren Bauch, ihre Schenkel, bis zu den blassgoldenen Locken in ihrem Schritt. Seine Blicke folgten seinen Händen, und seine Erregung wuchs bei dem Anblick seiner Hände auf ihrem Körper. Er stellte sich hinter sie und setzte die zärtliche Erkundung ihres Körpers von dort aus fort.

Er küsste sie auf die Schulter, dann auf den Hals, und seine warmen, samtigen Lippen sandten ihr einen wohligen Schauer über den Rücken. Seine Hände umfassten von hinten ihre Brüste und liebkosten sie, während er an ihrem Nacken knabberte. Eine Hand glitt über ihren Bauch und den Unterleib zu der Stelle, wo das Zentrum ihres Verlangens pulsierte.

Cassandras Knie zitterten, und sie fürchtete, sie würden unter ihr nachgeben. Sie schnappte nach Luft, als seine Finger die Perle ihrer Lust fanden. Sie versteifte sich unwillkürlich und stellte sich auf Zehenspitzen, doch er schlang einen Arm um ihre Mitte, zog sie an sich, und sie spürte, wie er sich hart und erregend von hinten gegen sie presste, während er seine intimen Liebkosungen fortsetzte.

Sie gab ein ersticktes Stöhnen von sich und ließ ihren Kopf nach hinten gegen seine Brust sinken. So wie er sie hielt, konnte sie ihn nur an den Hüften und seinen Schenkeln berühren, was sie tat. Sie hörte ihn scharf einatmen und spürte, wie er sich kurz versteifte, als ihre Finger über sein Gesäß glitten, dann begann er zärtlich an ihrem Ohrläppchen zu knabbern, während seine Hände sie rhythmisch liebkosten.

Ihr Herz klopfte, ihr Atem ging schwer. Sie hörte wimmernde Laute aus ihrer Kehle aufsteigen, ohne sie unterdrücken zu können. Sie war in einem Wirbelsturm aus Empfindungen gefangen, unfähig, den Bedürfnissen ihres Körpers Einhalt zu gebieten.

Philip zog seine Hand fort, und Cassandra keuchte auf, aber dann begann er die sanften Kurven ihres Rückens nachzufahren, ließ seine Finger wieder zu der feuchten Stelle gleiten, doch diesmal von hinten, und entlockte ihr einen leisen Lustschrei. Etwas Heißes,

Fremdartiges glomm in ihr auf, gewann an Stärke, bis es sie fast ängstigte, so überwältigend war es. Unbewusst ließ sie ihre Hüften kreisen.

Ihre ungekünstelte Antwort war beinahe zu viel für Philips Selbstbeherrschung; er stöhnte und zwang sich, stillzuhalten, während er mit sich rang. Dann drehte er sie in seinen Armen herum und bemächtigte sich hungrig ihres Mundes. Cassandra erwiderte seine Küsse mit demselben fieberhaften Verlangen, ohne aufzuhören, seine heiße, nackte Haut zu streicheln. Mit einer Kühnheit, die sie selbst am meisten überraschte, ließ sie ihre Hände zwischen ihre Körper gleiten und über seinen Bauch nach unten, bis sie ihn spürte, hart und bereit, und ihn umfing.

Philip zuckte zusammen und machte ein knurrendes Geräusch in seiner Kehle. Cassandra wollte erschrocken ihre Hand fortziehen, aber da legten sich seine Finger auf ihre und hielten sie fest, damit sie ihre zärtliche Erkundung fortsetzten.

Zuletzt hob er sie in seine Arme, trug sie zu einer der gepolsterten Liegen, die sich an jeder Seite des Sommerhauses befanden, und bettete sie darauf. Er zögerte kurz und sah sie an.

„Bist du sicher, dass du das hier willst?" fragte er mit vor Leidenschaft belegter Stimme.

Statt einer Antwort streckte Cassandra ihm die Arme entgegen, und er legte sich auf sie. Es war keine große Liege, aber es gab genug Platz für sie beide, und sie waren für alle Unbequemlichkeiten unempfänglich. Sie spürte ihn hart zwischen ihren Beinen, und sie versteifte sich, doch er küsste sie, bis sie sich wieder entspannte. Langsam drang er in sie ein. Cassandra verspürte einen Druck, der in Schmerz überging, und sie begann sich zu sorgen, dass irgendetwas nicht richtig war, aber dann schob er sich mit einem kräftigen Stoß ganz in sie.

Sie keuchte auf. Sie wusste nicht genau, ob es an dem Schmerz lag, oder an dem neuen köstlichen Gefühl, ihn in sich zu spüren. Er versank in ihr, dehnte sie weiter, als sie es je für möglich gehalten hatte, aber es tat nicht mehr weh. Es war eher unglaublich befriedigend, ihn in sich zu fühlen, von ihm ausgefüllt zu werden, so als ob etwas, das sie ihr ganzes Leben vermisst hatte, endlich dort war, wo es hingehörte. Sie schlang ihre Arme um ihn, und er begann sich in ihr zu bewegen, langsam zuerst, dann schneller, zog sich zurück, drang wieder in sie ein, immer wieder, und entfachte mit jedem Stoß neue Flammen der Leidenschaft. Cassandras Erregung wuchs bis ins Unerträgliche, dann plötzlich explodierte das Verlangen in ihr wie eine feurige Sonne, die in tausend und abertausend Sterne zerbirst. Sie spürte, wie Philip ein letztes Mal in sie eindrang, sich versteifte, und hörte seinen heiseren Schrei, als er vor Lust erschauerte.

Langsam kehrte sie in die Wirklichkeit zurück. Philip seufzte leise und rollte sich auf den Rücken. Er legte seinen Arm um sie und begann sie sanft zu wiegen, während sie dem raschen Schlag seines Herzens lauschte.

Nie hatte sie solchen Frieden verspürt, solche Mattigkeit. Hier, in seinen Armen, fühlte sie sich, als wäre sie nach Hause gekommen.

Cassandra erwachte, als ein Strahl Sonnenlicht durch einen Spalt in den Vorhängen auf ihr Gesicht fiel. Stöhnend drehte sie sich zur Seite und vergrub ihr Gesicht in den Kissen, aber der Schlaf wollte sich nicht wieder einstellen. Mit einem Seufzen legte sie sich auf den Rücken und starrte blicklos an den Betthimmel, in Gedanken bei den Ereignissen der vergangenen Nacht.

Sie waren nicht lange in dem Sommerhaus geblieben. Philip hatte sie wachgerüttelt und gesagt, dass sie zum Haus zurückgehen müssten. Cassandra war vor ihm durch die Tür im Wintergarten ins Haus geschlüpft und die Treppe hinauf in ihr Zimmer geeilt, dankbar dafür, niemandem zu begegnen. Sie war in ihr Bett gefallen und sofort eingeschlafen. Jetzt konnte sie zum ersten Mal in Ruhe darüber nachdenken, was geschehen war.

Unwillkürlich lächelte sie, als sie sich daran erinnerte, wie Philip und sie sich geliebt hatten. Sie liebte Philip. Das hatte sie schon gestern Nacht gewusst. Sie war sich über ihr Tun und dessen Folgen voll und ganz im Klaren gewesen. Wäre sie sich ihrer Gefühle für Philip nicht sicher gewesen, hätte sie sich ihm nicht hingegeben. Aber ihr Herz hatte sich genauso danach gesehnt, von ihm geliebt zu werden, wie ihr Körper.

Sie wusste, dass ihr gestriges Stelldichein nicht zur Heirat führen würde. Ihre Tante hatte ganz gewiss Recht, wenn sie behauptete, Männer wie Sir Philip Neville heirateten keine mittellosen Mädchen. Aber das war unwichtig. Einzig, dass sie ihn liebte und mit ihm zusammen sein wollte, war wichtig.

Sie war, so vermutete sie, jetzt eine gefallene Frau. Wenn irgendjemand herausfand, was letzte Nacht geschehen war, läge ihr Ruf in Scherben. Eine tugendhafte Frau, überlegte sie, wäre vermutlich am heutigen Morgen von Reue überwältigt, doch sie verspürte keine, nur eine wundersame Freude und das Gefühl, auf Wolken zu gehen.

Sie erhob sich und klingelte nach der Zofe, nahm sich die Zeit für ein Bad, bevor sie sich ankleidete. Als sie nach unten kam, war der Frühstückstisch schon lange abgeräumt, und sie musste sich mit einer Tasse Tee und einer Scheibe Toast begnügen, die ihr ein Lakai aus der Küche geholt hatte. Durch ihn erfuhr sie auch, dass Sir Philip zu einem Treffen mit seinem Verwalter gegangen war, von dem er nicht vor dem Abendessen zurückerwartet würde.

Der Tag büßte daraufhin etwas von seinem Strahlen ein. Cassandra war froh, dass sie bereits einiges davon verschlafen hatte, und vertrieb sich die Zeit mit Packen, dabei ganz in Tagträume versunken. Dann ging sie in das Kinderzimmer, hörte aber nur mit halbem Ohr Olivia und den Zwillingen zu.

Sie bekam Philip erst am Abend beim Supper zu Gesicht. Sobald sie das Zimmer betrat, sah er sie an, ein Glühen in seinen Augen, das die höfliche Verbeugung, mit der er sie begrüßte, Lügen strafte. Sie sprachen wenig miteinander, nur bei Tisch und später im Salon, während sie mit anhören mussten, wie Joanna erneut eine Sonate am Klavier niedermetzelte. Cassandra bemerkte aber im Verlauf des Abends, wenn sie aufblickte, dass Philips Augen auf ihr ruhten. In seinem Blick lag eine seltsam vertraute Wärme, die sie überaus erregend fand.

Sie fragte sich, ob er heute Nacht zu ihr kommen würde. Ihr Zimmer befand sich am anderen Ende des Flures, auf dem auch seine Räume lagen. Er würde nicht nur an dem Schlafzimmer seiner Mutter unbemerkt vorbeischleichen müssen, sondern auch an dem seiner Großmutter, sowie denen von Tante Ardis und Cousine Joanna. Es wäre äußerst gefährlich – gefährlich für ihren Ruf wenigstens – das auch nur zu versuchen, und doch konnte sie nicht anders, als zu hoffen, dass er es tun würde. Später, als sie mit den anderen gemeinsam zu den Schlafzimmern ging, blieb Philip noch unten, nachdem er die Damen zu der geschwungenen Treppe begleitet und sich für die Nacht mit einer Verbeugung und einem Handkuss verabschiedet hatte, wobei Cassandra den Eindruck hatte, dass seine Lippen eine Idee zu lang über ihrer Hand geschwebt hatten, und er sie, als er sich aufrichtete, bedeutungsvoll ansah. Vielleicht war das aber nur Wunschdenken.

Trotz ihrer Zweifel machte sie sich mit besonderer Sorgfalt für die Nacht fertig, wusch sich mit duftender Seife, bürstete ihre Haare, bis sie glänzten, und verzichtete darauf, sie zu dem üblichen Zopf zu flechten. Sie hatte nur eine begrenzte Anzahl von Nachthemden, die alle aus einfacher weißer Baumwolle waren, ohne Rüschen oder Spitze. Sie entschied, für die Nacht ein ärmelloses Hemd anzuziehen, das sie oft unter ihrer Kleidung trug. Es war auch nichts Besonderes, aber wenigstens zeigte es mehr von ihrer Haut als die hochgeschlossenen, langärmeligen Gewänder, die sie sonst besaß.

Sie kroch ins Bett, drehte die Lampe herunter und lauschte auf Philips Schritte in der Diele. Aber nichts war zu hören, und nach einer Weile schlief sie ein, auf der einen Seite des Bettes zusammengerollt.

Sie erwachte, als die Federmatratze neben ihr nachgab. Bevor sie richtig wach werden konnte, schlang sich ein Arm um ihre Taille, und Philip flüsterte ihr ins Ohr. „Ich bin es nur. Schrei bitte nicht."

„Philip!" Sie drehte sich lächelnd zu ihm um.

„Es tut mir Leid, dich zu wecken." Er lag auf der Seite, auf einen Ellbogen gestützt, und wirkte kein bisschen reuevoll. „Ich wollte nur ganz sicher sein, dass alle schlafen. Großmutter besitzt Ohren wie ein Luchs, wenn es ihr passt."

„Ich bin froh, dass du gekommen bist."

„Ach ja?" Er beugte sich vor und hauchte einen Kuss auf ihre Lippen. „Ich war mir nicht ganz sicher, doch du schienst mir heute Abend nicht abweisend."

Sie kicherte leise. „Nein, das war ich auch nicht." Sie dachte daran, ihm über die Arbeit des heutigen Tages Fragen zu stellen oder über die bevorstehende Reise nach London, aber sie musste feststellen, dass sie eigentlich kein Interesse daran hatte, überhaupt zu reden.

„Wir müssen reden", sagte er und sah ihr dabei in die Augen, während er ihre Wange streichelte. „Es tut mir Leid, dass ich heute den ganzen Tag mit Simpson verbringen musste. Und morgen wird es wahrscheinlich nicht viel anders sein." Seine Hand glitt über ihre Kehle. „Und auf der Fahrt werden die Moultons den ganzen Weg bis London bei uns in der Kutsche sitzen. Wir sollten es jetzt tun."

Seine Augen folgten seinen Fingerspitzen, die über die weiße Haut in ihrem Ausschnitt glitten, und er vergaß, was er sagen wollte.

Cassandra war das gleichgültig. Sie hatte nicht den Wunsch zu reden; vermutlich wollte er ihr nur die Bedingungen ihrer Affäre auseinander setzen, und das wollte sie gar nicht hören.

„Später werden wir genug Zeit dafür haben", murmelte sie, streckte ihre Hand aus und fuhr ihm durchs Haar.

„Was? Oh, ja... später..." Er beugte sich vor, um sie zu küssen, und danach sprachen sie nur noch wenig.

Cassandra war allein, als sie erwachte. Sie hatte auch nichts anderes erwartet. Als sie sich gestern Nacht an Philip gekuschelt hatte, war ihr klar gewesen, dass er schon bald in sein eigenes Zimmer zurückkehren würde. Sie war dankbar, dass er um ihren Ruf besorgt war, aber sie ertappte sich bei dem Gedanken, wie schön es wäre, neben ihm aufzuwachen. Sein Gesicht als Erstes am Morgen zu sehen. Sie rief sich innerlich zur Ordnung, dass das ohnehin nie geschehen würde, und sie sich besser gleich daran gewöhnte.

Es gab wenig zu tun, da Philip ebenso beschäftigt war wie gestern, und am späten Vormittag war sie mit dem Packen endgültig fertig. Joanna sieht überaus zufrieden aus, vermutlich, dachte Cassandra, weil Philip nicht wie sonst in meiner Nähe ist. Es belustigte sie insgeheim, wenn sie daran dachte, wie falsch ihre Cousine mit ihrer Einschätzung von Philips Gefühlen für sie lag, aber dennoch ärgerte sie sich über Joannas selbstzufriedenes Gehabe.

Kurz nach dem Lunch klopfte ein Dienstmädchen an ihre Tür, ein zusammengefaltetes Stück Papier in der Hand. Cassandra entfaltete und las es. Genau wie sie gehofft hatte, war es von Philip. Er schrieb, er hoffte sein Treffen mit dem Verwalter am frühen Nachmittag beenden zu können, und schlug vor, dass sie ihn zu einem gemeinsamen Ausritt gegen zwei Uhr an der alten Abtei treffen sollte.

Cassandra verschwendete keine Zeit, sondern zog rasch ihre Reitkleidung an, die Lady Neville ihr großzügigerweise hatte ändern lassen, und eilte zu den Ställen. Der Stallmeister wollte ihr einen Reitknecht mitgeben, aber sie lehnte ab, da sie in Kürze Sir Philip treffen würde.

Sie brach ein wenig zu früh auf, aber es machte ihr nichts aus, zu warten. So überraschte es sie auch nicht, dass Philip, als sie ankam, noch nirgends zu sehen war. Sie band ihr Pferd unter einem Baum an und begann, das alte Gemäuer zu erkunden.

Als sie gerade in einem halbverfallenen Raum war, hörte sie ein Geräusch und drehte sich herum, in der Erwartung, Philip sei eingetroffen. Aber sie konnte nichts erkennen, darum ging sie zurück in den ehemaligen Kreuzgang. Sie kam an einer Türöffnung vorbei und sah aus dem Augenwinkel eine Bewegung. Doch bevor sie stehen bleiben oder sich umdrehen konnte, um näher zu untersuchen, was da gewesen war, traf sie von hinten ein Stoß, der sie zu Boden warf. Ein stechender Schmerz breitete sich in ihrem Kopf aus, und dann spürte sie nichts mehr...

Cassandra kam langsam wieder zu sich. Ihr Kopf pochte schmerzhaft, und ihr war schlecht. Sie öffnete die Augen, was, wie sie sofort bemerkte, ein Fehler war, und schloss sie wieder, bis die Welt aufgehört hatte, sich um sie zu drehen. Sie stöhnte leise, während sie sich zurechtzufinden versuchte.

Sie lag auf etwas Hartem – es fühlte sich wie ein Holzboden an. Es roch nach Staub, und die Luft um sie herum war stickig. Allmählich klärte sich ihr Verstand, und sie erinnerte sich wieder daran, dass sie in der Abtei gewesen war, den Gang entlanggegangen war... und dann einen Schlag erhalten hatte.

Die Erinnerung schien das schmerzhafte Pochen in ihrem Kopf zu verstärken, aber ihre Verwirrung ließ nicht nach. Wo war sie? Was hatte sie am Kopf getroffen? Ihr erster Gedanke war, dass sich ein Stein aus einer Wand gelöst haben und ihr auf den Kopf gefallen sein musste. Aber trotz ihres leicht benommenen Zustandes erkannte sie, dass diese Theorie keinen Sinn ergab. Wenn ihr ein Stein auf den Kopf gefallen wäre, läge sie immer noch in der sonnenbeschienenen Abtei und nicht in einem dämmrigen Raum.

Langsam, damit sich nicht wieder alles vor ihren Augen zu drehen begann, hob sie den Kopf und stützte sich auf einen Ellbogen. Auch wenn sich ihr der Magen zusammenzog, so gelang es ihr doch, ihren Lunch bei sich zu behalten, und nach einer Weile fühlte sie sich besser. Nach und nach richtete sie sich weiter auf, bis sie aufrecht saß und sich umblicken konnte.

Ihre Umgebung war ihr unbekannt. Sie befand sich in einem großen, runden Raum, der zwei Stockwerke hoch sein musste. Die Wände bestanden aus Steinen, und weiter oben gab es vier Fenster. Eine wacklige Treppe, der mehrere Stufen fehlten, führte an der Wand nach oben zu der Holzdecke. Das letzte Treppenstück bestand nicht aus Stufen, sondern einer Leiter, die durch ein rechteckiges Loch in der Decke verschwand. In der Mitte des Raumes stand ein großer, hoher Holzpfahl, der durch die Decke ging. Auf dem Boden endete der Pfahl in einer Art Maschine mit Zahnrädern. Alles war mit einer dicken Staubschicht bedeckt und sah ziemlich alt und lange unbenutzt aus.

Durch den Staub führte eine Spur von der niedrigen Holztür zu der Stelle, wo Cassandra saß. Jemand musste sie dort über den Boden geschleift haben. Doch es gab kein Anzeichen dafür, dass sich außer ihr noch jemand hier aufhielt.

Jede letzte Hoffnung, die sie gehegt hatte, dass der Schlag auf den Kopf ein Unfall gewesen war, schwand beim Anblick der Schleifspur. Jemand hatte sie absichtlich verletzt und dann hier an diesem seltsamen Ort versteckt.

Vorsichtig stand sie auf, unterdrückte ein Stöhnen, als das Pochen in ihrem Schädel stärker wurde. Sobald sich ihr Kopf beruhigt hatte, ging sie zur Tür. Es war unwahrscheinlich, dass sie unverschlossen sein würde, aber sie musste es probieren.

Wie erwartet tat sich nichts, als sie sich gegen die massive Tür stemmte. Mit einem Seufzen ließ sie sich zu Boden gleiten, lehnte den Kopf an das Holz und musterte erneut ihre Umgebung. Wo um alles in der Welt war sie? Dieser Ort hier sah so merkwürdig aus, dass sie das Gefühl hatte, in eine andere Welt versetzt worden zu sein.

Einige Zeit lang saß sie benommen da, während der Schmerz in ihrem Kopf langsam nachließ und schließlich nur noch ein dumpfer Druck war. Nun fiel ihr ein, wo sie sein musste – in einer der Windmühlen, die sie hier und dort in der Umgebung von Haverly House gesehen hatte. Keine davon war noch in Gebrauch; Philip hatte erzählt, dass man sie früher dafür eingesetzt hatte, das Wasser aus den Mooren zu pumpen.

Dieses Wissen half ihr wenig. Es bestätigte nur ihren Verdacht, dass man sie an einen Ort gebracht hatte, an dem sich nur selten – wenn überhaupt – ein Mensch blicken ließ. Sie fragte sich, ob jemand auf die Idee käme, hier nach ihr zu suchen, und wenn ja, wann. Sie entschied, dass es besser wäre, auf eigene Faust zu versuchen, einen Ausgang zu finden, als darauf zu warten, dass man sie in Haverly House vermissen und nach ihr suchen würde.

Sie stand auf und untersuchte noch einmal gründlich die Tür und das altmodische Schloss. Beides war ausgesprochen solide, aber es schien ihr, als ob die Tür eigentlich gar nicht verschlossen wäre, sondern als ob etwas sie von außen versperrte, was bedeutete, dass sie sich nicht dadurch würde befreien können, indem sie irgendwie das Schloss öffnete. Da die Tür nach außen aufging, gab es innen keine Türangeln, die sich irgendwie hätten lockern lassen können. Die einzige Möglichkeit, sich zu befreien, die ihr blieb, war, die dicke Holztür einzuschlagen, was aber von vornherein zum Scheitern verurteilt war. Sie begann, gegen die Tür zu hämmern und laut zu rufen, aber niemand antwortete.

Nach einer Weile hörte sie auf und begann den Raum zu erkunden, wobei sie sich bemühte, ihren aufkommenden Hunger zu verdrängen. Zweifellos hatte sie den Tee verpasst. Das Licht in dem Raum verblasste rasch. Sie wusste, sie musste sich beeilen, wenn sie noch etwas erreichen wollte. Die Fenster waren zu hoch, als dass sie hätte hindurchsehen können, weshalb sie zu der baufälligen Treppe ging, aber nachdem sie gesehen hatte, wie viele von den Stufen eingebrochen waren oder ganz fehlten, kam sie zu dem Schluss, dass zum Dach der Windmühle hochzusteigen außer Frage stand.

Als Nächstes unterzog sie alle Gegenstände, die sich in dem Raum befanden, einer genauen Untersuchung im Hinblick auf ihre Brauchbarkeit für einen Ausbruch. Es waren nicht viele. Sie entdeckte einen Besen, den man vielleicht als Waffe einsetzen könnte, wenn ihr Angreifer entscheiden sollte, zurückzukehren. Es gab außerdem ein aufgerolltes Stück Seil, bei dem sie überlegte, ob sie es irgendwie dazu benutzen könnte, um zu dem untersten Fenster hochzuklettern, aber es gab keine Holzbalken oder Haken, über die sie das Seil hätte werfen können. Sie fand noch einen zerbrochenen Stuhl, ein paar Schrauben, ein Zahnrad, das auf dem Boden lag, und ein rechteckiges Stück Metall, das von dem Räderwerk heruntergefallen sein musste. Diese Metallplatte oder der kaputte Stuhl wären brauchbarere Waffen als der Besen, entschied sie, aber nichts davon würde sich bei dem Versuch, sich aus ihrer Lage zu befreien, als nützlich erweisen.

Sie brachte ihre Entdeckungen zur Tür und schlug mit allem dagegen, in der verzweifelten Hoffnung, jemand würde sie hören, aber nach ein paar Minuten vergeblicher Mühe gab sie auf. Sie erwog, etwas davon aus dem Fenster zu werfen. Wenn irgendjemand in der Nähe war, könnte sie so seine Aufmerksamkeit erregen. Es schien zwar unwahrscheinlich, dass da draußen irgendjemand vorbeiging, zumal es ja bald Nacht werden würde, aber wenigstens würde sie dann etwas tun, anstatt nur herumzusitzen. Und vielleicht würde wenigstens morgen jemand vorbeikommen, es im Gras liegen sehen und nachschauen kommen.

Eine Weile versuchte sie sich darin, doch das Zahnrad, mit dem sie angefangen hatte, war zu schwer. Sie konnte es kaum hoch genug werfen, dass es das Fenster erreichte. Genauso erging es ihr mit dem Stuhl und der Metallplatte. Sie suchte das verrostete Räderwerk nach einem kleineren Teil ab, das sie stattdessen nehmen könnte, doch ohne Erfolg. Schließlich nahm sie den Stuhl und schlug ihn gegen das Räderwerk, bis nach geraumer Zeit ein Bein abbrach. Sie hob es auf und warf es zum Fenster. Das erste Mal prallte es ein gutes Stück über dem Fenster von der Wand ab; sie holte es sich wieder und versuchte es erneut. Bei dem vierten Versuch traf sie den Rahmen, bevor es wieder herabfiel, aber beim übernächsten Mal schließlich zerbrach es die Scheibe und flog durch das Fenster.

Cassandra stieß einen Freudenschrei aus und sprang auf und nieder, dann jedoch lehnte sie sich mit dem Rücken an die Tür. Sie hatte die große Tat vollbracht, aber was nutzte ihr das?

Ihr Magen knurrte und erinnerte sie daran, wie viel Zeit seit ihrer letzten Mahlzeit vergangen war. Es wurde immer dunkler, wobei die Schmutzschicht auf den Fenstern das Zwielicht verstärkte. Das Räderwerk in der Mitte war nur noch ein schemenhafter Schatten, und auch auf dem Boden breiteten sich Schatten aus. Die Vorstellung, hier allein im Dunklen zu sein, behagte Cassandra in keiner Weise.

Sie stieß sich von der Wand ab und ging zu den Überresten des Stuhles. Sie schlug ihn noch ein paar Mal gegen die Zahnräder und es gelang ihr, ein weiteres Bein abzubrechen. Mit dem Stuhlbein und der Metallplatte bewaffnet, kehrte sie zur Tür zurück und bearbeitete sie erneut – vergebens. Erschöpft ließ sie sich schließlich zu Boden gleiten. Ihr fiel beim besten Willen nichts ein, was sie noch tun konnte, um Aufmerksamkeit auf sich und ihre missliche Lage zu ziehen. Wenigstens besaß sie eine Waffe, falls ihr Angreifer zurückkäme.

Natürlich gab es für ihn keinen Grund dafür, aber andererseits gab es auch keinen Grund dafür, sie niederzuschlagen und hierher zu bringen. Sie konnte sich nicht vorstellen, dass jemand sie so hasste, dass er so weit ginge, sie zu verschleppen. Die einzige Person, die ihr einfiel, war Joanna, die immer verdrossener wurde wegen der vielen Zeit, die Philip und sie, Cassandra, gemeinsam verbrachten. Aber Joanna würde sich niemals so etwas ausdenken, einmal abgesehen davon, dass sie nie dazu in der Lage gewesen wäre, ihr bewusstloses Opfer auch nur einen Zoll zu bewegen.

Nein. Das war vollkommen absurd.

Es musste mit der Schatzsuche zu tun haben, ihr Angreifer heute und der Mann, der in Chesilworth eingebrochen war und es in Haverly House versucht hatte, mussten ein und dieselbe Person sein. Sie konnte sich bloß nicht erklären, was derjenige sich davon versprach. Sie und Philip hatten die Neville-Karte noch nicht finden können, weshalb sie ihnen auch niemand stehlen konnte. Natürlich war da die Karte, die sie in Chesilworth entdeckt hatten, hinter der ganz offensichtlich der Einbrecher her gewesen war. Aber warum sollte man ihr zu der alten Abtei folgen und sie bewusstlos schlagen? Es wäre viel einfacher gewesen, die Karte einfach aus ihrem Zimmer zu stehlen.

Das Einzige, was durch ihre Verschleppung erreicht wurde, war, ihren Aufbruch nach London zu verzögern. Aber warum? Dadurch erhielte der Dieb zwar die Chance, selber in London nach dem Buch suchen zu können, doch wie sollte er wissen, wonach er Ausschau halten musste? Sie und Philip hatten erst vor ein paar Tagen herausgefunden, um welches Buch es sich handelte, und sie hatten mit niemandem außer ihrer engsten Familie darüber gesprochen. Es ergab einfach keinen Sinn.

Höchstens... wenn... Sie schob den Gedanken rasch von sich und sah sich um. Der Raum war jetzt vollkommen in Dunkelheit getaucht. Sie konnte in der samtigen Schwärze nichts mehr ausmachen außer den ein wenig helleren Rechtecken der Fenster. Sie hörte ein Knarren und zuckte erschrocken zusammen.

Cassandra schalt sich dafür, wegen eines Geräusches so zu erschrecken. Außer ihr befand sich niemand in dem Raum. Das hatte sie deutlich genug sehen können, solange es noch hell war, und sie saß neben dem einzigen Eingang des Gebäudes. Die Mühle war alt, und deshalb war es nur natürlich, dass es hier alle möglichen Geräusche gab: das Knacken des Holzes und das Knirschen der alten Windmühlenflügel, wenn der Wind sie bewegte. Es gab keinen Grund, sich deswegen zu fürchten.

Aber auch diese vernünftigen Gedanken konnten die unbestimmte Furcht nicht ganz vertreiben, das ganz natürliche Unbehagen, an einem unbekannten Ort alleine im Dunkeln zu sein. Und es gab etwas, das sie fürchten musste: Jemand hatte sie hierher gebracht, und sie hatte keine Ahnung, wann oder wie sie wieder herauskommen sollte – wenn überhaupt. Plante ihr Widersacher, sie hier zu lassen, bis sie verhungerte?

Doch nein, vorher würde sie verdursten. Sie war sich einer unangenehmen Trockenheit in Mund und Hals bewusst, die durch die staubige Luft in der alten Mühle noch verstärkt wurde. Sie zwang sich, nicht länger daran zu denken... oder ihren leeren Magen... oder die seltsamen Geräusche der Nacht. Es war, als versuchte man, nicht an einen Elefanten zu denken, der genau vor einem saß.

Sie kehrte wieder zu dem Problem zurück, wer für ihre Situation verantwortlich war und was ihn dazu veranlasst haben könnte. Vielleicht war Philips Misstrauen David Miller gegenüber berechtigt. Es stimmte, es war verdächtig, dass er genau dann aufgetaucht war, als sie nach der Karte mit der Mitgift gesucht hatte. Was hieß das schon, wenn er vertrauenswürdig aussah und nett zu sein schien? Ein kaltblütiger Bösewicht konnte sich hinter jeder Maske verbergen. Philips Argumentation ergab einen Sinn, David konnte die Tagebücher gefunden haben, und, da er keine Ahnung hatte, wo er nach den Kartenhälften suchen sollte, sie nach England verkauft haben, in der Hoffnung, jemandem, der mehr damit anzufangen wüsste, würden sie in die Hände fallen, der ihn dann zu dem Schatz führen könnte. Oder vielleicht hatte er auch jede Hoffnung aufgegeben, daraus schlau zu werden, und erst als Mr. Simons ihm erzählte, dass Margaret Verreres Nachfahren sie erstanden hatten, hatte er seine Chance gesehen.

Trotzdem kehrten ihre Gedanken immer wieder zu dem springenden Punkt in ihren Überlegungen zurück: Was versprach sich David Miller davon, sie in einer Windmühle einzusperren? Es ergab einfach keinen Sinn. Die einzige Person, der das nutzen würde... Sie brach ab, zwang sich dann aber, den Gedanken zu Ende zu denken. Sie musste sich der Wahrheit stellen. Die einzige Person, der ihre Entführung – oder ihr Tod – nützen würde, war Sir Philip.

17. KAPITEL

Lächerlich! Verärgert sprang Cassandra auf, da sie aber im Dunkeln nirgendwo hingehen konnte, atmete sie nur tief durch, bevor sie sich wieder hinsetzte. Philip würde sie niemals verletzen. Auf der anderen Seite war es leichtsinnig, nicht alle Möglichkeiten in Betracht zu ziehen, besonders eine so nahe liegende wie diese.

Philip wäre in der Lage, den Schatz ohne sie zu finden, das wusste sie. Ihr rann ein Schauder den Rücken hinab. Nein! Sie konnte es nicht glauben. Philip konnte sie nicht geküsst und liebkost haben, wie er es getan hatte, konnte sie nicht so zärtlich geliebt haben, um sie dann in irgendein altes, verlassenes Gemäuer zu werfen, wo ihrer der Hungertod harrte!

Doch die kühle Stimme ihres Verstandes ließ sich nicht so leicht zum Schweigen bringen. „Nein." Cassandra schüttelte heftig den Kopf, gerade so, als ob jemand anderes bei ihr wäre, mit dem sie stritt. Philip war kein Feigling; wenn er beschlösse, sie umzubringen, dann würde er es direkt tun. Und sie würde nicht, konnte einfach nicht glauben, dass er ihren Tod plante. Sie machte sich nicht vor, dass er sie liebte, aber sie war davon überzeugt, dass er nicht zu der Sorte Mann gehörte, die mit einer Frau erst intimste Zärtlichkeiten austauschen und sie dann umbringen konnte.

Aber er würde sie nicht töten müssen. Er würde nur ihre Reise verzögern müssen. Philip hätte dann genug Zeit, seinen Mittelsmann in London zu beauftragen, die Geschäftsbücher nach den Aufzeichnungen über den Verkauf des Gebetbuches zu überprüfen. Sobald der neue Besitzer ermittelt wäre, könnte er es ankaufen lassen. Dann könnte er mit ihr wie geplant nach London fahren. Er könnte beruhigt mit ihr nach dem Buch suchen, so als ob er nicht wüsste, dass ihre Suche vergeblich bleiben musste. Alles, was er tun musste, war seinem Mittelsmann Zeit zu verschaffen.

Ihre Abreise war ohnehin schon um zwei Tage verschoben worden wegen der „Geschäfte", die er mit seinem Verwalter erledigen musste. Was, wenn es gar keine dringenden Geschäfte gegeben hatte? Was, wenn das alles nur eine Verzögerungstaktik gewesen war? Und die Geschäfte mit dem Verwalter konnten nur eine gewisse Zeit lang als Ausrede dienen. Wenn sie aber entführt würde... das würde ihm freilich genug Zeit verschaffen, mindestens ein paar Tage, während man nach ihr suchte, und vielleicht noch ein paar Tage mehr, bis sie sich erholt hätte.

Cassandra war übel. Es machte auf eine schreckliche, hässliche

Art und Weise Sinn. Und schließlich war der Brief, der sie in die Abtei gelockt hatte, von ihm gewesen.

Erschöpft lehnte sie ihren Kopf gegen die Mauer, während ihr heiße Tränen in die Augen traten. Nein, es konnte nicht Philip sein! Sie weigerte sich, das zu glauben. Sie liebte ihn. So konnte sie sich nicht in ihm getäuscht haben. Sie konnte keinen Mann, der so betrügerisch und falsch wäre, lieben. Und warum, dachte sie und griff dabei nach Strohhalmen, sollte er mich geliebt haben, wenn er so wenig für mich empfindet, dass es ihm gleichgültig ist, wenn ich allein und verängstigt, von Hunger und Durst gequält, Tage in einem verlassenen Gebäude verbringen muss?

Sie erinnerte sich daran, wie argwöhnisch sie gewesen war, als es um Silverwood ging, wie sehr sie ihm Unrecht getan hatte. Und nun zog sie wiederum voreilig falsche Schlüsse, ohne Beweise zu haben. Ihre Vermutungen über Silverwood hatten auch logisch geklungen und waren doch meilenweit von der Wahrheit entfernt gewesen. Diesmal war es wieder so. Nein, sie würde ihn nicht aufgrund von wenigen Anhaltspunkten verurteilen.

Aber trotz ihres Entschlusses konnte sie, während die Nacht fortschritt, nicht alle Zweifel verbannen. Allein im Dunkeln, fiel es ihr schwer, über irgendetwas in Ruhe nachzudenken. Sie erschrak bei jedem Geräusch; egal wie erschöpft und schläfrig sie war, konnte sie sich nicht überwinden, die Augen zu schließen. Endlich döste sie doch ein, nur um bei jedem Laut erneut aufzuschrecken. Dann saß sie mit klopfendem Herzen da und lauschte angestrengt in die Dunkelheit, verzweifelt bemüht, nicht zu schreien.

Es schienen Jahre vergangen zu sein, bevor das Dunkel vor den Fenstern der Windmühle wich, und Cassandra brauchte einen Augenblick, ehe ihr klar wurde, dass die Morgendämmerung gekommen war. Allmählich konnte man wieder Umrisse und Einzelheiten im Raum erkennen. Ihre Furcht ließ nach. Sie wusste zwar, dass sie in genau derselben Lage war wie in der Nacht zuvor, aber irgendwie kam es ihr erträglicher vor. Erschöpft lehnte sie sich gegen die Wand, schloss die Augen und glitt langsam in einen erholsamen Schlaf.

Als sie aufwachte, lag sie zusammengerollt auf dem staubigen Boden neben der Tür. Sie zwinkerte und setzte sich vorsichtig auf. Es dauerte einen Moment, bis sie wusste, wo sie sich befand. Inzwischen war es in der Mühle viel heller geworden und auch wärmer als zuvor. Sie fragte sich, wie spät es wohl sein mochte und was sie aufgeweckt hatte.

Sie stand auf und streckte ihre schmerzenden Muskeln. Alles tat ihr weh. Außerdem fühlte sie sich schmutzig, und ihr Mund war trocken. Sie hätte alles für einen Schluck Wasser gegeben. Und hungrig war sie auch.

Nach kurzem Nachdenken beschloss sie, noch einmal gegen die Tür zu hämmern. In der vergangenen Nacht wäre es nutzlos gewesen, aber jetzt, am Vormittag, konnte ja vielleicht doch jemand in der Nähe sein. Sie hob die Metallplatte auf und schlug sie so lange gegen die Tür, bis ihre Arme schmerzten. Dann ging sie in der Mühle herum, um sich ein wenig die Beine zu vertreten. Auf ihrer zweiten Runde hörte sie etwas.

Sie blieb sofort stehen und versuchte, das Geräusch einzuordnen. Da war es wieder. Es kam nicht aus dem Inneren der Mühle, sondern von draußen, es hörte sich an wie... Stimmen. Cassandra erstarrte ungläubig. Da war es noch einmal. Eine Jungenstimme.

„Hilfe! Ist da jemand? Hilfe!“ rief sie, und sah zu dem Fenster über sich. Es war das, das sie gestern mit dem Stuhlbein zerbrochen hatte. Vielleicht würde man sie jetzt eher hören. Sie rief noch einmal.

Als sie aufhörte, um Luft zu holen, vernahm sie wieder deutlich Stimmen. Diesmal waren sie aber viel näher, und dann erklang eine vertraute Jungenstimme: „Cassandra! Hallo! Cassandra!“

„Crispin!“ rief sie erleichtert. „Hartley! Crispin! Ich bin es, Cassandra!“

„Das höre ich!“ schrie einer der Zwillinge deutlich noch näher. „Da ist es. Die Windmühle!“

Cassandra rief so lange, bis sie heiser war, dann lief sie zur Tür und begann erneut mit der Metallplatte dagegen zu schlagen. Inzwischen erklangen draußen mehr aufgeregte Stimmen, dann hörte sie Hartley sagen: „Himmel, seht nur! Die Tür ist blockiert. Schnell, Richie, hol Sir Philip!“

Es dauerte einen Moment, dann konnte man Scharren und Kratzen vernehmen, kurz darauf öffnete sich die Tür knarrend einen Spalt, vielleicht einen Fuß breit. Aber das reichte Cassandra, und sie zwängte sich hinaus.

„Crispin! Hartley!“ Sie umarmte beide zugleich. „Oh, ich bin nie in meinem Leben so froh gewesen, jemanden zu sehen!“

Die beiden Jungen überhäuften sie mit Fragen, während Cassandra sie mal weinend, mal lachend an sich drückte.

„Was hast du darin gemacht?“

„Weißt du, dass du ganz schmutzig bist?“

„Wir haben überall nach dir gesucht, seit gestern Nachmittag, als du nicht zum Tee erschienen bist.“

„Ja, und Sir Philip und die Diener haben die ganz Nacht weiter gesucht, auf den Feldern und im Wald und überall!“

„Aber er wollte uns nicht mitsuchen lassen“, fügte Crispin betrübt hinzu. „Er sagte, wir müssten schlafen. Als ob wir das könnten, was, Hartley?“

„Nein, und heute Morgen haben wir uns sofort auf die Suche gemacht, sobald der Koch uns ein Stück Brot und ein paar Scheiben Schinken gegeben hatte. Sir Philip wollte unbedingt, dass wir einen Stallburschen mitnehmen, und das war gut so, denn der ist jetzt auf dem Weg, Sir Philip zu holen.“

„Sir Philip ist noch einmal zur Abtei geritten. Ich weiß nicht, warum er glaubt, du wärest da."

„Tante Ardis heult die ganze Zeit und behauptet, du wärest im Fluss ertrunken, aber ich habe keine Ahnung, warum sie dich für so dumm hält, in den Fluss zu fallen. Joanna wollte Sir Philip bei der Suche helfen, doch er hat sie angefahren, das Letzte, was er jetzt gebrauchen könnte, wäre, dass sie ihn behindert."

„Sie sah furchtbar wütend aus", erinnerte sich Crispin voller Schadenfreude, und beide Jungen kicherten.

„Sieh!" Hartley drehte sich um und zeigte auf den Weg. „Da hinten kommt er."

Am Horizont tauchte ein Reiter auf, der sein Pferd zu halsbrecherischem Tempo antrieb und das elegante Tier in einem atemberaubenden Manöver über einen Zaun setzen ließ. Dann donnerte es wieder auf sie zu. Man konnte jetzt erkennen, dass der Reiter Sir Philip war. Er zügelte sein Pferd im letzten Augenblick, sprang aus dem Sattel und rannte die letzten Meter.

„Cassandra!" Seine besorgte Miene zeigte deutliche Spuren der durchwachten Nacht, und er streckte ihr die Arme entgegen.

Ohne zu zögern, warf sie sich in seine Arme. „Oh, Philip!"

Dann brach sie in Tränen aus. Er hielt sie eine Weile so fest an sich gedrückt, dass Cassandra kaum Luft holen konnte, aber das störte sie nicht. Es war viel zu wunderbar, warm und sicher in seinen Armen zu liegen. Die Zwillinge sprangen um sie herum und schilderten aufgeregt, wie sie etwas Merkwürdiges gehört hatten, das sich dann als Cassandras Stimme herausstellte, und wie sie schließlich die mit Brettern versperrte Tür zu der Windmühle entdeckt hatten. Philip nickte, ohne ihnen wirklich zuzuhören, zu groß war seine Erleichterung, Cassandra endlich gefunden zu haben, sie an sich zu drücken und zu wissen, dass sie unversehrt und bei ihm in Sicherheit war.

Er hatte die schrecklichste Nacht seines Lebens hinter sich. Ohne auch nur den geringsten Anhaltspunkt zu haben, wohin sie gegangen war oder warum, hatte er Stunde um Stunde fieberhaft nach ihr gesucht. Insgeheim hatte ihn die Befürchtung verfolgt, dass sie seinetwegen fortgelaufen war, weil sie sich ihrer verbotenen Leidenschaft geschämt hatte oder etwas Ähnliches. Er hatte sich gesagt, dass die Idee lachhaft war, dass Cassandra zu besonnen war, um einfach fortzulaufen, ohne irgendjemandem Bescheid zu sagen oder wenigstens eine Nachricht zurückzulassen.

Aber trotzdem hatte diese Überlegung seine furchtbare Angst und seine Schuldgefühle nicht besiegen können. Er hatte sich wieder und wieder dafür verflucht, dass er seinem Verlangen letzte Nacht nachgegeben hatte, anstatt mit ihr zu reden, wie er es eigentlich vorgehabt hatte. Er hatte ihr sagen wollen, dass sie so bald wie möglich heiraten würden, und dass sein Entschluss, sie in dem Sommerhaus zu lieben, gleichzeitig der Entschluss gewesen war, sie zu bitten, ihn zu heiraten. Er hatte gedacht, sie hätte auch ohne Worte gewusst, dass er sie nicht kompromittieren würde, dass er sich sogar noch in letzter Sekunde zurückgehalten hätte, wenn ihm nicht klar gewesen wäre, dass sie die Einzige war, die er sich zur Frau wünschte.

Dennoch hatte er nichts gesagt. Es fiel ihm nicht leicht, seine Gefühle in Worte zu kleiden oder ihr einen Heiratsantrag zu machen. Seine Familie war nie überschwänglich gewesen; man sprach nicht über Gefühle, und man zeigte sie auch nicht. Es war viel einfacher gewesen, sich mit seinen Händen und Lippen zu erklären, und so hatte er seinen Antrag verschoben.

Jetzt drückte er sie an sich, als wollte er sie niemals mehr loslassen, strich ihr über den Rücken und sagte tröstend: „Ist schon gut, ist schon gut. Du brauchst keine Angst mehr zu haben."

„Oh, Philip! Es war so dunkel, und ich wusste nicht, ob man mich jemals finden würde..."

„Ich weiß. Aber jetzt ist alles vorbei." Er hauchte einen Kuss auf ihr Haar und murmelte etwas Unverständliches. „Ich bringe dich jetzt nach Hause."

Sie nickte, und all ihre Zweifel schwanden in der Wärme von Philips Umarmung. Er hob sie vor sich auf sein Pferd, und sie lehnte sich gegen seine Brust. Sie ritten langsam, und das sanfte Schaukeln zusammen mit ihrer Erschöpfung ließen sie schließlich einschlafen.

Als Cassandra das nächste Mal die Augen aufschlug, lag sie hinter zugezogenen Bettvorhängen in ihrem Bett in Haverly House. Einen Augenblick drohte sie von der Furcht der vergangenen Nacht überwältigt zu werden, aber dann erkannte sie, wo sie war, und seufzte erleichtert auf.

„Du bist wach!" Olivia sprang von ihrem Stuhl auf, von dem aus sie ihre Schwester beobachtet hatte, und setzte sich neben sie auf das Bett. „Gott sei Dank! Ich dachte schon, du würdest niemals aufwachen!"

Cassandra fuhr sich mit der Zunge über ihre trockenen Lippen. Sie war immer noch halb verdurstet, sie war so erschöpft gewesen, dass sie nicht einmal aufgewacht war, um etwas zu essen oder zu trinken. „Wasser?" krächzte sie.

Olivia beeilte sich, ihrer Bitte nachzukommen, und Cassandra leerte zwei Gläser, dann ließ sie sich zurück in die Kissen sinken. „Himmel, bin ich schmutzig!" Sie strich mit einer Hand über ihr dreckiges Kleid und fuhr sich über ihr staubiges Gesicht und die unordentlichen Haare. „Ich ruiniere die Laken!"

„Ich weiß. Du hättest das Gesicht der Haushälterin sehen müssen, als Sir Philip darauf bestand, dich mitten in ihre schneeweiße Bettwäsche zu legen, aber sie war klug genug, nichts zu sagen, denn Sir Philip sah aus, als suchte er nur nach einem Grund, jemanden zu erwürgen." Olivia kicherte. „Tante Ardis redete irgendwas davon, dass er nicht in deinem Zimmer sein sollte, dass es sich nicht ziemte, und er hat sie nur angeschaut, du weißt schon, mit diesem Blick. Ich wünschte, du hättest es sehen können. Tante Ardis stand mit offenem Mund da, unfähig, auch nur ein Wort herauszubringen. Seine Mutter sorgte später dafür, dass er ging, nachdem er dich hingelegt hatte. Er wollte eigentlich hier bleiben, bis du wach wirst, doch Lady Neville überredete ihn zu gehen. Sie sagte, so, wie er aussähe, würde er dich vermutlich nur erschrecken, und dass er besser erst einmal schlafen und sich rasieren sollte."

Cassandra schlug die Bettdecke zurück, um aufzustehen, und Olivia kam besorgt an ihre Seite. „Was tust du da? Bist du sicher, dass es dir gut geht?"

„Ich bin nicht krank. Ich habe nur die Nacht in einer sehr unbequemen Lage verbracht. Was ich jetzt brauche, ist etwas zu essen und ein Bad – in genau der Reihenfolge. Olivia, sei so lieb und läute nach einem Dienstmädchen."

Olivia tat wie geheißen und half ihrer Schwester dann, ihr Kleid auszuziehen und ihre Haare zu entwirren, während sie sie mit Fragen zu ihrem furchtbaren Erlebnis bestürmte. Nach dem heißen Bad und einem kleinen Imbiss fühlte sich Cassandra gleich viel besser.

Sie hatte sich gerade ihren Morgenmantel angezogen und war dabei, sich ihre nassen Haare auszukämmen, als ein Klopfen an der Tür ertönte und Sir Philip hereinkam, ohne eine Antwort abzuwarten.

„Das Dienstmädchen sagte, du wärest wach. Wie geht es dir?"

„Ganz gut, danke." Cassandra war irgendwie befangen. Als er sie gefunden hatte, waren alle Zweifel der vergangen Nacht verflogen, und sie hatte sich in seinen Armen wundervoll sicher gefühlt. Aber jetzt, wo sie sich erholt und erfrischt hatte, drängten sich ihr die düsteren Mutmaßungen wieder auf.

„Olivia, lass uns bitte einen Augenblick allein", bat Philip. „Ich muss mit deiner Schwester reden."

Olivia verließ das Zimmer ohne Widerrede, obwohl ihre Tante ihr ausdrücklich aufgetragen hatte, dafür zu sorgen, dass Sir Philip Cassandras Schlafzimmer nicht betrat oder dort gar allein mit ihr war.

Philip durchquerte das Zimmer, bis er neben Cassandra stand. Stirnrunzelnd sagte er: „Ich habe meinen Wildhüter geschickt, die Windmühle abzusuchen und sich nach Spuren umzusehen. Er konnte nichts finden. Der Boden ringsherum ist knochentrocken. Ich kann mir das einfach nicht erklären. Die Jungen haben erzählt, dass die Tür zu der Windmühle verrammelt war. Sie bestehen darauf, dass jemand das absichtlich getan hat. Stimmt das? Wie bist du dort hingekommen?"

Cassandra versteifte sich. Außer seiner kurz angebundenen Frage am Anfang hatte er keine Sorge darüber gezeigt, wie es ihr nach dem Schrecken ging. „Nein, wie sind wir aber heute wieder herrisch", entgegnete sie schnippisch.

Er sah sie entrüstet an. Die ganze Nacht hatte er kein Auge zugetan, und dann war es ihm zu seiner Erbitterung nicht gelungen, auch nur den geringsten Hinweis darauf zu entdecken, wer ihr das angetan hatte und warum. Seiner Laune war es auch in keiner Weise zuträglich gewesen, dass alle ihr Bestes getan hatten, ihn von Cassandra fern zu halten. „Komm schon, Cassandra, werd nicht spitzfindig. Sag mir einfach, wie du dort hingekommen bist."

„Ich weiß es nicht!" fuhr Cassandra ihn an. „Glaub mir, wenn ich wüsste, wer mich entführt hat, wäre ich überglücklich, dir das zu sagen. Ich wurde in der Abtei niedergeschlagen, und das Nächste, woran ich mich erinnern kann, ist, dass ich mit entsetzlichen Kopfschmerzen in der Windmühle aufgewacht bin und nicht die blasseste Ahnung hatte, wie ich dort hinkam."

„Ich wusste, dass du zur Abtei gegangen bist“, erklärte er mit einer gewissen Befriedigung.

„Selbstverständlich tat ich das, da du mich doch in deiner Nachricht gebeten hast, dich dort zu treffen“, erwiderte Cassandra schroff. Sie beobachtete ihn unter gesenkten Lidern, um seine Reaktion zu sehen.

Verständnislos blickte er sie an. „Wie bitte?“

„Ich sagte...“

„Nein, ich habe schon gehört, was du gesagt hast. Ich verstehe es bloß nicht. Ich habe dir keine Nachricht geschickt.“

„Aber ich habe eine bekommen, und zwar mit deiner Unterschrift.“

„Wo? Zeig sie mir.“

„Ich habe sie nicht mehr. Ich hatte sie in meine Tasche gesteckt. Später, als ich erwachte, war sie allerdings fort.“

„Verflucht!“

Cassandra hob fragend die Brauen. „Glaubst du, ich denke mir das nur aus?“

„Nein, natürlich nicht. Aber ich... es kann nicht meine Handschrift gewesen sein.“

„Ich bin nicht sonderlich vertraut mit deiner Handschrift“, räumte Cassandra ein.

„Jemand muss dich in der Absicht dorthin gelockt haben, dich zu entführen.“

„Aber warum, Philip? Das möchte ich gerne wissen. Was hätte denn irgendjemand davon, mich zu entführen und in eine verlassene Windmühle zu sperren?“

„Es muss mit der Karte zusammenhängen.“ Er runzelte sie Stirn. „Dadurch würde unsere Abfahrt nach London herausgezögert. Ich meine, wenn du irgendwo für ein paar Tage verschwindest und ich nach dir suche, dann können wir nicht wie geplant aufbrechen. Wenn jemand – dein amerikanischer Cousin zum Beispiel – vor uns das Gebetbuch der Königin finden will…"

„David Miller ist gar nicht in England. Er musste wieder heimreisen."

„Soweit du weißt."

Sie verzog das Gesicht. „Na gut. Soweit ich weiß. Doch wie sollte er von dem Gebetbuch erfahren haben? Wir wissen es doch selbst erst seit zwei Tagen. Hältst du es für möglich, dass deine Mutter es ihm gesagt hat? Oder deine Großmutter?"

„Was weiß ich!" rief er ungeduldig. „Vielleicht hat einer der Diener uns belauscht. Vielleicht hat Mutter oder eines der Kinder es im Beisein eines Dieners erwähnt, und er hat es weitererzählt. Wenn Miller ein Mitglied der Dienerschaft bestochen hat…"

„Du denkst dann also, dass David sich die ganze Zeit in der Nähe von Haverly House herumgetrieben hat? Mit den Dienern gesprochen hat? Und keiner hat ihn dabei beobachtet? Dass es keine Gerüchte über einen Fremden im Dorf gegeben hat?"

Er zuckte mit den Schultern. „Es klingt unwahrscheinlich. Aber wen würdest du denn vorschlagen? Verdächtigst du einen der Diener? Oder jemanden aus deiner oder meiner Familie?"

„Außerdem", fuhr Cassandra unbeeindruckt fort, entschlossen, das wichtigste, belastendste Detail nicht unerwähnt zu lassen, auch wenn sie sich bemüht hatte, es zu ignorieren, „wie sollte David Miller oder eigentlich sonst jemand wissen, dass er mir schreiben müsste, dich in der Abtei zu treffen? Wie sollte derjenige wissen, dass das unser Lieblingsziel bei unseren Ausritten ist?"

„Ich weiß auch nicht…" Er brach plötzlich ab, als ihm dämmerte, was sie andeuten wollte. „Mein Gott! Du glaubst allen Ernstes, dass ich es war, oder? Du denkst, ich hätte dich dorthin gelockt, dich niedergeschlagen und dann in die Mühle geschafft! In Gottes Namen, warum sollte ich... ah, ja natürlich, wenn ich dich aus dem Weg geräumt hätte, dann hätte mir der Schatz allein gehört!"

Er fuhr herum. „Hölle und Verdammnis!" Er trat gegen einen Stuhl, so dass er gegen die Wand krachte. „Nachdem wir – du kannst allen Ernstes annehmen, dass ich..."

„Ich will es ja nicht glauben!" rief Cassandra und sprang auf. „Ich kann mir auch nicht vorstellen, dass du... aber alle Verdachtsmomente deuten auf dich."

Er drehte sich wild zu ihr herum, seine Miene wutverzerrt, dass Cassandra zurückschrak. „Du und dein verdammter Verrere-Verstand! Vertraust du mir so wenig? Hast du eine so niedrige Meinung von mir? Ich werde dir jetzt eines sagen, hör gut zu." Er zeigte mit seinem Zeigefinger auf sie. „Wir werden nach London fahren, und wir werden dieses vermaledeite Buch und die Karte darin aufspüren. Dann werde ich diesen verfluchten Schatz finden und dir jeden einzelnen Edelstein, jede Münze und jede andere Kostbarkeit in den Schoß kippen. Du kannst die ganze verdammte Spanische Mitgift haben, jeden letzten Penny. Ich will nichts davon, nicht das Geringste."

Seine zornig hervorgestoßenen Worte trafen Cassandra wie ein Schlag ins Gesicht. Sie wurde blass und mit einem Mal war ihr übel. „Philip, bitte..."

„Bitte was? Soll ich dir beweisen, dass ich nicht derjenige war, der dich verletzt und zu Tode geängstigt hat, dich hungrig und durstig in der Windmühle deinem Schicksal überlassen hat? Du hast kein Vertrauen zu mir, und ohne das kann ich dich niemals davon überzeugen, dass ich nicht der Bösewicht bin. Wie kann ich beweisen, dass nicht ich diese Nachricht geschrieben habe, die du nicht mehr hast? Wie kann ich beweisen, dass ich dir kein Haar krümmen könnte, wenn meine Zärtlichkeiten dir das nicht verraten haben? Ich könnte dir sagen, dass ich an dem Nachmittag bis vier mit dem

Gutsverwalter zusammen war, aber das würde dir nicht reichen. Schließlich könnte ich ja immer noch jemanden beauftragt haben, dich niederzuschlagen. Vielleicht denselben Kerl, der für mich nachts in Chesilworth eingebrochen ist?" schlug er sarkastisch vor.

Cassandra brach in Tränen aus. Sie hatte das Gefühl, als würden seine Worte sie innerlich zerreißen.

„Himmel, Cassandra, bitte, erspar mir wenigstens deine Tränen." Er drehte sich auf dem Absatz um, ging aus dem Zimmer, wobei er die Tür betont leise hinter sich ins Schloss zog, und Cassandra überließ sich ihrem Elend.

18. KAPITEL

Die Fahrt nach London war alles andere als angenehm. Sie brachen am folgenden Tag auf, da Cassandra erklärt hatte, sie brauche sich nicht zu erholen. Sie fühlte sich zwar schlecht, aber das lag nicht an der Nacht in der Windmühle, sondern daran, dass ihr zu Mute war, als hätte man ihr das Herz aus der Brust gerissen. Sie wollte jetzt nur alles so schnell wie möglich hinter sich bringen, um dann nach Chesilworth zurückzukehren und in Ruhe ihre Wunden zu lecken.

Cassandra fuhr in der Kutsche mit Tante und Cousine, während Philip sie zu Pferde begleitete. Wenn sie anhielten, um eine Kleinigkeit zu essen oder sich auszuruhen, mieden Cassandra und Philip einander so weit wie möglich und sprachen nur das Allernötigste. Joanna nahm das erkennbar abgekühlte Verhältnis zwischen den beiden mit unverhohlener Freude zur Kenntnis und verbrachte einen großen Teil der Reise mit dem Versuch, Cassandra zu entlocken, was dafür verantwortlich war. Als ihr das nicht gelang, verlegte sie sich darauf, sich über Cassandras mannigfaltige Unzulänglichkeiten auszulassen.

Und bei den Mahlzeiten flirtete sie wild mit Sir Philip. Cassandra fühlte sich zu elend, um sich daran zu stören. Sie sehnte sich nach der alten Kameradschaft und der Vertrautheit, dem Lachen und den Streitgesprächen – und auch nach der Leidenschaft. Nie hätte sie es für möglich gehalten, dass einem etwas, das man erst so kurze Zeit kannte, so sehr fehlen könnte. Sie wünschte, es hätte die Nacht in der Windmühle nie gegeben; sie wünschte, sie könnte ihre Zweifel an Philip beiseite schieben und ihm einfach sagen, dass sie ihm vertraute. Aber sie konnte ihn nicht anlügen, genauso wenig, wie sie ihre Zweifel unterdrücken konnte. Ihr Herz glaubte ihm, aber ihr Verstand weigerte sich, das ohne stichhaltige Beweise zu tun.

Zu jeder anderen Zeit hätte sie die großzügige Eleganz des Stadthauses der Nevilles gebührend bewundert, ein eindrucksvolles weißes Gebäude in einem ebenso vornehmen wie ruhigen Teil von Mayfair. Es war natürlich kleiner als Haverly House, die Schlafzimmer lagen dichter beieinander, aber die geschmackvolle Einrichtung glich diesen Nachteil vollkommen aus. Cassandras Schlafzimmer ging nach hinten auf den Garten hinaus, und nachts drang der verführerische Duft von Unmengen von Rosen durch das geöffnete Fenster zu ihr und erinnerte sie an die Nacht, als Philip sie in dem Sommerhaus geliebt hatte. Sie wünschte, ihr Zimmer läge zur Straße.

Am Morgen nach ihrer Ankunft in London nahm Philip sie mit zu den Geschäftsräumen seines Londoner Mittelsmannes, einem gewissen Mr. Staley, der ihnen jedoch nicht weiterhelfen konnte, da der Verkauf noch von seinem Vater durchgeführt worden war, der bedauerlicherweise inzwischen verstorben war. Er machte sich allerdings sofort an die Durchsicht der vorhandenen Aufzeichnungen in den Geschäftsbüchern, auch wenn es, wie er erklärte, einige Zeit dauern konnte, bis er fündig würde, da sich Lady Neville ja leider nicht mehr genau erinnern konnte, in welchem Jahr das Buch veräußert worden war, und sich der in Frage kommende Zeitraum über drei oder vier Jahre erstreckte.

Sir Philip nickte. „Das habe ich fast erwartet. Suchen Sie bitte trotzdem, ja?“

„Selbstverständlich, Sir.“

„Ich nehme nicht an, dass es einen bestimmten Buchhändler gegeben hat, mit dem mein Vater regelmäßig zu tun hatte?“ erkundigte er sich.

Mr. Staley sah ihn so ehrlich verblüfft an, dass es fast schon komisch war. Dann antwortete er: „Nein, Sir Philip. Es tut mir Leid, aber ich glaube nicht, dass Ihr Vater oft mit Buchhändlern zu tun hatte.“

Als Nächstes fuhren sie zu den Verkaufsräumen von Perryman Simons, dem bevorzugten Buchhändler von Cassandras Vater. Er eilte ihnen erfreut entgegen, um Cassandra zu begrüßen.

„Miss Verrere! Wie wundervoll, Sie wieder zu sehen.“ Simons war ein untersetzter Mann mit einem stellenweise kahlen Kopf, einer Brille und einem stets heiteren Gesichtsausdruck. „Es ist so viele Monate her.“ Sein Blick richtete sich neugierig auf Sir Philip. „Es hat mir Leid getan, vom Hinscheiden Ihres Vaters zu hören. Er war ein guter Mann, ein echter Gelehrter.“

„Ja, das war er. Danke.“

„Suchen Sie ein bestimmtes Buch heute?“ fragte er. „Sie wissen, dass Sie sich jederzeit ausgiebig umschauen dürfen.“ Wieder sah er zu Sir Philip.

„Eigentlich sind wir an einem ganz bestimmten Buch interessiert, Mr. Simons.“ Sie stellte ihn Sir Philip vor. „Es handelt sich um ein Buch, das bis vor ein paar Jahren im Besitz von Sir Philips Familie war, doch dann durch eine Verkettung unglücklicher Umstände verkauft wurde. Es war ein sehr kostbares Buch, und wir hofften, dass Sie vielleicht davon gehört haben.“

„Himmel, sicher. Ich helfe Ihnen gerne, wenn ich kann. Kommen Sie bitte mit in mein Büro." Er ging ihnen durch einen engen Flur voran in eine kleine Kammer. Dort räumte er zwei Stühle frei und staubte sie mit einem Tuch umständlich ab. „So. Darf ich Ihnen Tee anbieten?"

„Nein, danke. Wir wollten uns nur nach dem Buch erkundigen."

„Ja, richtig." Der Buchhändler rückte seine Brille gerade und schaute die beiden erwartungsvoll an. „Wonach suchen Sie denn?"

„Es handelt sich um ein Gebetbuch, das einmal Queen Elizabeth gehörte. Es war seit Generationen im Besitz meiner Familie", teilte Philip ihm mit und beschrieb den mit Edelsteinen verzierten Einband.

Mr. Simons Augen begannen zu leuchten. „Was für ein Schatz! Ich wünschte, ich hätte so ein Buch. Unglücklicherweise ist es mir nicht in die Hände gefallen, denn daran würde ich mich erinnern. Ganz gewiss." Er nickte heftig, um seine Worte zu unterstreichen. „Lassen Sie mich einmal nachdenken... ja genau, Samuel Arrington könnte über so ein Buch etwas wissen. Er handelt oft mit seltenen Büchern. Und natürlich Cohn and Sons."

Sie verließen den Laden kurz darauf mit den Adressen dreier anderer Buchhändler, die sich auf den Handel mit besonders seltenen oder alten Büchern verlegt hatten. Den restlichen Tag verbrachten sie damit, alle diese Buchhändler aufzusuchen und zu befragen, ohne einen Schritt weiter zu kommen. Niemand hatte von einem Buch, wie Philip es beschrieb, je gehört. Cassandra war bei ihrer Rückkehr ziemlich niedergeschlagen, und es hob ihre Stimmung auch in keiner Weise, ein weiteres düsteres Abendessen mit Philip einzunehmen. Sie ging zu Bett, überzeugt, dass die Lage in der Tat hoffnungslos war.

Am folgenden Morgen saß sie gerade im Salon und wartete darauf, zu einer weiteren Runde durch die Buchhandlungen Londons aufzubrechen, als ein Lakai eintrat und ihr mitteilte, dass Sir Philip sie in sein Arbeitszimmer bat. „Ein Mr. Staley befindet sich bei ihm", fügte der Lakai hinzu.

„Wirklich?" Cassandras Stimmung hob sich augenblicklich.

Philip blickte auf, als sie das Arbeitszimmer betrat, und lächelte ihr zu, als hätte es die vergangen Tage nicht gegeben. Cassandra wurde ganz warm ums Herz, und sie erwiderte sein Lächeln, ohne zu zögern. Etwas flackerte kurz in Philips Augen auf, dann erstarb sein Lächeln.

Er stand auf und erklärte steif: „Miss Verrere. Mr. Staley kam heute Morgen mit Neuigkeiten zu mir, und ich dachte, Sie wollten sie vielleicht hören."

„Natürlich", antwortete Cassandra ebenso höflich, obwohl ihr die Freude inzwischen vergangen war.

„Fangen Sie bitte an, Staley."

„Ich habe ein Rechnungsbuch gefunden, das über zwanzig Jahre zurückging. Darin werden Wertgegenstände aufgelistet, die im Auftrag Ihres Vaters verkauft wurden, von denen aber nur einige wenige genauer beschrieben wurden, darunter ein Queen-Anne-Tischchen, eine Bronzefigur und ein juwelengeschmücktes Buch. Der Name wird zwar nicht genannt, aber ich erinnerte mich, dass Sie gesagt hatten, der Einband des Gebetbuches wäre mit Edelsteinen verziert."

„Ja. Ausgezeichnet! Wurde auch der Käufer aufgeführt?"

„Ein Buchhändler namens Harrington Jones. Er handelt, glaube ich, vor allem mit alten und seltenen Büchern, und sein Geschäft gibt es auch noch."

„Staley, damit haben Sie sich einen Bonus verdient. Sie haben uns einen weiteren Tag vergeblichen Suchens erspart. Wenn Sie uns jetzt bitte entschuldigen wollen; wir sollten, denke ich, diesen Mr. Jones schnellstmöglich aufsuchen."

Die Buchhandlung H. Jones befand sich in einem alten großen Backsteinhaus, dessen Farbe im Laufe der Jahre zu einem schmutzigen Gelb verblasst war. Ein Klingeln ertönte über ihnen an der Tür, als sie den langen, schmalen Verkaufsraum betraten, der durch die hohen Bücherregale ausgesprochen düster wirkte. Ein Gehilfe kam mit erfreuter Miene auf sie zu.

„Kann ich Ihnen behilflich sein?"

„Ja. Wir sind auf der Suche nach einem Buch, das Mr. Jones vor ungefähr zwanzig Jahren gekauft hat. Mein Vater veräußerte es, und ich würde es jetzt gerne wieder dem Familienbesitz hinzufügen. Könnten wir mit Mr. Jones persönlich sprechen? Ich bin Sir Philip Neville."

Der Gehilfe musterte Sir Philip genauer und stufte ihn als einflussreichen und zahlungskräftigen Kunde noch etwas höher ein als zunächst. „Selbstverständlich, Sir. Ich bin sicher, Mr. Jones würde sich sehr geehrt fühlen, mit Ihnen zu reden. Ich werde Sie sogleich melden."

Er führte sie zwischen den Regalen hindurch zu einem Büro auf der Rückseite des Ladens. Davor standen mehrere Vitrinen, hinter deren verschlossenen Türen sich viele sehr alt aussehende Bücher befanden. Der Gehilfe hieß sie dort zu warten, während er in dem Büro verschwand. Kurz darauf kam ein hagerer alter Mann heraus, der sie stirnrunzelnd ansah.

„Harrington Jones", stellte er sich mit einer knappen Verbeugung vor und bat sie in sein Kontor.

Dieser Raum war sogar noch winziger als Mr. Simons' Büro, und jeder verfügbare Platz wurde von Büchern in den unterschiedlichsten Stadien des Zerfalls eingenommen. Mr. Jones machte eine wegwerfende Handbewegung in Richtung der Stapel. „Wertloses Zeug, das meiste jedenfalls. Hier, Miss, setzen Sie sich doch."

Dabei zeigte er auf den Stuhl hinter seinem Schreibtisch. Er und Philip mussten stehen, da für mehr Stühle einfach kein Platz da war.

„Wie kann ich Ihnen behilflich sein?"

Philip erklärte noch einmal, dass er nach einem Buch suchte, das vor zwanzig Jahren verkauft worden war, und beschrieb das Buch. Der alte Mann nickte, sagte aber nichts. In seinen Augen war ein wissender Blick, der Cassandra neue Hoffnung schöpfen ließ.

„Selbstverständlich erwartet Sie eine Art Finderlohn, wenn Sie mir helfen könnten, es aufzuspüren", fügte Sir Philip glatt hinzu.

„Überaus großzügig von Ihnen, Sir."

Nach kurzer Verhandlung einigte man sich auf eine angemessene Summe, und Harrington Jones begann zu reden. „Ich kann mich noch sehr gut an das Buch erinnern, von dem Sie sprechen." Er deutete auf die Rechnungsbücher auf dem Tisch hinter seinem Schreibtisch. „Ich mache mir Aufzeichnungen, doch die kostbarsten Bücher merke ich mir hier oben." Er tippte sich an die Stirn. „An den eigentlichen Verkauf kann ich mich nicht mehr genau erinnern, aber vor etwa fünf Jahren trat die Familie des Mannes, der das Buch damals erstanden hatte, an mich heran, weil sie, nachdem er verstorben war, seine Sammlung veräußern wollten. Das Gebetbuch von Queen Elizabeth war das Juwel der Sammlung. Ich habe es zusammen mit einem weiteren Buch an einen meiner besten Kunden weiterverkauft, einem begeisterten Sammler alter und seltener Bücher."

Er machte eine Pause und blickte Sir Philip an. „Ich muss Sie allerdings warnen, Sir, dass ich nicht glaube, dass er Ihnen das Buch verkaufen wird. Er ist sehr reich. Sein Vater hat ein Vermögen mit Fabriken gemacht, und man sagt, er habe es verdoppelt. Er ist ein wahrer Büchernarr."

Sir Philip nickte. „Ich verstehe. Wir würden trotzdem sehr gerne mit ihm reden."

„Er heißt Ernest Bigby. Ich kann Ihnen seine Adresse geben, wenn Sie möchten."

„Danke."

Kurze Zeit später verließen sie das Geschäft.

„Oh, Philip!" rief Cassandra aufgeregt. „Wir haben es fast geschafft! Ich kann es kaum glauben. Aber was tun wir, wenn er uns das Buch nicht verkaufen will?"

Unfähig, ihrer Begeisterung zu widerstehen, lächelte er. „Dann werden wir wenigstens versuchen, einen Blick darauf zu werfen. Mir ist schon oft aufgefallen, dass Sammler nur zu gern bereit sind, ihre Schätze zu zeigen. Wenn wir uns das Buch ansehen, können wir vielleicht die Karte finden und sie heimlich an uns bringen – vorausgesetzt natürlich, sie ist noch dort."

Cassandras Gesicht verdüsterte sich. „Oh. Glaubst du, sie ist verschwunden?"

„Ich weiß es nicht. Es tut mir Leid. Ich wollte dich nicht beunruhigen, aber nach so vielen Jahren und nachdem es durch so viele Hände gegangen ist, scheint es zweifelhaft, dass noch niemand die Karte entdeckt hat."

„Ich weigere mich, so etwas zu denken. Jetzt, wo wir so kurz vor dem Ziel sind, darf die Karte nicht einfach verschwunden sein."

„Wenn es nur um das Wollen ginge, dann muss sie noch da sein."

Cassandra blickte zu Philip hinauf und entdeckte in seiner Miene etwas, das ihr den Atem raubte. Er schaute schnell fort, und als er sie erneut ansah, hatte er sich wieder unter Kontrolle, sein Gesichtsausdruck verriet nichts mehr. Cassandra wurde mit einem Mal ganz kalt, und ihre freudige Erregung schwand.

Sie kehrten nach Neville House zurück, wo sich Philip sofort daran machte, einen Brief an Ernest Bigby zu verfassen, in dem er sein Anliegen erklärte. Ein Lakai wurde beauftragt, das Billett zu überbringen. Danach blieb ihnen nichts anderes übrig, als auf die Antwort zu warten und sich die Zeit anderweitig zu vertreiben.

Die nächsten Stunden vergingen nur zäh. Cassandra saß im Salon und versuchte, sich auf ihre Stickerei zu konzentrieren – noch nie eine ihrer Lieblingsbeschäftigungen – während Tante Ardis und Joanna den neuesten Klatsch durchhechelten und Philip mit verschränkten Armen dasaß, schweigsam wie eine Marmorstatue. Als Joanna schließlich einen Einkaufsbummel vorschlug, war Cassandra augenblicklich einverstanden, denn alles andere war angenehmer, als weiter hier herumzusitzen.

Zu ihrer nicht geringen Überraschung bestand Philip darauf, sie zu begleiten. Als Cassandra Joannas selbstzufriedenen Gesichtsausdruck bemerkte, seufzte sie unwillkürlich. Der Einkaufsbummel würde genauso schrecklich werden wie der Nachmittag.

„Warum kommen Sie denn mit?“ fuhr sie Philip verärgert an.

Er hob spöttisch eine Augenbraue. „Sie haben etwas gegen meine Gesellschaft einzuwenden? In meiner eigenen Kutsche?“

„Wir könnten gehen oder eine Droschke nehmen“, erklärte Cassandra. „Wir brauchen Ihre Kutsche nicht.“

„Ah, aber gewiss werden Sie doch einen Mann brauchen, der Ihnen hilft, all die vielen Päckchen und Pakete zu tragen, die Miss Moulton kaufen wird.“

„Dann soll eben ein Lakai mit uns kommen.“

„Auch wenn Ihnen meine Gegenwart noch so zuwider ist, Miss Verrere, plane ich trotzdem, Sie zu begleiten. Wenn Sie sich freundlichst erinnern wollen, hat man vor noch gar nicht langer Zeit versucht, Ihnen etwas anzutun. Ich bin mir zwar bewusst, dass Sie belieben, mich für den verantwortlichen Schurken zu halten, aber da ich genau weiß, dass ich es nicht bin, weiß ich auch, dass dort draußen jemand herumläuft, der einen zweiten Versuch wagen könnte.

Deswegen habe ich nicht vor, Ihnen zu gestatten, dieses Haus zu verlassen, es sei denn, in meiner Gesellschaft. Ist das klar?“

„Vollkommen.“ Cassandra warf ihre Stickerei auf das Tischchen neben sich und sprang auf. „Ich habe plötzlich Kopfschmerzen bekommen. Ich denke, ich komme doch lieber nicht mit. Am besten gehe ich sofort auf mein Zimmer, um zu ruhen.“

Sie ging erhobenen Kopfes, ohne ihn eines weiteren Blickes zu würdigen, aus dem Salon auf ihr Zimmer und hoffte, Sir Philip würde nicht darum kommen, Joanna und ihre Mutter auf dem Einkaufsbummel zu begleiten. Es würde ihm recht geschehen, eine passende Strafe für sein hassenswertes Benehmen.

Sie warf sich in den Lehnstuhl und starrte grübelnd aus dem Fenster in den kleinen Garten. In ihrer Brust lagen heftige Gefühle miteinander im Widerstreit, und am liebsten hätte sie geweint. Wie konnte nur alles so schrecklich enden?

Sie wünschte sich beinahe, sie hätte nie Margaret Verreres Tagebücher gelesen, nie von den Karten oder der verschwundenen Mitgift erfahren – außer, dass sie dann natürlich nie Sir Philip kennen gelernt hätte. Und so elend ihr auch im Moment zu Mute war, konnte sie sich nicht dazu durchringen, sich das zu wünschen.

Cassandra verbrachte den Rest des Tages in ihrem Zimmer, und ließ sich, Unwohlsein vorschiebend, sogar das Essen hinaufbringen und für den geplanten Opernbesuch entschuldigen. Trotzdem konnte sie einen gewissen Neid nicht ganz unterdrücken, als sie später Joannas aufgeregte Stimme auf dem Flur vor ihrem Zimmer hörte. Sie würde sicher wunderschön aussehen und die ganze Zeit über Sir Philips ungeteilte Aufmerksamkeit genießen. Bestimmt wäre sie am Ende des Abends davon überzeugt, dass sie in Kürze mit seinem Antrag würde rechnen können. Obwohl sie genau wusste, wie wenig Philip für Joanna übrig hatte, war es doch schmerzhaft, sich die beiden zusammen vorzustellen. Eigentlich sollte sie, Cassandra, bei ihm sein. Schließlich liebte sie ihn.

Sie begann, sich zum Schlafen fertig zu machen, aber auch nachdem sie ihr Nachthemd angezogen, sich die Haare gebürstet hatte und zu Bett gegangen war, konnte sie lange nicht einschlafen. Selbst als sie hörte, wie Tante Ardis und Joanna nach Hause kamen, lag sie hellwach und starrte im Dunkeln an die Decke. Sie musste immer wieder daran denken, wie Philip erst vor ein paar Tagen noch spät in der Nacht heimlich zu ihr gekommen, neben sie unter die Bettdecke geschlüpft war und sie geliebt hatte. Sie konnte nicht anders, sie wünschte sich, er würde heute Nacht dasselbe tun.

Tränen traten ihr in die Augen und rannen über ihre Wangen. Sie schalt sich verrückt, sie konnte doch nicht allen Ernstes von einem Mann geliebt werden wollen, dem sie zutraute, für ihre Entführung verantwortlich zu sein.

Da kam ihr plötzlich wie aus heiterem Himmel die Erkenntnis: Ich glaube gar nicht, dass Philip für die Entführung verantwortlich ist!

Cassandra setzte sich überrascht auf. Sie rief sich all die Gründe ins Gedächtnis, weshalb sie ihm misstrauen sollte. Es stimmte schon, es ergäbe einen Sinn, dass er sie in die Windmühle gesperrt und warum er das getan haben sollte. Aber sie erkannte mit einem Mal, dass, obwohl die Zweifel da gewesen waren, sie nicht wirklich daran geglaubt hatte. Ihr Herz hatte immer schon gewusst, dass er ihr nichts antun würde. Anderenfalls hätte sie Angst vor ihrer gemeinsamen Reise nach London gehabt, zumal unter dem fragwürdigen Schutz von Tante Ardis und Joanna. Sie wäre davor zurückgeschreckt, mit ihm allein auszugehen, die Londoner Buchhandlungen aufzusuchen. Aber sie hatte nicht im Geringsten gezögert, mit ihm nach London zu reisen oder allein in seiner Begleitung das Haus zu verlassen. Nie hatte sie sich auch nur einen Augenblick in seiner

Gegenwart gefürchtet. Und das war so, weil sie in ihrem Herzen wusste, ganz tief in ihrer Seele felsenfest davon überzeugt war, dass er ihr nie ein Leid antäte.

Sie schlug ihre Decke zurück, stand auf und begann, im Zimmer auf und ab zu gehen, während sie versuchte, diese plötzliche Erkenntnis zu verarbeiten. Warum hatte sie das nicht schon früher erkannt? Weil, so dachte sie, ich es mir angewöhnt hatte, auf meinen Verstand zu hören statt auf mein Herz. Und so hatte sie, als ihr Verstand die logischen Schlüsse gezogen hatte, diese beachtet. Aber die Zweifel hatten ihre Gefühle für Philip nicht zu ändern vermocht oder bewirkt, dass sie sich in seiner Gesellschaft nicht mehr geborgen fühlte. Unwillkürlich hatte sie ihm geglaubt; das zeigte sich in ihren Taten.

Sie schluchzte auf, vor Erleichterung, Bedauern und aufwallender Liebe, und eilte aus dem Zimmer. Auf bloßen Füße rannte sie lautlos über den Flur zu der Tür von Philips Schlafzimmer. Sie blickte sich noch nicht einmal um, ob jemand sie beobachtete, klopfte nicht an, sondern öffnete einfach die Tür und trat ein, zog sie hinter sich leise ins Schloss.

Er war gerade dabei, sich auszuziehen, und stand vor seiner Ankleidekommode, nur noch mit Hose und aufgeknöpftem Hemd bekleidet. Er fuhr verblüfft zu ihr herum und starrte sie sprachlos an.

Cassandra, der mit einem Mal die Worte fehlten, starrte zurück.

Schließlich erwachte er aus seiner Betäubung und machte einen Schritt auf sie zu, die Verblüffung in seinem Gesicht durch Sorge ersetzt. „Cassandra. Was ist los? Ist etwas geschehen?“

Sie schüttelte den Kopf. „Nein. Nichts.“ Sie hielt inne, bevor sie ehrlich hinzufügte. „Außer in mir.“

Er sah sie verwirrt an. „Ich verstehe nicht.“

„Ich weiß auch nicht, ob ich das tue.“ Sie lachte zitternd. „Ich weiß nicht, wie ich es sagen soll. Ich mache mir solche Sorgen, dass du mich inzwischen hasst, dass du meine... Oh, Himmel. Das, was ich sage, ergibt keinen Sinn, oder?"

„Nicht wirklich", pflichtete er ihr nicht unfreundlich bei. „Aber ich hasse dich nicht, Cassandra, was immer du auch denken magst. Das könnte ich nicht. Niemals."

Sie holte tief Luft. „Danke." Tränen glitzerten in ihren Augen. „Ich wollte mich entschuldigen. Ich weiß, dass ich dir großes Unrecht getan habe, und es tut mir aufrichtig Leid. Alles, was gegen dich zu sprechen scheint, ist für mich bedeutungslos, das habe ich heute Abend erkannt. Worauf es ankommt, ist, ob ich wirklich glaube, dass du mir Leid zufügen könntest. Und das kann ich nicht. Ich verstehe, wie du es getan haben könntest und warum du es hättest tun wollen... aber mein Herz weigert sich zu glauben, dass du es getan hast."

Es sah sie erstaunt an. „Warum hast du deine Meinung geändert?"

„Das habe ich nicht. Ich meine, mir wurde klar, dass es gar nicht auf meinen Verstand ankam. Auch wenn ich hier oben", sie tippte sich an die Schläfe, „nicht entscheiden kann, ob du es warst, der mich in die Windmühle gesperrt hat, weiß ich jetzt, dass es darauf gar nicht ankommt. Wichtig ist allein, dass ich hier, in meinem Herzen, weiß, du warst es nicht. Es ergäbe zwar Sinn, mich vorübergehend aus dem Weg zu räumen, aber wenn ich dich ansehe, kann ich nicht glauben, dass du mich verletzen könntest."

„Natürlich nicht. Nie. Oh, Cassandra..." Er war mit einem Schritt bei ihr.

„Es tut mir Leid, dass ich dir misstraut habe."

Er schüttelte den Kopf. „Nein. Es war falsch von mir, von dir zu erwarten, dass du keine Zweifel hast. Du bist viel zu intelligent, um nicht die einleuchtenden Schlüsse zu ziehen. Ich war nur gekränkt. Ich wollte, dass du mir blind vertraust."

„Ich vertraue dir. Vollkommen." Sie lächelte ihn an, und er zog sie mit einer heftigen Bewegung an seine Brust.

„Cassandra!" Dann senkte sich sein Mund auf ihren.

Mit einem wohligen kleinen Seufzer schmolz sie in seinen Armen dahin. Hiernach hatte sie sich gesehnt, hier gehörte sie hin. Sie klammerten sich aneinander und küssten sich fieberhaft. Cassandras Hände glitten unter sein offenes Hemd, streichelten die flachen harten Muskeln seines Oberkörpers. Er erbebte, plötzlich entflammt, unter ihrer Berührung.

Diesmal ergriff sie die Initiative, streifte ihm die Kleidung ab und erforschte ihn mit Händen und Lippen, drängte ihn in Richtung Bett, bis er rückwärts darauf sank. Kühn setzte sie sich rittlings auf ihn, zog sich ihr Nachthemd aus und warf es beiseite. Philip beobachtete sie mit glühenden Augen und bemühte sich verzweifelt, seine brennende Begierde zu bezähmen. Sie bewegte sich verführerisch langsam, malte mit ihrer Zunge geheimnisvolle Muster auf seine bloße Haut, ließ ihre Hände streichelnd über seinen Unterleib und seine Schenkel gleiten, mit jeder Bewegung seinem pulsierenden Verlangen näher kommend, ohne ihn jedoch dort zu berühren, bis er glaubte zu zerbersten, wenn sie nicht bald aufhörte.

Endlich umschloss sie ihn zärtlich, neckte ihn mit Lippen und Zunge, bis er sich vor unerfüllter Leidenschaft auf dem Bett wand und ihr entgegen bog, sein Gesicht von der Anstrengung gezeichnet, sich zurückzuhalten. Da schob sie sich über ihn und ließ sich auf ihn sinken, nahm ihn ganz in sich auf. Cassandra stöhnte vor Wonne. Sie bewegte sich langsam auf und nieder und folterte sie beide mit bedächtigen, quälenden Bewegungen, bis sie es selber nicht mehr ertrug und ihr Tempo steigerte. Der Höhepunkt erfasste sie mit ungekannter Macht und sandte sie beide in die flammenden Abgründe höchster Leidenschaft.

Sie lagen lange im Dunkeln, tauschten Zärtlichkeiten aus und flüsterten einander süße Nichtigkeiten zu. Schließlich erinnerte Philip sie seufzend daran, dass es für sie wieder an der Zeit wäre, in ihr Zimmer zurückzukehren, wenn sie nicht wollte, dass die Dienstboten sie entdeckten. Cassandra musste ihm zögernd Recht geben. Sie zog sich ihr Nachthemd an, und Philip schlüpfte in seinen Brokatmorgenmantel.

Er öffnete vorsichtig die Tür und spähte hinaus. Zufrieden, dass niemand zu sehen war, nahm er ihre Hand und zog sie auf den Flur. Sie gingen leise über den Korridor, aber nach ungefähr der Hälfte des Weges blieb Philip plötzlich stehen, grinste und hob sie auf seinen Arme, um sie zu ihrem Zimmer zu tragen. Cassandra legte ihm den Arm um den Nacken und lehnte sich an ihn.

Vor ihrem Zimmer setzte er sie ab und öffnete für sie die Tür. Die Wandleuchter im Flur warfen ein schwaches Licht in den dunklen Raum – genug, um die Gestalt eines Mannes ausmachen zu können, der sich über die Schubladen von Cassandras Kommode beugte.

19. KAPITEL

Cassandra schrie erschreckt auf, und Philip stürzte ins Zimmer. Die Gestalt hob den Arm, schleuderte ihm etwas entgegen und traf ihn am Kopf. Philip wankte kurz, dann aber steuerte er weiter auf den Dieb zu. Doch der hatte sich genug Zeit verschafft, aus dem Fenster zu klettern.

Philip lief ihm nach und spähte hinaus. „Verflucht! Er ist den Baum hinabgeklettert. Wie ein Affe! Er ist schon am Boden." Er betrachtete den Baum abschätzend. „Ich denke nicht, der Ast da würde mich tragen." Wütend schlug er mit der Faust gegen die Wand neben dem Fenster. „Hölle und Verdammnis! Ich hatte ihn in Reichweite."

„Es ist nicht deine Schuld, dass er entkam." Cassandra ging zu ihm und legte ihm tröstend die Hand auf dem Arm.

„Vermutlich. Aber es ärgert mich trotzdem." Er seufzte. „Nun gut. Lass uns sehen, welchen Schaden er angerichtet hat."

Genau diesen Augenblick wählte Tante Ardis, um, gefolgt von Joanna, mit einer Kerze in der Hand ins Zimmer zu kommen und bei dem Anblick, der sich ihr bot, entsetzt zu erstarren.

Cassandra, die im Kerzenschein zum ersten Mal Einzelheiten erkennen konnte, sah sich angewidert in ihrem Zimmer um. Alle Schubladen ihrer Kommode waren aufgerissen, ihr Inhalt auf dem Boden verteilt. Eine Schublade war sogar vollkommen herausgezogen worden und lag inmitten ihrer Unterhemden auf dem Fußboden. Die Fläschchen und Döschen auf ihrem Ankleidetisch waren beiseite geschoben worden, manche waren dabei umgekippt.

„Was ist denn hier geschehen?" keuchte Tante Ardis.

„Jemand ist in Cassandras Zimmer eingebrochen", erwiderte Philip grimmig.

„Aber warum? Cassandra besitzt doch nichts, das des Stehlens wert wäre."

Joanna stöhnte auf, drängte sich an ihrer Mutter vorbei ins Zimmer und hob eine Hand theatralisch an den Hals. „Der Dieb muss sich im Zimmer geirrt haben. Er hatte gewiss vor, bei uns einzubrechen, Mutter. Um unseren Schmuck zu stehlen." Sie machte ein paar unsichere Schritte, eine Hand an der Stirn, die andere Sir Philip entgegengestreckt. „Oh! Ich spüre eine Ohnmacht nahen! Philip... helfen Sie mir."

„Setzen Sie sich hin und stecken Sie den Kopf zwischen die Knie", antwortete Philip geistesabwesend, zog einen Stuhl herbei und schob ihn ihr gegen die Kniekehlen, so dass ihr die Beine nachgaben und sie sich hinsetzen musste.

Joanna warf ihm einen finsteren Blick zu, aber er hatte sich schon wieder zu Cassandra umgewandt.

„Vielleicht solltest du für den Rest der Nacht bei deiner Tante verbringen."

Cassandra schüttelte den Kopf. „Nein, das ist nicht nötig. Ich bin sicher, dass er heute Nacht nicht wiederkommen wird."

Tante Ardis hatte aufgehört, sich in dem verwüsteten Zimmer umzusehen, und betrachtete stattdessen ihre Nichte und Sir Philip. Cassandra war nur mit ihrem Nachthemd bekleidet, während Philip unter seinem Morgenmantel, wie das Stückchen bloßer Haut am Ausschnitt verriet, offensichtlich nichts trug. Ihre Brauen zogen sich zusammen.

„Was geht hier vor?" verlangte sie mit dröhnender Stimme zu wissen. „Was tun Sie eigentlich zu dieser Zeit in dem Schlafzimmer meiner Nichte, Sir Philip? Das ist äußerst ungehörig."

„Das ist in Ordnung, Tante Ardis", warf Cassandra hastig ein. „Er, äh, kam mir zu Hilfe, weil ich geschrien habe, als ich den Dieb bemerkte."

Tante Ardis musterte sie misstrauisch. „Ich habe dich schreien gehört und bin sofort hergekommen. Und er war schon hier, als ich eintraf." Sie bedachte den Mann mit einem strengen Blick. „Ich denke, es wäre am besten, wenn Sie sich jetzt zurückziehen, Sir."

„Tante Ardis! Bitte... ich versichere Ihnen, dass keine Notwendigkeit besteht..."

„Machen Sie sich keine Sorgen, Mrs. Moulton", versuchte Philip sie zu beschwichtigen.

„Keine Sorgen machen!" Tante Ardis war nun in voller Fahrt. „Wenn ein Wort von den Vorfällen heute Nacht bekannt wird, würde das den Ruin von Cassandras Ruf bedeuten."

Philips Augen wurden schmal. „Aber es wird nicht bekannt

werden, oder, Madam? Außerdem wird Cassandras Ruf kein bisschen leiden. Sie wird nämlich meine Frau."

„Was?" Cassandra sah ihn genauso verblüfft an wie ihre Tante.

Tante Ardis erkannte zu spät den taktischen Fehler, zu dem sie sich in ihrer Entrüstung hatte hinreißen lassen. „Oh, nein... ich..." , begann sie zu stottern, dann fasste sie sich. „Sir Philip, ich bin sicher, das wird nicht nötig sein. Die Diener haben nichts gemerkt, und Sie können versichert sein, dass Joanna und ich kein Sterbenswörtchen hierüber verlieren werden. Schließlich geht es um den Ruf meiner Nichte."

„Das glaube ich gerne", räumte Philip ein. „Trotzdem ist Miss Verrere jetzt meine Verlobte."

„Aber das können Sie nicht! Ich meine, das ist doch vollkommen lachhaft!"

Philip hob hochmütig eine Augenbraue und bedachte Tante Ardis mit einem Blick, als wäre sie ein Exemplar einer seltenen, ihm bisher unbekannten Art. „Ich war selbst überrascht, dass Cassandra meinen Antrag angenommen hat. Es ist ganz offensichtlich, dass ich ihrer nicht würdig bin. Doch, sehen Sie, sie ist eine so freundliche, großmütige junge Dame."

„Nein! Wartet!" rief Joanna und sprang auf. Sie wandte sich flehentlich an ihre Mutter. „Mutter! Tu doch etwas! Er kann einfach nicht Cassandra heiraten!"

„Ich versichere Ihnen, Miss Moulton, ich kann. Und ich werde."

„Aber... aber..." Sie drehte sich zu ihm um und sah ihn aus großen Augen an. „Aber was ist mit mir?"

„Ganz bestimmt wird Miss Verrere Sie zu unserer Hochzeit einladen. Nicht wahr, Cassandra, meine Liebe?"

Cassandra konnte sich ein Kichern angesichts Joannas entsetzter Miene nicht verkneifen. „Selbstverständlich, Joanna", versicherte sie ihr süßlich. „Du musst meine Brautjungfer sein. Schließlich habt ihr beide, du und Tante Ardis, Sir Philip und mich erst zusammengebracht."

Tante Ardis gab einen erstickten Laut von sich. „Cassandra, warte... überleg doch... du kannst nicht. Sir Philip, Sie können das nicht reiflich durchdacht haben! Cassandra ist vollkommen mittellos."

„Ich brauche keine reiche Frau", erwiderte Sir Philip offen. „Ich gehe davon aus, dass es Sie freuen wird zu hören, dass Cassandras Liebe mir kostbar genug ist."

Cassandra musste sich die Hand vor den Mund halten, um bei seinen honigsüßen Worten nicht laut aufzulachen. Philip schoss ihr einen alles andere als liebevollen Blick zu.

„Was ist mit ihren Geschwistern? Haben Sie es sich genau überlegt, welche Last es bedeutet, sie aufzuziehen?"

„Ich liebe Kinder."

„Du darfst es nicht!" schrie Joanna Cassandra an und stampfte mit dem Fuß auf. „Du darfst ihn nicht heiraten! Du darfst es nicht – du darfst einfach nicht vor mir heiraten!"

Dieser letzte Gedanke war ganz offensichtlich zu viel für Joannas überstrapazierte Nerven, denn sie drehte sich um und lief aus dem Zimmer. Einen Augenblick später hörte man, wie die Tür zu ihrem Zimmer hinter ihr zuschlug. Tante Ardis blickte Cassandra und Philip einen Moment lang an, wobei sie ihren Mund öffnete und wieder schloss wie ein Fisch, der auf dem Trockenen gelandet war. Dann drehte auch sie sich um und eilte ihrer Tochter hinterher.

Cassandra sah ihrer Tante nach. Sie verspürte, stellte sie verwundert fest, ein höchst schändliches Gefühl von Triumph. Hinter ihr zündete Philip eine Kerze an, um den Schaden zu begutachten.

Als sie sich zu ihm umwandte, keuchte Cassandra auf. Die Unordnung um sie herum bemerkte sie gar nicht, denn ihre ganze Aufmerksamkeit galt Philip, dessen Gesicht sie zum ersten Mal im vollen Licht sah. „Philip! Du bist verletzt!“

Sie eilte an seine Seite und strich ihm vorsichtig das Haar aus der Stirn, wobei sie die langsam anschwellende, große rote Stelle entblößte, in deren Mitte sich ein Schnitt befand, aus dem Blut quoll.

„Ja“, antwortete Philip beinahe beiläufig. „Dieses Kästchen, das er nach mir geworfen hat, traf mich mit voller Wucht am Kopf.“ Er schnitt eine Grimasse. „Ich fühle mich wie ein Schwachkopf, dass er mir entwischt ist.“

„Du kannst nichts dafür. Wir hatten nicht damit gerechnet, einen Dieb in meinem Zimmer vorzufinden. Und wenn dein Kopf auch noch so hart ist, so fürchte ich, ist er doch nicht unverwundbar.“

Er belohnte ihre Bemerkung mit einem angestrengten kleinen Lächeln, und sie fuhr fort: „Hier, setz dich aufs Bett, dass ich mich darum kümmern kann.“

„Es ist nichts. Viel wichtiger ist die Karte. Ich bin überzeugt, dass er danach gesucht hat. Warum sonst sollte er gerade dein Zimmer durchsuchen?“

Cassandra sah zu dem Schrank. „Oh, der ist nichts geschehen.“ Sie ging hinüber, öffnete die Türen und begann rasch ihre Kleider durchzusehen, bis sie das richtige fand. Sie griff in eine Tasche und zog die Karte heraus, zeigte sie Sir Philip und verstaute sie dann wieder in ihrem Versteck.

„Ein seltsamer Aufbewahrungsort.“

„Er ist leicht zugänglich, und niemand würde als Erstes dort nachsehen, wie wir gemerkt haben.“ Sie deutete auf das verwüstete Zimmer. „Wenn ich damit gerechnet hätte, dass jemand sie stehlen wollte, hätte ich mir wohl einen anderen Platz ausgesucht, vermutlich in dem Kästchen, das er nach dir geworfen hat.“ Sie zuckte mit den Schultern. „Es ist sowieso nur eine Kopie. Ich habe noch eine in Haverly House, und das Original ist zu Hause in Chesilworth."

„Trotzdem bin ich froh, dass sie dem Dieb nicht in die Hände gefallen ist."

Cassandra trat zu dem Waschtisch und befeuchtete ein Tuch. Dann kehrte sie zu Philip zurück und begann seine Wunde zu säubern. „Hast du ihn sehen können?"

Er schüttelte bedauernd den Kopf. „Nein. Es war zu dunkel, und dann hat er mich mit diesem dummen Kästchen getroffen. Alles, was ich erkennen konnte, war, dass er hoch gewachsen und schlank ist. Sonst nichts."

Cassandra nickte. „Ich konnte auch nicht mehr ausmachen. Wenn es nur heller gewesen wäre."

„Ich würde mein Geld immer noch auf diesen amerikanischen Cousin von dir setzen – entweder war er es selbst oder ein Einbrecher, den er angeheuert hat, für ihn die Karte zu stehlen."

Cassandra seufzte. „Außer dass er längst in die Vereinigten Staaten abgereist ist."

„Das hat er dir erzählt."

„Das sagst du immer."

„Nun, du hast nur sein Wort dafür", betonte er, dann zuckte er zusammen. „Au! Nicht so fest."

„Was? Oh, entschuldige. Ich war mit meinen Gedanken woanders. So, jetzt sieht es sauber genug aus. Ich fürchte, das ist alles, was ich tun kann. Eigentlich brauchst du einen kleinen Verband."

Achselzuckend erwiderte er: „Wenn es nicht dein Mr. Miller ist, Liebste, wer ist es dann? Mir schien schon immer deine Tante eine passende Besetzung für die Rolle des Bösewichtes."

Cassandra lächelte.

„Lass uns nachdenken, wer käme sonst noch in Frage? Dein Mr. Simons vielleicht?"

Cassandra musste unwillkürlich lachen, wenn sie sich den rundlichen, onkelhaften Buchhändler in solche Machenschaften verwickelt vorstellte. „Ganz bestimmt war er nicht derjenige, der durch das Fenster in mein Zimmer und wieder hinaus geklettert ist."

„Gott sei Dank warst du nicht hier, als der Einbrecher das getan hat", erklärte Philip mit tief empfundener Erleichterung. „Versprich mir, dass du von nun an dein Fenster am Abend schließt und absperrst, ja? Auch wenn wir verlobt sind, wäre es doch undenkbar, dass ich jede Nacht in deinem Zimmer mein Lager aufschlage, um deine Sicherheit zu gewährleisten."

„Philip..." Cassandra blickte ihn plötzlich ernst an. „Ich will mit dir darüber reden."

„Über das Datum und Kleider und so weiter? Das überlasse ich ganz dir, meine Liebste. Mutter und Großmutter werden dazu gewiss auch etwas zu sagen haben, aber..."

„Das meine ich nicht. Du musst nicht sagen, dass wir verlobt sind. Es war überaus freundlich von dir zu versuchen, mich zu beschützen, aber ich versichere dir, dass Tante Ardis kein Wort darüber verlauten lassen wird."

„Cassandra!" Philip schaute sie aus weit aufgerissenen Augen entrüstet an. „Ich glaube fast, du willst mir den Laufpass geben. Und dabei sind wir doch gerade erst eine knappe halbe Stunde verlobt! Ts, ts. Welche Hartherzigkeit."

„Philip! Du weißt, was ich meine. Wir brauchen nicht zu heiraten. Mein Ruf wird vollkommen intakt bleiben."

„Du hast also vor, mich zu benutzen und dann kalt lächelnd sitzen zu lassen?" erkundigte er sich mit gekränkter Miene.

Cassandra biss die Zähne zusammen. „Würdest du bitte ernst sein?"

„Aber ich bin doch ernst. Du bist diejenige, die leichtfertig ist. Wir sind jetzt verlobt, und dabei bleibt es."

„Habe ich bei der Angelegenheit denn gar nichts zu sagen?"

„Wie ich dich kenne, bin ich sicher, dass du eine ganze Menge zu sagen haben wirst", entgegnete Philip mit einem belustigten Funkeln in den Augen. „Wie auch immer, das ändert nichts daran, dass Heirat die einzige Möglichkeit ist. Wenn dir dein Ruf schon nicht wichtig ist, Liebste, denk doch bitte an meinen."

Cassandra widerstand tapfer dem Drang, ihn zu ohrfeigen. Philips scherzhafte Antworten waren ein wirksameres Mittel, sie daran zu hindern, das Richtige zu tun, als ein offener Streit es gewesen wäre. Sie war davon überzeugt, dass er sich dessen sehr wohl bewusst war. Es erbitterte sie zutiefst, zumal ihr Anerbieten nicht von Herzen kam. Bei der Vorstellung, Philip zu heiraten, wurde ihr ganz warm ums Herz; sie erkannte, dass sie es sich mehr als alles andere auf der Welt wünschte, sogar mehr als die Spanische Mitgift. Das machte es ihr umso schwerer, edelmütig zu sein und Philip aus seinem unüberlegten Versuch, ihren Ruf zu retten, wieder zu befreien. Und natürlich wollte sie auch nicht nur aus Verantwortungsgefühl geheiratet werden. Sie wünschte sich Philips Liebe, nicht sein Pflichtbewusstsein.

Mit einem Seufzer ließ sie die Angelegenheit für den Augenblick auf sich beruhen. Morgen würde sie noch einmal versuchen, ihm Vernunft beizubringen. Nach ein paar Stunden des Nachdenkens wäre er vielleicht eher bereit, einzusehen, was er aufgab, wenn er sich an sie band. „Ach, geh zu Bett."

„Ein ausgezeichneter Rat, dem du auch folgen solltest." Er ging zum Fenster und schloss es mit einem vernehmlichen Klicken. Genauso verfuhr er mit dem anderen Fenster, dann wandte er sich wieder zu ihr um. „Bist du sicher, dass du nicht in dem Zimmer deiner Tante oder von Joanna schlafen willst?"

„Mach dich nicht lächerlich. Hier habe ich höchstens einen Dieb zu fürchten. Wenn ich bei einer von beiden schlafen würde, müsste ich dagegen um mein Leben bangen."

Nach einem langen Kuss, der Cassandra atemlos machte, verließ er leise lachend das Zimmer. Verwundert fragte sie sich, warum sie so närrisch war, gegen ihre Heirat zu protestieren. Sie räumte ihr Zimmer auf, legte ihre Kleidungsstücke ordentlich zusammen und verstaute sie wieder in den Schubladen, dann kroch sie ins Bett, wo sie augenblicklich einschlief und statt von Dieben und verwüsteten Zimmern von Ringen und Hochzeitsschleiern träumte.

„Ich kann nicht glauben, dass du mir das antun kannst!" jammerte Tante Ardis. „Dein eigen Fleisch und Blut. Nach allem, was wir für dich getan haben! Ich habe eine Schlange an meinem Busen genährt."

„Was genau habe ich Ihnen denn angetan?" erkundigte Cassandra sich sachlich. Ihre Tante überhäufte sie jetzt schon seit mehr als zehn Minuten mit Vorwürfen, von genau dem Moment an, als sie mit Joanna im Schlepptau heute Morgen den Salon betreten hatte. Und dies war das erste Mal, dass Cassandra dabei zu Wort kam.

„Was du getan hast!" kreischte Joanna und sprang auf. „Du hast mir Sir Philip gestohlen!"

„Gestohlen? Joanna, du redest, als wäre Sir Philip irgendein Schnickschnack oder ein Möbelstück. Du besitzt ihn nicht."

„Er war zuerst an mir interessiert!"

„Einen Tag lang, vielleicht", erwiderte Cassandra liebenswürdig. „Bis er entdeckte, welche Pläne du geschmiedet hattest, um ihn einzufangen."

„Ha! Fräulein Hochnäsig! Als ob du nicht genau dasselbe getan hast!"

Joannas Worte saßen. Cassandra fiel nichts ein, was sie darauf antworten sollte.

„Da!" höhnte Joanna. „Siehst du, ich habe Recht!"

„Das ist etwas ganz anderes", entgegnete Cassandra heftig. „Außerdem geht es dich nichts an."

„Geht mich nichts an? Wenn er erst mein war?"

„Er war nie dein!"

„Ich habe dich in meinem Haus aufgenommen." Tante Ardis schüttelte kummervoll den Kopf. „Ich habe dir zu essen gegeben und dich gekleidet. Ich habe dich sogar zu Lady Arrabecks Hausgesellschaft mitgenommen – alles, weil ich Mitleid mit dir hatte. Und sieh, wie du mir meine Güte vergiltst."

Cassandra schlug mit der Faust auf die Armlehne ihres Stuhls und sprang auf. „Genug! Ich habe jetzt endgültig genug davon! Erstens haben Sie uns nicht in Ihrem Haus aufgenommen, zu essen gegeben oder uns gekleidet, denn das war mein Onkel, der Bruder meiner Mutter. Ich bin sicher, wenn es nach Ihnen gegangen wäre, befänden meine Geschwister und ich uns jetzt im Armenhaus. Zweitens haben Sie mich nicht aus Güte oder Freundlichkeit zu jener Gesellschaft mitgenommen, sondern weil Sie eine zweite Anstandsdame für Joanna brauchten. Und als Letztes habe ich Joanna Sir Philip keineswegs gestohlen. Niemand könnte das, weil er nicht das geringste Interesse an ihr hat. Er kann es kaum ertragen, mit ihr in einem Zimmer zu sein, und jedem, der auch nur ein bisschen Verstand hat, wäre das mittlerweile aufgefallen. Wie konnten Sie nur annehmen, er wäre an ihr interessiert, wenn er jede Gelegenheit nutzt, ihre Gesellschaft zu meiden?"

Die beiden anderen Frauen starrten Cassandra sprachlos an.

„Sir Philip hat mich gebeten, ihn zu heiraten", fuhr Cassandra fort, die Wahrheit leicht beschönigend, „und genau das werde ich tun. Und nichts, was Sie tun oder sagen können, wird etwas daran ändern. Das Einzige, was Sie erreichen können, und was Sie fast schon geschafft haben, ist, Philip und mich so sehr gegen Sie und Joanna aufzubringen, dass Sie nie wieder eine Einladung nach Haverly

House erhalten werden. Sie haben die Aussicht, sich auf die Verwandtschaft mit der zukünftigen Lady Neville berufen zu können, was den Zutritt zu Zirkeln bedeutet, in denen es jede Menge begehrenswerter Junggesellen gibt. Wenn Sie oder Joanna auch nur ein wenig Verstand haben, dann werden Sie die Chance nutzen, die sich so eröffnet, anstatt den Verlust von etwas zu beklagen, das Sie nie besaßen!“

„Bravo, Liebste!“

Cassandra wirbelte herum und entdeckte, dass Sir Philip spöttisch lächelnd auf der Türschwelle stand und leise in die Hände klatschte. Sie wurde bis zu den Haarwurzeln rot.

„Oh. Es tut mir Leid.“

„Das braucht es nicht. Du hast ganz Recht.“ Er nickte in Richtung von Tante Ardis und Joanna. „Nun, wenn die Damen mich entschuldigen wollen, es gibt da etwas, das ich mit meiner zukünftigen Frau zu besprechen wünsche. Liebste?“

Er bot ihr seinen Arm, und Cassandra nahm ihn erfreut und ließ sich von ihm aus dem Salon in sein Arbeitszimmer führen.

„Bitte verzeih mir, dass ich dort drüben eine solche Szene gemacht habe“, entschuldigte sie sich. „Gewöhnlich bin ich nicht so...“

„Schade.“ Sir Philip grinste. „Ich hoffte, häufiger miterleben zu können, wie du den Feind in die Flucht schlägst. Es war ausgesprochen unterhaltsam.“

Cassandra schnitt ihm eine Grimasse. „Was wolltest du mit mir besprechen?“

„Dies.“ Im Arbeitszimmer angekommen, zog er ein zusammengefaltetes Stück Papier aus seiner Tasche und reichte es ihr. „Mr. Bigby hat auf mein Schreiben geantwortet.“

„Oh!“ seufzte Cassandra. „Ich kann an deiner Miene erkennen, dass es keine erfreulichen Nachrichten sind.“

„Er weigert sich, das Gebetbuch zu verkaufen.“

Cassandra begann den Brief zu lesen. „„Mit Bedauern, bla bla... Aber ich würde es mir als hohe Ehre anrechnen, wenn Sie mich heute Nachmittag aufsuchen würden, um sich das Gebetbuch von Queen Elizabeth anzusehen. Es wäre mir eine große Freude, es Ihnen zu zeigen...'" Sie sah aufgeregt hoch. „Philip!"

„Ich habe bereits dankend seine Einladung für mich und meine Verlobte angenommen." Er seufzte. „Doch ich weiß noch nicht, wie wir an die Karte kommen sollen."

„Vielleicht kannst du das Buch in deine Tasche stecken, wenn er gerade nicht hinsieht."

Philip gab sich entsetzt. „Mir war nicht bewusst, was für ein diebisch veranlagtes Mädchen ich heiraten werde."

„Wir würden ihm das Buch, sobald wir die Karte gefunden haben, wieder zurückgeben", verteidigte sich Cassandra. „Aber es geht sowieso nicht. Es würde ihm auffallen, wenn das Buch fehlt. Wie auch immer, wir brauchen gar nicht das ganze Buch. Du kannst es untersuchen, während ich ihn ablenke. Ich weiß genug von Papa über alte Bücher, um ihn eine ganze Weile zu beschäftigen."

„Cassandra..." Philip musterte sie mit besorgter Miene.

„Was? Warum siehst du mich so an?" Plötzlich beschlich sie die schreckliche Vorstellung, dass er ihr mitteilen wollte, er hätte sich die Sache mit ihrer Verlobung noch einmal überlegt, und ihr wurde klar, wie sehr sie sich wünschte, es wäre nicht so.

„Es ist nur... nun, ich fürchte, die Karte wird nicht mehr da sein."

„Oh." Cassandra empfand eine gewaltige Erleichterung.

„Es ist schon so lange her, und das Buch ist schon durch so viele Hände gegangen. Gott weiß wie viele Nevilles haben es geöffnet und betrachtet. Ich befürchte, die Karte wurde schon vor langer Zeit entdeckt und einfach weggeworfen. Niemand konnte wissen, worum es sich handelte."

„Aber Margaret hat die Karte bestimmt nicht einfach irgendwo zwischen die Seiten gelegt. Ich bin überzeugt, dass sie viel raffinierter vorgegangen ist. Sie musste sichergehen, dass die Karte nicht einfach herausfallen konnte. Vermutlich hat sie sie irgendwie in den Einband gesteckt oder an einer anderen Seite befestigt oder so etwas.“

„Vielleicht. Ich hoffe es. Ich möchte nur nicht, dass du zu sehr enttäuscht bist, wenn es sich herausstellt, dass wir in einer Sackgasse gelandet sind.“

„Das werde ich nicht“, versprach Cassandra, die zu ihrer eigenen Überraschung feststellte, dass das der Wahrheit entsprach. Langsam begann sie zu begreifen, dass neben ihrer Liebe zu Philip alles andere zur Bedeutungslosigkeit verblasste.

Ein paar Stunden später fuhren sie zu Mr. Bigbys Stadthaus, wo sie augenblicklich in den Empfangssalon geführt wurden.

Mr. Bigby erhob sich aus seinem Sessel und begrüßte sie. Er war ein glatzköpfiger, untersetzter Mann, rau, aber herzlich und von energischem Auftreten. „Sir Philip!“ rief er und schüttelte ihm begeistert die Hand. „Es ist mir eine Ehre, Sie zu empfangen. Eine Ehre, in der Tat. Und Miss Verrere. Ich habe einmal einen Artikel Ihres Vaters gelesen – er beschäftigte sich mit einer illustrierten Handschrift. Ein überaus belesener Mann, überaus belesen, in der Tat.“

Er machte eine Pause, um Luft zu holen, und sie murmelten eine höfliche Begrüßung.

„Bestimmt warten Sie schon ungeduldig darauf, das Buch zu sehen, nicht wahr?“ Bigby trug seinem Butler auf, ihnen später in der Bibliothek eine Erfrischung zu servieren, dann ging er Cassandra und Philip voran zu der Bibliothek.

Es war ein beeindruckender Raum, beinahe so groß wie die in Haverly House. Die meisten Bücher waren in Regalen untergebracht, aber einige waren auch in abschließbaren Vitrinen verstaut. „Hier befinden sich meine alten, seltenen Bücher."

Mr. Bigby ging zu dem Schrank in der Mitte. Dort, auf dem zweiten Regalbrett, stand ein kleines, altes, in Leder gebundenes Buch. Eine Reihe kleiner Perlen, von denen die eine oder andere fehlte, säumte den vorderen Einband.

Bigby schloss die Glastüren auf, öffnete sie und bedeutete Cassandra, das Buch herauszunehmen. Vorsichtig holte sie es heraus.

„Es ist wunderschön", hauchte sie. Bei dem Gefühl, das alte Buch in den Händen zu halten, war die Karte für den Augenblick vergessen.

Den Buchrücken zierten drei große Edelsteine. Das Papier war dünn und an den Seiten vergoldet. Cassandra schlug das Buch mit großer Sorgfalt auf und las die verblasste Widmung. „‚Für Sir Everard, meinen treuen Ritter. Elizabeth R.' Himmel. Ich kann kaum glauben, dass ich es wirklich in meinen Händen halte – etwas, das Queen Elizabeth in ihren gehalten hat."

Sie hob den Blick und sah Mr. Bigby an. Verständnis schimmerte in seinen Augen. „Es nimmt einem den Atem, nicht wahr?"

Cassandra nickte. Sie erinnerte sich daran, weshalb sie hier waren, und blätterte das Buch durch. Nichts Auffälliges war zu entdecken, und sie reichte es Philip. „Schau nur. Ist es nicht wundervoll?"

Er nickte und nahm es ehrfürchtig entgegen. Cassandra wandte sich an Mr. Bigby und hakte sich bei ihm unter. „Würde es Ihnen etwas ausmachen, mir Ihre Sammlung zu zeigen? Sie ist so groß. Was für Bücher sind diese hier?" Sie zog ihn sanft, aber bestimmt von Philip fort.

Es war nicht schwer, Mr. Bigby dazu zu bringen, über sein Lieblingsthema zu reden. Er führte sie in der Bibliothek herum, öffnete mehrere Bücherschränke und zeigte ihr seine Schätze. Cassandra bewunderte alles gebührend und stellte hie und da Fragen, da sie glücklicherweise dank ihres Vaters über genügend Fachwissen verfügte. Bigby strahlte. Cassandra hätte ihn gewiss noch länger beschäftigen können, aber schließlich klopfte ein Diener an und trat mit den Erfrischungen ein.

Philip gab mit einem höflichen Lächeln das Gebetbuch zurück und bedankte sich bei Bigby, dass er ihm gestattet hatte, es sich anzusehen. „Wenn Sie es jemals verkaufen wollen, lassen Sie es mich bitte wissen, ja?“

„Selbstverständlich, selbstverständlich. Aber ich bezweifle, dass dieser Tag kommen wird – solange ich lebe.“ Er strich liebevoll über das Buch, bevor er es wieder an seinen Platz stellte und die Glastür abschloss.

Cassandra musterte Philip eindringlich, in dem Versuch, aus seiner Miene zu lesen, ob er die Karte gefunden hatte, doch seine Züge verrieten nichts. Sie musste wohl oder übel warten.

„Nun?“ erkundigte sie sich eifrig, sobald sie in der Kutsche Platz genommen hatte, während Philip noch die Tür schloss.

Er sah sie an und lächelte. Hoffnung regte sich in ihr. „Nun... ich habe alles durchgesehen und konnte nichts entdecken. Ich habe den Einband und den Buchrücken genau nach einem Einschnitt oder einer Verdickung untersucht. Nichts.“

Cassandra ließ die Schultern hängen. „Oh, nein!“

„Aber dann“, fuhr Philip fort, „bin ich mit dem Fingernagel unter dem Deckblatt innen, gleich neben der Falz, langgefahren, und, oh Wunder, es ließ sich ein Stück anheben. Es gelang mir, eine Fingerspitze darunter zu schieben, und ich spürte etwas. Ich begann, vorsichtig daran zu ziehen, und dies kam heraus.“

Er hielt ein dünnes, mehrfach zusammengefaltetes Stück Papier hoch.

Cassandra wagte kaum zu atmen. „Die Karte?“

Er nickte. „Die Karte.“

Cassandra war augenblicklich neben ihm und spähte über seine Schulter, während er das alte Blatt Papier sorgfältig auseinander faltete.

Es war schwer, die verblasste Tinte auf dem vergilbten Papier in dem gedämpften Licht der Kutsche zu erkennen, aber die Zeichnung stammte ganz offensichtlich aus derselben Feder wie die Karte, die sie auf Chesilworth gefunden hatten. Es gab Strichzeichnungen verschiedener Landschaftsmerkmale und schriftliche Notizen, die nicht zu den Zeichnungen zu gehören schienen. Cassandra hielt den Atem an. Sie hatten es geschafft! Sie hatten es tatsächlich geschafft! Wie fest sie auch an den Schatz geglaubt hatte, wie verzweifelt sie sich gewünscht hatte, ihn zu finden, ein Teil von ihr hatte bezweifelt, dass es ihnen gelingen würde, beide Kartenhälften zu entdecken und die Mitgift aufzuspüren.

„Die macht auch nicht mehr Sinn als die andere", sagte Philip enttäuscht. „Vielleicht braucht man, um daraus schlau werden zu können, die andere Karte."

Doch ihr Vorhaben, beide Kartenteile zusammenzufügen, konnte nicht sofort nach ihrer Ankunft in Neville House in die Tat umgesetzt werden, da Tante Ardis sie von der Tür des Empfangszimmers aus mit den Worten begrüßte: „Ah, Cassandra. Sir Philip. Wir haben Besuch. Cassandra, du wirst dich gewiss freuen."

Cassandra runzelte die Stirn. Sie verging beinahe vor Ungeduld, sich den beiden Karten zu widmen, aber es gab keine Möglichkeit, sich der Verpflichtung, den Besucher zu empfangen, zu entziehen. Sie setzte eine freundliche Miene auf und betrat, dicht gefolgt von Philip, den Salon.

Sie blieb so plötzlich stehen, dass Philip fast gegen sie stieß. Sie starrte den Mann an, der sich von seinem Platz auf dem Sofa neben Joanna erhob.

„Sieh nur, wer gekommen ist, uns zu besuchen!“ rief Joanna mit mutwillig funkelnden Augen. „Dein amerikanischer Cousin.“

Cassandra erholte sich genug, um herauszubringen: „Mr. Miller.“ Sie machte einen Schritt nach vorne, um ihm die Hand zu geben. „Was für eine Überraschung. Ich dachte, Sie wären schon längst in Amerika.“

„Sie sind Miller?“ erkundigte sich Philip ein wenig schroff und warf Cassandra einen bedeutungsvollen Blick zu. Dann betrachtete er mit strenger Miene den jungen Mann.

Miller sah ihn ein wenig verunsichert an, erwiderte aber: „Ja. David Miller, zu Ihren Diensten, Sir.“

Cassandra stellte ihm Philip vor, der höflich nickte und Miller die Hand schüttelte, den jungen Mann jedoch nicht aus den Augen ließ, was diesen offensichtlich aus der Fassung brachte.

„Ich hatte auch gedacht, inzwischen wieder zu Hause zu sein, Miss Verrere“, entgegnete Miller als Antwort auf Cassandra Bemerkung von vorhin. „Doch als ich nach London zurückkehrte, musste ich feststellen, dass es zu Lieferschwierigkeiten bei einer Ware gekommen war. Es hat etwas gedauert, aber jetzt ist es endlich geschafft. Ich hoffe, nächste Woche abreisen zu können.“

„Es tut mir Leid, dass Sie Zeit verloren haben“, bedauerte Cassandra ihn. „Womit haben Sie sich die Zeit vertrieben?“

Sie schenkte Philips Schnauben keinerlei Beachtung, das er rasch in ein Hüsteln wandelte, als Miller ihn seltsam ansah. David begann seine Besuche verschiedener Museen und Sehenswürdigkeiten zu beschreiben.

„Sind Sie gar nicht aufs Land gefahren?“ fragte Philip.

„Nein, bis auf meinen Besuch bei den Verreres nicht. Ehrlich gesagt“, erklärte er freimütig, „fiel mir nichts mehr ein, womit ich mir noch die Zeit vertreiben könnte, weshalb ich gestern noch einmal den Buchhändler aufgesucht habe. Als ich dort erfuhr, dass Miss Verrere in London weilt, war ich entzückt."

„Ja, der arme Mr. Miller war besorgt, er könnte dich verpasst haben", mischte sich Joanna ein und beobachtete genau, welche Wirkung ihre Worte auf Philip hatten. „Dein Cousin ist dir ja so ergeben."

Cassandra wusste, dass Joanna hoffte, über Mr. Miller einen Keil zwischen sie und ihren Verlobten zu treiben, aber sie hatte gewiss keine Ahnung, welche Bombe sie hatte platzen lassen. Es sah mehr und mehr so aus, als behielte Philip am Ende Recht. David Miller musste der Mann sein, der auf der Suche nach der Karte in ihrer beider Häuser eingebrochen war – auch wenn es schwer zu glauben war, dass sich hinter dem jungenhaften Äußeren ein Krimineller verbarg.

David errötete bei Joannas Worten ein wenig.

Joanna hakte nach. „Als ich ihm sagte, ihr wäret zu diesem Bigby gegangen, um euch ein Buch anzusehen, erklärte er, er wolle auf dich warten. Ist das nicht reizend?"

„Sehr freundlich", bemerkte Cassandra höflich.

David Miller blieb noch eine Weile und unterhielt sich mit ihr, bis es Cassandra schwer fiel, weiterzulächeln. Sie wollte ihn bloß noch loswerden, damit sie sich endlich die beiden Karten genauer ansehen konnten. Außerdem war es äußerst schwierig, höflich und zuvorkommend zu bleiben, wenn sie die ganze Zeit seine Größe und Figur mit der des Einbrechers letzte Nacht verglich.

Endlich verabschiedete er sich. Cassandra eilte nach oben in ihr Zimmer, um die andere Karte zu holen, und brachte sie zu Philip in das Arbeitszimmer. Er stellte eine Lampe auf seinen Schreibtisch und breitete beide Karten nebeneinander aus. Sie beugten sich über den Schreibtisch und betrachteten sie.

Es schien keine Verbindung zwischen den beiden Teilen zu geben. Nichts sprang ihnen ins Auge. Cassandra und Philip blickten sich an. Er drehte die Karten herum und legte sie an verschiedenen Seiten aneinander. Es ergab immer noch keinen Sinn.

„Das ist doch verrückt“, sagte er voller Abscheu. „Nur eine Menge Namen und Symbole, die weder zusammen passen noch etwas miteinander zu tun zu haben scheinen. Es gibt keine einzige Übereinstimmung auf beiden Karten.“

Cassandra studierte sie weiter. Tränen brannten in ihren Augen. Wie furchtbar, so weit gekommen zu sein, um schließlich doch zu scheitern.

Sie berührte das hauchdünne Blatt Papier, das Philip heute aus dem Gebetbuch gezogen hatte. „Ich frage mich, warum sie zwei verschiedene Sorten Papier genommen hat? Das, was wir auf Chesilworth gefunden haben, war fest und haltbar. Dies hier ist so dünn, dass es ganz leicht zerreißt – warum sollte sie es benutzt haben?“

„Damit sie es leichter unauffällig in dem Buchdeckel verstecken konnte“, mutmaßte Philip. „Sonst hätte jemand etwas gemerkt.“

„Ja, vermutlich. Trotzdem, es ist kein großes Blatt Papier.“ Sie sah auf die Kopie der Karte, die sie angefertigt hatte. Dafür hatte sie auch besonders dünnes Papier benutzt, damit sie die Karte durchpausen konnte. Plötzlich schlug ihr das Herz bis zu Hals. „Oh, mein Gott.“

„Was?“ Philip blickte erst sie erschreckt an, dann auf die Karten, die sie so gebannt betrachtete. „Was ist? Fällt dir etwas auf?“

„Ich bin mir nicht sicher. Es ist nur so dünnes Papier... so wie das, das ich über die Karte gelegt habe, um sie abzumalen...“ Mit bebenden Fingern hob sie die Karte auf dem dünnen Papier auf und legte sie vorsichtig auf die andere. Die Symbole und Namen der anderen Karte konnte man deutlich erkennen, aber sie ergaben immer noch keinen Sinn.

Sorgsam drehte sie die obere Karte um und plötzlich passte alles zusammen. Das Wort Bach auf der neuen Karte stand neben den Worten Little John auf der anderen, und darüber befand sich eine verschnörkelte Linie. Die Reihen pappelähnlicher Umrisse hatten die Bezeichnung Wäldchen erhalten und das rechteckige Gebäude einen Turm und die Beschriftung Saint Swithin bekommen.

„Ich will verflucht sein!" Philip starrte verblüfft auf die Karte. „Ich weiß, wo das ist. Diese Kirche liegt nicht weiter als eine Meile von Haverly House entfernt, und dieser Weg hier... Ich weiß, wo das ist."

„Was ist mit dieser Hütte, der Torfstecherhütte? Und die Steinmauer?" Sie legte ihren Finger auf ein kleines Rechteck und fuhr die Worte fünfzehn Schritte bis zu dem Zeichen, an dem Steinmauer stand, entlang. Auf der anderen Seite der Mauer zeigte ein Pfeil fünf Schritte weiter auf eine Stelle, an der eine kleine Truhe mit gewölbtem Deckel eingezeichnet war, über der einfach das Wort „Mitgift" zu lesen war.

„Die kommen mir nicht bekannt vor. Aber du musst bedenken, dass dies hier vor fast zweihundert Jahren gezeichnet wurde. Die Hütte ist mittlerweile bestimmt verfallen. Die Überreste könnten allerdings noch dort sein. Und die Mauer." Er sah Cassandra mit vor Aufregung glänzenden Augen an. „Wir können ihn finden, Cassandra. Der Schatz ist in unseren Händen."

Am nächsten Morgen brachen sie auf. Tante Ardis nörgelte zwar darüber, dass sie erst nach London hetzten, nur um dann nach drei oder vier Tagen dort in aller Eile wieder abzureisen, doch sie ließ es mit nur wenig Aufhebens zu, dass die Dienstmädchen ihre Truhen und Koffer packten. Anscheinend hatte sie sich Cassandras Worte vom Vortag zu Herzen genommen und wollte die wertvolle Verbindung zu der Familie Neville nicht aufs Spiel setzen. Cassandra hatte selbst gehört, wie sie eine schmollende Joanna mit der Bemerkung zurechtgewiesen hatte, es gäbe noch mehr „Fische im Meer".

Die Diener waren gerade damit fertig geworden, ihr Gepäck auf dem Dach der Kutsche festzuzurren, und Cassandra, Philip, Tante Ardis und Joanna waren im Begriff nach draußen zu gehen, um einzusteigen, als ein lautes Klopfen an der Eingangstür ertönte. Einer der Lakaien öffnete die Tür und wurde beinahe von dem Herrn umgerannt, der hereinstürmte. Er blieb stehen, ohne dem entrüsteten Bediensteten Beachtung zu schenken, und sah sich erregt um. Sein Blick fiel auf Sir Philip, und er schoss, die Hand des Lakaien an seinem Arm abschüttelnd, auf ihn zu.

„Sir Philip! Bei Gott, das werde ich mir nicht gefallen lassen!"

„Mr. Bigby?" Cassandra starrte den Mann verwundert an. Seine verbindliche Art von gestern war verschwunden. Er war ganz rot im Gesicht, seine Augen glitzerten aufgebracht, und er trug noch nicht einmal einen Hut, um seinen Kopf zu bedecken.

„Sie scheinen verstört zu sein", stellte Philip in einer gewaltigen Untertreibung fest. „Vielleicht sollten wir uns in mein Arbeitszimmer begeben."

„Ich werde gleich hier und jetzt sagen, was ich zu sagen habe!" verkündete der Mann mit dröhnender Stimme. „Sie mögen so hochgeboren und einflussreich sein, wie Sie wollen, aber wenn Sie glauben, ich lasse es mir einfach wegnehmen, mein... mein Juwel... mein wertvolles..." Er brach ab, unfähig weiterzusprechen; er sah aus, als würde ihm jeden Augenblick die Zornader auf der Stirn platzen.

„Mäßigen Sie sich, guter Mann", befahl Philip in seinem herablassendsten Ton, und zur Verwunderung aller schien sich Mr. Bigby etwas abzukühlen.

„Gut. So, und nun sagen Sie mir freundlicherweise, wovon in aller Welt Sie da eigentlich sprechen."

„Von dem Gebetbuch der Königin natürlich", entgegnete Bigby zornig. „Wovon sonst?"

„Was ist damit?"

Bigby schnaubte. „Sie wissen sehr gut, was damit ist! Versuchen Sie nicht, mich mit Ihrem vornehmen Getue einzuwickeln. Es ist fort!"

Cassandra keuchte auf. Bigby sah zu ihr und nickte heftig.

„Genau! Fort. Gestohlen. Direkt unter meiner Nase."

„Und Sie glauben, ich war das?" fragte Philip ungläubig.

„Wer sonst? Sie wollten es doch kaufen, und ich weigerte mich, es ihnen zu verkaufen. Ich kenne euch Adelige – nicht daran gewöhnt, dass es einmal nicht nach eurem Willen geht. Als ich es nicht verkaufen wollte, beschlossen Sie, es zu stehlen. Darum sind Sie gestern gekommen, um zu sehen, ob es sich lohnte, es zu stehlen. Zu sehen, wo ich es aufbewahrte."

„Oh, nein. Mr. Bigby", versicherte ihm Cassandra ernsthaft. „Ich schwöre, Sir Philip hat Ihr Buch nicht gestohlen."

„Nicht mit seinen eigenen Händen, zweifellos. Er würde sie sich nicht schmutzig machen wollen. Nein, er hat einen Einbrecher damit beauftragt, ihm beschrieben, wie es aussieht und wo ich es aufhebe."

Der Mann fuhr in dieser Art noch eine Weile fort, unter den neugierigen Blicken von Tante Ardis und Joanna, aber schließlich zeigten Cassandras und Sir Philips wiederholte Beteuerungen, nichts mit dem Diebstahl zu tun zu haben, Wirkung.

„Ich versichere Ihnen, Mr. Bigby, dass ich niemals dieses oder irgendein anderes Buch stehlen würde. Allerdings sind auch wir das Opfer seltsamer Einbrüche sowohl hier als auch in unseren Landhäusern geworden. Drei Einbrüche."

„Drei! Was wurde gestohlen?"

„Nichts. Aber ich habe Grund zu der Annahme, dass man auf der Suche nach ebendiesem Buch in Haverly House war. Darum habe ich mich überhaupt für das Queen's Book zu interessieren begonnen. Ich weiß nicht, wer der Dieb ist, auch wenn ich einen Verdacht habe. Ich verspreche Ihnen, ich werde dafür Sorge tragen, sollte im Verlauf der Beobachtung der fraglichen Person das Buch entdeckt werden, dass Sie es umgehend zurückerhalten."

„Beobachtung der fraglichen Person?" wiederholte Cassandra. „Willst du sagen, dass du jemanden angestellt hast, David zu beobachten?"

„Ja, heute Morgen", erwiderte er gelassen. „Ich habe jemanden beauftragt, ihn zu beschatten. Offensichtlich hätte ich das schon gestern Abend tun sollen, dann wäre er vermutlich bei dem Diebstahl erwischt worden."

„Was ist so Besonderes mit diesem Buch?" erkundigte sich Tante Ardis verwundert.

„Wollt ihr sagen, Mr. Miller hat es gestohlen?" fragte Joanna mit weit aufgerissenen Augen.

„Das ist mein Verdacht."

„Und sonst nichts", betonte Cassandra

„Meine Verlobte hat eine Schwäche für Mr. Miller", bemerkte Philip zu Mr. Bigby.

Cassandra schnitt ihm eine Grimasse. „Das stimmt nicht. Ich möchte nur darauf hinweisen, dass David Miller gar nicht gewusst haben kann, wo er einbrechen musste. Wir sind doch die Einzigen, die wussten, wo es war."

„Wenn du dich daran erinnern willst, Liebste, als er gestern kam, um seine Aufwartung zu machen, erzählte ihm Miss Moulton, dass wir bei Mr. Bigby wären, ein Buch ansehen. Ich kann mir nicht vorstellen, dass es ihm schwer gefallen ist, zwei und zwei zusammenzuzählen."

Cassandras Augen wurden groß. „Oh, Himmel. Du hast Recht." Sie seufzte. „Ich vermute, dann gibt es keine andere Lösung. Mr. Miller muss der Dieb sein."

„Das fürchte ich auch, Liebste. Ich weiß, du hasst die Vorstellung, aber es ist ziemlich eindeutig."

Tante Ardis und Joanna ergingen sich auch später während der Fahrt immer wieder in erstaunten Ausrufen und Erörterungen darüber, dass Mr. Miller vermutlich ein Dieb war. Mr. Bigby war schließlich gegangen, einigermaßen besänftigt, so dass sie mit nur wenig Verspätung hatten aufbrechen können.

Cassandra empfand die Rückreise nach Haverly House wesentlich weniger ermüdend als die Reise nach London. Philip leistete ihr meistens in der Kutsche Gesellschaft und ertrug die Gegenwart von Tante Ardis und Joanna mannhaft, um bei ihr zu sein. Es war eine süße Folter für Cassandra, ihm so nahe zu sein und den Anstand wahren zu müssen. Sie war sich seines Körpers neben sich nur zu bewusst, der breiten Schultern und der muskulösen Schenkel, dicht neben ihrem eigenen Bein, der Hitze seines Körpers und seines Duftes. Sie ertappte sich bei der versonnenen Betrachtung seiner Haare, wie sie sich hinter den Ohren lockten. Sie studierte seine Gesichtszüge, sein festes Kinn und die hohen Wangenknochen, den Schwung seiner dunklen Wimpern. Nur mühsam beherrschte sie sich, die Linien mit der Fingerspitze nachzufahren.

Er war nicht mehr in ihr Schlafzimmer gekommen, um, wie er ihr erklärt hatte, ihren Ruf nicht noch weiter in Gefahr zu bringen. Doch immer wieder musste sie an ihn denken, sich vorstellen, wie er sie liebte. Sie begann sich langsam für reichlich wollüstig zu halten, da sie die ganze Zeit daran denken musste. Und je mehr Zeit verstrich, desto häufiger kamen ihr diese Gedanken. Sie hoffte bloß, Philip würde bald seinen Edelmut überwinden und in ihr Bett zurückkehren.

Sie erreichten Haverly House am Nachmittag. Die Kinder, die aus dem Fenster des Schulzimmers im dritten Stock die Kutsche die lange Auffahrt hatten hinauffahren sehen, stürzten ihnen entgegen, um sie zu begrüßen. Die beiden Ladies Neville folgten in gemäßigterem Tempo, Sarah Yorke an ihrer Seite.

„Philip, ich hatte euch nicht so bald zurückerwartet", empfing ihn seine Mutter erstaunt. „Wir haben frühestens in zwei Wochen mit eurer Rückkehr gerechnet."

„Mutter, Großmutter." Er begrüßte beide mit einem Kuss auf die Wange. „Wir haben alles schneller als erwartet erledigen können." Er wandte sich an Sarah. „Miss Yorke. Wie geht es Ihnen?"

„Danke, ausgezeichnet, Sir Philip. Ebenso wie den Jungen. Sie werden sich freuen zu hören, dass Sie zurück sind. Ich muss mich jetzt verabschieden. Bestimmt wollen Sie mit Ihrer Familie allein sein."

„Nein, warten Sie bitte noch, Miss Yorke", bat Philip sie. „Sie gehören ja gewissermaßen zur Familie, und ich habe etwas bekannt zu geben."

Aller Augen richteten sich bei diesen Worten interessiert auf ihn. Cassandra hatte einen Verdacht, was er verkünden wollte, und sie wurde blass. Ihr Magen zog sich zusammen. Sie hätte es gar nicht erst so weit kommen lassen dürfen. Sie hätte Philip davon überzeugen müssen, dass er sie nicht zu heiraten brauchte. Es war selbstsüchtig von ihr gewesen. Sie war überzeugt, seine Mutter würde gegen die Verlobung sein, und seine stolze Großmutter noch viel mehr.

Philip nahm ihren Arm und zog sie an seine Seite.

„Philip, nein! Warte!" flüsterte sie beschwörend, aber er lächelte bloß.

„Sei nicht einfältig. Jetzt ist der perfekte Zeitpunkt." Er drehte sich wieder zu seiner Mutter um. „Mutter, Großmutter." Er deutete eine Verbeugung in Richtung der anderen an. „Liebe Anwesende. Ich habe Miss Verrere gebeten, meine Frau zu werden, und sie hat mir zu meiner großen Freude ihr Jawort gegeben."

Einen Augenblick lang war es ganz still. Cassandra wäre am liebsten im Boden versunken. Dann streckte Philips Mutter ihm die Hände entgegen und sagte: „Oh, Philip! Ich habe so lange auf diesen Tag gewartet. Ich kann dir gar nicht sagen, wie froh ich bin."

Sie umarmte ihn, und Georgette stieß einen Schrei aus, rannte zu ihm und warf sich ihm in die Arme, sobald ihre Mutter ihn losließ. „Ich wusste es! Ich wusste es einfach! Warum hast du so lange gebraucht? Ich habe Olivia schon zwei Tage nach ihrer Ankunft gesagt, dass ich dich noch nie so von einem Mädchen hingerissen gesehen habe."

Der Rest der beiden Familien drängte sich um sie, um ihnen zu gratulieren. Philips Mutter schloss Cassandra in die Arme und hieß sie in der Familie willkommen, und sogar die alte Lady Neville bot Cassandra ihre Wange zum Kuss und erklärte, ihr Enkel habe einen ausgezeichneten Geschmack.

„Aber ich... ich meine..." Cassandra wurde klar, dass sie Philips Mutter und seiner Großmutter schwerlich erzählen konnte, dass sie nicht wirklich plante, Philip zu heiraten, da er ihr den Heiratsantrag nicht aus freien Stücken gemacht hatte. Ganz gewiss würde sie nicht erwähnen, dass man sie beide in einer kompromittierenden Situation erwischt hatte. Deshalb lächelte sie und fuhr fort: „Ich fürchtete, Sie würden die Verlobung nicht billigen."

„Nicht billigen?" erkundigte sich die ältere Lady Neville hochnäsig. „Warum denn nicht? Verrere war schon immer ein guter Name. Die Schwester von Lord Chesilworth. Ausgesprochen passende Verbindung, denke ich."

„Danke."

Georgette umarmte Cassandra und erklärte, dass sie perfekt für Philip sei und wie sehr sie sich darauf freue, sie zur Schwägerin zu bekommen. „Und das Beste ist, dass Olivia jetzt bei uns wohnen kann! Ich habe mir schon immer so sehr eine Schwester gewünscht, und jetzt bekomme ich praktisch sogar zwei. Und zwei Brüder auch noch!“ Sie warf den Zwillingen einen übermütigen Blick zu. „Die ausgezeichnete Brüder abgeben werden, solche Plagen, wie sie sind.“

Die Zwillinge fühlten sich, überflüssig zu erwähnen, durch ihren Scherz beleidigt, und rächten sich, indem sie ihr die Schleife ihres Kleides aufzogen, was in einer wilden Verfolgungsjagd endete. Cassandra drehte sich um und bemerkte Miss Yorke, die ruhig neben ihr stand.

„Miss Verrere...“ Sarah hielt ihr die Hand hin. „Ich möchte Ihnen meine Glückwünsche aussprechen. Sie werden bestimmt eine bezaubernde Braut abgeben.“

Sie lächelte zwar, aber Cassandra entging die Traurigkeit in ihrem Blick nicht. Sie dachte, dass sie mit ihrer Vermutung, Sarah Yorke hege insgeheim Gefühle für Philip, richtig gelegen hatte, und sie tat ihr Leid.

„Ich hoffe, dass wir beide gute Freundinnen werden, jetzt, wo ich hier leben werde“, erklärte Cassandra ernsthaft.

„Ja, das hoffe ich auch.“ Sarah lächelte ihr noch einmal zu und wandte sich zu Philip um.

Als sie sich verabschiedet hatte, kam Philip zu Cassandra, legte ihr den Arm um die Schultern und zog sie an sich.

„Philip, ich fühle mich schuldig, weil ich deine Mutter irreführe...“

„Wie irreführen? Wir sind verlobt!“

„Nicht wirklich. Du hast mich nie gefragt. Du hast das doch nur gesagt, um Tante Ardis zu besänftigen.“

„Cassandra, ich dachte, wir hätten das alles längst geklärt. Ich hatte die feste Absicht, dich zu heiraten, noch bevor wir uns in dem Sommerhaus geliebt haben.“

„Wirklich?“

„Selbstverständlich. Ich hatte nie vor, deinen Ruf zu gefährden. Ich kannte die Konsequenzen und beschloss deshalb, dich zu bitten, meine Frau zu werden."

Und was ist mit Liebe? wollte Cassandra fragen, aber das tat sie natürlich nicht. Sie weigerte sich, ihn zu etwas zu drängen, das nur aus freien Stücken gegeben etwas wert war.

„Aber es ist doch nicht nötig", erklärte sie stattdessen. „Ich wusste, was ich tat. Ich habe mich aus eigenem Antrieb darauf eingelassen."

„Wie ich." Er musterte Cassandras Gesicht mit zusammengezogenen Brauen. „Was... Möchtest du sagen, dass du mich nicht zu heiraten wünschst?"

Cassandra vermutete, sie sollte jetzt lügen, doch dazu konnte sie sich nicht durchringen. „Nein", erwiderte sie leise. „Das möchte ich nicht sagen."

„Gut." Er drückte ihr einen Kuss auf die Schläfe und murmelte dabei: „Eins noch, Liebste. Lass dich nicht von Mutter dazu überreden, das Hochzeitsdatum spät zu legen. Ich möchte so bald wie möglich verheiratet sein."

Sie sah in seine glühenden Augen, und ihr wurde heiß. Vielleicht war es ein Fehler, ihn zu heiraten, obwohl er sie nicht liebte, aber sie wusste, dass sie der Versuchung nicht widerstehen konnte. Sie würde ihn heiraten und hoffen, dass sie ihn dazu bringen konnte, ihre Liebe zu erwidern, so dass er die Heirat nie bereuen würde.

Cassandra, Philip und ihrer beider Geschwister brachen am nächsten Morgen zu Fuß auf, die Karte in der Hand und einen kleinen Leiterwagen mit Schaufel und Hacke hinter sich herziehend. Cassandra hatte eine neue Karte aus den beiden Kartenteilen gezeichnet, die Philip in seine Hemdtasche gesteckt hatte. Wie Georgette und Olivia hatte sie ihr ältestes Kleid angezogen, und Philip hatte sich für ein kragenloses Hemd und grobe Hosen, wie die Bauern der Gegend sie trugen, entschieden. Cassandra fragte sich verwundert, was es mit dieser Kleidung auf sich hatte, dass sie sich so lebendig fühlte, wann immer ihr Blick auf ihn fiel. Der Anblick seiner entblößten Unterarme unter den hochgekrempelten Ärmeln und dem Stückchen Brust, das man am Halsausschnitt sehen konnte, machte sie unruhig.

„Da ist Little John Creek." Er zeigte auf einen Bach in der Ferne.

„Auf der Karte sieht es viel näher aus", bemerkte seine Schwester zweifelnd.

„Ich glaube nicht, dass Margaret Verrere ihre Karte maßstabsgetreu gezeichnet hat", erwiderte er leichthin. „Aber sie hat die Entfernungen berücksichtigt. Das sollte uns die Arbeit erleichtern."

Das Wäldchen war nicht da, wo es sein sollte, und sie entschieden, dass es seit damals gerodet worden war oder eingegangen sein musste. Sie folgten dem Weg weiter, doch nach einer ganzen Weile waren sie immer noch nicht an dem Findling vorbeigekommen, der neben dem Weg sein müsste und das letzte Landschaftsmerkmal vor der Torfstecherhütte war.

„Könnte nicht auch der Stein inzwischen entfernt worden sein?" fragte Cassandra besorgt.

„Das kann ich nicht sagen. Ich kann mich nicht erinnern, jemals an der Straße hier etwas Ähnliches bemerkt zu haben." Philip runzelte die Stirn und beschattete seine Augen mit der Hand, um in die Ferne zu spähen. „Auch kein Anzeichen einer alten Hütte oder so."

„Glaubst du nicht, dass es Ruinen von der Hütte und der alten Steinmauer geben müsste? Vielleicht sollten wir einfach fünfzehn Schritt neben der Straße gehen und dort nach Überresten Ausschau halten."

Philip nickte. „In Ordnung. Fünfzehn Schritte ist ein bisschen ungenau, aber wir können uns auf eine Linie verteilen und den Boden gründlich absuchen. Einer von uns müsste ja über die Ruinen stolpern."

Auf dem unebenen Untergrund kamen sie nur langsam vorwärts, während sie mit den Augen den Boden absuchten nach Anzeichen für eine Hütte oder eine Steinmauer, die hier früher einmal gestanden haben mochte.

Bald schon begann Cassandras Nacken zu schmerzen, und ihre Augen brannten von der Anstrengung. Sie war müde, durstig und hungrig, und sie wusste, ihren Geschwistern und Georgette musste es noch schlechter gehen.

„Lasst uns eine Rast einlegen und Henris Lunch essen."

Philip nickte zustimmend, und sie ließen sich unter ein paar Bäumen nieder und verzehrten heißhungrig die köstlichen Speisen. Nachher lehnten sie sich gegen die Baumstämme und ruhten sich aus.

Erfrischt standen sie auf und begaben sich wieder an ihre ermüdende Aufgabe. Hartley entdeckte einen Steinkreis, der sich aber bei näherer Untersuchung als Rest eines alten Lagerfeuers herausstellte. Sie durchkämmten den Straßenrand immer weiter, bis sie schließlich den Kirchturm von St. Swithin über den Baumkronen auftauchen sahen.

„Wir sind wieder bei der Kirche!" rief Olivia enttäuscht.

Philip nickte. „Fast. Ich fürchte, wir haben es irgendwie übersehen."

Sie setzten sich und überlegten.

„Was könnte geschehen sein?" erkundigte sich Olivia niedergeschlagen. „Wie kann ein Ort sich einfach in Luft auflösen?"

„Es ist lange her", erinnerte Cassandra sie. „Wenn die Hütte aus Holz gebaut und mit Stroh gedeckt war, dann wird sie inzwischen verrottet sein oder jemand hat sie als Brennholz verwendet."

Die Zwillinge saßen düster brütend da.

„Wir werden den Schatz nie finden, nicht wahr?“ fragte Crispin, und Cassandra erkannte, dass er den Tränen nahe war.

„Wir versuchen es morgen noch einmal“, versprach Philip. „Vielleicht haben wir uns auf der Karte vertan. Cassandra und ich werden alles heute Abend noch einmal durchgehen. Und morgen werde ich mich mit Jack Everson besprechen. Er und vor ihm sein Vater haben in dem Haus, das wir auf der anderen Seite der Straße gesehen haben, gelebt. Ich werde herausfinden, ob er sich daran erinnern kann, jemals etwas von einer Torfstecherhütte auf der anderen Straßenseite gehört zu haben.“

„Wenn wir diese Anhaltspunkte nicht entdecken können“, blieb Cassandra hartnäckig, „haben wir keinerlei Hoffnung, den Schatz zu finden, oder?“

„Ich wüsste nicht wie“, räumte Philip ein.

In niedergedrückter Stimmung kehrten sie nach Haverly House zurück.

Cassandra saß vor dem Spiegel an ihrer Frisierkommode und bürstete sich lustlos ihr Haar. Sie war todmüde. Auch das lange heiße Bad, das sie nach ihrer Heimkehr genommen hatte, hatte nichts daran geändert. Noch schlimmer aber war die Müdigkeit in ihrem Kopf – nein, verbesserte sie sich im Geiste, die Müdigkeit in ihrer Seele. Sie hatte immer schon die Spanische Mitgift finden wollen, schon ihr ganzes Leben lang, so wie ihr Vater vor ihr. Während des letzten Jahres, nachdem sie die Tagebücher gelesen hatte, war die Suche nach dem Schatz zu ihrem Lebensinhalt geworden. Es war nicht mehr nur darum gegangen, die Familienfinanzen in Ordnung zu bringen, sondern auch ihrem Vater und schließlich Margaret Verrere Gerechtigkeit widerfahren zu lassen.

Jetzt sah es so aus, als wäre alles vergebens gewesen. Zwar hatte sich die Vermutung ihres Vaters bewahrheitet, dass der Schatz existierte, doch blieb er verschollen.

Cassandra ließ ihre Stirn auf ihre überkreuzten Arme sinken. Sie fühlte sich, als hätte sie alle im Stich gelassen: ihre Geschwister, ihren Vater und sogar Margaret Verrere sowie eine lange Reihe anderer Vorfahren. Was sollte ihre Familie nun anfangen? Gewiss, sie brauchten nicht länger von Tante Ardis' Barmherzigkeit zu leben. Philip würde sich ihrer Geschwister annehmen, und sie wusste, er würde großzügig sein. Aber besonders Crispin würde es hassen, von irgendjemandes Barmherzigkeit abhängig zu sein. Außerdem konnten sie kaum von Philip erwarten, die kostspielige Aufgabe, Chesilworth instand zu setzen, zu übernehmen.

Ihr Haar wurde im Nacken sanft geteilt, und dann pressten sich warme Lippen auf die empfindsame Haut. Ein wohliger Schauer durchlief sie. „Philip…", hauchte sie und hob den Kopf. Sie begegnete seinem Blick im Spiegel und lächelte. „Wie bist du hereingekommen?"

„Auf die übliche Art und Weise – durch die Tür." Er stand neben ihr, nur mit Hemd und Hose bekleidet. „Grübelst du?"

„Ein bisschen."

„Mach dir keine Sorgen. Wir werden unser Bestes geben, den Schatz zu finden. Und wenn wir scheitern, dann werde ich mich um deine Geschwister kümmern. Olivia wird in die Gesellschaft eingeführt werden und eine Mitgift bekommen. Die Jungen gehen nach Eton. Chesilworth wird wieder in altem Glanz erstrahlen."

Cassandra traten Tränen in die Augen. „Du bist so gut. Aber ich will nicht, dass meine Familie eine Last für dich ist."

„Sie sind doch keine Last. Und ich will nicht, dass du dich ihretwegen sorgst. Von jetzt an soll deine einzige Sorge sein, dich auf unsere Hochzeit vorzubereiten."

Cassandra lächelte zitternd. Sie gab nicht gerne zu, mit welcher

Sehnsucht sie daran dachte. „Deine Mutter wünscht sich eine große Hochzeit."

„Ich weiß." Seine Hände glitten zärtlich über ihr Haar, und er betrachtete versonnen, wie die seidigen Strähnen im Kerzenschein schimmerten. „Ich habe ihr erklärt, dass sie eine so großartige Hochzeit haben kann, wie sie will, solange sie nicht später als in einem Monat stattfindet."

„Ein Monat! Aber Philip, man kann keine große Hochzeit in nur einem Monat planen. Himmel, man hat ja kaum Zeit, die Einladungen zu verschicken."

„Glaub mir, Mutter hat mir alle Gründe aufgezählt, die dagegen sprechen." Er streichelte ihren Hals, seinen Fingern mit den Augen im Spiegel folgend. Es war faszinierend, seine Bewegungen und Cassandras Reaktionen im Spiegel zu beobachten. Er fühlte alles und beobachtete es dennoch wie ein Fremder.

„Sie sagte, weniger als sechs Monate wären einfach lächerlich und würden vielmehr zu allerlei Spekulationen und bösartigen Gerüchten Anlass geben", fuhr Philip fort. „Ich erwiderte, nicht mehr Gerüchte als die unglückselig frühe Ankunft eines Kindes drei oder vier Monate nach der Eheschließung."

„Philip! Das hast du nicht!"

„Oh, doch." Seine Hände liebkosten ihre Schultern und Oberarme, dann spreizte er sie über ihrer Brust. „Ich kann unmöglich noch sechs Monate warten, dich wieder in mein Bett zu bekommen. Himmel, sieh mich bloß an. Drei Nächte sind seit meinem Schwur, nicht mehr in dein Schlafzimmer zu kommen, vergangen, und schon schleiche ich mich über den Flur zu dir."

Er umfasste ihre Schultern und zog sie hoch. Sie leistete keinen Widerstand. Sich dicht hinter sie stellend, schlang er seine Arme um sie und küsste ihre Schulter. „Du bist so wunderschön", flüsterte er. „Ich kann dir nicht fern bleiben. Es scheint, als könnte ich nur an dich denken. Den ganzen Tag schaue ich dich an und stelle mir vor, wie du nackt aussiehst."

Unter seinen zärtlichen Händen und seinem glühenden Blick im Spiegel wurde Cassandra ganz schwach und ließ sich gegen ihn sinken. Durch den dünnen Stoff ihres Hemdes zeichneten sich deutlich ihre hart gewordenen Brustspitzen ab, die er immer weiter verwöhnte, bis sie es kaum noch aushielt.

Mit einem Laut, halb Seufzen, halb Stöhnen, begann er an ihrem Hals zu knabbern, während seine Hände hungrig über ihren Körper wanderten. Er hauchte ihren Namen, als Cassandra sich in seinen Armen umdrehte und sich an ihn presste. Sie küssten sich. Langsam bewegten sie sich durch das Zimmer auf das Bett zu, blieben immer wieder stehen, um sich gegenseitig die Kleider abzustreifen. Philip hob Cassandra auf das Bett und legte sich neben sie. Sie liebten sich erst voller Zärtlichkeit, und als ihr Verlangen wuchs, immer fieberhafter, bis sie nicht mehr länger warten konnten, und er tief in sie eindrang. Unter der Macht ihrer Gefühle erschauernd, erreichten sie den Gipfel der Leidenschaft.

Mit letzter Kraft rollte Philip sich von Cassandra, schlang seine Arme um sie und zog sie dicht an sich, bevor sie erschöpft einschliefen.

Ein paar Stunden später, mitten in der Nacht, wurde Philip von einem kühlen Luftzug auf seiner Haut wach. Er öffnete die Augen und kehrte nur langsam aus den Tiefen eines Albtraumes, in dem er auf einer verzweifelten Suche nach Cassandra von Windmühle zu Windmühle gerannt war, in die Wirklichkeit zurück. Er schloss sie ein wenig fester in die Arme, um sich zu vergewissern, dass sie sicher hier bei ihm war. Dann zwinkerte er, und sein Verstand begann zu arbeiten.

Er setzte sich plötzlich auf. „Oh, mein Gott! Das ist es. Cassandra, wach auf. Ich habe es herausgefunden!"

21. KAPITEL

Cassandra schlug verschlafen die Augen auf. „Was? Was sagst du da?“

„Ich weiß, warum wir den Schatz nicht finden konnten. Die Moore! Sie wurden trockengelegt, nachdem Margaret Verrere England verlassen hatte. Damals waren dort noch weite Moorflächen, wo heute fruchtbares Ackerland ist. Verstehst du?“

„Natürlich!“ Cassandra setzte sich erregt auf, ihr Verstand klar. „Es muss die Landschaft gewaltig verändert haben. Erinnerst du dich, dass der Bach auf der Karte viel näher schien?“

„Und ich habe es einfach als schlecht gezeichnet abgetan. Es ist gut möglich, dass wir an der vollkommen falschen Stelle gesucht haben.“

„Wie können wir herausfinden, wie die Landschaft vorher aussah?“

Philip war schon aus dem Bett gestiegen und streifte sich seine Kleidung über. Cassandra stand auf und zog sich ebenfalls an. „In der Bibliothek. Da muss es alte Geschichtsbücher der Gegend geben, die eine Karte enthalten könnten. Oder vielleicht irgendwelche Aufzeichnungen darüber, wie die Trockenlegung der Moore die Landschaft verändert hat. Schlimmstenfalls müssten wir vielleicht noch einmal Tante Liliane besuchen und sie fragen, ob sie gehört hat, wie es hier aussah, bevor die Moore entwässert wurden.“

Philip zündete eine Kerze an, und Cassandra öffnete die Tür, um auf den Flur zu spähen. Als sie niemanden erblickte, trat sie heraus und bedeutete Philip, ihr zu folgen. Sie stiegen leise die Treppe hinab und gingen in die Bibliothek.

Cassandra erinnerte sich vage, ein altes Buch gesehen zu haben, das die Lebenserinnerungen eines Vikars aus der Pfarrei zur Mitte des siebzehnten Jahrhunderts enthielt, und machte sich auf die Suche danach. Philip ging die Bücher in einem Regal durch, in dem lauter Geschichtsbücher standen. Nach einer Weile fand Cassandra schließlich das Buch des Vikars und rief Philip, während sie es herauszog.

Leider war darin keine Karte, wie sie bei näherer Untersuchung feststellten, und Philip legte es zur Seite. „Stell es nicht zurück. Vielleicht brauchen wir es noch. Falls wir sonst nichts finden, können wir anhand der Beschreibungen versuchen, selbst eine Karte zu zeichnen. Jetzt lass uns weiter suchen."

Philip stieß auf eine Geschichte der Grafschaft, die aber aus der Zeit nach der Trockenlegung stammte. Sie gaben nicht auf, auch wenn ihre anfängliche Begeisterung nachließ und Müdigkeit Platz machte. Die Morgendämmerung erhellte schon den Raum, als Cassandra einen dünnen schwarzen Band am Ende des Regals herauszog, den sie beinahe übersehen hätte.

„‚Eine wahre Aufzeichnung'", las sie, „‚über die Entwässerung der...' Philip! Hier ist ein Buch über die Trockenlegung der Moore." Sie schlug es auf, während er an ihre Seite eilte. „Sieh nur! Eine Karte! Eine Karte von der Gegend, als es die Moore noch gab. Sogar drei Karten, von verschiedenen Bereichen, siehst du?"

„Ja. Da ist St. Swithin. Und da die Straße. Schau mal." Er zeigte auf eine schraffierte Fläche auf der linken Seite der Karte. „Das da ist ein Moor. Da waren wir heute. Das kann also nicht die Straße gewesen sein, die Margaret Verrere auf ihrer Karte eingezeichnet hat. Die Straße verlief früher in einem weiten Bogen um das Moor."

Cassandra nickte. „Zweifellos war es, sobald es entwässert war, überflüssig, den Umweg zu machen, und der Verlauf der Straße verschob sich. Wir waren auf der vollkommen falschen Straße." Sie sah stirnrunzelnd zu Philip hoch. „Glaubst du, die alte Straße gibt es überhaupt noch?"

„Spuren wird es vermutlich noch geben. Sie ist zwar gewiss überwuchert, aber wir müssten ihr eigentlich bis zu der Steinmauer und der Torfstecherhütte folgen können." Er grinste; die alte Begeisterung war zurückgekehrt und hatte alle Müdigkeit vertrieben. „Und? Wollen wir es versuchen?"

„Jetzt?"

„Draußen ist es hell."

„Gut. Ich hole nur rasch meinen Hut." Sie drehte sich noch einmal um. „Sollen wir die Kinder mitnehmen?"

Philip zögerte, dann schüttelte er den Kopf. „Nein. Ich fürchte, dass wir falsche Hoffnungen in ihnen wecken und sie am Ende wieder enttäuschen. Es könnte sein, dass wir den Schatz trotz allem nicht finden."

Cassandra nickte und eilte auf Zehenspitzen nach oben, um ihren Hut zu holen. Sie nahmen in der Küche ein hastiges Frühstück ein, dann gingen sie zum Schuppen am hintersten Ende des Gartens, wo Philip sich eine Schaufel besorgte. Er schulterte sie, und sie brachen erneut zu St. Swithin auf.

Diesmal folgten sie, an der Kirche angekommen, nicht weiter der Straße, sondern wandten sich in die ungefähre Richtung, in der die alte Straße verlaufen sein musste. Bald schon fanden sie sich zu ihrer eigenen Überraschung auf einem Pfad wieder.

„Glaubst du, dies hier ist die alte Straße?"

„Es stimmt mit der Karte überein. Schau, der Bach ist jetzt viel näher. Ich vermute, die Leute haben den Weg hier weiterbenutzt, so dass er nicht vollkommen zugewachsen ist."

Es gab Stellen, wo der Pfad verschwand, aber wenn man in der richtigen Richtung weiterging, tauchte er später wieder auf.

„Da ist das Wäldchen!" Cassandra wies mit dem Finger nach vorne. „Oh, Philip, wir sind auf dem richtigen Weg!"

Sie erreichten den Findling neben dem Weg und machten sich auf die Suche nach der Torfstecherhütte. Zuerst gingen sie an den Überresten der Hütte vorüber, aber beim zweiten Mal entdeckten sie sie. Nicht mehr als ein rechteckiger Steinhaufen, mit Unkraut und Gebüsch überwuchert, war nach all der Zeit noch zu erkennen.

Sie sahen sich an. Cassandra schlug das Herz bis zum Hals. Nur noch fünf Schritte lagen zwischen ihnen und der Mitgift. Cassandra holte tief Luft. Sie hatte Angst. Was, wenn sie wieder versagten? Philip hob fragend die Augenbrauen. Sie nickte.

Er betrachtete zweifelnd den Steinhaufen. „Man kann kaum sagen, wo die Ecke war. Da kann man leicht etwas falsch machen."

Er stellte sich an die, wie er hoffte, richtige Stelle und maß fünf Schritte ab. Dort begann er zu graben. Nach einer Weile hatte er ein Loch gegraben, war aber auf kein Anzeichen einer Kassette gestoßen. Er hob rechts und links des Loches einen schmalen Graben aus. Als die Sonne sich ihrem höchsten Punkt näherte, hatte er einen drei Schritt langen Graben auf der einen Seite des Loches ausgehoben. Er ging zurück und begann den Graben auf der anderen Seite zu verlängern.

Innerhalb von Minuten stieß er mit der Schaufel auf etwas Hartes.

Philip sah zu Cassandra. Sie kam aufgeregt näher. „Glaubst du, das ist es?"

„Es könnte alles Mögliche sein." Sorgsam grub er den Gegenstand frei, dann bückte er sich und begann mit seinen Händen die Erde abzuwischen. Cassandra kniete sich neben ihn, ohne einen Gedanken an ihr Kleid oder ihre Hände zu verschwenden, und half ihm. Der gewölbte Metalldeckel einer Kiste erschien. Sie lockerten die Erde an den Seiten und versuchten die Kiste herauszuziehen. Schließlich gab sie unerwartet nach und löste sich mit einem Ruck. Philip hob sie ganz heraus und stellte sie auf dem Boden ab.

Sie saßen von der Anstrengung heftig atmend da und betrachteten die Truhe schweigend. Sie war, obwohl sie nur eineinhalb Fuß lang und einen Fuß breit war, ungewöhnlich schwer. Von außen wirkte sie schlicht, aber nach all den Jahre gut erhalten.

Philip schlug mit der Schaufel mehrmals hart auf das Vorhängeschloss, mit dem sie versperrt war, bis es zerbrach. Als sie sich vor die Kiste hockte, wagte Cassandra kaum zu atmen. Ihr Herz klopfte. Philip zeigte auf die kleine Truhe.

„Mach sie auf. Es ist schließlich dein Schatz."

Cassandra holte tief Luft und hob den Deckel. Er fiel nach hinten und gab den Blick frei auf mehrere Samtsäckchen und Münzstapel. Zuoberst lag ein größerer, in Samt gehüllter Gegenstand. Philip nahm neugierig ein Säckchen heraus und schüttete seinen Inhalt in seine Hand. Verschieden große ungeschliffene Edelsteine fielen heraus, Saphire, Rubine und ein besonders großer Smaragd. Ein anderes Säckchen enthielt mehrere altmodisch geschliffene, gefasste Edelsteine.

„Die sind heutzutage wesentlich mehr wert als damals", bemerkte er. Er schaute unter die Samtsäckchen in die Kiste. „Lauter Goldmünzen am Boden, denke ich. Eine anständige Summe für unseren Lord Chesilworth." Nach einer kleinen Pause fügte er hinzu: „Willst du das nicht auspacken?" Er deutete auf den großen Gegenstand.

„Ich habe Angst", gestand Cassandra. „Ich habe mir so oft ausgemalt, wie der goldene Leopard aussehen mag, dass ich mich ein wenig vor der Wirklichkeit fürchte."

Aber sie streckte ihre Hände aus und nahm den schweren Gegenstand heraus. Sie legte ihn in ihren Schoß und entfernte vorsichtig den weichen Stoff. Der goldene Leopard kam zum Vorschein. Er glitzerte in der Sonne, ein einzigartiges Kunstwerk, von Meisterhand gefertigt, das so lebendig wirkte, als würde das Tier jeden Moment losspringen. Seinen Hals schmückte ein Halsband aus kleinen Rubinen. Seine Augen bestanden aus tief dunkelgrünen Smaragden.

Cassandra konnte ihn einen Augenblick lang bloß anstarren. Er war so wunderschön, dass es sie sprachlos machte. „Philip...“, hauchte sie schließlich, während sie dem Leoparden andächtig über den Rücken strich, gerade so, als wäre er eine echte Katze. „Er ist wundervoll. Hast du schon jemals etwas Vergleichbares gesehen?“

Bevor er antworten konnte, erklang eine fröhliche Stimme hinter ihnen: „Ich jedenfalls bestimmt nicht.“

Sie fuhren erschreckt herum, und Cassandra barg den Leoparden unwillkürlich an ihrer Brust. Wenige Fuß von ihnen entfernt stand Mr. Simons. Er lächelte und sah so freundlich und onkelhaft wie immer aus, einzig die ziemlich große Pistole in seiner Hand, die er auf Cassandra gerichtet hielt, verdarb den Effekt.

„Mr. Simons!“ Cassandra starrte ihn mit offenem Mund an.

„Sie waren es?“ fragte Philip mit harten, dunklen Augen. „Die ganze Zeit? All die Einbrüche? Alles?“

„Himmel, ja. Sobald Mr. Miller mir diese Tagebücher brachte, erkannte ich die Möglichkeiten, die sie bargen. Wenn jemand die Karten und den Schatz finden konnte, dann war es Miss Verrere, das wusste ich. Sie war schon immer scharfsinnig, sogar noch mehr als ihr Vater.“ Es schien ihm zu gefallen, mit seinen Taten zu prahlen. „Zuerst konnte ich es kaum erwarten, dass sie den Schatz fand. Ich war zu gierig. Ich schickte jemanden, der mir die Karten beschaffen sollte, aber ich habe schon bald die Fruchtlosigkeit eines solchen Vorgehens erkannt. Es war wesentlich besser, Sie beide die Karten für mich finden zu lassen.“

„Und natürlich“, sagte Cassandra verächtlich, „haben wir Ihnen in die Hände gespielt, als wir uns bei Ihnen nach dem Gebetbuch erkundigt haben.“

„Ja sicher. Ich hatte das Buch noch nie gesehen, aber es fiel mir nicht schwer herauszufinden, wer es erstanden hat." Er zog den schmalen Band aus seiner Jackentasche und hielt ihn hoch, gerade so, als rechnete er mit Beifall für seine Klugheit.

„So haben Sie uns in die Irre geschickt, damit Sie genug Zeit hatten, es zu suchen... und Ihren Einbrecher zu schicken, um die Karte zu stehlen, die wir schon hatten."

„Genau." Er seufzte und steckte das Buch in seine Tasche zurück. „Unglücklicherweise konnte ich weder die eine noch die andere Karte in meinen Besitz bringen. Als ich das Buch dann endlich hatte und keine Karte mehr darin war, wusste ich, dass Sie mir zuvorgekommen waren. Nun, es blieb mir nichts anderes übrig, als Ihnen zu folgen und zu sehen, was Ihnen einfallen würde. Ich muss sagen, ich war von den Ergebnissen des gestrigen Tages reichlich enttäuscht. Dieses meilenweite Herumwandern hat meinen Mann ganz schön erschöpft, zumal er sich ja verstecken musste. Darum übernahm ich es heute, Ihr Haus zu beobachten. Gott sei Dank!"

„Was ist mit David Miller? Steckt der auch mit darin? Ihr Partner?"

Simons lachte, und Cassandra fragte sich, warum ihr noch nie aufgefallen war, wie hässlich sein Lachen klang. „Das Unschuldslamm? Himmel, nein. Natürlich, es kam mir sehr gelegen, dass er wieder bei mir erschien und Sie besuchen wollte. Ich habe eine Menge Klatsch von ihm zu hören bekommen, nach seiner Rückkehr nach London. Aber mir bei meinem Plan zu helfen? Nicht sehr wahrscheinlich. Er wäre entsetzt, das können Sie glauben."

Cassandra warf Philip einen triumphierenden Blick zu. „Ich habe dir doch gesagt, er gehört nicht zu der Sorte Leute, die die Mitgift stehlen würden."

„Da du dasselbe von Mr. Simons behauptet hast, erwarte nicht von mir, dass ich dir zu deiner Menschenkenntnis gratuliere", erwiderte Philip ätzend.

„Nun, nun, genug davon. Zeit, mit dem Geschwätz aufzuhören. Miss Verrere, bitte seien Sie so gut, das Kunstwerk dort zu mir zu bringen. Vergessen Sie nicht, ich werde die ganze Zeit mit der Pistole auf Miss Verrere zielen, also versuchen Sie bitte nichts Unüberlegtes, Sir Philip."

„Das werde ich nicht." Philips Stimme klang grimmig.

Cassandra erhob sich vorsichtig, die schwere Statue in ihrer Armbeuge, und ging langsam zu Simons. Seine Pistole war die ganze Zeit auf sie gerichtet. Dicht vor ihm stolperte sie plötzlich, stürzte und streckte die Arme aus, wie um sich abzufangen. Der goldene Leopard fiel zu Boden. Unwillkürlich griff Simons nach der Statue und senkte dabei den Lauf seiner Pistole. Philip, der Cassandra nicht aus den Augen gelassen hatte, da er mit etwas Ähnlichem gerechnet hatte, warf sich nach vorne und fasste nach der Waffe.

Die beiden Männer begannen zu ringen. Cassandra rollte sich aus dem Weg und stand flink auf. Sie sah sich suchend nach dem Leoparden um, mit der Absicht, Simons damit einen Schlag auf den Kopf zu geben, aber ihr Einschreiten war nicht mehr nötig, da Philip in diesem Augenblick Simons die Pistole entwand und fortwarf. Der Buchhändler wollte danach greifen, aber Philip riss ihn zurück und versetzte ihm einen Kinnhaken. Der rundliche, kleinere Mann war Philips Kraft in keiner Weise gewachsen, und so lag er kurze Zeit später mit dem Gesicht auf der Erde, seine Arme auf dem Rücken und Philips Knie im Kreuz.

Cassandra riss sich die Schärpe von ihrem Kleid und band damit Simons' Hände zusammen. Er stöhnte und beschwerte sich, sie hätte ihn zu fest gefesselt, aber sie ließ sich nicht erweichen. Sie griff in seine Tasche und holte das Gebetbuch hervor.

„Das hier gehört Mr. Bigby, glaube ich."

Es war eine seltsame kleine Prozession, die sich auf den Rückweg nach Haverly House machte. Mr. Simons ging mit hinter dem

Rücken gefesselten Händen voraus, ein paar Schritte hinter ihm war Cassandra, die die Pistole auf ihn gerichtet hielt. Philip, der die kleine Truhe mit dem Schatz geschultert hatte, bildete das Schlusslicht.

Als sie Philips Landsitz erreichten, übergab er ihren Gefangenen und die Pistole seinem Wildhüter und wies ihn an, Simons dem Konstabler im Dorf zu überstellen und dem Mann mitzuteilen, dass Sir Philip ihn in Kürze aufsuchen und von dem begangenen Verbrechen in Kenntnis setzen würde.

Nachdem sie sich dieser Verpflichtung entledigt hatten, gingen Cassandra und er in das Haus nach oben in das Kinderzimmer. Sie trafen die beiden Mädchen und die Zwillinge dort in reichlich gedrückter Stimmung an. Alle vier blickten auf und sahen Cassandra und Philip in ihrer schmutzigen Aufmachung erstaunt an.

Philip ging schweigend zu dem Sitzplatz am Fenster, wo Crispin saß. Die drei anderen folgten ihm. Er stellte die Truhe auf der Fensterbank ab, hob mit einer großartigen Geste den Deckel und gab den Blick frei auf den glitzernden Leoparden, der auf den Säckchen mit den Edelsteinen und den Münzen ruhte. „Lord Chesilworth – die Spanische Mitgift."

Den Rest des Tages feierten sie: Sie zeigten den Inhalt der Truhe den anderen Bewohnern des Hauses und erzählten immer wieder ihre Geschichte; sie malten sich mit Olivia und den Zwillingen aus, was sie mit dem Geld alles anfangen würden. Wie versprochen, hatte Philip den Verreres den ganzen Schatz übergeben.

Als Cassandra widersprach, dass die Hälfte ihm zustände und er sie sich redlich verdient hätte, hatte er nur lächelnd den Kopf geschüttelt. „Nein. Es war von Anfang an dein Plan. Zuerst wollte ich dir ja noch nicht einmal glauben, und wenn du nicht so hartnäckig gewesen wärest, dann hätte der Schatz noch jahrelang im Boden gelegen, bis ein glücklicher Bauer eines Tages dort zu pflügen begonnen hätte. Außerdem war es der Schatz der Verreres. Margaret hat keinen Neville geheiratet, und deshalb kann kein Neville darauf rechtens Anspruch erheben."

„Margaret wollte, dass er zwischen den beiden Familien aufgeteilt wird."

„Margaret wollte, dass der Streit zwischen den beiden Familien beigelegt wird", verbesserte er sie. „Sie dachte, der einzige Weg, das zu erreichen, wäre, den Schatz zu teilen. Aber du und ich werden den Riss durch unsere Heirat schließen. Das Geld brauchen wir nicht."

„Du bist gütig und großzügig", erklärte sie und stellte sich auf Zehenspitzen, um ihm einen Kuss auf die Wange zu geben.

Er lächelte und drückte sie an sich. „Ich bin froh, dass du so denkst. Ich fürchte, wenn du erst einmal Lady Neville bist, wird solches Lob selten werden."

Cassandra wurde ganz warm, als sie das Glühen in seinen Augen sah. „Tatsächlich? Hast du vor, so ein Scheusal von Ehemann zu werden?"

„Kein Scheusal." Sein Lächeln wurde zu einem breiten Grinsen, und er lehnte sich vor, um ihr ins Ohr zu flüstern: „Nur sehr anspruchsvoll." Seine Lippen berührten zart ihre, so dass sie seine Worte nicht missverstehen konnte.

„Philip!" Cassandra legte ihm die Hände flach auf die Brust. „Deine Mutter kann jeden Augenblick hereinkommen." Sie waren ausnahmsweise allein im Salon.

„Dann wäre sie eben entsetzt." Er küsste sie wieder, diesmal aber etwas gründlicher. „Auch wenn sie sicher schon vermutet, dass ich meine Finger nicht von dir lassen kann."

Cassandra konnte nicht leugnen, das gern zu hören. Philip sprach ganz offen über sein Verlangen nach ihr, und seine Leidenschaft erregte und erfreute sie gleichermaßen. Trotzdem wünschte sie sich, dass sein Verlangen seiner Liebe zu ihr entspringen möge. Leidenschaft, so überlegte sie, konnte rasch erlöschen, und würde das vermutlich auch, und was bliebe ihnen dann? Würde Philip dann ihrer überdrüssig sein? Würde er sich wünschen, sie nie geheiratet zu haben? Sie würde es nicht ertragen können, wenn Philip sich von ihr abwandte. Sie verliebte sich stündlich mehr in ihn.

Das hatte sie ihm natürlich nicht gesagt, höchstens ein oder zweimal, nachdem er eingeschlafen war. Sie schreckte davor zurück, da sie fürchtete, er könnte glauben, sie wolle ihn dazu drängen, zu sagen, er liebe sie auch – und noch mehr, dass er es nicht sagte.

Philips fehlende Liebe zu ihr war an diesem Tag nicht ihre einzige Sorge. Nachdem sich die anfängliche Aufregung gelegt hatte und der Schatz sicher in dem Geldschrank in seinem Arbeitszimmer verstaut worden, und Philip ins Dorf geritten war, um dem Konstabler Simons Vergehen zu melden, hatte Cassandra die Muße, über die Ereignisse der letzten Wochen in Ruhe nachzudenken. Ein Gedanke kehrte immer wieder: Es ergab einfach keinen Sinn, dass Simons sie in die Windmühle verschleppt haben sollte.

Sie konnte sich beim besten Willen nicht vorstellen, welchen Vorteil Mr. Simons davon gehabt hätte, sie zu verletzen oder gar umzubringen oder auch ihren Aufbruch nach London zu verzögern. Bevor sie und Philip nach London kamen und ihm von dem Buch erzählten, das sie suchten, hatte er keine Ahnung, wo sich die zweite Karte befand. Ihre Reise zu verzögern hätte ihm nichts genützt. Und was war mit der Nachricht, die sie zuerst dazu verleitet hatte, Philip zu verdächtigen – die Nachricht, in der sie aufgefordert wurde, Philip in der Abtei zu treffen. Wie konnte Mr. Simons, der nie in ihre Nähe gekommen war, gewusst haben, dass das Lieblingsziel bei ihren Ausritten die verfallene Abtei war? Es ergab keinen Sinn, und Dinge, die keinen Sinn ergaben, störten Cassandra.

Wie die Zungenspitze immer wieder zu einem schmerzenden

Zahn zurückkehrt, so kehrten ihre Gedanken immer wieder zu dem unerklärlichen Angriff auf sie zurück. Es störte sie sogar so sehr, dass sie sich am nächsten Morgen selbst auf den Weg ins Dorf machte und geradewegs zum Gefängnis ging. Es brauchte einige Überredungskunst, aber schließlich gelang es ihr, dem Konstabler die Erlaubnis abzuringen, den Gefangenen kurz aufzusuchen.

„Ah, Miss Verrere", empfing sie Mr. Simons mit einem Lächeln, geradeso, als träfen sie sich auf der Straße oder in seinem Geschäft. „Was für eine Freude, Sie zu sehen."

„Mr. Simons." Sie stand einen Moment da, betrachtete ihn durch die Gitterstäbe und fragte sich, wie sie am besten anfangen sollte.

Schließlich war er es, der das Gespräch begann. „Ich hoffe, Sie wissen, dass es nie meine Absicht war, Sie zu verletzen."

Cassandra sah ihn überrascht an. Offensichtlich hatte er vollkommen vergessen, dass er gestern noch mit einer Pistole auf sie gezielt hatte.

„Ich habe Sie immer gern gemocht", sagte er. „Und Ihren Vater auch." Er seufzte. „Die Habgier war mein Untergang. Nachdem ich von der Mitgift gelesen hatte, musste ich sie einfach sehen, musste sie besitzen. Ich hoffe, Sie werden mir vergeben können."

„Das hoffe ich auch", entgegnete sie ruhig. „Aber im Augenblick sind meine Gefühle noch ein wenig zu frisch." Sie machte eine Pause, dann fuhr sie fort: „Wenn Sie mich nicht verletzen wollten, warum haben Sie mich dann in die Windmühle gesperrt?"

Der alte Mann starrte sie verständnislos an. „Bitte? In die Windmühle? Meine liebe Miss Verrere, ich habe keine Ahnung, wovon Sie sprechen."

„Ich spreche davon, dass Sie mich von irgendjemandem niederschlagen, zur Windmühle schaffen und dort einsperren ließen. Es war purer Zufall, dass mich jemand gefunden hat."

Der Buchhändler blickte sie bestürzt an. „Aber meine Liebe... wie können Sie nur glauben, ich hätte irgendetwas damit zu tun?"

„Es schien niemand außer Ihnen in Frage zu kommen", erklärte sie unverblümt.

Es war sein ratloser Blick, der sie schließlich von seiner Unschuld überzeugte, wenigstens in dieser Angelegenheit. Er schien wirklich nichts von dem Vorfall mit der Windmühle zu wissen.

Ihr Verstand arbeitete fieberhaft, während sie nach Haverly House zurückging. Wenn Mr. Simons nicht für ihre Gefangenschaft in der Windmühle verantwortlich war, wer dann? Und warum?

Tante Ardis und Joanna konnten unmöglich so missgünstig gewesen sein. So habgierig und närrisch sie auch waren, würden sie ihr doch nie etwas antun.

Sie näherte sich so gedankenverloren dem Haus durch einen der seitlichen Gärten, dass sie fast schon vor Sarah Yorke stand, ehe sie die Frau bemerkte.

„Miss Verrere!" rief Sarah erfreut. „Ich habe gerade im Haus vorgesprochen und war so enttäuscht, dass ich Sie nicht angetroffen habe. Ich hatte gehofft, mit Ihnen zu sprechen."

„Ach ja?" Cassandra war überhaupt nicht danach zumute, mit Sarah oder sonst jemandem zu sprechen, aber sie bemühte sich, gute Miene zu bösem Spiel zu machen. Schließlich mochte sie die junge Frau.

„Ja. Ich..." Sarah sah sich um, als suche sie nach etwas. „Warum gehen wir nicht ein wenig spazieren? Hätten Sie nicht Lust, durch den Garten hier zu schlendern?"

Cassandra seufzte innerlich, sagte aber bloß: „Gerne, wenn Sie das möchten."

„Ja."

Sie wandten sich um und gingen in Richtung des unteren Gartens.

„Worüber wollten Sie mit mir sprechen?“ erkundigte sich Cassandra, als Miss Yorke stumm blieb.

„Wie bitte?“ Sarah sah sie verständnislos an.

„Sie sagten, Sie wollten mit mir sprechen. Ich dachte, es handelte sich um etwas Bestimmtes...“

„Oh! Oh nein, nichts Bestimmtes. Das heißt, ich hoffte, wir hätten Gelegenheit, uns ein wenig zu unterhalten – um uns besser kennen zu lernen.“

Mit einem Mal fiel Cassandra Miss Yorkes seltsames Benehmen auf. Sie sprach leicht undeutlich, und sie schaute sich immer wieder wachsam um, als ob sie etwas zu sehen – oder zu vermeiden – hoffte. Sie wirkte gehetzt, und Cassandra dachte bei sich, dass ihr Blick merkwürdig wild war.

„Miss Yorke... ist etwas nicht in Ordnung? Kann ich Ihnen irgendwie helfen?“

„Mir helfen!“ Sarah wirbelte mit blitzenden Augen zu ihr herum, und Cassandra wich unwillkürlich zurück. „Mir helfen! Wie können Sie so etwas sagen?“

Cassandra starrte sie an, verwirrt und auch ernsthaft beunruhigt wegen des befremdlichen Verhaltens der jungen Frau. Sie wusste nicht, was sie tun sollte, erkannte aber plötzlich, dass sie sich in Miss Yorkes Gesellschaft keinesfalls weiter vom Haus entfernen sollte.

„Warum kehren wir nicht um?“ schlug sie vor, während sie schon ihren Worten die Tat folgen ließ.

„Nein!“ Sarah reagierte noch aufgeregter. „Nein! Wir können nicht mehr umkehren. Es ist zu spät!“

Mit einem Mal wurde Cassandra alles klar. „Gütiger Gott im Himmel!“ flüsterte sie. „Sie waren es, nicht wahr? Sie haben mich in die Windmühle gesperrt!“

„Ja! Ja!“ zischte Sarah hasserfüllt und zog zu Cassandras Überraschung eine kleine Pistole aus ihrem Retikül, die sie auf Cassandra richtete.

Cassandra wurde es langsam leid, mit einer Schusswaffe bedroht zu werden. „Miss Yorke, bitte, tun Sie das weg. Warum reden wir nicht einfach darüber? Es gibt keinen Grund, jemandem zu sagen, dass Sie für die Sache mit der Windmühle verantwortlich waren. Ich bin sicher, Sie bereuen es."

„Ich wollte Sie nicht verletzen", versicherte Sarah ihr ernsthaft. „Ich mochte Sie. Das tat ich ehrlich." Sie winkte Cassandra mit der Pistole. „Aber wir müssen gehen. Sie müssen gehen."

Die Pistole in Sarahs zitternden Fingern erfüllte Cassandra mit großer Sorge, also tat sie, was die andere Frau gesagt hatte, und folgte dem Gartenweg weiter.

„Da müssen Sie abbiegen und zu den Bäumen gehen", wies Sarah sie an, und fuchtelte wieder mit der Pistole herum.

„Selbstverständlich, wenn es das ist, was Sie wünschen." Cassandra verlangsamte ihre Schritte so weit wie möglich, ohne dass es auffiel. Das Letzte, was sie wollte, war, Sarah zum Äußersten zu treiben. Sie brauchte Zeit, sich etwas auszudenken, wie sie diesem Albtraum entkommen konnte. „Wissen Sie, es wäre wesentlich angenehmer, wenn wir im Haus reden würden. Wir könnten etwas Kühles trinken. Das wäre doch nett, oder?"

„Behandeln Sie mich nicht herablassend", fuhr Miss Yorke sie an.

„Nein, das würde ich nie..."

„Doch, das tun Sie, alle tun das – obwohl Sie besser schienen als die anderen. Nicht wie diese Cousine von Ihnen, Miss Moulton." Sie machte ein verächtliches Geräusch. „Ich dachte zuerst, sie wäre es, die er mochte. Sie ist so hübsch, und sie klammerte sich an seinen Arm, als ob er ihr gehörte." Eifersucht klang aus jedem Wort. „Sie sah mich an, als wäre ich ein Nichts, ein Wurm, nicht wert, von ihr zur Kenntnis genommen zu werden. Ich wusste, sie würde ihn mir wegnehmen."

„So ist Joanna eben", gab Cassandra zu. „Aber so ist sie gegen jeden. Sie hält sich für so schön, dass sie erwartet, dass alle Welt ihr vor Bewunderung zu Füßen fällt."

Sarah zeigte ein verzerrtes Lächeln. „Sie ist selbst gefallen. Ich dachte, wenn ich sie hineinstoße, dann bekäme sie es mit der Angst zu tun. Dass sie dahin zurückginge, wo sie hergekommen war. Sie hat sich nicht verletzt. Sie wäre noch nicht einmal so nass geworden, wenn sie nicht so herumgezappelt hätte. Aber dann hat er sie aus dem Wasser getragen, und sie hat sich so dreist an ihn geschmiegt und ihren Körper frech in den nassen Kleidern zur Schau gestellt, dass ich das Gefühl hatte, alles nur noch schlimmer gemacht zu haben."

Sie blieb stehen, als sie einen Pfad erreichten, der von dem Garten in weniger gepflegte Bereiche des Besitzes führte. Cassandra zögerte, ihn einzuschlagen, aber Sarah wedelte ungeduldig mit der Pistole, so dass sie nachgab.

„Dann sah ich, dass ich falsch gelegen hatte. Es war dumm von mir, wirklich. Ich hätte wissen müssen, dass Philip sich nie für ein so eitles, hirnloses Mädchen wie sie interessieren würde. Wann immer ich da war, konnte ich erkennen, wie er sie mied. Dafür verbrachte er umso mehr Zeit mit Ihnen!" Sie warf Cassandra einen finsteren Blick zu.

„Wir haben gemeinsam an etwas gearbeitet", versuchte Cassandra zu erklären. „Es lag nicht daran, dass er gerne mit mir zusammen war, sondern an dem Projekt. Wir wollten die Spanische Mitgift finden, wissen Sie?"

„Halt! Hören Sie auf! Halten Sie mich für schwachsinnig? Natürlich ist er gerne mit Ihnen zusammen. Schließlich heiratet er Sie!"

Dem konnte Cassandra nicht widersprechen. Es würde ihr

kaum gelingen, diese eifersüchtige Frau davon zu überzeugen, dass Philip sich nichts aus ihr machte, wenn er sie heiraten wollte. Sie beschloss, nichts mehr zu diesem Punkt zu sagen.

„Ich wollte Ihnen nichts antun", sagte Sarah noch einmal beschwörend. „Ich mochte Sie. Sie schienen viel netter und gescheiter als andere jungen Damen von Stand. Sie haben sich sogar für Silverwood interessiert. Die Jungen mochten Sie."

„Danke. Ich mag sie auch. Und ich mag Sie, Sarah. Glauben Sie nicht, wir könnten Freundinnen werden?"

„Freundinnen? Wie könnten wir Freundinnen sein? Sie haben alles, was ich mir wünsche. Ich kann es nicht mit ansehen, wie Sie ihn heiraten!" Sie gingen ein Stück, und Sarah wiederholte: „Ich wollte Sie nicht verletzen. Das hatte ich nicht vor. Ich wusste, man würde Sie nach einer Weile in der Windmühle entdecken. Wenn nicht, dann wäre ich gekommen und hätte Sie herausgelassen. Ich wollte nur, dass Sie Angst bekamen, damit Sie aus Haverly House abreisten. Warum konnten Sie nicht einfach abreisen? Dann hätte es nie so weit kommen müssen."

„Das muss es auch jetzt nicht", beschwor Cassandra sie.

„Doch! Sie würden nicht fortgehen. Sie würden nicht einfach fortgehen, und das Einzige, was mir noch übrig bleibt, ist, Sie daran zu hindern, ihn zu heiraten."

Cassandra wollte lieber nicht genau wissen, wie sie das zu erreichen gedachte. „Wissen Sie, Miss Yorke, bloß weil Sie sich meiner entledigen, bedeutet das noch nicht, dass Sie Philip für sich haben."

„Aber natürlich! Er wird sich früher oder später mir zuwenden, das weiß ich. Er wird erkennen, dass ich ihn mehr liebe, als sonst irgendwer es könnte. Er war so gut zu mir, so freundlich, mir die Stellung in Silverwood zu geben. Das muss doch Ausdruck einer gewissen Zuneigung auf seiner Seite für mich sein, nicht wahr?"

„Ja. Ich bin sicher, dass Sir Philip Sie sehr schätzt. Aber das würde er nicht mehr, wenn Sie... wenn Sie..." Sie scheute davor zurück, es in Worte zu fassen.

„Er wüsste es gar nicht!" höhnte Sarah. „Das ist doch gerade das Schöne daran. Es wird wie ein Unfall aussehen. Niemand wird je die Wahrheit erfahren."

„Selbstverständlich. Jeder kann uns vom Haus aus beobachtet haben. Man wird wissen, dass wir zusammen waren, dass Sie die letzte Person waren, die mich gesehen hat."

„Ruhig! Seien Sie ruhig!" schrie Sarah, und Cassandra war klug genug, nichts mehr zu sagen. Es war offensichtlich, dass die Selbstbeherrschung der anderen am seidenen Faden hing.

Sie setzten ihren Weg schweigend fort. Cassandra hoffte, dass jemand sie tatsächlich gesehen hatte, aber das wäre purer Zufall. Darauf konnte sie sich nicht verlassen. Und selbst wenn jemand sie gesehen hätte, würde sich niemand etwas dabei gedacht haben, außer dass sie einen Spaziergang machten.

„Da!" rief Sarah mit aufgeregter Stimme, und Cassandra sah sich um.

Sie entdeckte nichts Außergewöhnliches, nur eine Baumgruppe und etwas abseits davon einen Brunnen. Sarah bedeutete ihr, zu dem Brunnen zu gehen.

„Dorthin. Stellen Sie sich dort hin."

Cassandra tat wie geheißen. Sie begriff jetzt, was Sarah vorhatte, damit ihr Tod wie ein Unfall aussah. Sie würde sie nötigen, in den alten Brunnen zu steigen, so dass alle annähmen, sie wäre aus Versehen hineingefallen. Obwohl... Sie betrachtete den Brunnen, als sie daneben stehen blieb.

„Sarah, so wird das nicht gehen", begann sie vernünftig. „Der Brunnen ist abgedeckt, und der Rand hüfthoch. Es ist schwierig, da aus Versehen hineinzufallen."

„Es wird gehen", beharrte Sarah eigensinnig. „Entfernen Sie die Abdeckung."

„Nein." Cassandra sah ihr ruhig ins Gesicht und verschränkte ihre Arme vor der Brust.

„Was? Sie müssen. Sonst schieße ich!" Sarah unterstrich ihre Worte, indem sie mit der Pistole wedelte.

„Nur los. Aber wenn ich erschossen werde, dann wird niemand mehr annehmen, ich wäre einem Unfall zum Opfer gefallen. Alle werden wissen, dass ich ermordet wurde. Ich kann sogar versprechen, dass Philip herausfindet, wer es war. Er wird nicht eher ruhen, bis er herausgefunden hat, wer die Frau ermordet hat, die er heiraten wollte. Die Frau, die er liebt." Sie schleuderte Miss Yorke die Worte entgegen, denn sie wollte sie wütend machen, so wütend, dass sie etwas Unüberlegtes tat.

„Hören Sie auf damit!" Sarah kam ein paar Schritte näher, ihr ganzer Körper starr vor Zorn. „Sagen Sie das nicht. Es ist nicht wahr!"

„Warum sonst sollte er mich heiraten wollen?" fragte Cassandra. „Jeder weiß, dass die Verreres kein Geld haben. Er kann mich nur aus Liebe heiraten wollen. Und wenn Philip liebt, dann ist er unbeirrbar. Das wissen Sie. Er liebt mich, und er wird mich immer lieben. Nur mich. Gleichgültig, was Sie tun, Sie können ihn niemals dazu bringen, Ihre Liebe zu erwidern."

Sarah kam näher, mit vor Wut weit aufgerissenen Augen, und ihre Hände zitterten so sehr, dass Cassandra fürchtete, die Pistole würde aus Versehen losgehen. Sie schluckte und hoffte verzweifelt, sie würde Sarah nicht so wütend machen, dass sie einfach auf sie schoss. Allen Mut zusammennehmend, fügte sie hinzu: „Wenn er herausfindet, dass Sie es waren, die mich umgebracht hat – wie er es gewiss tun wird – wird er Sie auf ewig hassen. Nur los, Sarah, erschießen Sie mich. Finden Sie selbst heraus, wie lange es dauert, bis Philip alles über Sie weiß – und Sie bis in alle Ewigkeit verabscheut."

Sarah stürzte sich mit einem wütenden Schrei auf Cassandra, die Hand mit der Pistole erhoben, um sie damit auf den Kopf zu schlagen. Cassandra duckte sich und warf sich nach vorne, traf Sarah an der Brust und stieß sie zurück. Wild miteinander ringend und tretend, stolperten sie vor und wieder zurück. Cassandra grub ihre Finger in Sarahs Arm und hielt ihn mit aller Kraft fest, damit diese die Waffe nicht zwischen sie bringen und abfeuern konnte. Dann löste sich plötzlich mit einem lauten Knall ein Schuss, aber er ging in die Luft, ohne Schaden anzurichten.

Cassandra war größer als Sarah, aber diese war kräftiger von ihrer jahrelangen Arbeit mit aufsässigen Jungen – und sie schien über schier übermenschliche Kräfte zu verfügen. Sie begriff nun, wie Sarah ihren bewusstlosen Körper von der Abtei in die Windmühle hatte schaffen können.

Cassandra stolperte rückwärts, blieb mit dem Absatz in ihrem Saum hängen und fiel schwer gegen den Brunnenrand. Ihr Rücken brannte wie Feuer, und sie spürte einen Augenblick lang, wie sie schwach wurde, als würde sie ohnmächtig werden. Sarah holte mit der Pistole aus und ließ sie niedersausen. Cassandra gelang es in letzter Sekunde, ihren Kopf wegzudrehen, so dass der Pistolenknauf sie verfehlte und gegen die Mauer krachte. Sarah schrie vor Enttäuschung auf und ließ die Pistole fallen. Dann legte sie ihre Hände Cassandra um den Hals und begann zuzudrücken. Cassandra wehrte sich, aber sie war durch den Sturz gegen den Brunnen geschwächt. Sie bekam keine Luft mehr. Vergeblich zerrte sie an den Händen ihrer Gegnerin.

Plötzlich ertönte ein Schrei, und im nächsten Augenblick stand Philip hinter Sarah, mit vor Wut und Furcht verzerrtem Gesicht.

Mit beiden Händen schlug er fest auf ihren Hinterkopf. Ihr Griff um Cassandras Hals lockerte sich.

Philip schlug noch einmal zu, und Sarah sank zu Boden.

Ungeduldig schob er sie beiseite, fasste Cassandra an den Schultern und zog sie in seine Arme. „Cassandra! Oh, Gott, bitte sag nicht, dass ich zu spät komme. Cassandra, bitte, sag etwas, schau mich an."

Er schlang seine Arme um sie und wiegte sie sachte, wobei er immer wieder murmelte: „Meine Liebste, Liebste, bitte nicht. Du kannst mich nicht verlassen. Verdammt, Cassandra, sag doch irgendetwas." Cassandra hörte Tränen in seiner Stimme.

Sie krächzte leise. Er sah ihr ins Gesicht. „Was? Geht es dir gut?"

Cassandra nickte. „Ich denke schon", flüsterte sie heiser.

„Gott sei Dank!" Er drückte sie noch einmal an sich. „Ich hatte solche Angst. Ich sah dich mit Sarah reden, aber irgendetwas schien mir merkwürdig, deshalb blieb ich am Fenster stehen und beobachtete euch. Zuerst konnte ich nichts erkennen, was meine Besorgnis erklärte, doch dann, als ihr aus dem Garten gingt, bemerkte ich, wie sie mit der Pistole herumfuchtelte. Noch nie in meinem Leben hatte ich solche Angst. Ich dachte, ich könnte nicht rechtzeitig bei dir sein."

Er übersäte ihr Gesicht mit Küssen. „Warum hat sie das getan, Cassandra? Warum hat Sarah dich angegriffen?"

„Weil sie dich liebt." Cassandra fühlte sich schon viel besser und lächelte zu ihm empor.

„Sie liebt mich?" wiederholte er erstaunt. „Aber wie... ich habe nie..."

„Ich weiß. Unerwiderte Liebe ist schmerzhaft."

Er nickte und drückte sie fester an sich. „Aber wie konnte sie glauben... Ich könnte sie nie lieben. Du bist die einzige Frau, die ich liebe. Die einzige Frau, die ich jemals lieben könnte."

Cassandra war so erschüttert, dass sie in sich zusammengesunken wäre, hätte Philip sie nicht festgehalten. „Tust du das?" fragte sie und sah ihm in die Augen. „Liebst du mich?"

Er blickte sie erstaunt an. „Natürlich. Warum glaubst du, will ich dich heiraten?"

„Weil Tante Ardis uns in einer kompromittierenden Situation überrascht hat."

Philip schnaubte abfällig. „Als ob mich das kümmerte. Ich war schon längst entschlossen, dir einen Heiratsantrag zu machen. Das weißt du doch. Ich wusste, dass ich dich liebe, als ich dich mit in das Sommerhaus nahm. Sonst wäre das nicht passiert."

Cassandra schluckte. „Oh, Philip!" Sie warf ihm die Arme um den Nacken. „Ich liebe dich auch."

„Es wird aber auch Zeit, dass du das zugibst. Ich hatte schon fast gerechnet, bis nach unserer Hochzeit warten zu müssen, bis ich dich das sagen höre."

Er beugte sich vor und küsste sie.

„Nun, dann verspreche ich dir, dass du nie wieder darauf warten musst. Tatsächlich habe ich gerade beschlossen, es dir jeden Tag mindestens zehnmal zu sagen. Ich liebe dich." Sie unterstrich jedes Wort mit einem Kuss. „Ich liebe dich. Ich liebe dich."

Philip lachte und presste sie an sich. Mit einem zufriedenen Seufzer, schmiegte sich Cassandra in seine Arme. Sie erkannte, dass sie erst jetzt wahrhaftig den Schatz gefunden hatte, den sie gesucht hatte.

EPILOG

„Es ist wunderschön." Cassandra betrachtete von ihrem Platz im Garten aus Chesilworth, und ein Lächeln umspielte ihre Lippen.

Philip hatte darauf bestanden, das alte Herrenhaus auf eigene Kosten instand zu setzen, und es als Hochzeitsgeschenk für Cassandra bezeichnet. Jetzt, anderthalb Jahre nach ihrer Vermählung, waren die meisten Renovierungsarbeiten abgeschlossen. Der Westflügel war zwar immer noch von einem Gerüst umgeben, da dort der Schaden so groß gewesen war, dass es länger dauern würde, alles wieder in Ordnung zu bringen. Aber das Dach war erneuert worden, die schäbigen Teppiche und die fadenscheinigen Vorhänge waren entfernt und durch neue ersetzt worden. Frische Farbe und neue Tapeten zierten die Innenwände. Treppenstufen waren repariert und knarrende Dielenbretter ausgetauscht worden. Die Kamine waren gerichtet worden, so dass sie nicht länger rauchten, und die geräumige Küche war auf den neuesten Stand gebracht worden.

Die Außenanlagen waren genauso schön. Ein ganzer Stab von Gärtnern hatte unter dem wachsamen Auge des alten Chumley Unkraut gejätet, Hecken geschnitten und Blumen gepflanzt, bis die Gärten schöner waren als zuvor. Sogar der Irrgarten im hinteren Teil des Gartens war wieder benutzbar.

Sie wandte sich lächelnd an ihren Mann. „Danke, dass du so viel für Chesilworth getan hast."

Philip tat ihren Dank mit einem Achselzucken ab. „Es ist schön geworden. Ich denke, wir werden hier gerne längere Zeit wohnen."

Das war ein weiteres Entgegenkommen von Philips Seite. So schön Chesilworth auch geworden war, es war nicht sein Zuhause, und Cassandra wusste, sein Angebot, einen Teil des Jahres hier zu verbringen, war zum Wohle ihrer Geschwister, vor allem aber Crispins. Philip wollte nicht, dass der junge Lord Chesilworth jede Verbindung zu seiner Heimat verlöre, bloß weil er ihn in seinen Haushalt aufgenommen hatte.

„Es sieht bezaubernd aus", meldete sich Joanna zu Wort, und Cassandra wandte sich verwundert zu ihrer Cousine um, die auf der anderen Seite des eisernen Gartentisches saß. „Ich konnte nie verstehen, was du an dem alten Gemäuer fandest, aber jetzt ist es wirklich ansehnlich", fügte sie hinzu und klang wieder mehr wie sie selbst.

Joanna sah in ihrem blassrosa Kleid, dessen Farbe ihre zarte Schönheit unterstrich, sehr hübsch aus. Ihr Verlobter, ein schweigsamer junger Mann, der zu stottern pflegte, wann immer er sprach, blickte sie bewundernd an. Anthony Gordon war ein entfernter Verwandter Philips und würde eines Tages von seinem Vater, einem schottischen Adeligen, dessen Titel erben. Cassandra fand ihn ein wenig langweilig und zeitweise sogar beschränkt, aber seine Bewunderung für Joanna war ehrlich, und er schien es zufrieden zu sein, dazusitzen, ihrem selbstsüchtigen Geschwätz zu lauschen und nur hin und wieder ein „Ja, Liebes" einzuwerfen.

Joannas bevorstehende Hochzeit hatte Philip, Cassandra und ihre Familie nach Chesilworth gebracht. Sogar Philips Mutter war mitgekommen, nur die alte Lady Neville hatte unter Verweis auf ihr Alter Abstand von der Reise genommen und war in Haverly House geblieben. Insgeheim hatte sie Cassandra, die mehr und mehr ihr erklärter Liebling geworden war, anvertraut, dass Joanna Moultons Hochzeit gewiss nichts anderes als furchtbar langweilig werden würde.

Sie sah zu der schattigen Laube, wo Georgette und Olivia auf einer Decke saßen und unter den wachsamen Augen der Kinderfrau mit dem kleinen Henry spielten. Cassandras und Philips Sohn war jetzt fünf Monate alt und ein beständiger Quell der Freude für seine Eltern und alle anderen Familienmitglieder.

Von allen, die ihn verwöhnten, waren seine beiden jungen Tanten vermutlich die Schlimmsten. Ihre Freundschaft hatte sich in den vergangenen anderthalb Jahren vertieft. Obwohl Georgette im nächsten Jahr ihr Debüt haben sollte, beharrte sie darauf, noch ein Jahr zu warten, damit sie und Olivia gemeinsam in die Gesellschaft eingeführt werden konnte. Beide Mädchen wurden mit jedem Tag hübscher, so dass sie die vornehme Welt vermutlich im Sturm erobern würden.

Philip streckte seine Hand aus und berührte Cassandra am Arm. „Würdest du gerne mit mir einen Spaziergang durch den Garten machen, Lady Neville?"

Cassandra lächelte. „Gerne, Sir Philip."

Sie nahm seine Hand, erhob sich und griff nach dem Spitzensonnenschirm, dessen Farbe perfekt auf das Blau ihres Kleides abgestimmt war. Sie trug wie immer ein einfaches Kleid von exzellentem Schnitt. Gut gekleidet zu sein war noch immer so neu für sie, dass es sie manchmal überraschte, wenn sie in den Spiegel sah. Seit sie sich mit Philip verlobt hatte, war ihre Garderobe beständig angewachsen, und sie hatte sich über das Durchhaltevermögen von Philips Mutter, wenn es ums Einkaufen ging, nur wundern können.

Cassandra spannte den Schirm auf, nahm den Arm ihres Mannes und schlenderte an seiner Seite gemächlich durch den Garten.

„Hast du etwas von Miss Yorke gehört?" erkundigte sich Cassandra nach einer Weile.

„Ja. Miss Emmings schreibt, dass es ihr viel besser geht."

Weder Cassandra noch Philip hatten es über das Herz gebracht, Miss Yorke für ihr Verbrechen verhaften zu lassen. Als sie wieder zu sich kam, war sie nur noch ein Wrack gewesen. Philip hatte sie in einem Heim nahe der Küste untergebracht, wo die freundliche, aber bestimmte Miss Emmings für verschiedene Personen sorgte, deren Verstand verwirrt war, deren Angehörige es jedoch nicht ertrugen, sie an einen Ort wie Bedlam zu schicken.

Dort hatte Sarah sich erholt, so dass sie jetzt sogar Miss Emmings bei ihrer Arbeit mit den anderen Patienten zur Hand ging. Natürlich, so berichtete Miss Emmings, erzählte sie immer noch, sie wäre heimlich mit Sir Philip Neville verheiratet, aber wenigstens zeigte sie keinen Hang mehr zu Gewalttätigkeit, und sie schien so glücklich zu sein, wie das unter den Umständen möglich war.

„Weißt du", sagte Cassandra, „ich habe gerade nachgedacht. Ich glaube nicht, dass unser Leben vollkommener sein könnte."

„Das macht mich froh zu hören." Philip nahm ihre Hand von seinem Arm und hob sie an seine Lippen. „Auf jeden Fall hast du mein Leben vollkommen gemacht."

„Das würdest auch nur du sagen – wo du von Dieben verfolgt und bedroht wurdest und dir dazu noch die Verantwortung für eine ganze Familie samt Kindern und ein halb verfallenes Gemäuer aufgehalst wurde."

„Und ich mehr Spaß hatte als je zuvor in meinem ganzen Leben", fügte er ihrer Auflistung hinzu. „Schatzkarten und vergrabenen Schätzen nachjagen, Kinder um mich haben, die mich zum Lachen bringen, einen wunderschönen, klugen Sohn bekommen, mit dem Lächeln eines Engels... und vor allem, die schönste und klügste Ehefrau überhaupt zu finden. Ich denke, ich habe ein gutes Geschäft gemacht."

Cassandra lächelte.

„Der einzige Schatten auf meinem Glück ist, dass es so schwierig ist, dich für mich allein zu haben. Immer scheinen irgendwelche Leute um uns herum zu sein."

Sie hatten den Garten verlassen und schlenderten nun über den Rasen. „Wohin gehen wir?" erkundigte sich Cassandra.

„Ich dachte, wir könnten den wieder hergestellten Irrgarten erkunden."

Cassandra hob die Brauen. „Ich bin mir nicht sicher, ob ich noch weiß, wie man wieder hinausfindet. Wir könnten dort für Stunden gefangen sein, bevor man uns findet.“

Philip verzog seine Lippen zu einem viel sagenden Grinsen. „Meine Liebste, das ist genau das, was mir vorschwebt.“

Cassandra lachte und hob ihre Röcke. „Worauf warten wir dann?“ fragte sie und lief, dicht gefolgt von Philip, zum Irrgarten.

Band-Nr. 25010
5,95 €
ISBN 3-89941-010-6

SUSAN WIGGS

Die Reise ins Paradies

Gegen den Widerstand ihrer vornehmen Familie in Boston tritt Isadora Duncan Peabody an Bord der „Silver Swan" die lange Seereise nach Rio de Janeiro an. Sie will etwas von der Welt sehen, ihre Unabhängigkeit beweisen! In Kapitän Ryan Calhoun findet sie einen interessierten Gesprächspartner und, in Rio angekommen, einen aufmerksamen Verehrer. Isadora ahnt nicht, dass Ryans Kampf für die Freiheit der Sklaven in den Südstaaten ihr neugefundenes Glück mit ihm schon bald gefährden wird. Ein faszinierender historischer Roman um die Liebe zwischen einer mutigen Frau und einem verwegenen Mann und ihren gemeinsamen Kampf um die Freiheit der Sklaven.

MIRA®